中国匾额
保护与文化传承论文集

ANTHOLOGY ON PROTECTING AND PASSING ON THE CULTURAL TRADITION OF INSCRIBED PLAQUES IN CHINA

主编 曹彦生

中国社会科学出版社

图书在版编目（CIP）数据

中国匾额保护与文化传承论文集/曹彦生主编 .—北京：中国社会科学出版社，2018.1
　ISBN 978-7-5203-1967-6

　Ⅰ.①中… Ⅱ.①曹… Ⅲ.①牌匾—中国—文集 Ⅳ.①K875.44-53

中国版本图书馆 CIP 数据核字（2017）第 329629 号

出 版 人	赵剑英
责任编辑	王　茵　张　潜
责任校对	崔芝妹
责任印制	王　超

出　　版	中国社会科学出版社
社　　址	北京鼓楼西大街甲 158 号
邮　　编	100720
网　　址	http://www.csspw.cn
发 行 部	010-84083685
门 市 部	010-84029450
经　　销	新华书店及其他书店
印刷装订	北京君升印刷有限公司
版　　次	2018 年 1 月第 1 版
印　　次	2018 年 1 月第 1 次印刷
开　　本	787×1092　1/16
印　　张	19.5
字　　数	366 千字
定　　价	98.00 元

凡购买中国社会科学出版社图书，如有质量问题请与本社营销中心联系调换
电话：010-84083683
　版权所有　侵权必究

北京东岳庙三间四柱七楼黄绿彩琉璃牌楼

北京市唯一的过街琉璃牌楼，建于明朝万历三十五年（1607），正中南北两面各有一方石匾，石匾宽2.8米、高0.9米，南面刻"秩祀岱宗"，北面书"永延帝祚"

北京东岳庙棂星门

励志堂（北京励志堂科举匾额博物馆收藏）

科举门（北京励志堂科举匾额博物馆收藏）

故宫乾清宫正大光明匾

故宫康熙题交泰殿匾额

故宫乾隆题雨花阁匾额

北京孔庙大成殿

大成殿内匾额、楹联全景

北京先农坛拜殿匾额

北京太庙享殿

北京太庙匾额

洛阳民俗博物馆正门

洛阳匾额博物馆展厅（1）

洛阳匾额博物馆展厅（2）

客家宗祠厅堂场景（福建连城明清牌匾陈列馆收藏）

"硕德宗纲"匾

　　国家二级文物。匾长224厘米、宽86厘米。硕德出自《晋书·隐逸传》：索先生硕德名儒，真可以谙大议。指大德之人。赞扬受匾人尊崇法度宗纲，是有名望的大德名儒（福建连城明清牌匾陈列馆收藏）

"右榜谕众通知"匾

匾长313厘米、宽100厘米,由五块杉木制成,四周饰以龙纹,匾的中央有"右榜谕众通知"六个大字,匾右文为礼部为科举事;匾左文为青田刘基记。该匾题写于明代,光绪八年(1882)重立(湖南开元博物馆收藏)

"龙章宠锡"匾

匾长232厘米、宽93厘米,由九块杉木制成,无边饰。"龙章宠锡"表明这是皇帝以书面命令所给予王承烈的恩赐,制匾以此为荣耀(湖南开元博物馆收藏)

"瑶池开宴"匾

匾长222厘米、宽86厘米。用西王母瑶池盛宴来比喻人们祝寿祝福的盛景及赞美（重庆市巴渝名匾文化艺术博物馆收藏）

"剑气流光"匾

匾长225厘米、宽62厘米。古代古剑的光芒，比喻人如才华才气一样光辉（重庆市巴渝名匾文化艺术博物馆收藏）

"汉室宗风"匾

匾长275厘米、宽71厘米。即刘氏宗亲宗祠家族所传承的优良风气（重庆市巴渝名匾文化艺术博物馆收藏）

"敬教劝学"匾

此匾为中华民国十一年七月大总统黎元洪为山西灵石县绅赵秉明题"敬教劝学"。匾长218厘米、宽92厘米。2001年征集于山西临汾。敬教劝学,建国之大本;兴贤育才,为政之先务。出自《朱舜水集·劝兴》(徐州圣旨博物馆收藏)

"古稀鹤算"匾

光绪庚辰(1880)蒲月(五月)清宗室正蓝旗进士出身户部左侍郎兼福建全省督学部院昆岗为:郡庠生池老先生七旬荣寿题。可谓"古稀纪春秋,鹤算千年寿"。匾长215厘米、宽95厘米,采用阴阳两种刻法。2000年征集于江西婺源(徐州圣旨博物馆收藏)

安徽源泉博物馆

"劭農篤祜"匾

此匾是中华民国十四年（1925）十一月由民国代理总统段祺瑞所写，赠送给希幹先生的寿匾。匾长200厘米、宽66厘米（安徽源泉博物馆收藏）

辽宁海城国强展览馆展厅

"武魁"匾

匾长138厘米、宽51厘米,为咸丰元年乡试第四十一名举人许捷元立(辽宁海城国强展览馆收藏)

《中国匾额保护与文化传承》论文集编委会

编委会主任　　高春利　金　童
编委会副主任　潘小俪　姚远利
主　　　　编　曹彦生
编　　　　辑　解育君
编委会成员　　高春利　金　童　潘小俪　姚远利
　　　　　　　曹彦生　张鑫宇　文爱群　解育君
　　　　　　　关　皓　吕　鑫

序

少年的许多往事如烟而逝，然而那时对春节的记忆却随年龄的增长而愈加清晰。腊月二十三小年一过，左邻右舍的亲朋好友纷纷将红纸放在家中，等着我这个写字好的小"书生"为各家书写春联。那本不知来源的旧式版本楹联，成为我习联、识字的启蒙老师。以至于到中央民族大学读本科和研究生，都选择离不开繁体字的历史专业。30多年以来，养成了到文物古迹考察、到名山大川游览总要寻访古匾、探究楹联的习惯。

匾额，又称扁额、扁牍、牌额，简称为扁、匾或额。中国的古建筑凡是宫室、殿堂、亭榭、书斋等以大字题于门额上，均称匾额。匾额或以石雕镶嵌或以木制悬挂；有石、木、铜等材质之分，也有浮雕、减地雕、板书等工艺之别，更有榜书、楷书、隶书、篆书、行书、草书等字体之异，与雄伟壮观的建筑相互辉映，和谐统一，成为建筑中不可分割的部分。东汉许慎所撰的《说文解字》这样解释："扁，署也……署门户之文也。"也就是在门户上题字，以作居室的标记。已故著名古建专家罗哲文在《中华名匾》一书中指出："匾额既是著名建筑和风景名胜的点睛之处；风景名胜也因有了大学者、大文豪、大书法家和大政治家题写标名而增色、而传名。匾额与名胜风景相辅相成，相得益彰，成为我国一种独特的，集建筑、文学、雕塑和书法等于一体的艺术形式，千百年来盛行不衰。"

"脚下行程千里路，腹中贮书万卷多"。读万卷书、行万里路。北京故宫太和殿"建极绥猷"、中和殿"允执厥中"、保和殿"皇建有极"匾，养心殿西暖阁"三希堂"匾，沈阳故宫凤凰楼"紫气东来"匾，苏州狮子林内真趣亭"真趣"匾，均出自乾隆皇帝御笔；北京孔庙大成殿"万世师表"匾，故宫交泰殿

"无为"匾，北京恭王府花园"福"字碑，杭州西湖十景之一的"花港观鱼"匾，又是名扬天下的康熙皇帝御笔亲书；山东孔府"生民未有"匾、故宫养心殿中的"中正仁和"匾，是雍正帝的御笔。其他名胜古迹，诸如山海关"天下第一关"、北京房山云居寺"宝藏"、湖南长沙"岳麓书院"、广西桂林"逍遥楼"、辽宁义县奉国寺"大雄殿"、天津蓟县"观音之阁"、江西南昌"滕王阁"、山西应县"释迦塔"、重庆大足"宝顶山"和"毗卢庵"、北京文丞相祠"教忠坊"、江西庐山"白鹿洞书院"、福建泉州"乡贤名宦"、甘肃天水"小有洞天"、浙江宁波"宝书楼"、上海"豫园"、江西大余"岭南第一关"、云南大理"永镇山川"、北京颐和园"颐和园"等匾额，虽非皇帝御笔，但都是故事多多、声名显赫的神圣名物。

北京东岳庙瞻岱门上悬挂着"东岳大帝宝训"匾：天地无私，神明鉴察。不为享祭而降福，不为失礼而降祸。凡人有势不可使尽，有福不可享尽，贫穷不可欺尽，此三者乃天运循环、周而复始。故一日行善，福虽未至，祸自远矣；一日行恶，祸虽未至，福自远矣。行善之人如春园之草，不见其长日有所增；行恶之人如磨刀之石，不见其损日有所亏。损人利己，切宜戒之。一毫之善，与人方便；一毫之恶，劝人莫做。衣食随缘，自然快乐。算什么命，问什么卜，欺人是祸，饶人是福。天网恢恢，报应自速。谛听吾言，神人监服。"东岳大帝宝训"匾下，每天成千上万的游客驻足于此，品味其"善"的初心、"福"的远报、"德"的戒律、"训"的敬畏。北京高碑店科举匾额博物馆珍存着明代洪武皇帝朱元璋的圣御匾"孝顺父母，尊敬长上，和睦乡里。教训子孙，各安生理，毋作非为"，言简意赅，朗朗上口，可谓明初妇孺皆知的治家名言、立身之本，也是国家对小家庭量体裁衣的道德标准。

楹联亦称楹贴、对子、对联，就是贴在楹柱上的联句，因为上句和下句相对由上、下联组成，是写在纸上、布上或刻或挂或贴在木头上、竹子上、柱子上的对偶语句。字的多少没有定规，对仗工整即可。梁章钜在《楹联丛话》中说："尝闻纪文达师言：楹联始于桃符。蜀孟昶余庆、长春一联最古，但宋以来，春帖子多用绝句，其必以对语、朱笺书之者，则不知始于何时也。"因此，学术界公认的观点是：中国最早的楹联是五代后蜀少主孟昶，在卧室门桃符板上的题词"新年纳余庆，嘉节号长春"。楹联或励志、或警示、或怡情、或祝福、或修身，文字隽永干练、内涵丰厚深邃，往往由社会贤达或书法名家书丹，由木雕名工细雕慢琢，堪称"联海无涯，博大精深"。楹联书写所用篆隶楷草行诸体，或以雄沉劲健、雍容端朴见长，或以俊秀潇洒、温婉流丽为胜，皆给人陶然兴会的雅逸美感。联语字数四言至多言不一，诗词、格言、警句、谚语乃至白话文皆可，典雅琳琅、文采华章，字字珠玑、风韵神致，历久不衰。

老北京流行最广的大众楹联，莫过于胡同门板上的"忠厚传家久，诗书继世长"；最能警醒世人、劝人为善、心存敬畏的楹联，莫过于北京东岳庙瞻岱门及东西侧门前的三幅楹联："阳世奸雄，违天害理皆由己；阴司报应，古往今来放过谁"；"阳是阴非，在尔心还想欺饰；假善真恶，到此地难讨便宜"；"倚势欺人，人或容神明不恕；瞒天昧己，己未觉造物先知"。全国各地五里不同风、十里不同俗，有影响的楹联数量众多。笔者在2017年7月慕名探访福建漳州岳口东岳庙时，不经意间在"月老公婆"殿看到丝绣楹联"来之前有一无二，到来后无独有偶"，横批"姻缘一线"。诙谐而不乏雅致，令人击掌叫绝。

为了加强对匾额文化的展示、挖掘与研究，促进匾额保护，探究匾额文化，唤起当代中国人对传统文化的兴趣，激发人们保护传统文化的热情，进一步发挥匾额文化中的正能量，进而达到保护传统文化优秀遗产、传承中华灿烂文明、践行社会主义核心价值观的目的，2016年11月10日，首次中国匾额文化保护与传承活动在北京市朝阳区九天宫北京民俗博物馆东岳美术馆举行。来自故宫博物院、孔庙国子监博物馆、颐和园公园、北海公园等匾额聚集地的代表，以及来自上海、天津、重庆、黑龙江、辽宁、宁夏、河南、河北、山东、山西、湖南、湖北、广东、广西、江西、安徽、四川、福建的匾额聚集地领导、民间匾额博物馆负责人、著名匾额收藏家等约70人，研究探讨匾额保护与传承问题。与会专家、学者与收藏家一致认为，匾额文化是中华民族独有的文化遗产，是中国文化的重要载体，传承和保护匾额文化是每一位中华儿女的历史责任。本活动旨在呼吁相关领域的学者、专家与收藏家们齐心协力，为传承、发扬中国匾额文化贡献力量。会上宣布编辑出版《中国匾额保护与文化传承》论文集。如今，呈现在您面前的《中国匾额保护与文化传承》论文集，就是历时一年多反复修改后的研究成果。匾额楹联文化内涵博大精深，北京民俗博物馆组织全国性的匾额专题文化交流活动，旨意也是抛砖引玉，倡议收藏界的保护重视、学界的研究重视、教育界的启蒙重视、社会各界的古为今用及文创开发重视，唯有此，匾额楹联才能文脉承绪，薪火相传。

北京民俗博物馆馆长　曹彦生
二○一七年十一月立冬日写于北京东岳庙荣慈轩

目　录

重彰匾额华彩　再续中华文脉　姚远利 / 1

匾度春秋　国学永恒　刘光瑞 / 4

匾额保护综述

匾额：门楣上的家国，梁柱间之文脉　沈望舒 / 9

中国匾额：积淀丰厚的文化遗产　吴裕成 / 16

匾额字义本源新探　王锐英 / 25

匾额文化的传承和保护　杨芳 / 30

论中国传统匾额文化　李培义 / 43

浅谈从"旌旗"到"匾牌"之沿革　周庆明　刘杰 / 48

传统文化的活化石
　　　——华夏名匾　黄彬荣 / 54

浅析匾额文化　贾娟 / 59

园林古建中的匾额楹联

论中国园林匾额的文化美学价值　曹林娣 / 69

清代皇家园林匾额楹联的形式与制度　夏成钢 / 83

浅析几方名匾　齐心 / 101

正大光明匾试说　李文君 / 118

天下第一匾
　　　——太庙匾额考　贾福林 / 133

北京孔庙国子监匾联概述　王琳琳 / 148

北京孔庙大成殿"万世师表"诸匾额考论　常会营 / 157

北京东岳庙匾联探析　解育君 / 171

历代帝王庙"景德"题额的文字变迁　姚华容 / 186

北京先农坛的匾额　董绍鹏 / 201

北京会馆匾额浅析
　　　——以梨园新馆匾额为例　刘　征 / 211

匾额收藏赏析

南北匾额的地域性及艺术风格特征　王支援 / 227

福建安溪龙通村许氏"儒雅开宗"匾考释　曹彦生 / 249

读古匾　王　昊　王克强 / 261

从匾额收藏市场现状谈辨伪　宣繁秋 / 275

"亚元"匾额浅析　文爱群 / 283

林则徐所题儒学匾额"魁星阁"解析　王锦思　鲟鱼岛 / 291

在韩国悦赏汉字匾额　梁欣立 / 295

后记 / 304

重彰匾额华彩　再续中华文脉

姚远利

一　以牌易匾　割断文脉

匾额，是中华文脉的重要标识之一。随着时代的变迁，与中国传统文化的断裂一道，匾额文化也受到了很大冲击。新中国成立之初，视匾额为封建文化的代表，国家机关的标名形式断然弃匾额而不用，以挂牌替代。表面上看，"以牌易匾"看似简单形式变异，实则剔除了匾额中所承载的传统文化的精髓。"以牌易匾"之举，导致了两千多年积聚而成的官方和民间两大匾额体系的中断。匾额缺失，文脉断裂，巨大的社会教化作用不复存在。由此，传统文化失去了一个可以依托的重要载体，进而加速了走向断裂和枯萎的进程。

二　匾额载道　治国重器

匾额，是中国礼法礼仪制度的标志和准绳。匾额历史悠久，其雏形现于春秋战国。秦始皇以先秦"名学""名正言顺"思想为基础所形成的"运理群物、考验事实、各载其名"治国理念，规范和统一了六国形制不一的标名形式，使匾额开始成为治国重器。其"世降制，隆繁匾署而嘉以名，治忽于时著焉"的作用，令百代千年沿用不废，奉为治国重宝；辽金元清少数民族入主中原，也未曾弃之不用或变其型制，由此，形成了庞大的官方匾额体系。匾额，悬规植矩是"礼"的化身，随"礼"而"无处不匾、无室不匾"引领着世风，规范着社会道德行为，成为社会相对自由表达信仰、表达"修齐治平"理想的重要平台。匾额载道，对社会治乱、国家兴衰有着巨大影响。"匾额兴，则文化兴；匾额不兴，则文脉难续"，这是已被近千年历史所证明的规律。

三　巨匾高悬　引领风华

匾额是中国传统文化的旗帜。面向社会，昭示万众，彰显国家意志和治国理念是其最典型的文化特征。复兴文化再续文脉，解铃还须系铃人，国家应规范公共建筑标识，设立制度，改变"国徽高高挂，不知是谁家"、"仰头看国徽，地上找标识"的尴尬局面，用传统形式彰显政府文化形象。笔者认为，如在人民大会堂、国家博物馆等重要的标志性建筑上高悬巨匾，昭示万众，面向世界，宣重国威，必然对中国文化传统植根社会人心、振奋民族精神产生巨大影响，既还中轴线历史文化线的完整，也表达了国家复兴中华民族传统文化的决心。

四　匾额为学　熔古铸今

匾额，是中国传统文化思想最高境界与艺术智慧最完美的结合体，是"道器合一"的经典，对中国历史和现实都曾产生了巨大影响。但新中国成立后，匾额文化未纳入专家学者的视野，匾额失落与文化断层、与信仰缺失道德溃败之间的关联未被关注，中国文史学界诸多学科几乎无人研究匾额，这是文史学界在学术上的一个重大疏漏。如果能理论先行，倡导匾额学的研究，对弘扬、继承和复兴传统文化将大有裨益。据说韩国正准备将匾额作为韩国非物质文化遗产向联合国提出申请，不论其成功与否，都将对我们的民族情感产生不良影响。

（本文发表于2014年12月9日人民网理论频道）

匾额赞

姚远利

秦皇一统政新颁,
横空出世两千年。
大美榜书标名号,
巨匾高举梁柱间。
悬规植矩励良善,
旌表孝义美俗传。
重彰匾额昭文脉,
不待吾辈再扬鞭。

（2016年3月28日作者参加中宣部"弘扬中国优秀传统文化调研座谈会"后有感而发，赋诗一首。）

作者简介

姚远利：民间收藏家，北京励志堂科举匾额博物馆馆长。

匾度春秋　国学永恒

刘光瑞

匾，中华民族特有的语言载体；
匾，国学文化浓缩提炼的经典；
匾，中国汉字注入生命的灵魂；
匾，华夏儿女祖辈家谱的传承。

匾，是一段历史的记载；
匾，是一部传统文化的教科书；
匾，是一部书法作品的鸿篇巨著；
匾，是一卷雕刻装饰艺术的画卷。

她作为标记或表示赞扬的牌匾，
在古人眼里这是一种心灵的意愿；
她挂在厅堂轩斋或亭榭的横额，
在远古社会这象征高雅或权力；
她记叙事件或传记丰碑的木匾，
把诚信悌孝、古今历史世代相传。

木刻的匾额
来自原始森林植被的乐园，

金丝楠木、红木、乌木、香樟木，刻尽丰富的文献；
木刻的匾额
融进雅舍官府隐秘的生活状态，
大门威严，客厅华丽，书房清雅，亭台浪漫，将时光重现；
木刻的匾额
承载着苍生大地瞬息万变的恩怨，
官场吏治，盐茶商道，状元进士，荣建华构无穷世间；
木刻的匾额
她没有青铜器的坚硬留下铜锈般的伤痕，
却有文人墨宝书法飞舞的激情燃烧；
木刻的匾额
她没有石刻石碑的天然风韵或余音长存，
却有雕刻的精湛和漆艺装饰的经典；
木刻的匾额
她没有古墓深埋大地的沉静而无声无息，
却暴露于阳光下饱经风雨雷电侵袭。

匾，她曾辉煌地挂在门沿上，那是她优生的最佳时期，
不管她现在流落猪圈茅房残缺不堪，
她还是不忘初衷地向未来诉说过去。
匾，她曾是一份厚重的礼物，被人捧上蓝天与日同辉，
不管她现在漆落、木缺、支架瘫痪、四肢不全，
她还是在流露那厚重的情谊和古人风范的展现。
匾，她曾是一段历史的回顾，记忆里多少人为之钦慕，
不管她现在一文不值，被抛弃在贫穷的角落，
她哪怕只留有一个字，也要追求文化的真谛。

中华匾额，浩若烟海，始至不灭，让人惊叹，
她能善孝忠德，人文史载，追忆根源。
中华匾额，国学之魂，文明昌盛，必有奉献，
她能入心通灵，修身治国，创造非凡。
中华匾额，当今传承，灵魂心者，闯险过坎，
她能振奋激昂，明心见性，勇往直前。

匾，是人格符号的升华；

匾，是民族精神的彰显；

匾，是传统文化的积淀；

匾，是中国历史的延伸。

匾，收藏者的心，社会的脸；

匾，学者们的海，高山上眼；

匾，贯通着历史，延伸文脉；

匾，她要挂起来，志存高远。

作者简介

刘光瑞：重庆市巴渝名匾文化艺术博物馆馆长。中医副研究员，国家级非物质文化遗产项目针灸类代表性传承人，文化部优秀专家，国家薪传奖获得者，获国际大奖4项，国内科技奖、发明奖25项。著作有《中国匾额学》《韵典》《中国民间医药系列丛书》等在海内外发行。收藏中医药文物及标本20000余件，古匾3000多块、古籍50000余册。

匾额保护综述

匾额：门楣上的家国，梁柱间之文脉

沈望舒

日前有来访的韩国国学振兴院成员称，因集纳了1300面传统匾额，正拟启动向联合国的申遗程序；由此引发了为中华文化忧虑者的感慨。

匾，古通扁。额，在汉语里首指眉毛以上、头发以下部分，通称额头；再称建筑屋檐下或横梁之上位置的器物，如匾额。作为中华民族文化数千年"道统"的经典标志，匾额曾经蔚为大观、遍布城乡，以致有"堂不设匾，犹人无面目"之说法，被形容到几乎"无处不匾、无室不匾"的程度。古典小说名著《红楼梦》就叙述了"大观园"建成，其亭台轩馆皆题、皆制、皆有匾的始末。

了解匾额，可从其集历史传统之思想文化、制度文化、艺术文化、物质文化精华于一体的代表性切入，也可从其发散华夏核心精神能量于门楣的特有光辉着眼，品味它那跨越时空的文明魅力。

匾额文化彰显职责担当、家国情怀、价值追求

匾文讲责任，人们在热播古装影视作品里，常遇衙门公堂中正上方的"明镜高悬"匾，那是对正下方执掌公案者应尽天职的核心规定；同类著名的，为语出《易经》、取帝业丰采和君王素养双义，曾经顺治、康熙、乾隆三帝手书的清廷祖训"正大光明"匾——分别高悬于沈阳故宫崇政殿和北京故宫乾清宫正殿的宝座上方。

匾文有家国，解放军战士当年列队通过张家口大境门的一张历史照片定格

爱国情愫：门拱上"大好河山"的匾额使代代国人胸中泛起思乡愁、敬故土的波澜。晚清戍边名将左宗棠重建嘉峪关后，置所书"天下第一雄关"巨匾于关楼，一朝重臣以天下为任、甘作卫国"雄关"的担当精神直冲九霄。

匾文有追求，雍正所书"勤政亲贤"匾，自勉及对后人期盼之心溢于言表；孙中山题词"天地正气"匾，自信与唤起民众之情跃然字上……匾额的只言片语，常常浓缩怀修齐治平报负者的高远之心。

匾额文化表达义理倡导、观念培育、世风引领

堂、室、屋等标识，为匾额中大宗；这源于其"署"，即门旁题字的基质。中国"名学"历史悠久，正因讲究"运理群物、考验事实、各载其名"的功能，令匾额登堂入室，而有秦书八体、六曰署书的肇始。可贵的是相当部分商铺、宗祠、家庙、中堂等匾额超越招牌，因寓意和用典、道德和哲理而价值高扬。

重德倡德是匾额群落的思想文化旗帜，崇德堂、怀德堂、德裕堂、绍先堂、敦朴堂、致美堂、爱敬堂、和敬堂……以皆带掌故、字字典出的意境，力播良善美德之魂。如经历近350载的同仁堂，其匾内蕴"修合无人见，存心有天知"的服务宗旨，外表仁者爱人、一视同仁等道德规范。再如有商圣之名的近代巨贾胡雪岩，其店铺悬"善庆余堂"匾，取《易经》"积善之家，必有余庆；积不善之家，必有余殃"之义，用因果将福祸后代之理劝善弃恶。中纪委力荐2017年开播的电视剧《于成龙》：作为被康熙帝誉为"天下廉吏第一"者，于成龙虽官至两江总督，却因清贫节俭而民心汇集、殚精竭虑服务百姓而成就显赫，故前后三次得颁朝廷的"卓异"牌匾（清代官员可获得的最高荣誉）。

即便表达寄语祝贺、祈福迎祥、纪念赞颂，大量匾额也常不离"德、风、才"诸美。贺寿福匾，有齿德并高、光国荣家、硕德杖乡等；一面"仁寿同登"双寿拜赠匾，唱响《论语》"仁者寿"之歌。贺新屋匾，有道德为居、忠厚传家等；一面"宝善兴家"匾，赞受匾者美德同时兼祝其珍惜友好，而致家族兴旺；更有"德润鸿图"匾引《礼记》"富润屋，德润身"寓意，来溢美祝福。纪念赞颂匾，有严毅方正、古道可风、冰清玉洁、浩气长留、望重儒林等；一面敬献父母的"抚育恩深"匾，尽显孝为德之根的绵长厚重；"高风共仰"匾，则表对"风范、风操、气度、韵致"的景仰赞美。从待人之匾文，可感知中国"礼仪之邦"称谓曾经不虚，那是由万千先人言传身教所锻造的世间佳风。

匾额文化记述历史沿革、社会沧桑、人际诚挚

随炎黄子孙一路前行，匾额用故事记录辉煌与进步、悲伤与坎坷、实感与真情。北京中山公园一处爱国主义教育基地为牌坊，用百余年间"克林德碑""公理战胜""保卫和平"三次匾额内容的变迁，诉说中国从任人欺侮、积贫积弱，到站起来、履行国际义务的"生平"。到访山海关的游人，多会受到长5.9米、高1.5米"天下第一关"巨匾吸引，它将一处建筑形态在长城千百关隘中并不突出之地升格为名胜。不过，若知晓其真匾在日本侵华时已被掳运东瀛、现存为仿品时，单纯仰望祖宗伟业的心情或许会添些许复杂。祖国边陲重镇广西凭祥，建于刘汉王朝、距今已2000多年的边关，匾额于近600年中由镇夷关—镇南关—睦南关—友谊关次次更迭，借此能见以邻为伴观念演化之一斑。

真情互动是匾额文化的历史亮点。1932年，闽西苏维埃主席张鼎丞向军属赠"当红军最光荣"匾，表达对中国道路的信奉与追求；1946年，边区劳动英雄杨步浩率六乡秧歌队，敲锣打鼓向毛主席敬献"人民救星"红地金字大匾，成得人心者得天下"最大政治"之力证；1949年，首届"中央人民政府"通过悬挂大匾方式面世，照片让共和国实体形象定格；1976年，艺术家郭兰英一曲《绣金匾》，抒发结束浩劫心声，拉开思想解放序幕；2014年，习近平总书记收到两位维族姐妹十字绣匾和来信——全部手工，长1.52米、宽0.8米的大幅绣匾，领袖肖像，金色党徽、五星红旗等簇拥"同心共筑中国梦"金色大字，表达对共同理想的认同和对国家成就的感谢；2015年，中央代表团先后在两大自治区成立50周年、60周年庆祝活动中赠贺匾：一面为汉藏双语、习近平总书记亲笔题词"加强民族团结 建设美丽西藏"金匾；另一面底色中国红，正面为总书记题词"建设美丽新疆 共圆祖国梦想"，背面为维吾尔、哈萨克、蒙古、柯尔克孜4族语言译文之匾……传统匾额以中国最高贵的庄重和人们间的情思互动，履行着国家文化重器的神圣使命。

匾额文化秉承主流教化、制度文明、激励优势

中华文明独享从未中断的发展之福，应承认在风雨如磐的曲折道路上，长期有一被各代统治方坚持倡导、被精英和民众信奉实践、由包括旌表等制度实施保障的核心价值体系，现存匾额证明如此社会主流主体文化意识形态的存在。

查明清两朝和民国初年，无论执政者时间短长，都常以匾额来隆重宣示教

化为治国纲本的态度。北京孔庙国子监博物馆，其大成殿有清代康熙至宣统的九位皇帝御书匾联，辟雍有皇帝讲学的题匾，彝伦堂有清顺治到咸丰七块皇帝的谕旨匾。雍正取《论语》中"文行忠信"倡儒家四教，强调文行并重、忠信为本法则；道光用《孟子》中"振德育才"鼓励提高道德修养、培育栋梁人才……明朝开国皇帝朱元璋，因对道德不张痛心疾首、因知为治之要教化为先、因有重建良风美俗还百姓以和睦之志，于是讲悬规植矩、教子兴家，下颁"六言圣谕"匾："孝敬父母、尊敬长上、和睦乡里、教训子孙、各安生理、毋作非为"，24字通俗之语助其家喻户晓。1914年袁世凯用"大总统告令"匾，讲立国根本在于道德，强调教化当"以道德为重，群相兴感，潜移默化，治进大同"。在其死后，1917年就任中华民国总统的黎元洪，是年题"道洽大同"匾，讲以儒学之道协和社会，共成《礼记》所绘的大同理想。结合民国三十年蒋经国在江西赣州任专员时，为当地一小学所书"校园"匾，匾背简述"新生活须知"，涉及师生言行举止等文明规范……均表匾额在治国方略与文明法制中有自上至下的载体地位。

其中十分突出、形成广泛民间影响的匾额文化，是伴随旌表制度矗立于道路、村口，装置于院门、厅堂的赞誉式匾额。《后汉书》记述在武立功、文科举之外，对象为百姓或称农工商草民的褒奖制度："……为民法式（可当百姓楷模、为社会效法）者，皆匾表其为，以兴善行。"可以越过被人纠缠不休的忠孝贞洁类匾额，专注始终为传统旌表精神方向的善行义举匾，如一座"方守仁"义坊，因名叫方守仁者在明正统年间竹溪饥荒时，捐粮800担赈济灾民，由皇帝特赐，迄今，在乡间已站立近600年。著名的棠樾牌坊群以"义"为核，两面各延忠、孝、节，一行七座石牌坊；中心义字坊有乾隆"乐善好施"匾额，旌表鲍家赈灾、修路、铺桥、办校等义举。清嘉庆一知县受朝廷之托，授年高有德之民"三乐天民"匾，取孟子所倡"父母俱在，兄弟无故；仰不愧于天，俯不作于人；得天下英才而教育之"的"君子三乐"，赞颂受匾人堪称"天民"的为善情操和公益品行……

匾额文化有待抢救、研究、振兴

在浩瀚的中华优秀传统文化中，匾额内容因其精粹、精致、经典的特质，位于纲举目张之"纲"与画龙点睛之"睛"的显赫高端。

然而，匾额与传统文化的大局如影随形，在风雨如磐的岁月中衰微。近现代内外战火的摧残、几十年"反封建"的贬斥、城乡"改造"的毁弃、市场大潮的冲击，致使识匾、懂匾、喜匾环境恶化，有匾、存匾、用匾群落锐减。残存的历史匾额，多碎片状存在于文物建筑、博物馆单位及部分收藏者手中。新的制匾挂匾，于政府空间或公共设施、文化机构或居民家庭，已是小概率现象。除了活在古装影视作品中外，曾经遍布城乡的匾额文化基本已淡出民众日常生活；这也影响到楹联、成语、谚语、谜语等语言文字类文化现象的存续。

作为拥有太多中国精神、中国力量、中国理论、中国道路、中国制度等价值营养的匾额文化，迎来以习近平为核心的党中央重视传承与弘扬优秀传统文化的春天。虽然匾额并无痴迷者"字字珠玑"般夸张，但确怀铭刻人心、屹立社会、远播世界之中国文化大旗的潜质，有以"创造性转化、创新性发展"为实现中国梦做杰出贡献的能量，应通过积极努力使其"满血复活"。

努力一：发掘抢救保护。大量匾额在无视、轻视、忽视中消亡，是可怕且多年来的事实。如珍贵的天安门匾额，建国之初被摘下后不知所踪；20世纪90年代初，林声先生为编印《中华名匾》一书，委托北京朋友费尽周折，据说最后在一院内夹道中找到，"虽字迹尚可辨识，但已散裂不堪"；现又过去20年，它可否仍然安在？北京太庙匾额1976年被摘，后逢热心文化的政协委员提案，并遇有担当精神的领导批复，得以摆脱危机处境。国宝级文物都难避厄运，更何况身处穷乡僻壤宅院庙堂，那些不为人知的匾额！应向有文化自觉地区学习，深入调查摸底，落实抢救、保管、保护的责任机构和队伍资金，以时不我待的精神，抓住最后的机会，拯救历史传统上民族文化、地域文化、家庭文化的匾额实物。

努力二：整理研究活化。虽然现在社会民间活态的匾额文化式微，但在传统文化的国内热爱者领域，积累千面匾额的藏家在两位数以上，多者有五千余面，数百余面收藏者更多；加之数千座博物馆中或多或少的所收匾额，保守估计总数达数十万面。略读北京朝阳区励志堂科举匾额博物馆的600面匾，粗览通州"潞县书院"3200面匾，已颇受震撼。然而，藏匾方良莠不齐，加之不少匾文艰深晦涩，使匾额拥有者与真知真懂者的世间血脉明显相隔，严重影响了匾额文化凤凰涅槃浴火重生的进程。亟盼协调有志有能者、研究机构、社科高校、国学系统等专业力量，与历史匾额资源方开展交流互动。从认识、解读、梳理历史匾额文化上获成就，在厘定匾额于制度文化、传播文化、社会文化中关系上见成效，总结传统旌表仪轨及效能对当代文明建设、荣誉激励机制的教益，为文化自觉基础上的道路、制度、理论自觉增加支撑，并创造出新时期的中国内容与形式。

努力三：引领带动示范。抢救保护整理研究的目的，在于对匾额文化的扬弃传承、转化发展、创新弘扬。国家机关和首都北京，应在树立形神一体的国家文化形象上做表率。习近平总书记用"民族团结"贺匾、陈毅元帅以"友谊关"题字、郭沫若先生用"故宫博物院"匾文当楷模，在替代西式挂牌和消除无牌现象方面，树立了光辉榜样。倘若天安门广场不再只有毛主席纪念堂悬匾，在经历精心设计、周密策划后，于高高国徽下为天安门城楼和人民大会堂新配名号匾，赋予国家博物馆厚重榜书体的魅力大匾，必定在城乡各地大兴"国风"、彰显"族色"方面发挥示范效应。如果相应跟进普及匾额文化知识、规范权力机关和公共设施的用匾程序与制度，全国公私机构外有名号匾、内有道义职责及境界追求匾的习俗会逐渐普及。国、省、县、乡、村、家、屋，也将掀起重规矩、讲道德的文明物化浪潮。而且，连带受匾额文化影响的楹联诸文化也会随之重振，优秀中华文化传承弘优大业将因名实统一的项目推动，而多层次活力迸发。

努力四：融入完善强化。鉴于匾额在中国传统旌表中影响广泛的特殊地位，在主流价值体系中凝聚爱国主义、倡导中国精神的特色功能，在教化国民讲文明、讲秩序中的特有作用，可将其形神合一的精髓应用融入当代中国法治载体系统。当以匾额文化仪式为手段，完善强化包括2016年1月实施的《中华人民共和国国家勋章和国家荣誉称号法》细则在内、有关"中国好人"善行义举和突出贡献的表彰流程。应当在排浪型事件化宣传、私人型勋章证书化形式之外，多一份高悬国土、矗立村口、能置院门和堂屋的"中国光荣"，使匾额文化持久为同乡同胞发散共享之光，形成更为广泛的激励与自豪；给外乡外国之人带来羡慕与向往，因在各地可遇卓越者标志，而逐步重塑礼仪之邦的中国实体与形象。

努力五：魅力国际传播。匾额文化千百年辐射海外，各国唐人街区皆留身影；尤在东亚、东南亚等地枝繁叶茂，已成国际现象中"东方文化"经典。可于世界遗产委员会倡导相关各国联合申遗背景，结合韩国"申遗"初心，以新型大国的胸怀，践行习近平主席"人类命运共同体"战略理念。凭据匾额文化原创发源国、雄厚资源国优势，依靠在匾额文化研究、建设、弘扬上的成就，热情联手多国共同申遗，布局谋篇展现匾额文化时代作为、富于创新协调共享精神的大文章。

主要参考文献

林声主编《中华名匾》，辽宁人民出版社1992年版。

宋子龙编《徽州牌坊艺术》，安徽美术出版社1993年版。

支运亭主编《清代宫廷匾联》，文物出版社 2001 年版。

孙旭光主编《恭王府》，新华出版社 2011 年版。

黄彬荣编著《华夏名匾》，湖南美术出版社 2011 年版。

杨芳编著《古匾集粹》，福建美术出版社 2012 年版。

王琳琳：《北京孔庙国子监匾联考辨》，北京燕山出版社 2014 年版。

刘维纲、李延祜、刘柯：《中国古匾》，四川美术出版社 2014 年版。

作者简介

沈望舒：北京社科院首都文化发展研究中心副主任，研究员。北京"十五"至"十三五"文化专项规划专家，兼北京大学文化产业研究院研究员等职。研究领域包含文化、文化产业、首都文化；著述 300 多篇（部）、220 余万字。另外，撰写北京大学所编三卷《中国文化产业年度发展报告》北京区域报告，主持前四卷北京社科院版《北京文化发展蓝皮书》等。

中国匾额：积淀丰厚的文化遗产

吴裕成

中华匾额是一项丰厚的文化遗产。匾额的表现形式、民俗传统乃至制作技艺，具有非物质文化遗产的属性，为之"申遗"，以保护传承这一文化遗产，是件很有意义的事情。

一 称谓类匾额和非称谓类匾额：粗略但能反映基本功用的分类

匾额是古典建筑与文学珠联璧合的范例。匾额的点缀对于建筑有着画龙点睛之妙，既以书法美增添观赏效果，又以词章美产生意蕴效应，从而提高建筑的文化品位。

匾额的分类，可以有多种角度的区分，以与建筑命名的关系来划分，可分为称谓类与非称谓类。这看似粗略的分类，其实反映了匾额的两大存在依据。充当建筑物"铭牌"，或许是匾额的本初功能；然而，形式效果与表意功能的优长，使其由"额"溢化，形成亦"额"亦"匾"的博大恢宏的文化景观。

第一，称谓类。如城楼匾、衙署匾、庙宇匾、店铺字号等用来标名的匾额，堂号匾也应归于此类。

堂号匾是用来表示姓氏、发扬祖风的匾额，通常选用与自家姓氏相关的成语或典故。如游姓铭以"立雪堂"，出于立雪程门的宋代故事。游酢与杨时一起拜师理学大儒程颐，程颐瞑目而坐，游酢和杨时侍立等待，等到程颐醒来，门外降雪盈尺。游姓人家以"立雪"为堂号，表示要世代弘扬尊师好学的传统美德。此外还有周姓"爱莲堂"、张姓"百忍堂"、王姓"三槐堂"，等等。堂号匾并不直接名"堂"，如"香山遗派""百忍遗风""槐荫启秀"等，因为已是"约定俗成"，各姓人家不会混用的。

王姓"三槐堂"，或匾以"槐荫启秀"，其故事出自《宋史·王旦传》，尚书兵部侍郎王祐文章写得好，做官有政绩，积阴德，曾手植三槐于庭，并言："吾之后世，必有为三公者，此其所以志也。"后来，他的儿子王旦果然做了宰相，当时人称"三槐王氏"[①]。王祐植三槐，是借用三槐喻三公典故。《周礼·秋官·朝士》有"面三槐，三公位焉"的记载。苏轼同王旦之孙王巩是朋友，曾应王巩的请求写了一篇《三槐堂铭》。此文被编入《古文观止》中。

一姓几支，各有堂号的例子也是有的。山东章丘的孟家是巨商大贾，孟氏兄弟分立门户后，各建本支堂号，于是绸缎布料店便有了开"瑞增祥"的"容恕堂"、开"瑞蚨祥"的"矜恕堂"、开"瑞林祥"的"慎思堂"。孟姓的这些堂号给人的感觉是均选自孟子言论。

第二，非称谓类。如添丁增口匾、祝寿匾、功名匾、功德匾等，这类匾额不是用来指称建筑的。此一类中，科举匾额蔚为大观，反映了科举制度带给古代社会的价值取向，受到大众特别是文化人的追捧，是研究科举文化的重要实证史料。

添丁增口匾，这类匾额不大为研究者所注意。这类匾额颇具接地气的民俗特点。仅以山西稷山县为例。县城民居大门上方常见这样的镜匾，文字可归纳为三种格式：其一，"宁门/弄瓦之禧/壬午年正月""弄璋之禧/二〇〇二年壬午仲春二月二十八日"（见图1），"弄瓦之禧""弄璋之禧"为大字；其二，"王门弄璋志禧/祖国栋梁/二〇〇二年古历二月十四日""马门弄璋之禧/华夏英才/二〇〇七年古历十月十九日"，"祖国栋梁""华夏英才"为大字；其三，"史门得千金/巾帼英雄/二〇一三年农历五月二十日""杨门生贵子/国家栋梁/二〇一四年八月初二"，"巾帼英雄""国家栋梁"为大字。三种格式，"弄瓦""弄璋"为主题字的那种格式，时间最早。"弄璋""弄瓦"，源自古老的《诗经》："乃生男子，载寝之床，载衣之裳，载弄之璋。""乃生女子，载寝之地，载衣之裼，载弄之瓦。"这些匾，让人感受"弄璋弄瓦"古风俗，同时展示着民风的与时俱进。

将匾额分为称谓类、非称谓类两大内容，其与建筑的关系，就像中国传统

[①] 《宋史》卷二八二《王旦传》。

图1　山西稷山县民居"弄璋之禧"镜匾

书画的钤章，具有称谓意义的匾额不妨视为姓名章，不具有称谓意义的匾额则如同闲章。一幅字画上，姓章名章斋号章，数量有限，闲章则可以数量听便。匾额何尝不是如此。甘肃武威文庙，门匾殿额不少，但令人赞叹崇文风气之盛的，还是数量繁多并无建筑称谓意义的"闲匾"。其大殿门前和回廊上挂满了清代牌匾，蔚成景观。这些匾分别为蓝地、紫地、黄地、绿地、黑地，匾上铭字分别涂金色、银色、蓝色、绿色，每匾上四大字，如"经天纬地""斡旋文运""诞敷文德""天下文明""为斯文宰""孝友文章""文以载道""化峻天枢""人文化成""贵相太常""德盛化神""书城不夜"等，以壮观的形式渲染着崇文气氛。

二　古代匾额积淀丰厚，是中华文化的宝库

匾额是中华文化结晶。匾额所呈现的汉字书法艺术之美，这里且不论，匾额是巨大的信息库，从中可读出政治的、经济的、文化的、思想的、宗教的、社会民俗生活的历史信息。仅举几方面的例证。

（一）匾额中的原始思维

以后土祠雕砖匾"螽斯衍庆"为例。山西是农耕文明的发祥地之一，人们对生长五谷的土地敬畏感恩，后土崇拜古迹很多。后土庙之祖，则是万荣县黄

河岸边古汾阴后土祠。"轩辕氏祀地祇，扫地为坛于脽上"，这里的祭祀，相传始自黄帝。人文初祖开了头，一脉相承，汉武帝、光武帝、唐明皇乃至宋真宗，都曾来此礼奉后土。明朝订礼仪就近祭祀，在北京修了坛，汾阴后土祠再没见帝王的身影。阴阳乾坤，是中国人古老的世界观，造神便讲皇天后土。"地媪配天则曰后"[①]，古人以祠祀地母的方式表达对大自然的崇拜。今人一句"大地母亲"，其实是颇具古典哲学韵味的。后土信仰与祈子风俗融合，于是，"螽斯衍庆"——祝颂子孙多多的吉语，刻上了万荣后土祠的门楼。这也带着原始思维的印记，缘于先民对土地丰产的联想，如古希腊思想家柏拉图《美涅克塞努篇》所言："在多产和生殖中，并不是妇女为土地树立了榜样，而是土地为妇女树立了榜样。"[②]

（二）匾额中的蜡祭古俗

在相当长的历史岁月里，蝗灾是农业的大害，为此，人们祭驱蝗之神，并且不一而足。1938年《杨柳青小志》载："蚂蚱神（神呼蝗为蚂蚱），俗谓蚂蚱神是姜太公之妻，庙额曰'吹豳饮腊'，尚雅切也。"以姜子牙妻为蚂蚱神，这一俗信挺独特。其庙匾额的题写，则是以古风关照近俗，《周礼·春官·龠章》曰："国祭蜡，则龡《豳颂》，击土鼓，以息老物。"龡，"吹"的古字。在遥远的周代，岁末八蜡之祭是要吹奏《豳颂》的。由此可见，杨柳青民间以姜太公妻为蚂蚱神，其深层的文化背景还是八蜡之祭。

驱蝗诸神，最有名的是刘猛将军。在许多地方，刘猛将军神像就供奉于八蜡庙。这与清雍正朝将刘猛列入祀典有关，"世宗朝，敕郡县建刘猛将军祠，以其善杀蝗也，遂与八蜡并崇祀典"。乾隆《宝坻县志》刊有"刘猛将军庙"条，实无庙，"奉主于八蜡祠内，颜曰'功襄二穑'"，并记"仍应专庙，尚有待焉"。这是乾隆七年（1742）修志时的情况：宝坻县在八蜡庙内辟了刘猛将军祠，匾额为"功襄二穑"。

（三）匾额中的民间宗教信仰历程

妈祖信仰习俗是中华民族贡献于世界的文化遗产，已列入《人类非物质文化遗产代表作名录》。妈祖信仰兴起于宋代。相传，"神姓林氏，兴化莆田都巡君之季女，生而神异，能力拯人患难，室居未三十而卒。宋元祐间，邑人祠

---

① （清）赵翼：《陔余丛考》卷三十五《天妃》，中华书局1963年版，第760页。
② 转引自朱狄《原始文化研究》，三联书店1988年版，第763页。

之"①。初时奉为"神女""龙女"，后来，朝廷使臣由高丽归航遭遇风浪，虔诚哀恳"波神"而得以返航，"徽宗宣和五年八月赐额顺济"②。这是历史上第一次帝王御赐匾额，开始了妈祖进入国家祭祀系统的进程。元代漕运、明代航海，被朝廷封为天妃的妈祖进入祀典，封号不断累加，清代加封天后。超越海神神格的妈祖，在妈祖俗信北传的重要地方天津，得到与此相恰的礼奉。天后宫山门"敕建天后宫"匾额见证着清朝时对于妈祖的尊崇至极，山门内牌坊和殿宇的匾额，则对当年的妈祖崇拜做了生动的反映，妈祖娘娘既是"海门慈筏"的航海神，又被尊为"三津福主"地方大神。三块匾额，一段形象的民间信仰风俗史。

（四）匾额中的阴阳五行学说

宁波有座明代藏书楼——天一阁。其名取于《易经》："天一生水，地六成之"。砖木小楼，藏着千册万卷，最怕的就是火患。天一阁的取名，向古代神秘哲学借来"神秘水"，以水克火保平安。天一阁主人大概也明白，光靠冠上个生水的名字还不够。藏书楼前，挖池蓄水架小桥，是造景更是以防万一备水源。

清乾隆年间纂修四库全书，建楼藏之。御制诗"书楼四库法天一"，乾隆自注："浙江鄞县范氏藏书之所名天一阁，阁凡六楹，盖取'天一生水，地六成之'，为厌胜之术，意在藏书。其式可法，是以创建渊、津、源、溯四阁，悉仿其制为之。"③ 这是以宁波天一阁说事。古代砖木建筑，防火事大，"天一生水"之说被用来厌镇火患。范家楼名"天一"，寓意"生水"；乾隆所列内廷四阁，文渊、文津、文源、文溯，阁名均含"三点水"。五行水克火，皇家也信这个。

明代的民间藏书楼、清代的皇家藏书楼，那些含"水"的匾额，在讲解着关于阴阳五行的故事。

（五）匾额中的优雅情致

和珅府内建了亭子，纪昀去贺，送"竹苞"二字匾，被乾隆道破："个个草包，捉弄你呢！"这一野史趣闻，在真实性方面大约不太靠谱。假使君臣三人确曾戏谑，也是皇帝挑事，歪批找乐。纪晓岚的匾所出有自，《诗经·斯干》庆祝王宫落成，有"如竹苞矣，如松茂矣"之句。"竹苞松茂"传美意，贺新居，祝

---

① （元）程端学：《灵慈天妃庙记》，《至正四明续志》卷九《神庙》。
② （清）《古今图书集成·神异典》卷二十八引《莆田县志》。
③ 戴光中：《关于范钦及其天一阁的若干思考》，载《天一阁文丛第四集》，宁波出版社2006年版，第20页。

人寿，祝家族兴盛子嗣旺。"竹苞"之颂，明代用，清代乾隆朝之后仍在用。建于同治年的杭州胡雪岩故居，就以砖雕匾，刻"竹苞"这两个字。

拆分字形，竹为个个。唐代人为《史记·货殖列传》"竹竿万个"注解，引《释名》："竹曰个，木曰枚"。"竹"本象形字，"个"作竹的量词，汉字文化之妙，愈品愈有滋味。扬州的个园，园门上有刻着"个园"的石额。"竹苞"往往与"松茂"并用。福建南安晚清蔡氏民居，宅院十六座，装饰"竹苞""松茂"字样者，不止一门。有一处，门左门右还变异为"竹茂""松苞"。人取名，"松茂"有见，"竹苞"则少。

（六）匾额中的崇文风尚与科举文化

崇文先得说孔子。山东曲阜是古代文化圣人之乡，孔庙匾额纷繁，"万仞宫墙""金声玉振""太和元气"等，均有经典所本，与"德配天地""道冠古今"匾一道，成为各地文庙的范式。

相传孔圣人降生在尼山。尼山"夫子洞"石室后面山上有座亭子，亭匾"观川亭"。《论语》名句："子在川上曰：'逝者如斯夫！不舍昼夜。'"在生命开始的地方慨叹时光易逝，金代人用建亭子的方式，为孔夫子的感叹立一枚感叹号。

颜回是孔子得意门生。曲阜颜庙，大殿额以"复圣"殿匾。颜回被尊为复圣，不仅因为孔子盛赞其贤："贤哉，回也！一箪食，一瓢饮，在陋巷，人不堪其忧，回也不改其乐。贤哉，回也！"箪食瓢饮乐呵呵，绝非颜回的全部。他的问学求教就颇见水准，曾引出孔子名言："克己复礼为仁。一日克己复礼，天下归仁焉。"颜庙中轴线开着归仁门，一东一西并列之门则挂着"克己门""复礼门"的门额。圣人语录上匾额，颜庙是典型的例子。

河北鸡鸣驿古镇，明代驿学两厢廊门匾额，分别为"尼山地""泮水宫""图书府""翰墨林"。四匾十二字，给人以无尽的遐想，体现了匾额言简意赅的特点。

在河北涿鹿，老城中央的鼓楼兼做文昌阁。涿鹿地方，历史上"军堡戍守，杂以戈殳甲胄之士"，唐代方志即有"俗尚武艺"的概括。然而，尚武必崇文，生活需要一种平衡，似乎也是规律。涿鹿鼓楼丰碑般地铭刻下民风崇文的当年。其四面券门，各有石刻匾额，东"捧日"，西"步蟾"，南"文明"，北"拱斗"。其可圈可点之处，在对于方位，"不着一字，尽得风流"。斗即北斗，又称北辰，《论语》载："为政以德，譬如北辰，居其所而众星共（拱）之"。东、西两匾，说日说月，符合古典天文学的天体运行框架。"步蟾"又切文昌之题——月称蟾宫，"蟾宫折桂""蟾宫客"都是科举的吉祥语。南面为正阳之门，额以"文明"，意为文采光明，古语"天下有文章而光明"，讲方位而隐含对攻读者的祝福，可谓曲尽其妙。

桂林市中心，靖江王城三座拱门，门洞上端各镌四个大字，白石红字，分别为"三元及第""状元及第""榜眼及第"。乡邦骄子何年高中，名次若何，铭记于侧，既是门匾，也是当年百姓仰视的光荣榜。表彰读书功名，各地常见状元牌楼进士坊，其上匾额最能彰显主题。桂林人将牌坊的功用嫁接到城门之上，仍以匾额的形式，表达至高的推崇。那推崇，又讲层次、分高低——如若前去，请不要忽略"前方城门限高"交通标志牌，"榜眼及第"门洞高2.9米，"状元及第"门洞高3.3米，"三元及第"门洞高3.6米（见图2）。三者之中，"三元及第"最高。三元者，乡试解元、会试会元、殿试状元。连中三元次次考第一，凤毛麟角，千年科举不足20人，理应礼遇最隆。

图2　广西桂林靖江王城门洞上方的"三元及第"石匾

科举匾额，"既有各级官员赠送的褒奖科举及第者的匾额、及第者标榜荣耀的匾额，还有科举及第者根据礼节和风俗题赠之匾"[①]。反映科举的匾额存世不少，如今在许多地方都能看到。

旧时，陕北民间俗语"文魁武魁，不如锅盔"，反映了安于自给自足农家经济的观念。《中部县志》解释，"文魁武魁"是匾上字，"科举时代家有文武举人，于门上悬此匾额"，而"锅盔"即面制大厚饼。[②] 本分庄稼汉绝不好高骛远的务实心态，不慕功名，淡泊自安，一句"文魁武魁，不如锅盔"表现得淋漓尽致；然而，平头百姓这样的幽默，其实也还是有点酸酸的。"文魁武魁"能够进入大众俗语，这本身就反映了功名匾广泛的影响力。

科举匾额，天津考试文化展览馆所藏，有道光年间"文元"、咸丰年间"名成甲报"、宣统年间"三代明经"等。尤以一块同治年间进士匾令人感慨。这块进士匾的与众不同，在于昔时从高挂之处摘下来以后，被刨子着实地刮了一遭。经此暴虐，大字小字，漆色全无，只有朱地儿——残红些许，留在刻字刀痕低凹处（见图3）。据介绍，当年施之以刨，找平，是为了当床板，睡着不硌。如此黄钟毁弃，忍辱蒙羞，扒下长城青砖垒猪圈，有得一比。

图3 被刨子刨过的进士匾（天津考试文化展览馆藏）

---

① 杨学为、乔丽娟、李兵：《科举图录》，岳麓书社2013年版，第217页。
② 1944年《中部县志》，《中国地方志民俗资料汇编·西北卷》，北京图书馆出版社1998年版，第143页。

一块块状元匾、进士匾、举人匾，曾经光耀读书人家的门庭。及至废科举、兴新学，这类匾额开始倒运走背字，清末《点石斋画报》就有众人烧木匾的报道。百余年后的今天再看，那毕竟是往昔遗物，承载着丰富的信息，书法也可观，留下又何妨？有幸存世的，如今成了稀罕旧物，具有文物价值。

这就引出本文的结束语：为匾额文化"申遗"，使这一文化遗产得到活态的保护与传承。

为了弘扬中华匾额文化，一是要保护好存世的老匾额，视其为文化珍品。对于那些散落的匾额，搜集起来，妥善保护，建立展馆是个好形式，这应该得到国家和社会的支持。二是要开展匾额文化研究和普及工作，梳理匾额文化发展史，对各类匾额进行历史文化大背景下的专题研究。匾额文化应该上讲堂。三是提倡传统匾额形式的古为今用，新制匾额多用书法家题字，少用电脑字。我们应通过方方面面的努力，形成匾额文化活态传承的社会氛围。

作者简介

吴裕成：《今晚》报社高级编辑，曾任副刊部主任。天津市政协第十一届、十二届文史委委员；中国作家协会会员、中国民俗学会理事、中国生肖文化研究中心学术委员会主任；天津文史馆《天津文史》杂志特约编审。主要著述有《十二生肖与中华文化》《中国门文化》《中国井文化》《生肖与中国文化》等。

匾额字义本源新探

王锐英

一

论及匾额，当论及其字义本源。

早期匾额当为竖匾，至今尚有遗存和遗风。说竖匾为匾额的形式本源，自是源于汉语书法竖写形式，这又源于汉字之初为刀笔及简册的竖书特点。再追寻起来，该是与中国木结构建筑的门户立木便于竖向书刻有关，甚至与古代立木为社、随山刊木有些关联。其后的桃符、楹联对称竖书形式为其滥觞。总之，匾额的起源和最初的形式，第一，当与中国书法的格局和写作方式关系极大，应该说与简册同源；第二，关键性的因素当与中国建筑文化依托木结构建筑的特点关系极大。本文以为论起源乃是扁下之额，论衍变乃是额上之匾。

匾额的意义本源，无非"名"与"义"。有关研究多所论及，以"匾"为义，而以"额"为名者多。额，多作为建筑物的名称和功用。竖书的额，有如五台山的"佛光真容禅寺"、日本奈良的"唐招提寺"和留存到现在的故宫中各个建筑的名称之额，其遗存较少，而横书的额则非常普遍。匾，则多为义理教化之礼义训言，如"明镜高悬""孝廉方正"一类，少见竖匾，多为横匾。可以认为，横匾是竖匾之演变、扩张的结果。而匾与额，孰先孰后值得探讨。

说到匾额起源，众人多引许慎的《说文解字》一说："扁，署也。从户册。户册者，署门户之文也。"且将户册之册通常理解为简册之册。可是，简册的出现至少已是成书的雏形，若如此说，署文及其匾额的出现应该在简册出现之后。

此论值得商榷，且涉及简册又是如何转换为匾额的问题。

简册为长条竹木编系而成，其上竖书文字。而匾额除了竖书可以算为与简册同源外，其他难以关联，"署门户之文"与"户册"的关系也难以落实。还有，扁、匾文字同义，本义应是扁平形状的描摹，起源甚早，肯定早于书写文字的简册之册。所以，如果"先有户册，后有匾额"，户册之文又怎么能转化为"扁"字以代表扁平形状之义呢？扁平之义难道比文字的起源、比户册的起源还要晚吗？还是扁平之义的早期语言文字不是"扁"字，而另有他字？

二

考证简册的起源与形状，其实一目了然（见图1）。册，由竹简木简所编组而成，其单独的一根一根的、形状扁长的竹条木条就是册的基本组成单位，称之为"竹简""木简"。简，简单之简，正如简单之单，含义简单而直接，就是指单独的一根既窄又扁长的竹条木条。考简字，其竹字头代表竹制，音义源于"间"。间字，古文字形为门中窥月，即门间缝隙。① 故简册的每一根竹木条犹如门间缝隙之扁长，所以用简来形容窄长扁平形状。恰如俗语说的：门缝里看人，把人看扁了。如此理解的话，应该先有每根扁平的竹木板条，蕴含扁平意味。所以，册字的起源不唯是后出的图书简册，而应有更早的字义依托，那就是"栅栏"或者"册石"。②

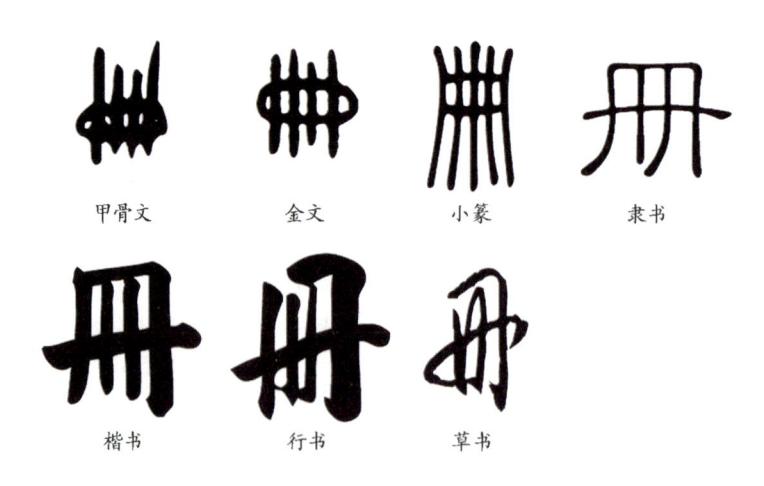

图1 册字源流

---

① 康殷：《文字源流浅说》，国际文化出版公司1992年版，第289页。
② 康殷：《文字源流浅说》，国际文化出版公司1992年版，第494页；《古文字形发微》，北京出版社1990年版，第600—607页。

甲骨金文中"册"字的早期来源一是泛指"栅栏",二是特指"册石"。

首先说"栅栏",栅栏自是院墙和门户门扇的本源,扁平的"竹木条"组成扁平的栅栏门户,"户+册"者实际应为"户+栅"。户字本文含有门扇形义,甚为原始。其后的"户+册"或"户+栅"可能后出并替代了"户"的门扇意义,"户"只留有门户的单纯含义。或者还有一种可能,即分别特指不同的门,如设匾之门首要是值得署名之门,而非一般的门户。

如此,可以说扁字的起源、扁平的文字意义的确立,其最早应是与门户和栅栏同期确立的,即为扁平的、编绑成型的栅栏构成的门扇。也可以说后来的简册之册的概念,只是因其形如栅栏而借用而已。扁,户册者,不是"署门户之文也",而是门户之栅栏,或门户之门扁也(门扇含义,不同于现在的门扁)。署门户之文即为将门户之文署在门扁之上。本文认为"扇"字晚于扁,是门扇出现双扇,且发明门轴可自由开合之后。

再说"册石",根据康殷先生考证,册字本源为祭祀之"册石",即捆绑在一起的若干长石条,古代社祭的对象。册、社音义相近。按此推论,扁,户册,特指门户中的"册石"或"社石"。考虑到"册石"一般应该设在祭坛中,且无扁平含义,故此仅存而不论。但是,不排除一种可能性,即由祭坛中的社祭"册石"演化为"匾额",而"匾额"起初代表了社祭(坛、庙)门户中的"册石",可谓:扁,社也,或社之署文也。因缺少证据,仅此存疑。

如上所述,扁,署也,其源流自然有一种可能,即起初可能署名于"扁—栅栏—门扇"之上或其中某条简即竹木板条之上,而不是高悬门楣额枋之上的"扁—简册—户册"。那么,这个"扁—栅栏—门扇"又是如何上升到门楣之上的呢?

三

这就自然要提到元代王士点撰的《禁扁》和三国魏何晏所写的《景福殿赋》。

《禁扁》一书是中国古代建筑和城市规划资料的集成,也是关于匾额的重要著作,其书名即来自《景福殿赋》。《景福殿赋》形容建筑有云:"爰有禁匾,勒分翼张。承以阳马,接以员方。"本文认为,"爰有禁匾"之"匾",应该为"扁"字。

我们先看看"勒分"之义。

引赋之李善注曰:"勒分翼张,言如兽勒之分,鸟翼之张。"吕向注:"勒分翼张，分布之貌。"释名曰："勒与肋古字通。肋，肋骨也；勒也，所以捡勒五脏也。"（《释名·释形体》）其中，捡字，为两手合拢作拱手或持物状。捡勒的意义是约束、拢护之义。勒，肋木，形如肋骨之木，指房屋或其他建筑物中构架上密集的、间隔分布的"椽子"材木。"翼张"之意很是形象，就是鸟羽张开，其一根根的羽毛排列整齐，也是类同密集的"椽子"，如文所注"禁扁列布"，形容齐整满布也。

再看"禁扁"之义。

禁扁之禁，拘禁，禁固，禁持。考虑"扁—栅栏—门扇"关系，豁然自明。禁扁，用栅栏圈禁、闭紧门户的意思，也可以说把栅栏般的长短竹木条（册字甲骨文即为两长两短间错形状）更加紧密地均衡分布于房屋屋架的檩条之上，又伸出檐檩之外，可醒目观览，形如平放的"扁—栅栏"，以护持和托起四阿（屋盖）。

又"禁扁"具有"椽子"的意义（见图2），语见李善注："扁附，阳马之短桷（音决）也。"又可断句为："扁，附阳马之短桷也。"前指扁为阳马一类中的短桷。不确，因阳马为四阿（屋盖）之长桁也（关于阳马，疑为建筑屋盖下的原始斜撑，后演变为斜梁、角梁）；而桷乃为方形的椽子，故后指为准确，扁是附着在阳马（长桁）上的类似短椽的构件。所以能够"承以阳马，接以员方"，即指扁上接于阳马、下接于员方之木构之上。员方，指枋木。此处强调说明，用于文字的简册的产生要远远落后于栅栏，所以扁字的产生依托栅栏，而非后来的简册。

图2 "扁—栅栏"与房椽关系示意

到此，可以指出匾额字义的起初含义了。匾额，即禁扁之下、额枋之处的构件。扁者早于额（署名）的产生，额匾的本源应是扁的一部分简所构成。或者可以说，匾额，一为禁扁之扁下之额，可能为区别上方之禁扁，而专用匾字指代；二为门扇之扁上之额，为庄重起见，由门扇移到门楣之上。前为义理之意，后为事实之意。至于真正的匾额是何时出现、何时张挂在禁扁之下的，能否从署文门户和社祭坛庙的演变建造加以探寻呢？

一家之言，以待商榷。何意肯綮，再待深研。

主要参考文献

（三国魏）何晏：《景福殿赋》。

（元）王士点：《禁匾》。

康殷：《文字源流浅说》，国际文化出版公司1992年版。

康殷：《古文字形发微》，北京出版社1990年版。

作者简介

王锐英：北京建筑大学图书馆馆长、研究员，主要研究方向为城市道路桥梁与交通工程、北京历史与文化、建筑文化与工程文化、设计创新教育。目前为北京史地民俗学会副会长、北京创造学会副秘书长、中国创造学会理事。

匾额文化的传承和保护

杨 芳

一 前言

牌匾是集文学、书法、绘画、雕刻、印鉴于一体的综合艺术形式,承载着古代的道德观念和世俗心态,凝聚着中华民族思想艺术之精华,是中华民族独特的文化遗产,有"刻在木板上的史书"之称。一方匾额,或标榜名号,或歌功颂德,或明志勉励,或警示后人,不一而足,内容相当丰富,往往与楹联结合而相得益彰,是中华民族传统文化的重要载体和标志。

匾额起源于周秦时期,其产生的理论基础是孔子"名正言顺"之名学思想。匾额做成方形,高悬于门额或厅堂,悬挂于正中,标示着"正统、正宗、正气、正派",具有明确的表彰旌表意味,是一道独特的人文景观,起到树立典范和弘扬正气的作用,被视为一种公共文化资源,弘扬的是中华传统美德,传播的是正能量。

二 匾额的历史

匾额的产生、发展、完善、繁荣、没落,历经了两千多年的时间。

匾额早在秦代就有专门的称谓,是为"署书"。段玉裁《说文解字注》[①]:

[①] (汉)许慎撰、(清)段玉裁注:《说文解字注》,上海古籍出版社1988年版。

"扁，署也。从户册。……署门户者，秦书八体，六曰署书。"明代费瀛《大书长语》："署书者，以大字题署宫殿匾额也。"[1] 可见匾额在当时只能悬挂于官府建筑门额之上，由官府垄断。汉高祖六年（公元前201年）丞相萧何所题的"苍龙"和"白虎"[2]匾是文献记载里最早和最具体的匾额，距今已有2217年的历史。

匾额在汉代之前的功能主要是建筑标识。到了东汉时期，匾额开始具备教化、教育功能，普通百姓达到"贞、孝、节、义、仗义疏财"[3]，文人学士在百姓中起到楷模作用的，达到当时官方认定和认可的标准，朝廷便通过赠匾来表彰。南朝宋历史学家范晔《后汉书》记载："凡有孝子顺孙，贞女义妇，让财救患，及学士为民法式者，皆扁表其门，以兴善行。"[4] 即便如此，在这几百年的时间里匾额只有官方才拥有制作权，没有得到官府的同意，谁都甭想悬挂，不管你是达官贵人还是万贯家财。之后的几百年间，匾额似乎隐身了，很难在史书上见到记载。

到了唐代，我们能在书中见到关于名人题写匾额的一些记载，官府也开始默许一些达官们在自己家中悬挂匾额，如湖南民间收藏家收藏的唐代枢密观察使郭延嵩题写并在自家悬挂的"枢密第"牌匾。但这个时代多数匾额主要还是用来赞颂帝王的功德和装饰皇宫贵族的宫殿、苑囿。

到了宋代，匾额开始走入百姓生活，成为真正意义上的文化艺术品。宋代人们生活中的礼仪活动，人与人之间的交往，经常通过赠送匾额来表达。无论官方还是在民间，都将送匾当作交际的一种方式。有钱人更是将匾额铸造成金碧辉煌的奢侈品，加上文化人和书法家的介入，人们赋予匾额更多、更浓厚的文化气息和文化韵味，匾额不仅是生活中的奢侈品，更是装饰品和文化的象征。宋代李诚编修的《李明仲营造法式三十六卷》里，匾额是当作建筑里的一门技艺专门叙述的。从中也说明匾额在宋代是生活中必不可少的文化艺术品。应该说，这与宋代商品经济的高度发展和文化艺术的高度发达是分不开的。此后，匾额成为文化和身份的代名词。

明代匾额的题写不仅与建筑所处的环境相呼应，还非常注重匾额的书法和题匾人的名气。明代书法家费瀛的《大书长语》列举了当时许多匾额皆由书法

---

[1] （明）费瀛撰：《大书长语》，上海古籍出版社1996年版。
[2] 洛阳市文物管理局、洛阳民俗博物馆编：《洛阳匾额》，朝华出版社2002年版。
[3] （宋）邵伯温撰，李剑雄、刘德权点校：《唐宋史料笔记丛刊·邵氏闻见录·卷第一》，中华书局1983年版。
[4] （南朝宋）范晔撰：《后汉书》，中华书局出版社1998年版。

名家所写，如"我国初南京宫殿及太学诸匾，皆詹希原奉诏楷书。莆田周翠渠先生所题岳阳楼匾，茂密苍劲，神彩照映，真足以壮观荆南。嘉靖初，学宪白泉汪公手书先师庙暨庙门匾额，颁刻两浙学宫，笔势闳伟，风骨内含，得印泥画沙之意，一时署书无能出其右者"①。此书在"结构和真态"一节中，还详细介绍了根据建筑的功能与用途不同所用之匾和书写方式也不同。"匾有横竖，体裁不同，字有疏密，形势亦异。厅堂用横匾，如明伦堂三字。……公署用竖匾直书，第一字宜大，第二第三渐渐小，挂起方恰好。寺观匾每尚方，如大雄宝殿四字。"② 接着作者又用了风趣幽默的比喻讲述匾额在建筑及人们生活中的重要性与题匾忌讳诸事。他说："堂不设匾，犹人无面目然，故题署匾榜曰颜其堂云。堂有崇庳，匾贵中适。堂小而匾大，为匾压堂，固不可。若堂高而匾小，犹堂堂八尺之躯，面弗盈咫，则亦不中度矣。登其堂，观其匾，整饬工致，名雅而字佳，虽未见其主人，而风度家规可明徵矣。匾名犹不易立，时辈不沦于俗尘，则过于矜张，讵知古人非直为观美也，寓户牖箴规之意焉。必须词典则而意趣高远，使人目击而道存。其字体须端庄古雅，非比亭榭燕游之所，流丽情景，可恣跌宕也。"③

明清两代是匾额历史上最繁荣、最辉煌和最完善的时期。上层阶级和百姓阶层的日常生活都离不开它，它不光是身份、地位、品位、文化的象征，更是一种政治意义的体现。它的功能逐渐成为朝庭宣扬礼教、规范人们行为和维护伦理道德的政治武器。这时的匾额形式也丰富多样，有方形匾、册页匾、书卷匾、画卷匾、虎头匾、横幅匾、秋叶匾、碑文匾、虚白匾、华带匾等，许多匾额四周的边框（《营造法式》上称的牌首、牌带和牌舌部位）之上还雕刻着各种各样的吉祥图案，文字内容也更加丰富，有的还用满、汉、藏、蒙多种文字书刻。

清代著名戏曲创作家和理论家李渔在《闲情偶寄·居室部·联匾第四》中用了近两千字介绍挂匾的来历和规矩。他写道："堂联斋匾，非有成规。不过前人赠人以言，多则书于卷轴，少则挥诸扇头；若止一二字、三四字，以及偶语一联，因其太少也，便面难书，方策不满，不得已而大书于木。彼受之者，因其坚巨难藏，不便纳之笥中，欲举以示人，又不便出诸怀袖，亦不得已而悬之中堂，使人共见。"④ 书中不仅详细记载了匾联的形制、款式和制作技艺，还将每种匾额的优缺点，题写和应用时的注意事项都一一列出。在清代，无论作为

---

① （明）费瀛撰：《大书长语》，上海古籍出版社1996年版。
② 同上。
③ 同上。
④ （清）李渔著，江巨荣、卢寿荣校注：《明清小品丛刊·闲情偶寄》，上海古籍出版社2000年版。

官方以及皇室的一种表彰方式，还是民间庆贺祝福的场合都离不开匾。赠匾还作为一种表彰方式列入大清的律例，规定凡是达到高寿之人、孝子节妇和对朝廷做出贡献的人，各级政府都可以匾额的形式对其进行表彰。如清代各朝皇帝都将挂匾当作是国家的重要大事，通过到孔庙大成殿悬挂匾额以述其志。如康熙帝在交泰殿题的"无为"匾、大成殿题的"万世师表"匾；雍正帝在养心殿题的"中正仁和"匾、大成殿题的"生民未有"匾；乾隆帝在颐和园长廊西端题的"山色湖光共一楼"匾、大成殿题的"与天地参"匾；嘉庆帝在颐和园南湖岛龙王庙题的"敕建广润灵雨祀"门匾、大成殿题的"圣集大成"匾；道光帝题的"圣协时中"匾；咸丰帝题的"德齐帱载"匾；同治帝题的"圣神天纵"匾；光绪帝题的"斯文在兹"匾；溥仪题的"中和位有"匾；等等。

也许是物极必反的规律，匾额从繁荣到没落正应允了老子的这一思想。近代的中国，列强争食，战乱频仍。两次鸦片战争、中法战争、甲午战争、八国联军侵华，不仅是中华民族国力之巨伤，而且是中华民族文化之惨痛！这个时期中国的文物遭到强盗掠夺，损失的文物数量无法统计，令人扼腕长痛。辛亥革命的爆发推翻了清王朝的统治，结束了中国两千多年君主专制制度，随即爆发了一场崇尚科学、反对迷信、抨击封建思想的文化启蒙运动——新文化运动。在冲击封建主义思想道德的同时，也波及了中国传统意义上的优秀文化。由于匾额多是悬挂在宗庙祠堂或士大夫的深宅大院中，成为许多新文化运动人眼中传播封建思想的产物，砸匾、烧匾、肆意改变匾额的现象层出不穷，如故宫文华殿门上的"文华殿"斗匾、紫禁城午门的"午门"斗匾、西华门的"西华门"斗匾原来均为满汉文书写，辛亥革命后取消满文更换为汉字书写的斗匾。从清光绪年间开始，匾额数量急剧减少。从民国到解放前30多年时间留存的匾额实物来看，宣扬中国传统文化的匾额越来越少。连年战事、民不聊生，匾额呈现凋零的状态。

20世纪60年代，一场"文化大革命"浩劫，全国到处"破四旧"，古民居、古宗祠内的匾额、神龛、木雕花板首当其冲，被认为是封建产物遭遇破坏和烧毁。笔者在参加全国第三次文物普查期间，对连城县境内的古村落匾额进行了调查。从走访中得知，过去文化底蕴深厚的村庄古宅里悬挂着许多彰显祖先荣耀的匾额，但"文化大革命"期间大多数匾额都被集中起来统一烧毁。据不完全统计，仅连城县就有上千方的匾额毁在这个时期！能逃过劫难的匾额多是交通不发达、比较闭塞的山区，有的是当时人们冒着生命危险私藏起来的。

改革开放初期，不少农民富裕了，将祖上留下的老屋、祠堂拆建，遗留在古宅里的匾额又一次遭遇人为损毁！这些匾额命运各异，有的被丢弃在路旁，有的被当作修建房屋的建筑模板,有的用来搭建谷仓,有的被裁制成门窗,有的用来铺路,有的用来当作床板,有的用来修葺猪舍,甚至用于厕所的踩脚板。匾额这一代表文化和身份的高雅艺术品逐渐淡出人们的视线,成为一种历史的记忆,成为一种正在消失的文化。

三 匾额文化的特征与价值

匾额在中国有着悠久的历史,从至高无上的皇宫建筑,到偏隅山林的寺庙观宇;从俊峭秀丽的名山大川,到游人如织的桥涵码头;从寄情山水的亭台楼阁,到大隐于市的书房斋号;从一方乡土的祠堂民居,到人来人往的店铺商号;从祖国大陆到宝岛台湾;从一衣带水的邻邦,到大洋彼岸的唐人街,凡是有华人栖息的地方都可以看到匾额的身影。匾额以中华传统文化内涵为题材、以书法文字为主题和装饰衬托所构成的艺术特点,成为中国传统文化的点睛之笔。人们通过匾额表达内心对外在事物的感受,寄托主观良好的期望。匾额以其丰富的文化内涵占据着我们的生活,丰富了我们的灵魂。它就像是一口古井、一把古琴、一部好书,滋润着我们的心灵,开阔了我们的视野。

(一) 匾额的特征

匾额从早期的单一建筑标识功能发展到具有人文特征的文化现象,彰显了博大精深的精神内涵。它有四个方面的特征,即不可替代性、传统教育性、格式约定性和文学表现性。

1. 不可替代性[①]

匾额作为一种题写悬挂在建筑物上的综合艺术品,是中国古典建筑与传统文化珠联璧合的范例,也是中国文辞之美与工艺之美的集大成者。中国文化有着强大的延续力和凝聚力,中国文化之所以能历经数千年持续至今而未曾中辍,与中国人对自我认同的文化心理是分不开的。秦朝统一了中国汉字,一个个方块字见证了中国古老的文明、传承了中国五千年的优秀文化。而经历了两千多年的匾额由于其简洁洗练又意境深远的文字,成为延续和传承传统文化的重要脉络。匾额的灵魂在于儒士和达人赋予其的浓厚文化韵味。精炼简短的优美词藻,清俊秀丽、刚劲有力的书法,寓意吉祥、雕刻精致的丰富图案,使得匾额灵气生动、大气隽永、生气盎然。

---

① 本节内容选自杨芳编著《古匾集粹》,福建美术出版社2012年版。

匾额上的题词言简意赅，区区三四字便生动形象地表现出建筑物或人物的精、气、神，将中国语言文字上的气韵与辉煌发挥到了极致。即便是文字较多的祝寿匾和圣旨匾，也是秉承了中国诗词的一贯传统，贵在精当，一字千金，又回味无穷。倘若说文人墨客的文采书法赋予了匾额的"神"，那么民间工匠的雕刻艺术则赋予了匾额的"形"。工匠们以其精湛的雕刻艺术，如实生动地反映了题匾者的字形体态；或提按钩折、锋芒毕露、矫若游龙，或飞白枯笔、藕断丝连、险峻飘逸，神韵展现得淋漓尽致，将书法艺术惟妙惟肖还原于匾额之上。两者的完美结合使得匾额神形兼备，英姿勃发，独具魅力。

因此，匾额不仅展示了手工技艺和书法文辞，更体现出深厚的民风民俗和中华民族的传统心理，在人们心目中具有崇高的地位。

2. 传统教育性

匾额的踪影在中国大地上可以说俯拾皆是，不仅仅是以儒家文化为核心的黄河、长江流域随处可见，在少数民族的聚集地区也常有所见。甚至亚洲的一些国家，如日本、韩国、越南、朝鲜、新加坡等，因受到儒家传统文化的辐射，在它们的建筑中也常有匾额的踪迹可寻。此外，在世界各地的唐人街和华人经营的商铺里几乎都挂有匾额。笔者在新加坡访友期间，就曾见到许多华人居住的建筑门额上都挂着匾额。匾额在福建则是遍布八闽，从闽东到闽西，从闽南到闽北，从客家土楼到沿海地区，从家庙祠堂到寺庙圣地，中华民族这一共同的文化习俗形态跨越时空跨越地域历经劫难得以传承和保留下来。

匾额从秦汉开始流传，在华夏大地万里风行，流传时间之长、传播地域之广，其珍贵程度是无需言表的。作为一种生活的智慧、一种悠久的传统习俗，它渗透于各阶层人士的日常生活之中。人们通过挂匾赠匾表达勉励、赞誉、祈盼、喜悦之情，从学子高中到官吏升迁，从亲朋好友的诞辰到各种喜事的庆典祝福，从房屋落成时的祝贺到店铺开张的开业大吉，匾额成为联系人与人关系的一个重要载体。

通过匾额，可以了解国家与地方社会以及人们群体之间相互的关系；朝廷和皇帝通过赐匾可以理顺中华民族与周围藩属之间的稳定关系；民间通过赠送匾额加强相互之间的交流；个人通过挂匾表明了自己的兴趣爱好以及志向，寄寓主人的精神境界。匾额所含的精神与建筑的外形互相辉映，体现出孔孟儒学思想的中庸之道与和谐有序的生活理念。从斋堂雅号到官府门第，从修身立志到旌表贺颂，匾额渗透到人们生活的方方面面。比如家庙祠堂落成后高悬一方匾额于祠堂上，既能够使后人睹物思人，凭吊缅怀祖先；又能表达对祖先的崇敬，使人体会到家族血脉的归属感和自豪感；还能激励晚辈好学上进，发扬祖先的美德。匾额作为一种古老的传统文化，树起了代代相传、教育后人、启迪心智的一面旗帜，成为人们渴望寄托的精神家园。

3. 格式约定性

清代李渔《奈何天·巧怖》言："有二位雅人在此，为何不命一个斋名，题一个匾式？"清代上海人王莘元《星周纪事》记："予家感公厚德，即恭送'明察秋毫'匾式，嗣于沪城克复后，悬之公馆。"由此得知，匾额制作是有"匾式"的，有一定的书写规范和格式。

从明清时期的匾额遗存情况来看，除了圣旨匾是原原本本、一字不动地将皇帝颁发的圣旨刻在匾额上外，其余匾额的文字几乎都遵循着当时特定的规范格式来写。匾额的书写格式从右到左，居于右侧的文字为上款，左侧的为下款，中间的正文为题词。上款和下款部分的文字也叫作款识。款识在早期指钟鼎器物上铸刻的字，司马迁《史记·孝武本纪》载："纷阴得鼎，鼎大异于众鼎，文镂，无款识。"款识历来被人们当作鉴别器物年代的标志性文字，后来广泛运用到书画作品上，书画作品一般都会题上作者的姓名、创作的日期，钤上作者的印章表示郑重。上文讲过，匾额到了明清时期出现历史上的第二次高峰，赠匾挂匾成为人们日常生活中普遍的习俗，于是在"匾式"上加上款识成为重要环节，而在上款中将题匾者所任之官衔一一刻在匾上也是当时的一种约定俗成。

款识的文字对于鉴别匾额的年代和题写人的身份非常重要。一般来说，款识部分的内容由题匾者的官职及其身份、受匾者的身份和受匾时间或立匾时间组成。题词的内容则丰富多彩，涉及生活的方方面面，字数最少的是两个字，多的达到十个字，其中四个字最多。

4. 文字表现性

匾额的正文（题词）作为匾额中最重要的部分，它追求的是意境和文采，根据不同的功能应景而写，充分发挥语言文字表情达意的最大功用。题词因此也雅俗共赏，种类繁多，其共同的特点便是为人们传达心声。自然景观中、风景名胜处的匾额，题词多与周围的风景相呼应，做到情景交融，以景抒情。比如福建连江青芝山通往青芝古刹的半山中就有一方清咸丰九年陈宝琛题写的"半山亭"木匾，人们一看此匾就知路程已达一半。

声望祝寿类的匾额则语势恢宏、华丽优雅，表现受匾人的身份与其倍受尊敬的地位。如"清白有声"匾，一看便知受匾人是个品行高尚之人；又如"席珍雅望"匾，是赞颂受匾人具有崇高的名望，是人群中的佼佼者。

文人墨客题写的匾额通常大有出处，需要有较深厚的文化功底方能解其中意。比如福建省诏安县九侯山九侯禅寺殿堂上悬挂的一方"洗心之藏"木匾，为明代大学者黄道周所书。若是不懂得其中的典故，便不懂得此匾为何而写、有何意图。"洗心"指的是"洗濯邪恶之心"，出自《周易·系辞上》"六爻之义易以工，圣人以此洗心，退藏于密"。此匾是告诫人们要除去恶念或者杂念。

匾额题词内容虽然种类繁多，但它主要是表达了人们对美、对善、对美好事物的向往和追求，因而历代文人用了最具代表性的历史典故、诗歌文字来表达人们的精神追求和内心世界，具有强烈的冲击力和强大的震撼力。

（二）匾额的价值

匾额文化源远流长，它们润物无声，亦情亦景，成为中华民族独特的一种文化表现方式。它的价值从大的方面说起到促进社会和谐、维护社会稳定的作用，从小的方面说起到规范人们行为、使人们自觉遵守社会秩序的作用。其内涵价值有社会价值、文化价值、艺术价值和史料价值四个方面。

1. 社会价值

匾额自古就有"署户册之文"之说，从其产生开始在中国大地上风行了两千多年，历代都把匾额当作教育群众和教化百姓的一个重要载体，起到树立典范和弘扬正气的作用。它寓意着名正言顺，处事周全，人际协调。凡有寿筵庆贺、进士高中、祠堂落成、表彰贤孝，往往奉送或赐封匾额，体现了"选贤与能，讲信修睦"的和谐之风。在人际交往中，善用匾额交流，往往能达到其乐融融的效果。如祝寿时恭贺"杖国文英""福寿延年""椿荣萱茂"，房屋落成时送上"华屋万年"，学子高中时题上"鳌翻云霄""振世才英"，这些美好的祝福和称赞极大地协调了上下级、亲朋好友、乡里邻居、师生之间的人际关系。人们处在这样一个充满人情味的气氛中，不仅能微妙地处理一些通过法律途径无法解决的问题，还能把人们不良的心理状态消除在萌芽之中。

2. 文化价值

匾额是中国传统文化的载体，是一种独特的文化现象。一方面，匾额的上下款中涉及大量的官职、功名称号、人物称呼、风俗礼仪、款识用语、篆印雕刻等方面，我们可以借此考证中国古代封建社会的科举制度、职官制度、风俗礼仪等；另一方面，匾额讲究的是文采的意境和书法的艺术，它集中地表现了中国传统文化提倡的价值观和审美观。虽然匾额所题的文字不多，但题匾者在用词的时候都是引经据典，可谓字字珠玑。仅仅几个字就表达了题匾者的文化功底和受匾者的个人信息。解读牌匾上的文字需要有深厚的历史、文学和古文素养。匾额不仅让人赏心悦目、丰富知识，还能陶冶个人的情操，增强个人的文化底蕴，对于研究、发扬和宣传传统文化具有非常大的价值。匾额在很大程度上体现了儒家文化、民间文化、文人文化和历史文化，因而具有较高的文化价值。匾额的独特文化现象，可以让人们从中了解一个时期人们的审美价值、雕刻艺术、书法艺术、科举制度、职官制度等信息。

3. 艺术价值

自古以来，匾额都非常讲究名人名家效应，是"雅俗共赏"的典范。在匾额汇集的众多艺术形式之中，以书法艺术与雕刻艺术最具人文价值。

（1）书法艺术。匾额是中国书法艺术的重要载体之一，书法是匾额最直观的艺术，没有书法就无法成就一方出色的牌匾。《大书长语》记载："匾榜大字，固贵绵密匀称。大字唯尚神气，形质次之。唐之裴休，宋之石曼卿，每每于匾榜上大书，其庄重若王公大人冠冕佩玉，端拱于庙堂之上；……匾名不雅不书。"[1] 从目前遗留的中华名匾来看，大多匾额都出自名家手笔，其中既有位高权重的达官贵人，也有名垂青史的文人学者、书法名家，当然还有名噪一方的社会贤达、地方名流，等等。这些人或出身书香门第，富有家学渊源传承；或出身贫微，经历寒窗苦读踏入仕途。他们的这些书法或端庄敦厚、或苍劲雄浑、或温润舒展、或俊秀潇洒，无不翰墨飘香、情趣盎然，堪称艺术之瑰宝，弥足珍贵，同时题词内涵丰富，蕴藏哲理，给人启迪和教诲，值得我们细细品味。

匾额的文字多种多样，除了汉文，还有满、蒙、藏等多个民族的文字。正文的字体有篆书、隶书、楷书、草书、行书等多种。匾额以其凝练的诗文、精湛的书法、深远的寓意，展示了书写者的深厚书法功底，蕴含着文人骚客的艺术创作，烘托出拥有者的地位。如果把这些不同时期、不同匾额上的文字结集成册，无疑是一部不可多得的书法精品，对于书法爱好者和研究者具有较高的借鉴和欣赏价值，正如清代戏曲理论家李渔评论匾额文化所说："眼前景，手中物，千古无人计及。"

（2）雕刻艺术。雕刻艺术是匾额最直接最具视觉效果的艺术之一。出色的工匠不仅在匾额上真实地还原了题匾者的书法，还充分发挥自己的艺术想象，在其四周雕刻着寓意吉祥的传统图案。这些雕刻的内容是一种赋有象征性的社会意义的符号系统，具有形象性、愉悦性、感染性，有以雅传俗、以俗映雅的艺术特点，同深奥的文字说教相比，有着打动人心的原始的生命力。因此，精品匾额表现出的是艺术与艺术最有力的碰撞。

4. 史料价值

匾额作为中国传统文化的载体，具有重大的史料价值。比如，匾额上下款

---

[1] （明）费瀛撰：《大书长语》，上海古籍出版社1996年版。

涉及的内容，不仅可以考证当时的科举制度和职官制度，还可以通过匾额上的事例起到补史正史的作用，在很多时候它是一份无声的史料，因此，一方匾额就是一个故事、一段历史、一本史书。

四　匾额的保存现状

从笔者多年来调查的情况来看，全国各地的匾额保存现状令人堪忧。主要有以下四个方面的问题。

第一，改革开放后的30多年间，随着农村经济生活水平的提高，原有的古建筑因为设计上的缺陷，其内部功能不能满足现代人居生活的需要，富裕起来的村民另盖新居，许多古建筑只留下没条件盖新居的小部分村民在居住。一方面由于村民自身的主体保护意识不够，很多遗留在老建筑里的可移动文物失窃、失火现象时常发生；甚至一小部分人在利益的驱动下，内外勾结将祖上留下的匾额等可移动文物拿出去变卖却对外谎称文物失窃。另一方面国家虽然对历史文化名村、传统村落的保护力度和措施越来越大，2013年开始也在全国范围内开展了第一次全国可移动文物的普查，但该次普查只是针对国有单位，对传统古村落、古建筑里的可移动文物没有明确列入保护范围内，因此除了各级重点文物保护单位里的匾额等可移动文物有一定的保护措施外，传统古村落、古建筑里的可移动文物并没有得到相关部门的有效保护，匾额面临着破坏、损毁、失火、失窃和蛀蚀的命运。匾额这个原先代表家族荣耀的文化遗产离开了建筑主体，命运何去何从实在令人忧虑！

第二，20世纪80年代末以来，社会上的一些有识之士发自对传统文化的敬畏和热爱，倾尽全力收藏和保护匾额这一祖先留下的文化遗产。但是，这些抢救和保护下来的匾额命运依旧不容乐观。目前国内已经注册和建立私人匾额博物馆的不到20家，展示的藏品也只是冰山一角，且基本上没有按照博物馆陈列的标准进行设计和陈列。按照故宫博物院专家徐乃湘先生主编的《博物馆陈列艺术总体设计》和河北省博物馆专家封良珍先生著的《博物馆陈列形式设计析览》两本书中的案例来看，文物数量与建筑面积的比例是1∶5—6平方米，即平均5—6平方米陈列一件文物。目前匾额收藏者缺乏专业人士的指导。大多数收藏家手中的匾额没有妥善的存放条件，基本上是集中堆放在一起。文物保管是一门专业的学科，对温度和湿度有着非常严格的控制。长期暴露在自然环境的匾额，无法不面临干燥、裂缝、脱金、老化、腐蚀、虫蛀等危害。如果不进行有效的防护措施，有可能发生藏品二次损毁的现象。展示出来的匾额也基本上没有恒温恒湿和消毒,长期暴露在空气中的匾额一旦患上霉菌或虫害,将会感染所有的匾额。应该说这是目前多数私人博物馆和藏家没有办法解决的问题。如果不采取有效的措施,势必会加快匾额的自然损坏,以致造成无法弥补的损失。因此亟需得到各界政府、文博机构和社会各界的支持、指导与帮助。只有全社会都重视起来了,匾额这一文化遗产才能得到长久的流传。

第三,匾额涉及的知识广、历史信息大,由于没有得到足够的重视,目前没有任何关于匾额学这方面的课程和职业培训。文博机构的大多数专家过去对进入博物馆的匾额真伪鉴别。目前市场出现了鱼目混珠的现象,假匾、仿名人匾充斥其中。许多博物馆展示出来的匾额没有深入挖掘其中的丰富内涵和匾额背后的故事,因此给专家、学者留下匾额博物馆多数都是极其不专业的印象。

第四,目前社会各界人士对匾额文化了解不深,许多专业人士没有明确认识到匾额对于中国传统文化的重要意义和匾额自身的文化担当,未成立国家级的匾额研究机构或是保护协会等团体,研究匾额只在民间博物馆和少数收藏爱好者与有识之士中进行。由于没有引起学术界和史学界的足够重视,因此匾额一直没有被作为一门学问或学科进入研究视野。

五 匾额文化的传承和保护

匾额文化的传承和保护应当是每一位炎黄子孙和全社会的一种文化自觉行为。匾额几千年来用高度概括、凝练的文字,彰显前人的丰功伟绩,勉励和教育后人积极进取。悠久的历史匾额,是中国人高雅文化的一种物化表现,千百年来也推动人们崇尚仁爱、发愤图强、有所作为的风俗形成。因此,可以毫不夸张地说,匾额是两千多年来中国劳动人民群体智慧之光的折射,是中国传统文化中饱含着丰富精神内涵的历史物证,是融文学、诗词、书法、雕刻、篆刻、政治、历史、风俗、礼仪等多种文化表现形式于一身的综合艺术品,是一项具有极高文化价值、历史价值、文物价值、学术价值、研究价值、艺术价值和社会价值的宝贵文化遗产。如何使匾额这种濒危的、正在消失的文化遗产得到有效的传承和保护,笔者认为可以从以下几个方面入手。

第一,加大对匾额文化的宣传力度。十八大以后,习总书记发出了实现"中国梦"的动员令,同时还提出了社会主义核心价值观。弘扬中华传统美德是当前国家文化发展战略的精神核心和最高纲领。匾额恰恰是中华民俗文化的精髓,是传统文化的优秀产物,它用包罗万象的内容、自然亲切的态度、默默奉献的精神,对促进中国各民族大团结、维护社会稳定、提升社会价值观和道德观做出过重要贡献。保护和传承匾额文化，并在全社会倡导和恢复匾额所蕴含的"和谐"文化，有利于敦宗睦族、弘扬孝道、启迪后人、催人向上，对于加强中华民族的向心力、凝聚力，对于中华民族的大团结，甚至对于早日实现海峡两岸统一，都必将产生巨大的纽带和促进作用。因此，充分利用网络、媒体、微信等新媒体正面的、积极的宣传匾额文化在中华民族中承载的重要价值和地位，以及匾额文化的核心价值观，传播匾额身上的正能量，对于实现中国梦将具有十分重要的意义。

第二，应充分认识到匾额文化在中国经济文化建设中的重要性，从国家和政府层面制定保护政策和措施，加大对民间收藏的保护力度和奖励措施，加大对匾额博物馆的资金投入，切实把匾额文化的保护工作落到实处。文化是一个国家的软实力，也是衡量一个国家文明程度的标尺。匾额文化在中国的历史长河中传承和延续了两千多年，可见历代都把匾额作为宣扬礼教的文化武器，对于一个有着五千年悠久历史的泱泱大国，有实力也有能力保护和传承好匾额文化，让祖先留下的这笔丰厚文化遗产发扬光大！

第三，将匾额纳入正式的研究范围，建立匾额学。匾额文化是一个不可再生的资源，是一个正在消失的优秀文化，匾额也是一个丰富的资料宝库，通过匾额的文字我们能够真实地了解当时的历史面貌、时代精神、社会风尚，了解在那个历史背景下人们的生产、生活情况。因此匾额是一本刻在木板上的历史典籍，是佐证历史、充实族谱和方志的重要组成部分之一。它为研究一个时期的文化、一个地方的民俗、一个民族的发展起到实物例证。正所谓"以匾研史，可以佐证；以匾学书，可得笔髓"。博大精深的匾额文化可供历史学、考古学、民俗学、文学、政治学、书法、雕刻艺术等多方面的研究人员从中查询资料、寻找依据、进行研究。因此，建立匾额学，在高校当中当作国学教育的一个学科进行研究，让匾额文化深植人心才能达到事半功倍的效果。

第四，加强对现存匾额的预防性保护。匾额的材质大多为木质类，要杜绝火灾、霉变、虫害对其的损坏。笔者有几条经验供收藏者参考。首先，藏品入馆前要进行清洗，发现有虫害的要立即喷药杀虫，以免与其他藏品发生交叉感染。对已发生虫害的匾额要进行隔离和杀虫处理。其次，木质匾额要注意防火、防潮、防干燥和开裂。梅雨季节可在室内放些生石灰、木炭或打开窗户通风；炎热和干燥季节对其喷水加湿，或在室内放几盆水。再次，有条件的收藏家可以将匾额放入密闭的房间进行熏蒸消毒。无条件的可以在室内放入樟脑丸和生石灰，以达到除虫的效果。最后，已发生脱漆、脱金、老化的匾额尽量放在阴凉处，并进行修复，修复后可以不定期地进行喷水，防止其老化。另外要避免汗液滴洒在匾额上。

　　第五，建设匾额文化专题博物馆。博物馆是集收藏、研究、展示、教育于一体的公共文化场所，作为匾额收藏家要依托博物馆的教育功能，通过不同内容、不同主题的匾额文化展览，发挥匾额文化的价值，传播匾额文化的传统美德。以连城县明清牌匾陈列馆为例。这是福建省第一家以客家人文精神、以匾额文化为切入点，通过介绍客家文化来窥视中国传统文化博大精深的一个专题博物馆。内容涵盖旌表、科举、功名、寿庆、堂号、民俗诸门类。陈列和展示了明清时期客家地区的三百多件（套）珍贵文物，极具历史、艺术和文化价值。博物馆层次分明地介绍和呈现客家匾额文化内涵，分溯源报本、尚义重礼、崇文尚武、乐善好施、闽匾台缘、品书赏艺六个展厅。琳琅满目的珍贵匾额，错落有致的摆放，或佐以文字，或图片说明，或漫画描摹，其故事、其内蕴无不展现得酣畅淋漓。许多参观者参观完该馆都表示不仅漫步在时光隧道中，更是从中学习和了解了匾额文化的博大精深。可适当开发匾额文化艺术品和旅游商品。文化艺术品不仅可以提升藏品的文化内涵，还可以有效带动其主体文化的传播。目前的匾额博物馆纪念品非常匮乏，许多文创商品没有新意。匾额博物馆和收藏家可以依托收藏的文物，大力开发文创商品。

六　结语

　　习近平总书记指出："优秀传统文化可以说是中华民族永远不能离别的精神家园。"匾联文物作为中华宝贵的物质文化遗产，它包含了中国劳动人民的汗水和智慧，记录了中华民族曾经的辉煌。中华民族经过数千年的沉淀和发展，这些优秀的传统文化已经融入中华民族的血脉之中，成为中华民族共同的精神记忆和中华文明特有的文化基因。匾额文化中丰富的历史信息、文化内涵和艺术价值是中华民族文化的思想根基，中华民族之所以几千年屹立于世界，一次次凤凰涅槃，最根本的原因就是深深植根于民族基因的伟大精神支撑和崇高价值追求。传承和保护好匾额文化中的精髓，对于早日实现中华民族伟大复兴的"中国梦"有着不可估量的意义！

作者简介

　　杨芳：福建省连城县明清牌匾陈列馆馆长，文博副研究馆员。中国民间文艺家协会会员、福建省作家协会会员、龙岩市民间文艺家协会副主席，对客家文化、匾额文化和明清木雕艺术有专门的研究。2012年出版匾额文化学术专著《古匾集粹》。

论中国传统匾额文化

李培义

中国的匾额自发明之始，就离不开刻字艺术，而中国的刻字艺术历史久远。《周易·系辞下》说："上古结绳而治，后世圣人易之以书契。"这里的书契就是锲刻文字。追溯渊源，中国新石器时代的陶片上刻有类似文字的符号，可谓刻字的原始形态，距今已有六七千年。大汶口文化中的古陶器上刻有文字符号，虽然仅发现六个文字，但足以证明中国五千年前已有刻字的历史事实。后人在殷墟上发掘的十万余片甲骨，都是用刀刻出来的文字。甲骨刻字，疏密有致，有藏有露，行气洒宕，布局如列。与之同辉的钟鼎彝器文字，或刻或铸，大气恢弘，风格古雅。甲骨文、钟鼎文的形成，寓示着刻字艺术的成熟。纵观五千年中国文化历史，可以说文字始传于刻，有刻才有文字，刻字推动了文化的发展，文化的发展又推进了刻字艺术的不断创新，使刻字艺术走向成熟与辉煌。其中匾额就是刻字艺术的杰出代表，匾额作为综合艺术也成为民族文化的瑰宝，被世人瞩目和爱戴。

一块小小的匾额浓缩了中国传统文化的精髓，展示了中国传统文化的特点和亮点。那什么是匾额呢？《说文解字》对"扁"作了如下解释："署也，从户册。户册者，署门户之文也。"扁即匾，就是说"匾"相当于现在的门牌号。《说文解字》说"额"即是悬于门屏上的牌匾。几千年来对匾额的论述各有所表，众说不一。有的从内容上区分，把刻有表达宣扬教化类文字的牌子称为匾，把刻有表达建筑物名称文字的牌子称为额；有的从器形上分，把横的叫匾，把竖的叫额。翻阅众多资料，综合多家之言，概括理解，匾额其实就是一块写上或刻上文字的牌子（通常是木板），悬挂在殿堂、楼阁、门庭、园林大门的正上方。匾额的器形决定于安放位置的大小和周围环境比例协调的美观程度，没有明确的要求。匾额的横竖器形只是一种表形，其功能都是一样的，在发明使用的初期，通常情况下都是说明建筑物的名称。后来随着社会的发展，对匾额的文字做了新的扩充，除原有的标识功能外，增加了励志、恭颂、表彰、家训等宣扬教化的内容，制作技巧也集中了当时最好的工艺，使匾额逐步发展成融合了中国传统文化的综合艺术体。

匾额最早见于春秋战国时期，匾额文化已有两千多年的历史，但匾额到底是谁发明的并无史料记载。而把匾额作为治理国家的重器，并成为国家制度，则是秦始皇之功。

秦始皇为万年计，大胆实行礼法兼用之国策，他深知礼法治国的实质是"以名治国"。所以他树立了"运理群物，考验事实，各载其名"的治国理念，在统一六国文字的同时，统一和规范了形制不一的标名形式，并定名为"蜀书"，从此确立了匾额应用的官方性质与主导地位，官方匾额体系开始形成。

匾之应用，秦开先河；匾之渐兴，始于汉代旌表制度的颁行；匾之大兴，则是在唐里坊制破除，宋街巷制形成，匾额广泛用于民间，民间匾额体系渐成气候；宋之后，匾额应用陷入低谷；"无处不匾"的盛况重现在明清；"五四"之后的民国匾额依旧盛行；及至新中国成立后，官民两大匾额体系戛然而止，流传了数千年的传统匾额文化就这样消失了。

匾额，面向社会，昭示万众，传承后代，是文化道德的载体，是社会发展的风向标。所以说，高悬匾额，是弘扬传统文化最简单、最实用的提纲挈领之举。

匾额之所以延续两千多年之久，成为中国传统文化最典型的标志，就在于这种古老的艺术形式中蕴含了民族文化的许多精华。匾额上书的榜书大字，雄浑有力，字迹端庄，结构严谨，彰显了中国汉字书法之大美；匾额上书的简约文字，文采飞扬，提纲挈领，言简意赅，体现了国学文化之经典；匾额上的制作工艺，雕刻精湛，丹漆锃亮，饰金粉银，综合了中国雕刻、漆艺、贴金等精美的手工技艺；匾额悬挂的时刻，吉日良辰，亲朋祝贺，鞭炮齐鸣，表现了中国隆重的礼仪文化；匾额悬挂的位置，门庭中央，位置显赫，庄重威严，体现了中国传统教育的独特方式。

匾额蕴含着自尊自重、天人合一、明正言顺、融汇八方的思想境界，是中国民族文化艺术结合的典范，因彰显昭示民族精神、家训遗风而产生了巨大的凝聚力。

匾额是中华民族独特的民俗文化精品。几千年来，它把中国古老文化流传中的辞赋诗文、书法篆刻、建筑艺术融为一体，集字、印、雕、色的大成，以其凝练的诗文、精湛的书法、深远的寓意，指点江山、评述人物，成为中华文化园中的一朵奇葩，成为民族文化的一种标志。

匾额按其性质来说，比较常见的大致可以分为七类。

第一类是堂号匾。一般文人墨客都会根据自己的性格、思维、爱好习惯、理想信念、为人处事的风格等在自己的书房挂一块自拟内容的匾，像纪晓岚的阅微草堂、张大千的大风堂、丰子恺的缘缘堂等。

第二类是牌坊匾。牌坊匾也叫功德匾，这类匾通常是作为表彰某人在某个方面，为国家、为集体、为别人、为家庭做出突出贡献，为彰显其功劳，由别人授予，如战场功臣、乡村老师、家庭贞节妇女、慈祥老人等。

第三类是祝寿匾。这类匾额在民间数量较大，百善孝为先，孝是中国的传统美德，作为儿女子孙，除了在物质上对老人尽孝之外，一般对年龄超过60岁的老人在过生日时由晚辈给老人授匾。过去，由于生活水平和医疗条件的限制，老人年岁超过60已是高寿了。

第四类是字号匾。在商业发达地区的街道，商铺林立，为了互相区别，各自在门头挂一块字号匾，就像人起名字一样，这块匾就是商铺的名字。一般情况下，商家为提高自己的知名度，都邀请社会知名度较高的人士书写，如北京的全聚德、荣宝斋、同仁堂等。如果商家经营有方，知名度大增，门前车水马龙，人来人往，那么这块门牌就是名副其实的金字招牌。

第五类是题字匾额。这类匾额一般都带有文学色彩或座右铭式的内容。一般情况下，由书法名人书写名言警句、座右铭一类，或由社会知名人士根据书写对象的具体情况亲自撰文并书写。

第六类是宣传匾额。这类匾额的内容多以宣传中国的传统道德文化和人文伦理方面的内容、知识为主。

第七类是警世匾额。这类匾额的内容都是提醒、告诫、要求家族后辈如何为人处事的警世名言。

各种匾额中，特别是祠堂府第、民居屋舍的匾额，虽然大多反映了传统的伦理观念和道德观念，但是具有一定的积极意义。如世德流馨、世德流芳、德重乡里、贞德永茂等，标榜了本家族先人的品习，继承前辈人的优秀品德、聪明才智、光荣传统，让家族美名世代相留，因而具有一定的教育和启迪作用。

其他匾额，无论是屋舍的装饰，还是景观的装点，无不表达了劳动人民向往、追求美好生活的意愿。如民居屋舍匾额的内容大都为芝兰入室、忠厚传家、安乐、桂馥等；反映自然景观的则如山清水秀、碧水萦绕等。所有这些表示吉祥、安宁、祥和的字眼，自古以来就被认为是福瑞喜庆、诸事顺利的象征，充分表达了中国人民的吉祥愿望、幸福追求、美好观念和欣赏趣味。

匾额就其使用材料来说，大致可分为石刻匾额、木刻匾额及灰制匾额等。一般情况下，石刻匾额都是在建造房子的同时，将刻好的匾额镶嵌在墙上，和墙面一样呈垂直状，只要房子不倒，匾额会随房子的寿命延长存在。绝大多数匾额选用木质材料制作，木质材料的优点是材质密度小，容易雕刻制作，重量轻，易悬挂；缺点是在户外太阳直接照射，风吹雨淋，易朽烂。所以，历史悠久的老木质牌匾如今很难觅得。

匾额大小没有固定标准，正常情况下，匾都是长方形的，长和宽的比例也没有严格要求，一是根据位置大小，二是根据字的多少，三是根据挂匾周边的美观程度，在这三个前提下，根据视觉习惯而定。

匾的制作方法没有固定要求，在选定的材质上采用阳雕、阴雕、堆灰、泥金、刷漆、粉银、涂色、绘画等工艺，有的牌匾四周带有很强装饰性的木框，有的大板平铺直接到头；木板结合处有的采用木条穿带，有的采用燕尾衔接，制作工艺百花齐放，各显所能。

总的要求是，美观大方，结构严谨，坚实牢固，艺术性高。

匾额上书写的内容有一定规定。在匾的中央位置，用绝对的篇幅，相对大号的字体书写主文。主文之外，左右的小字大多撰写被捐赠人及捐赠人的头衔、尊称、落款年代，有的匾上还有题写匾的作者名字及头衔，有时候正上方还会有皇帝的玉玺。这些基本要素齐备，就为匾的故事传播、历史考证留下了原始资料。

各个朝代都非常重视选择题匾的作者。题匾人要具备书、文、德、望四个基本条件。

书，即书法；自古有"书法之境界，尽在匾额中"一说，评价一个人的书法如何，就看他能否写匾额。因为一般匾额面积大、字少，为了突出正文，每个字都写得比较大。书法写小容易写大难，大字贵在结构驾驭，所以书法门类中把专门写牌匾、写大字的称为榜书。榜书写不好，就没有书写牌匾的资格。

文，即文采；国学内涵丰富，博大精深，需要作者既要有渊博的历史知识，又要有熟练驾驭文字的功底，要根据题写对象的情况，遣词造句，引经据典，以简约的文字、美丽的辞藻，概括出适情应境、文采飞扬、易懂易记，又有内涵的匾文，没有很深的国学造诣难以胜任。

德，即品德、德行；望，即名望、名声。匾额长期挂在人们容易看到的显赫位置，名人名家书写的匾额上都有题匾人的名字。人们看匾除了正文以外，最关注的就是题匾的作者。一般情况下，作者的德行表现代表了匾牌拥有人的品德，作者知名度决定了匾牌拥有人的知名度，作者的历史地位决定了匾牌悬挂时间的长短。所以，题匾人不但要有良好的德行，在社会上还要有一定的声望和知名度。德高望众的作者，就值得大家敬仰，通过作者的良好品德和知名度，对牌匾拥有者就会更加尊崇。相反，历史上不乏无德之人，题词后身败名裂，遭人唾弃，因为作者缘故，主人不得已卸下匾额藏匿的事情在各个朝代都有发生。

综上所述，中国的匾额集字、文、印、雕、色于一体，大都辞意隽永、书法精湛、言简意赅，反映了当时的政治、经济、文化、艺术、民俗、民风等，起到了补史的作用。"以匾研史，可以佐志；以匾研诗，可得诗眼；以匾学书，可得笔髓"，匾额因其所具有的历史价值、学术价值、文物价值和艺术价值而成为今天我们研究民族文化发展的实物例证。如果把这些匾额拓片结集，无疑是一部不可多得的书法精品，对于书法爱好者具有一定的借鉴和欣赏价值，而且对于研究地方史者来说，也是一份十分珍贵的研究资料。令当初那些文人骚客想不到的是，他们有感而发，在不经意间留下的翰墨，竟会成为后人研究历史、观赏书法的文物而备受宠爱。随着社会的发展和进步，无论是为歌功颂德，还是为标志记号；无论是为装点门面，还是为暗标胸怀，匾额作为一种文化现象都将成为历史。匾额过去在城市和乡村都非常普遍地被使用，由于历史的变迁以及其他因素，如今在城市已经很难看到有文物价值的老匾额了。正因为如此，老匾额才显得弥足珍贵，匾额收藏便成为必需和必然。

老牌匾承载着中国传统文化的多种元素，是继承、弘扬、传播中国优秀传统文化看得见、摸得着的真实载体，是名副其实的物质文化遗产。我们作为华夏儿女、炎黄子孙，有义务、有责任珍藏好、保护好每一块老祖宗给我们留下来的老牌匾，作为物质与精神财富，让每一块老牌匾成为当今弘扬国学文化、教育年轻一代茁壮成长的教科书，让每一块老牌匾成为传承中华民族历史文脉的活化石。

(此文为《厚德箴言　道德牌匾集》序言，华中师范大学出版社2015年版)

作者简介

李培义：民间收藏家，北京崇德堂匾额专家，德文化传承者。

浅谈从"旌旗"到"匾牌"之沿革

周庆明　刘　杰

远古时代的部落酋长，为表明自己的领地不允许他人入侵，往往用结绳串缀，或用兽皮画上符号，再用木杆树立在领地上，以表示它的领属已有了主人，这就是旌旗的雏形，后来亦被称为图腾。后世"旌旗"主要用作军事标识，如《周礼·春官·司常》："凡军事，建旌旗。"汉代应场《弈势》："旌旗既列，权虑蜂。"三国魏曹植《怀亲赋》："步壁垒之常制，识旌旗之所停。"可以说后世的招牌、牌匾、匾额之类都是由此衍生出来的。

春秋时代，商人已经分化为行商与坐贾。那些坐贾为了引人注目，往往把自己的商品悬挂起来，招徕顾客，这就是最早的悬物招牌。《晏子春秋》说："君使之服于内，而禁之于外，犹悬羊首于门，而卖马肉于外也。"这就是所谓"挂羊头卖狗肉"的来源。到了战国时代，人们开始以布帛画上物品的形象做招牌，比如《韩非子·外储说右上》就说"悬帜甚高"。汉代医生把药葫芦悬挂起来作为医药标志，所以后来称行医为悬壶济世。

到了隋唐时代，商业上开始出现用木板或镶嵌、砌筑方式做的招牌，或写上商铺字号，或宣传经营理念或特色，比如"公平交易""童叟无欺"之类。真正意义上的匾额也是这个时候才问世的。不过，从内容来说，它可以分为两大类：用以表达经义、感情之类的属于匾或额；而表达建筑物名称和性质之类的则属于额。所以民间就有了一些习惯称谓，根据地域不同，有称匾额的也有称匾牌的。而从其表象型制上看，则有"横式"与"竖式"两大类。从功用来说，悬挂在门屏上的匾额作装饰之用，反映建筑物名称和性质；而表达人们义理情感态度的匾牌则具有表彰作用。那么，它们是怎样从旌旗演化而来的呢？

一　实际意义由人而变

《周礼·春官·司常》所谓"凡军事，建旌旗"，出自周文王的第四子，被尊为"元圣"的儒学先驱周公旦，他是西周时期的政治家、军事家、思想家、教育家，因采邑（古代国君封赐给卿大夫作为世禄的田邑。也叫"采地""封地""食邑"）封在周，故称为周公。武王建立了周王朝后，过了三年就病死了，其子成王年幼，由周公旦摄政当国。相传他制礼作乐，建立典章制度。其言论见于《尚书》诸篇。

自秦、汉以来，历代王朝对所谓功名、节妇、孝子、贤人等大加推崇，往往由地方官申报朝廷，获准后则赐以匾额，或由官府造旌表立石坊，以彰显其名声气节。秦始皇时期可为旌表之始。

《史记·货殖列传》载："清，寡妇也，能守其业，用财自卫，不见侵犯。秦始皇为巴寡妇清筑女怀清台。"巴寡妇清，名清，巴为巴郡之意，姓不可考，遂以巴为姓，又叫巴清。今长寿千佛人，中国最早的女企业家，传说家财之多约合白银八亿万两又赤金五百八十万两等；曾出巨资修长城，为秦始皇陵提供大量水银。晚年被接进宫封为"贞妇"，可为旌表之始，秦始皇为她筑"女怀清台"。此后，东汉重孝道，明清加强对妇女的束缚，大力表彰节烈，皆属旌表的范畴。

有旌就有旗，可以说，自从有了旌表后，匾牌就已开始因人的主观意志而在宫廷使用，成为一种表彰形式，为官府忠孝节义的人立牌坊赐匾额以示表彰，也是古代统治者提倡封建德行的一种方式。这样，与旌旗功用一样的匾与牌就诞生了（见图1、图2）。

图1　牌匾　　　　　图2　牌匾

二　根据功能随宫廷建筑而演变

　　悬挂牌匾始于封建帝王的宫殿建筑，后来走向皇亲国戚、达官显贵、文人骚客、富商巨贾的府第、庭院。凡有豪宅大院落成，主人必定精心制作匾额悬挂在堂，或感恩上苍，以志不忘；或彰显祖德，福佑后代；或寄情理想，激励壮志；或教育子孙，昭示后人……牌匾艺术传至民间以后，其用途更加广泛，作为中华民族传统文化的一种表现形式，无论城镇、乡村，只要是商号店铺、楼堂馆所、水榭亭台、寺庙宗祠，必有高高悬挂的牌匾做为标识。其题字的内涵更为丰富，制作的工艺更加精良，逐步发展成为集书法艺术、语言艺术、文学典故、民族精神等多种传统文化要素于一体的独特艺术，多姿多彩，长盛不衰。

　　大多数的木质匾额为长方形，基本形式有横匾和竖匾。早期的匾额以竖匾为多，多为竖长方形，也有近于正方形的。晚期的匾额为横式，基本上是横长方形，这是由中国古代建筑的结构变化决定的。中国古代建筑十分明显的结构特征之一是斗拱位于房檐之下，它撑托着房檐，使之高大雄伟。在唐宋以前斗拱这一部分结构非常雄大，它在整个建筑物的高度中所占的比例很大，所以那个时候的匾额多以竖匾为主，现存唐代匾额如山西五台山佛光寺大殿的"佛光真容禅寺"是立额，日本与韩国也大多是立形多。自元、明、清以后，斗拱这一部分结构的比例逐渐缩小，就是说柱顶到房檐之间的高度越来越小。因为匾额大都是悬挂在建筑物房檐之下的，所以到后期横匾就比较合适了。当然，后期也不都是横匾，有些高大建筑，檐下亦甚宽大，也用了竖匾。如北京故宫里面那些大殿的匾额，多采用竖匾。所以，用横用竖还要依建筑物的形制。现在我们所看到的匾额中，雄伟庄重的宫殿庙宇多是采用竖匾的形式，以配合建筑的气势和高度。

　　帝王的宫殿，大都是黄色琉璃瓦盖顶，皇宫内部常使用金黄色。这是因为黄色是中央的颜色，它被其他颜色簇拥，因而是最尊贵的颜色。在封建社会里，黄色是皇帝专用的颜色。宫廷建筑为汉族建筑之精华，古代皇帝为了巩固自己的统治，突出皇权的威严，满足精神生活和物质生活的享受而建造的规模巨大、气势雄伟的建筑物大都金碧辉煌、巍峨壮观。中国古代宫殿建筑采取严格的中轴对称的布局方式，华丽的建筑彩画是中国古建筑中最具特色的装饰手法，横匾与竖匾根据建筑的需要而定，尤其在增强建筑艺术的表现力、感染力上产生突出的作用。中国的建筑不论屋内屋外，全都布满了鲜艳的颜色，横匾与竖匾的颜色反差更是起着画龙点睛之作用。中国人对于建筑的色彩，决非随意为之，在何处使用何种颜色，是有着严格规定的，要根据宫殿各个厅堂的需要而定。只要宫室建筑存在，旌与旗就无法继续承担它原有的功用。这样一个全新的概念就形成了，建筑功能需要分离出横匾与竖牌。

以匾研史，可见史髓。匾额以其所具有的历史价值、学术价值、文物价值和艺术价值，成为今天我们研究历史艺术的实物例证。一块匾，就是一篇不可多得的书法篆刻精品，对于书法艺术爱好者具有一定的借鉴和欣赏价值。正如清代戏曲理论家李渔《闲情偶寄》所说："眼前景，手中物，千古无人计及。"正是寻常可见，千古无人计及之物，往往潜藏着惊人的艺术价值。徜徉街坊，漫步邻里，犹如走进书法艺术殿堂，令人神情怡然，美不胜收。这是借此来比喻明清市井街道匾牌之流行程度。"牌"来源于传统意义上的招牌，一般是店的名字，挂在门上。"招"可以是招贴、告示，或者那种拿杆挑着的竖式招牌幌子，可以用来写广告语。自古以来，牌匾曾有多种称谓：单称有"扁、额、牌、榜"；复称有"匾额、牌额、匾榜、牌匾"。通常认为横着的叫"匾额"，竖着的叫"牌额"。现在，约定俗成地将二者合而为一，将大小不一、形态各异的匾额和牌额统称为牌匾。匾额巧夺天工，充满生活智慧，在民众的生活中广泛流传，因而成为一种永恒的时尚。如"杖乡同荣"金匾（见图3）。

图3 "杖乡同荣"金匾

牌匾，源远流长。汉初丞相萧何擅长书法，尤以用秃笔书写榜书（又称"擘窠大字"）为最。汉高祖七年（公元前200年），未央宫前殿建成，汉高祖刘邦命其榜书题字。萧何苦思三月，茅塞顿开，大笔一挥，题写了"苍龙""白虎"四个大字，制成两方牌匾。在古代就有以"匾"来识别万物、区分贵贱尊卑、褒扬良善的习俗。匾额门类多样，功用则旨在崇功祖德、笃行励志。样式有石刻匾额和木刻匾额及金属制匾额等，一般以长方形为常见，尺寸规格视门面大小而定，醒目端庄，所书墨宝多拜求名家文人题写。匾额特点为意境文采讲究，书法篆刻精湛，内容言简意赅，具有极高的艺术价值、文化价值、社会价值和历史价值。

匾牌种类繁多，从制匾材料上区分，传统牌匾主要有木材、石材和金属等不同材质。木材以其可塑性强而成为制匾的首选材料。为使牌匾经久耐用，制作牌匾通常选用性能稳定、不易变形、不易虫蛀的优质木材。从牌匾使用上区分，牌匾大致可分为标志性牌匾，如"同仁堂"等老字号的牌匾、故宫各大殿的牌匾等；装饰性牌匾，如老北京四合院里的抱柱楹联；宣传性牌匾，如有的老字号将经营理念制匾悬挂，就是一种商业宣传。商号富有代表性的招牌匾、园林中与景致相映成趣的名牌匾、书斋中自勉的警句匾、有些乡村流行的喜匾寿匾等，也是按照使用上的区别加以区分的。从牌匾形制上区分，牌匾的种类就更加多样，如秋叶匾、碑文匾、册页匾、书卷匾、画卷匾，等等。如"圣旨匾"（见图4）。

图4 "圣旨匾"

牌匾具有独特的艺术性。一块优秀的牌匾具有"文辞、书法、工艺"的三重审美。首先是文辞之美。一块牌匾能够容纳的字数有限，所以牌匾上的题字往往经过反复推敲，文辞精炼、寓意贴切、字字珠玑。历代牌匾的题词内容十分丰富，涉及民族、宗教、历史、政治、经济、文化等方方面面，可以说是浓缩了中华民族传统文化的精华。其次是书法之美。没有书法就无法成就一方出色的牌匾。因此，无论古今，书匾之人多为闻名遐迩的书法大师或是颇有书法造诣的高官名士。大家的墨宝本身就具有极高的艺术价值。再次是工艺之美。匾额的制作工艺经过长期的积累与演变而日臻完善。制匾的能工巧匠不仅可以运用巧妙的镌刻技法，将原来书法作品的神韵完美再现，同时还可运用漆艺、泥金、花边雕刻等多种装饰技法，使牌匾更加细致精美、熠熠生辉。

匾牌具有很强的实用性，这是旌与旗都无法代替的，但旌与旗的作用也是匾牌无法取代的。就像每个国家的使馆区那样各国有各国的旗子，光立块匾牌是不行的；古代将士们出征要用牦牛尾与羽毛装饰的军旗，以示威武雄风，要让旗号兵每人扛上一块匾或举上一块牌也不是那么一回事。明嘉靖年间一首诗对此有较为恰当的概括。安南内乱，明世宗朱厚熜钦点兵部尚书毛伯温南下安南平息番乱。毛伯温出征之时，明世宗赐诗一首："大将南征胆气豪，腰横秋水雁翎刀，风吹锣鼓山河动，电闪旌旗日月高。天上麒麟原有种，穴中蝼蚁岂能逃，平安带诏归来日，朕与将军解战袍。"

只有有效地各安使命，它们内在的美乃至实用性才能得到最大体现。它的实用性集中体现在两个方面：一方面体现在建筑装饰上。苍劲或飘逸的书法、艳丽的色彩、别致的装饰，使得牌匾具有极强的艺术观赏性。无论是悬挂于古代的传统建筑物还是现代的高楼大厦，都会给建筑增色不少，甚至起到画龙点睛的作用。牌匾悬挂于室内，则会使厅堂庄重典雅、古色古香、蓬荜生辉。另一方面体现在商业运用上。商号悬挂于街头闹市的牌匾，不仅是在招揽顾客，同时也代表了商号的经营理念和信誉。那些百年老店的"金字招牌"，在人们的心目中就是诚信、可靠、童叟无欺的标志和象征，是商铺（企业）巨大的无形资产。匾牌艺术性与实用性的完美结合，使之成为独具魅力的艺术珍品，具有极强的视觉冲击力。不论是行走在历史悠久的名城重镇、徜徉在古老山城水乡的老街，还是漫步在风景如画的园林名胜，古朴的牌匾点缀其中，与鳞次栉比、错落有致的建筑相得益彰，犹如一条条风格迥异的艺术长廊，构成了一道道绚丽多彩的风景线，令人沉思、令人陶醉、令人流连忘返。

近年来，中国经济迅猛发展，商业活动更加活跃，城市建设日新月异，生活水平不断提高。随着经济发展和人民精神生活的需要，一度受到冷落的牌匾艺术重新得到人们的青睐并与时俱进，融入时代的信息。在中华民族崛起的和谐盛世，牌匾艺术——中华传统文化的奇葩，一定能够不断得到滋润养育而绽放得更加灿烂！

作者简介

周庆明：民间收藏家，徐州圣旨博物馆馆长。历经40余年收藏，创办徐州圣旨博物馆、点石园石刻艺术馆。1995年被江苏轻工业厅评审为民间工艺美术家，现为江苏省民办博物馆协会常务副会长、彭城印社社长。著有《中国圣旨大观》。

刘杰：民间收藏家。徐州圣旨博物馆创办人之一，江苏省徐州市圣旨博物馆副馆长，《中国圣旨大观》副主编。

传统文化的活化石
——华夏名匾

黄彬荣

匾额文化是中华民族优秀传统文化中的一朵奇葩。"匾"字本写作"扁"。东汉许慎的《说文解字》中没有"匾"字,只有"扁"字。他解释说:"扁,署也。从户册。户册者,署门户之文也。"意思是说,扁是题署的意思,它由户、册两部分组合而成,意思为题写在门户下的文字。"扁"字后来转作他用,于是人们在它的外面加上"匚"(fāng),新造"匾"字。扁本是一块长方形的木板,故字又作"楄"。由于声音的通转,又称匾为榜、牓、牌。匾又可称额,额本指前额,是眉毛以上头发以下的部分。因为匾牌悬挂在建筑物上的位置相当于人的额头位置,所以又称匾为"额"。合称则有匾额、匾榜、牌匾、牌额等名称。

匾额的历史可以远溯到三千多年前的西周初年。据《逸周书·克殷解》记载:周武王牧野克殷以后,派毕公高、卫叔封"出百姓之囚,表商容之闾"。商容本是殷末贤臣,百姓爱之,而遭到商纣王的废黜。现在武王诛纣,所以要旌表商容所居住的里坊的门(即闾)。古代表闾的方法,就是将贤良者的姓名事迹镌刻于坊石上或刻于木牌挂在坊上,以示表彰。所以周武王表商容之闾,当是历史文献对匾额的最早记录。

时至汉代,便有宫殿题署的记载。相传丞相萧何精通书法,深善笔理,尝与张良、陈隐等讨论用笔之道。他使用一种秃笔来题额,创造了篆籀之体,时人谓之"萧籀"。汉高祖七年(公元前200年),未央宫前殿竣工,他冥思苦想了三个月,才题写好此殿的匾额,字写得极其雄奇精妙,前来参观者络绎不绝。

又曾题写苍龙、白虎二阙，确定了署书的体例。西汉中期的汉武帝刘彻亦游心翰墨，正篆、行草、八分等字体皆出人表，又创造了鼎小篆，他曾经用复籀体题写了建章宫宫阙。两汉署书名家还有很多，难以尽举。但还有一位不得不提者，则是汉末蔡邕所创造的飞白体。这种字体笔画露白，似枯笔所写，专用于题额。相传汉灵帝熹平年间，诏蔡邕作《圣皇篇》成，诣鸿都门，时方修饰，见役人以垩帚成字，甚悦，归而作飞白书。汉末魏初宫阙题署多用其体。湖南省开元博物馆藏匾也有不少飞白书。

汉代统治者还推行了一项制匾表彰好人好事的制度。司马彪《续汉书·百官五》说：汉代的乡三老"掌教化，凡有孝子顺孙贞女义妇、让财救患及学士为民法式者，皆扁表其门，以兴善行"。这一制度在基层推广，全国每年所制匾额何止千万，使得匾文化在社会上广泛普及。汉魏之际的题额名家则有韦诞和梁鹄等人。韦诞精通小篆、正书、八分、章草和飞白等各种字体，尤其擅长题署。魏青龙年间，洛阳、许昌、邺城等三都的宫观建成，魏明帝便诏令他负责题署。这项工作极其艰苦危险。相传魏建凌云殿成，匠人误将匾额钉死在殿上，殿极高，明帝命人以车绳引上韦诞，他将"凌云殿"三字写好下来，一头黑发全变白了。韦诞于是吸取教训，告诫子孙，再不要练大字了。梁鹄工正隶，宜为大字。魏宫题阙，皆鹄书。

唐宋元时期，匾额文化的发展出现了许多新变化。一是最高统治者更加热衷于题匾之事，其中以宋统治者为最。如宋太祖统一天下后，曾书"天下一统"四大字张挂以示庆贺；又在自己的殿房上悬挂他手书的"公正明"匾，鞭策自己公正治国。他见朱雀门上有"朱雀之门"四字匾额，便问赵普，为何不只书"朱雀门"三字，多一个"之"字有什么用？赵普回答说"之"字是语助词。太祖笑道："之乎也者，助得甚事。"说明他特别讲究匾额的用字。宋神宗工书，为了炫耀自己的书技，他于"熙宁元年召辅臣观御书英德殿牌于迎阳门，元丰五年御崇政殿，召辅臣观灵景宫御书十一殿牌"。其他诸帝多儒雅善书，颇多题署。二是出现了著名的书法理论专著——唐人张怀瓘的《书断》，此书专门论述了匾文书法及擅长匾书的人。三是出现了专章记载匾额制作法的书籍——宋人李诫的《营造法式》。四是商匾增多。五是匾额的经济价值与文物价值越来越引起人们的重视。据《宣和书谱》记载："方（米）芾书时，其寸纸数字，人争售之，以为珍玩。至于请求碑榜，而户外之屦常满。"另据唐李肇《国史补》载："梁武帝造寺，命萧子云飞白大书'萧'字，至今一'萧'字存焉。李约竭产自江南买归东洛，匾于小亭以玩之。"六是彰善瘅恶之匾增多。七是出现了专门贬斥他人匾牌，而以自己匾书代替的情况。如《墨客挥犀》说，宋人"钟弱翁所至，好贬剥榜额字画，必除去之，出新意，自立名"。八是被贬谪至各地的大书法家、大文豪，留下了不少珍贵的题额墨迹。如褚遂良被贬潭州而书"大唐兴寺"，颜真卿初至吉州任司马时作"祖关"题额等。所有这些，都是匾文化向纵深发展的显著标志。

社会发展到明清时期，匾牌的制作和使用已经非常普遍，外部形制也相当完备，其应用功能则越来越多样化，留下的实物也特别繁夥，足资参考，无须多说。

匾额数量既多，势必进行分类。任何事物的区分都是一样，依据的标准不同，划分的类别就不一致。如根据材质，则可分为木匾、石匾、砖匾、瓷匾、竹匾、纸匾、绢匾、铜匾、铁匾、琉璃匾等，据说古代有金匾和银匾，但未见实物。若根据形制则可分为横匾、竖匾、手卷额、册页匾、虚白匾和秋叶匾等类。若根据时代则可分为唐匾、宋匾、元匾、明匾、清匾和民国匾等（唐以前无实物留存，可以不计）。

以上分类，主要着眼于匾额的外观形式。如果依据其内容与功用，则可析为如下几大类：第一是建筑物题名标识匾。凡重要建筑物必有名称，一般都要制作匾牌，用文字标记，以便识别与记忆，或榜示当世，垂训后人。其种类繁多。林声主编的《中华名匾》细分为宫殿楼阁、院校堂馆、关隘城堡、府第民居、庙宇寺观、陵墓祠堂、塔碑牌坊、洞穴摩岩、园林亭台、商铺商场等十余小目，比较全面。第二是祝贺庆颂匾。凡有喜庆之事，则相互赠赐匾额祝贺，以增进亲情、友情，表示鼓励、关爱。这类匾用途广泛，留下的实物也很多。可细分为祝寿匾（祝男寿、祝女寿、祝双寿）、贺学匾（贺进士、贺贡生、贺举人）、贺官匾（贺荣升、贺晋爵、贺封赠）及贺新居匾等。第三是彰善瘅恶匾。彰善是旌表好人好事，这主要是政府行为；瘅恶是斥责邪恶的人和事。这种匾牌起源最早。《尚书·毕命》述周康王的命令说：要对殷馀民"旌别淑慝，表厥宅里，彰善瘅恶，树之风声"。表厥宅里就是要为忠孝节义的人立牌坊、赐匾额，以表彰他们的住宅乡里。前面提到的《续汉书·百官五》里说应该挂匾表彰宅门的有四类人：①孝子顺孙；②贞女义妇；③让财救患者；④学士为民法式者。这四类匾湖南省开元博物馆里都有不少例证。向瘅恶之匾是与彰善匾相辅相成的。如宋人李昊原为前蜀臣，后唐灭前蜀，他起草降表；北宋灭后蜀，他又起草降表，毫无骨气。所以他的邻居便偷偷地在他家大门上挂了一块牌子，题上"世修降表李家"六个大字，予以讽嘲。又如元人祝吉甫在西河上修了一座小楼，可以尽览湖山胜景。其富豪邻居却筑了一堵高墙挡住小楼。祝吉甫的好友赵孟頫看不惯，便在小楼上题了一块匾叫"且看"；大文豪贯云石（号酸枣）也题了一块匾叫"酸枣也看"，给予谴责。第四是勖勉训诫匾。如表示信念操守的"天下为公""天地正气""正大光明""淡泊明志""明镜高悬"等匾是。表示校规校训的则有湖南师大校训牌"仁爱精勤"，北师大的校训则为"学高为师，身正为范"，等等。此外，文人学者的书斋题额、座右铭刻也多属此类。

匾文是一种具有特殊款识的应用文体。完整的匾文除正文外，还有上款、下款与印章。此类匾文又可细分为以下几种情况：①上款为题匾者，下款为受匾者、年月日；②上款为受匾者，下款为题匾者、年月日；③在上下款中附有受匾者生平事迹或制匾缘由的序或跋；④上款为题匾者，下款为年月日或上款为年月日，下款为题匾者。有的匾额上只有正文，上下款均无，有的只有正文和上款（或下款），则属于不完整匾文。匾额行文因其功用不同而风格各异。有的喜用吉祥用语，通俗言辞，令人一望而知，兴趣盎然。有的擅长成语典故，含蓄蕴藉，读之使人回味无穷，大受裨益。每一方匾额都是一件精美的书法作品。题写牌匾的大字书体名叫署书，是秦书八体之一。据南朝人萧子良说，这种书体由萧何所定，萧何"为（未央宫）前殿，覃思三月，以题其额，观者如流水"，足见其书法造诣之深。东汉蔡邕所造的飞白体也是专为题署所用，唐人张怀瓘《书断》赞曰："妙哉飞白，祖自八分。有美君子，润色斯文。丝萦箭激，电绕雪雰。浅如流雾，浓若屯云。举众仙之奕奕，舞群鹤之纷纷。谁其覃思，於戏蔡君！"试问如此精美的榜书作品，谁不喜欢？曹魏梁鹄擅长正隶大字书匾，梁人袁昂说他的书法能使"太祖（指曹操）忘寝，观之丧目"，其水平之高，不言而喻。近人康有为在北碑的基础上发展变化，创造出一种独具风格的"康体"，其笔走龙蛇，纯以神行，所作碑匾，各有奇趣，当时的军阀官僚、富豪地主附庸风雅，趋之若鹜，纷纷请他题碑书额。匾额题署者多为书法大家或高官名人，所题文字，所钤印章，无不精心结撰，尽其高妙。匾额正文字体有篆、隶、行、楷、草及鸟虫、飞白、魏书、章草等，品类繁多，内容丰富，变化神奇。每悬一匾，可使江山增色，堂屋生辉，可使受匾者人气陡增，名播海内。

传统匾额又是一种精美的工艺品。其制作流程复杂，技艺高超，图案华美，雕刻精细，寓意深刻，无不体现出中华民族优秀传统文化的博大精深。欣赏精美牌匾，如饮美酒香茗，使人陶醉，令人神往。

中国传统匾额历史悠久，种类繁多，体裁特殊，内容丰富，书法精妙，雕饰华美，价值连城，是绽开在文艺百花园中的一朵奇葩。它是集语言、书法、字印、建筑、雕塑于一体的综合艺术，具有丰富的内容与精美的形式。其积极的思想内容可以引发人们进行理性的思考与丰富的联想，使人从中受到启发，受到教益。其优美的外观形式可以使人得到艺术的享受，从而消除疲劳，愉悦身心。传统匾额历经沧桑，反映了各个时代的政治、经济、文化、艺术以及历史、地理、风俗民情等，是我们研究民族文化发展很好的实物例证，具有补史证史的功用。

中国匾额的历史已有3000多年，存世的牌匾数以万计。然而除了一部分匾额因与著名建筑物融为一体而得以完整保存外，其余不少老旧牌匾由于历经沧桑，遭时多故，散落民间，无所底定，行将湮没。因此，收集珍藏各类古老的牌匾楹联，抢救珍贵的历史文物，实在是当务之急，刻不容缓。有鉴于此，我以此为己任，主持这项工作，前后历时20余年，足迹遍及大半个中国，收集珍藏各类牌匾上千方，其中历史文化名人的题匾就超过了600方。保护文化遗产，促进地方史的研究，开展对外文化交流，都是很有意义的事。

（此文为2011年黄彬荣编著的《华夏名匾》之前言）

作者简介

黄彬荣：民间收藏家。湖南省开元文化集团董事长，湖南开元博物馆馆长。2010年9月黄彬荣创立湖南省开元博物馆，博物馆先后被授予"中华传统文化教育基地""薪火相传——中国文化遗产保护杰出团队"称号。著有《华夏名匾》和《传统银器》等书籍。

浅析匾额文化

贾 娟

匾额，又叫扁额、扁牍、牌额，"匾"是指古人的门户之文，"额"是指悬挂在门上的牌匾，"匾额"就是指装饰在门沿之上用来表现一定文化内涵的专有艺术名词。匾额是中国的文化特色，经过两千多年的发展，形成了丰富的文化内涵，成为中国传统文化不可分割的一部分，对于弘扬和发展祖国传统文化、促进社会和谐统一、加强各民族间的凝聚力具有重要的作用。

一 中国古代匾额的发展概述

匾额最早可以追溯到中国秦汉时期，至魏晋时期发展成熟，并形成了以书法为主的题词立匾及注重匾额的艺术形式，匾额广泛应用于宫室、殿堂、书斋、园林的门屏之上。秦汉时期，匾额多用于表彰人物，比如说德行良善有孝行、妇女贞洁有节气等，都会赐予相应的匾额，以示奖励。在当时获得官府的牌匾奖是一种较高的荣誉。唐朝以后，匾额文化得到了进一步的发展，尤其是受到文人雅士的热爱，其热衷于在住所的各个门屏之处题词书写，不仅可以彰显自己的文学风采，还能够与周围的环境相呼应，营造一种清新脱俗的境界，同时通过对匾额的观察足以看出主人的品行。正如元代张宪在《题竹雪斋》中写的："入门见匾已不凡，推窗纵观清可掬"，可以看出字里行间流露的清贵高雅。明清时期是匾额文化发展的鼎盛时期，民族的统一、文化的多元化发展，使得匾额文化的作用越来越广泛，在内容和表达形式上逐渐丰富起来，拥有较高的艺术价值，是中国匾额的集大成时期。

匾额是中国独特的历史文化，随着匾额的不断发展和演变，到现代，匾额已经成为中国传统文化的重要组成部分，其蕴含的文化价值是值得我们思考和借鉴的。

二 古代匾额制作及类型概述

匾额的制作和构成在两千年的历史发展中已经形成了成熟的方法和要求。首先匾额一般以长方形为主，匾额的大小规模视其悬挂的位置、门屏的大小而定；其次匾的制作分为牌首、牌带、牌舌三个部分，按照长一尺、宽八寸的比例进行调节，以保证匾的比例协调；再次是匾额的制作过程中，材质的选择关乎匾额的最终效果，因而要选取质地坚硬的材料，经过细致的切割、打磨、雕刻、抛光等程序，形成基本的风格，然后再加以装饰，以达到美观的效果；最后匾额的装饰雕刻中蕴含着中国丰富的传统文化，如寓意祝寿的匾额，会在四个边角及中间雕饰蝙蝠，以表示"五福捧寿""四面来福"等，字体大多选择行书、隶书等，不同风格的字体，代表着不同的艺术特色。

匾额的种类非常多，根据材质可以分为石刻、木刻及灰制三个种类；根据悬挂的地方可以分为室内匾额及户外匾额两类；根据匾额的内容可以分为喜庆匾、祝贺匾、牌坊匾、文人题词匾及堂号匾。这些匾额具有较高的文学价值、收藏价值、书法价值、社会价值等，需要专家学者的广泛研究，以此形成成熟的匾额理论体系。

匾额中蕴含着丰富的传统文化知识和审美意识，匾额的内容更是包罗万象，涉及政治、经济、文化等各个领域。

从政治角度来看，中国古代皇宫、公堂及其他政府部门办事处都悬挂着以"正大光明""公正廉明""明察秋毫"等为主的匾额，其悬挂的地方都为官员日常办事的上方，寓意着"举头三尺有神明"，古人十分信奉神明，将其悬挂办公作案之处，能够起到警戒自省的作用，表达自己为官的理想和抱负。鼓励努力读书、实现个人理想的励志类匾额也是其重要的构成部分。古代科举制度是学子进入官场的唯一途径，匾额中的激励话语如"起凤腾蛟""梓材雅训"等，都对古代书生起到督促的作用。

从经济角度看，尽管中国古代采取"重农抑商"的政策，然而古代商业还是得到了一定的发展和进步，尤其是靠近皇权中心地带的城镇，商业发展十分繁荣，为了提高店铺的竞争力和生存力，吸引更多的客户，商家纷纷在匾额上做文章，因此形成了中国古代特有的商业文化，形成了"商业匾额"。一方面商业匾额的题词都蕴含财源广进、生意兴隆等，代表着吉祥如意，许多文人志士都热衷于给商家题匾，如浙江绍兴酒楼的"太白遗风"等；另一方面商业匾额还起到了一定的广告效应，间接起到了商业宣传的效果，如包子铺的"无所不包"、当铺店的"当之无愧"等，既点明了经营的范围，又指出了该店良好的信誉，一举多得，此类商业匾额在现实社会企业中仍广泛应用，具有较高的现实价值。

从中国传统文化角度看，匾额中还蕴含着丰富的阶层文化，具体体现在人与人的交际往来中，如庆祝大寿时，可以赠送具有吉祥寓意的如"寿""福"等字眼的牌匾，向对方表达美好的祝福；匾额还与中国的家族文化息息相关，如"张家祠堂""西陇望族"等，中国古代十分注重家族文化的传承，匾额是一个家族凝聚力和团结力的象征，具有重要的地位。

匾额是中国古代建筑不可缺少的部分，中国园林古迹、庙堂之中也拥有丰富的匾额文化。如著名的苏州园林中，几乎每一道拱门、每一座门前都有匾额题词，使得和周围的景色融为一体，增添了园林的文化艺术气息，这也是中国园林得以闻名世界的重要原因。

三　匾额文化的特征概述

匾额文化历经两千年发展，极大地丰富了中国传统文化。古代匾额文化具有以下主要特征。

首先是独有性。匾额开始只是建筑物的装饰和标记，它与建筑物相互衬托，是古代园林建筑的点睛之笔。直至发展到唐朝以后，才具备了一定的文学艺术价值，并由于其精巧的制作手法和丰富的题词艺术展现出深厚的文化底蕴，增添了中国的文化魅力。匾额是中国古代建筑和文学艺术相结合的典型案例，符合中国国民的审美价值，其中的书法艺术是匾额文化的重点内容之一。汉字是中国历史文化得以传承的主要载体，是中国数千年历史的见证者和记录者。而匾额中的文字魅力就在于其用寥寥数字能够传达出丰富的思想和情感。如"公正廉明"表达了在官场中为人处世的原则，即为民谋利、大公无私，是每个古代官员为官的原则和底线；又如"宁静致远"，则表现了文人志士高尚的情操、不为世俗所困的品行。而匾额中字体所透露出的书法艺术，反映了题词人的品格魅力，这就是所说的"见字如见人"。除了字体以外，匾额中还蕴含者丰富的图案，使得原本死气沉沉的匾额立刻有了生命，显得生动形象，既蕴含美好的寓意和象征，又衬托汉字的艺术体态，两者缺一不可，具有独特的艺术魅力。

其次是传统性。中国的匾额文化有着悠久的发展历史，而匾额文化在古代的传承靠着口口相传和血脉传承，因而具有很强的传统性和传承性。匾额在中国古代广泛使用，并发展至周边国家，其流传时间之长、流传范围之广、流传影响之深超出了我们的想象，如周边日本、朝鲜、韩国、新加坡等国家的建筑中都带有中国色彩，在一定程度上提升了中国国家文化软实力。通过解读匾额文化，我们可以了解古代人们的生活、人际交往方式及政局的发展形势。朝廷可以通过赏赐匾额，协调与周边藩国、封地之间的关系，促进和谐稳定；民间可以通过互赠匾额，加强人与人之间的关心；文人雅士通过悬挂匾额，表明自己的志向，显露个人的兴趣爱好和才华。总之，匾额中蕴含着社会生活的方方面面，具有很高的研究价值。

再次是约定性。即匾额的规格、大小、格式在其发展过程中约定俗成，有着统一的标准。匾额制作前会要求顾客将所要题的词写下来，作为雕刻的模板，这种行为称为"匾式"，这就要求匾额制作人要具有一定的文学素养；从匾额的排版来看，除了顾客要求之外，其余的匾额文字都按照特定的格式书写，即从右到左、自上而下一一临摹，右侧文字为上款，左侧为下款，中间是主要的题词，是匾额的标志性内容，几乎所有的匾额都按照此类格式雕刻；匾额的题词内容也是丰富多彩的，没有严格的字数安排，少则一字，多则五六字，而以四字为最佳，所呈现的内容涉及生活的方方面面。

最后是艺术性。虽然匾额的内容和题材十分丰富，但在总体上都是对美好生活的向往、对理想抱负的寄托、对真善美的追求，因而具有较高的艺术价值。历代文人雅士从历史古迹、诗词歌赋中提炼出最具有代表性的词汇来表达自己的理想抱负和人生追求，具有很强的感染力和渲染力。悬挂在宗庙朝堂中的匾额大多表达了国泰民安、社会稳定和谐的理念。有的匾额更是由艺术造诣很高的书法家或名人撰写，其艺术价值、收藏价值极大，具有很强的表现性。

四 匾额文化的现代价值

中国匾额文化历史悠久，是中国古代建筑的灵魂，其存在的价值涉及现代社会政治、经济、文化发展的各个方面，对我们的生活产生潜移默化的作用。从宏观角度看，匾额文化对维护中国社会和谐稳定、加强各民族之间凝聚力、提升中国文化软实力有着不可替代的作用，从微观上讲，对规范个人行为准则、培养良好的道德品行发挥着指导作用，因而需要国内重视和发展匾额文化，实现其在社会主义社会建设中的积极作用。

  匾额文化具有丰富的社会价值。匾额从产生发展至今已有两千多年的历史，经过各朝各代的不断丰富和完善，形成了独特的文化艺术魅力，其蕴含的哲学文化、思想情感具有很强的教育意义，匾额文化也成为教化普通大众的重要载体，比如普通百姓以获得朝廷御赐的匾额为荣，而为了获得匾额，就会约束自己的行为，行善积德，亲民友爱，长久发展下去，有利于肃清社会风气，维持社会的和谐稳定。在社会人际交往过程中，但凡有喜庆活动发生，如寿宴婚庆、高中进举、祠堂建立等，奉送匾额能够有效地加强人与人之间的关系，营造良好的社交文化，赠送匾额是古代人际交往的重要途径。中国古代传统文化中代表吉祥寓意的事物非常多，如竹子象征着"步步高升"、蝙蝠象征着"福运来"、金鸡象征着"高中"等，将其融入匾额文化中，不仅能够进一步丰富匾额的文化价值，还能够体现出匾额的美好寓意，符合古人的审美需求，展现中国丰富的传统文化。此外匾额的种类非常多，对于弘扬和宣传中国的传统文化、增强各民族之间的凝聚力具有不可忽视的作用。

  匾额文化具有大量的史料价值。匾额是中国传统文化的重要载体和物质表现形式，根据匾额制作的要求和格式，我们可以对古代的官职、称呼、年限、印章、雕刻技术等进行一系列的分析和考察，探讨中国封建制度下的科举形式、官职称呼及社会现状，逐渐丰富中国的历史文化。古代匾额对题词的要求非常严格，不仅需要短小精炼，富有深意，还需要具备扎实的书法功底，给人带来视觉的审美享受。通过匾额的题词我们大体可以追溯此人的生平、品德等个人信息，因此想要解读匾额文化中的史料价值，就需要解读者具备深厚的历史文化底蕴和古文素养，只有这样才能多角度、多范围地对匾额文化进行全方面的分析。匾额文化作为中国传统文化的重要载体，蕴含着大量治国齐家平天下的儒家思想文化，根据匾额文化我们可以推断出一个家族的兴盛发展，以此为切入点，分析这个时期地方及朝廷的政治、经济及文化的发展情况，能够有效地提高人们对古代文化习俗的认知和研究，以此完善中国的历史研究。中国匾额文化拥有较高的文学价值，其主要体现在匾额题词的遣词造句中，古代文人雅士对文学创作十分讲究，能够反复对一个字、一个词进行推敲琢磨，尤其是匾额的题词，既要短小精悍，又要赋予深意，能够表现自己的理想抱负和品德节操，因而具有丰富的文学艺术色彩，彰显出个人的文学造诣。李渔曾在《闲情偶寄》中对匾额题词的过程进行了一定的描写：匾额多用于友人之间的互相赠送，是悬挂在堂斋之上，供人鉴赏之物，匾额的题词需以四字为最佳，少则无法表达寓意，多则累赘；言简意赅，用寥寥数字表达出深刻的寓意，极大地丰富了中国传统文化的表现形式。

中国匾额文化具有丰富的艺术价值。具体表现在图案的构成、书法的运用及雕刻艺术三个方面，其中匾额文化中的书法艺术是最主要的艺术价值表现，中国古代匾额对书法的书写要求十分严格，这也是评价匾额的重要标准之一。匾额的结构排列和内容含义也蕴含着丰富的艺术价值，匾额中对书写的字体并没有做出明确的规定，可以任由题词者发挥，行楷、小篆、隶书等是常见匾额的题词方式，在具体书写的时候，要充分考虑匾额的大小及字体排列，使其更加美观简洁。匾额为中国现代书法爱好者和研究者提供了大量的写作和研究素材，因而具有丰富的书法艺术研究价值。

美学价值是中国匾额文化的核心内容。主要表现在整体构造、图案装饰方面，在吸收了中国数千年传统文化精髓的基础上，形成独特的艺术文化魅力。匾额的造型丰富多彩，拥有矩形、圆形、棱形等不同的艺术构造，会随周围景物和建筑风格的不同而采用不同的形状，使之能与环境融为一体，因此被广泛应用于园林的构造之中，为中国的园林增添了独特的文化艺术气息，是中国建筑发展中不可缺少的部分。中国匾额的制作过程也蕴含着丰富的美学价值，选材、打磨、雕刻、抛光等具体的环节中，无一不需要精准的审美眼光和精巧的手工技巧，可以说匾额的制作就是美学的产生过程，体现了古代工匠的审美意识。与此同时匾额中的书法艺术更是匾额美学的灵魂和核心，匾额将书法中包含的灵活洒脱、豪迈狂放等艺术手法和雕刻艺术完美融合起来，给人们带来多层次、多角度的审美体验。

匾额文化还具有丰富的商业价值。其蕴含的经济学价值对于中国现代商业的发展具有重要的指导作用。中国古代的商业匾额起着宣传商家的广告作用，其通过寥寥数字，不仅点名本店的经营范围，还对店铺进行了有效的宣传推广，告诉顾客该店的经营种类、出售方式，同时还表明自己的经营理念，以吸引客户的眼光，刺激客户的消费和购买欲望。商业类型匾额可以分为直接式和含蓄式两种类型，比如说一种是直接以经营的种类为名，如"某某客栈""天下第一店"等一看就知道是提供住宿和饮食服务的商业；另一种则比较含蓄，注重表达店铺的经验理念，如在店铺门前树立"诚信经营，童叟无欺"的匾额。看到"同仁堂"金字招牌，就会想到其制药过程中"炮炙虽繁必不敢省人工，品味虽贵必不敢减物力"的家规古训。商家的诚信经营，对中国的商业经济文化发展有着重要的作用。

综上所述，匾额是中国传统文化的重要艺术表现载体，是中国历史发展的见证者和记录者，同时也是中国古代建筑的核心和灵魂，分析和研究中国古代匾额中蕴含的文化价值、继承和弘扬匾额中的传统文化，对于建设中国社会主义社会、增强各民族的凝聚力、提升国家文化软实力具有重要的现实价值；同时匾额文化对于个人素养的提升也有着重要的指导作用，因此需要我们重视和保护每一块匾额，发挥匾额文化在现代社会发展中的积极作用。

主要参考文献

魏凤娇、金磊：《建筑匾额：文化品质的缩影》，《建筑创作》2006年第1期。

叶蔡翔：《浙江新叶村的古建筑与历史文化》，《建筑与文化》2010年第10期。

罗冠林：《将文学引入建筑——匾额对现代环境设计的启示》，《美术大观》2012年第7期。

林治、王炎松、张维：《浅析黟县门楣匾额的人文内涵与建筑意趣》，《华中建筑》2005年第2期。

刘鸿武：《紫禁城匾额与建筑的关系》，《紫禁城》2011年第8期。

作者简介

贾娟：北京民俗博物馆助理馆员。

园林古建中的匾额楹联

论中国园林匾额的文化美学价值

曹林娣

引　论

西方园林是由建筑师设计的，而中国古典园林出于能诗善画的文人的目营心构，他们是"能主之人"，"第园筑之主，犹须什九，而匠用什一"①，作用占到十分之九。

中国是个诗的国家，早在先秦时代，《诗经》就作为文学教科书，儒家要求"文"，即"文采"，孔子说，"言之无文，行而不远"，登高赋诗，方能为大夫，这是做官的基本功。而中国又是个文治社会，管理者都是"士"，就是知识分子。而"士"掌握的"知识"是"道"，与"器"相对。"形而上者谓之道，形而下者为之器"。科举制度选拔人才多以诗文取士。中国古典园林虽然是重实践感知，但中国文化是用根本的"道"来统摄宇宙间万事万物的"器"，传统的思维方式更着重在综合观照和往复推衍，因而各种艺术门类之间往往可以打破界域，广泛参悟，触类旁通。"三绝诗书画"是中国古代文人的基本艺术修养，出于他们之手的园林容纳了完备的士大夫文化艺术体系。18世纪曾到过中国的英国宫廷建筑师钱伯斯说：

> 建造中国花园要求天才、鉴赏力和经验，要求很高的想象力和对人类心灵的全面知识；这些方法不遵循任何一种固定的法则，而是随着创造性

---

① （明）计成著、陈植注释：《园冶注释》，中国建筑工业出版社1988年版，第47页。

作品中每一种不同的布局而有不同的变化。因此，中国的造园家不是花匠，而是画家和哲学家。

中国文人园林与中国山水诗、山水画均属于以风景为主题的艺术，且均为士大夫文人吟咏性情的形式。"文章是案头之山水，山水是地上之文章"[1]，以诗文造园，在世界上独树一帜。

古老的汉字是一座蕴含丰富的信息库，装载了中国几千年文明。英国爱丁堡大学的建筑学博士庄岳提出，中国古典园林的创意在审美的主旨上体现为汉字的"用典"，汉字精神铸就了中国古典园林的诗性品题，确实独具只眼。

园林中的诗性品题，形式多样，有匾额、对联、屏刻以及隔扇夹纱上绘写的诗文字画、家具大理石等陈设上镌刻的诗文绘画等，琳琅满目。汉字品题已经遍及汉字文化圈的园林，如日本和韩国等。其中"匾额"（也包括摩崖题刻）是园林中最重要的文化载体，是营造"诗境文心"的核心。

中国古建筑上的"匾额"，又称扁额、扁牍、牌额，简称为扁、匾或额。《说文解字》中"扁"释曰："扁，署也，从户册。户册者，署门户之文也。"一曰横牌叫匾，竖牌称额，成为中国古建的语言文化符号。

建筑用匾最早见于南朝宋羊欣《笔阵图》记载："前汉萧何善篆籀，为前殿成，覃思三月，以题其额，观者如流。"[2] 西汉武帝的建章宫中，出现"骀荡宫"这样典出《庄子》的题名，"以惠施浮荡的才情比拟宫中荡漾的春色，正反映了经典中人文意象在建筑境中的初现"[3]。历经魏晋南北朝、唐、宋，运用前朝文人风雅故事、采撷经史艺文中的原型意象，融铸成题额蔚为大观，明清更成熟。

匾额和对联是中国文化的名片，这一论点已经得到文化研究者的普遍认同。清代的曹雪芹有著名的为景点"生色"说："若干景致，若干亭树，无字标题，任是花柳山水，也断不能生色。"曹雪芹用了斩钉截铁的"断"字，因为其所以不能生色，就是花柳山水在表情达意上的不确定性，不能直抒胸臆，而题对文字就能使不确定向确定转化，能画龙点睛地集中表现出风景的生气和意境。陈从周先生将匾联比喻为"人之眉目"；侯幼彬先生的《中国建筑美学》列举匾对的文化内涵，将匾联列入鉴赏指引类，都在一定程度上重视了匾额的功用价值和文化美学价值。遗憾的是，今天依然有许多研究者甚至专业研究者将匾额仅

---

[1]（清）张潮：《幽梦影·论山水》。
[2] 关于匾额产生时间，论者不一，有春秋战国说、秦说、宋说等，莫衷一是，本文仅据史书记载。
[3] 庄岳、王其亨、邹东瑶：《中国古典园林创作的解释学传统》，《中国园林》2005年第5期。

仅列入"建筑室内外装饰品的一种""建筑物的文字点缀"、古代传统建筑独有的"一种装饰构件"等。

本文认为，对匾额的功用及文化美学价值的阐发还需要进一步深入和系统化。

一 构园之魂

皇家园林与私家园林的园名题咏，集中反映了"能主之人"营造之"意"，属于上层建筑的雅文化。

艺术创作的第一要义是"立意"，而"意在笔先"，源自晋王羲之《题卫夫人〈笔阵图〉后》："夫欲书者，先于研墨，凝神静思，预想字形大小、偃仰、平直、振动，令筋脉相连，意在笔前，然后作字。""凡诗文书画，以精神为主，精神者，气之华也"[1]，"精神"者，诗文之"灵魂"也，"所谓灵魂，是指心灵中起灌注生气作用的那种原则"[2]。

园林创作也同此理，成功的园林作品，园名题咏集中体现了构园思想，并非造园完成之后再延请文人雅士题咏的，而是一开始就同园林美的构思联系在一起，是园林艺术创作不可分割的一部分。园名题咏确定，也就确定了园林的主题意境，这样，再考虑园林的整体结构，重要景区的布局如何来体现、吻合主题意境，因此，园名题咏，应该是构园之魂。

中国园林被称为"凝固的诗""立体的画"，营造的是诗画之境界，也即"意境"。方士庶《天慵庵随笔》说："山川草木，造化自然，此实境也。因心造境，以手运心，此虚境也。虚而为实，是在笔墨有无间——故古人笔墨具此山苍树秀，水活石润，于天地之外，别构一种灵奇。或率意挥洒，亦皆炼金成液，弃滓存精，曲尽蹈虚揖影之妙。"心造之景乃虚境，即"情"，"意象"即诉之于人耳目之"实景"，也就是园中的建筑、花木、山水都是"诗"中意象群的重要组成部分。"意境是'情'与'景'（意象）的结晶品"，诗人萃天地之清气，以月露花鸟为其性情，其景与意不可分也。所以中国古典园林古人不称"景观"而称"景境"，景观是西方概念，偏重于形式美之"景"。

宋代以后中国出现了大量"主题园"，明清更成熟，立意不同，影响布局。

颐和园重建于1888年，遗址为原清漪园，"颐"为《易经》卦名，《序卦》

---

[1] （清）方东树：《昭昧詹言》卷1第91条。
[2] ［德］康德：《判断力批判》上卷，商务印书馆1964年版，第49节。

"颐者养也"，"颐"即保养。《周易·颐》："观颐，自求口实。"李鼎祚集解："虞翻曰：'观颐，观其所养也。'郑玄曰：'颐，养也。'"晋葛洪《抱朴子·道意》谓："养其心以无欲，颐其神以粹素。""颐和"谓颐养天和。天和即人体之元气。《文子·下德》谓："竭其天和，身且不能治，奈治天下何！"《抱朴子·道意》谓："精灵困于烦扰，荣卫消于役用。煎熬形气，刻削天和。"

颐和园，即颐养人体之元气，那时光绪已经到了亲政的年龄，慈禧也表示要归政养老，就如乾隆将准备退位之所名颐和轩一样，光绪为表示孝敬，改名为"颐和园"。全园主要布局围绕着"寿"。

颐和园兼有宫和苑的双重功能。宫区从东宫门进去是仁寿门，取意《论语》"仁者寿"，迎面五块太湖石叫峰虚五老，寓意长寿。仁寿殿内地平床上有九龙宝座。它后面还设有紫檀木九龙屏风，中心是玻璃镜面上写有226个不同写法的寿字。而殿内两侧的暖阁当中有一幅百蝠图的缂丝工艺品，中间还有一个慈禧亲笔写的寿字，称百福捧寿。

仁寿殿后的戏台称"德和园"，取自《左传》"君子听之以平其心，心平德和"之意，意思是听了美好的曲子，就会心地平和，达到道德高尚的境界。大戏楼自上而下分别是福台、禄台和寿台。

慈禧所住建筑名"乐寿堂"，"乐寿"出《论语》中"智者乐""仁者寿"，"智仁"和"乐寿"兼备。庭院中陈设铜鹿、铜鹤、铜花瓶，分别借铜（同）、鹿（六）、鹤（合）、瓶（平）的谐音，寓意"六合同太平"，且"鹿鹤"在中国文化中是灵兽仙禽。院内还种植有玉兰、海棠、牡丹，取意"玉堂富贵"。中间太湖石，状若灵芝，称"青芝岫"。"石令人古"，已是永恒的象征，"灵芝"是道教中的不死仙草，"青芝岫"既象征长寿，又歌颂了慈禧："芝草，王者慈仁则生。食之令人度世"；"芝英者，王者亲近耆老，养有道，则生"[1]；"天鹿者，纯灵之兽也。五色光耀洞明，王者道备则至"[2]。

万寿山、昆明湖为主体的是苑林区。长廊连接万寿山与昆明湖，廊上亭额为蝙蝠造型。当年是乾隆皇帝为母亲祝寿，将瓮山赐名万寿山，取意"仁寿"。万寿山前山最宏伟的一组建筑，是以排云殿为中心的祝寿庆典区，从临湖码头到山顶的智慧海，分布有排云门、排云殿、佛香阁、众香界、智慧海等主要建筑，构成了万寿山的中轴线。排云殿建在乾隆年间大报恩延寿寺中大雄宝殿的遗址上，用晋代诗人郭璞"神仙排云出，但见金银台"的诗句命名，有将慈禧

---

[1] 《宋书·符瑞》。
[2] 同上。

喻为神仙之意。殿内除了宝座、屏风等常规陈设以外，还有用台湾乌木雕刻的屏风、沉香木雕刻的寿字、圆镜插屏、金漆梅花树船和桦木根雕群仙祝寿。佛香阁、众香界和智慧海是乾隆年间大报恩延寿寺的一部分。站在佛香阁鸟瞰烟波浩淼、碧水粼粼的昆明湖，整个水域酷似寿桃之型。蜿蜒曲折的西堤犹如一条翠绿的飘带，萦带南北，横绝天汉。堤上六桥，婀娜多姿，宏丽的十七孔桥如长虹偃月倒映水面。浩淼烟波中，涵虚堂、藻鉴堂、治镜阁三座水中岛屿鼎足而立，寓意神话传说中的"海上三仙山"。

可见，颐和园以颐养元气、长寿为主旋律。

苏州网师园，"网师"，就是渔父、钓叟，是以渔钓精神立意的水园，追求的是"丘壑趣如此，鸾鹤心悠然"的隐逸情趣，山水园"水面文章风写出，山头意味月传来"，围绕"水面"做文章：主景区为略呈方形的彩霞池居中，水仅半亩，水面聚而不分，池中不植莲叶，使天光山色、廊屋树影反映于池中，仅东南和西北两角伸出水湾，黄石池岸叠石处理成洞穴状，渔矶高下，巧妙地点设了溪口、弯头；池西北石板曲桥，低矮贴水，东南引静桥微微拱露，造成来去无迹的假象；桥与步石环池而筑，犹沿明代布桥之惯例，其命意在不分割水面，增支流之深远。环池而筑的亭榭廊轩，体量娇小，结构各殊。自池南北望，较低的看松读画轩隐于树丛中，东北方有一前一后的楼房参差配列，高耸的古柏与贴水的曲桥，石矶亘列于中，临水的竹外一枝轩空透玲珑，组成错落的构图。至于驳岸有级，出水留矶，增人"浮水"之感，而亭、台、廊、榭，无不面水，使全园处处有水"可依"。尺度比例之精妙，对空间抑扬、收放的自如处理，对园林建筑遮掩、敞显的潜心安排，使水面显得辽阔旷远，弥漫无尽，有水乡漫漶之感。园中园"潭西渔隐"，建筑仅有殿春簃、涵碧泉、冷泉亭三处。小院西南有一泓寒潭，石刻篆书"涵碧"二字，取宋朱熹"一水方涵碧"诗句名之，此处岩壑深邃，底部潜藏一泓天然泉水，清澈明静，且与中部大池水脉贯通，潺潺不绝。冷泉亭因寒潭得名。庭院满铺渔网纹，"网"中有荷莲、游鱼、虾，都与"网师"主题密切相关。"网师园以水为中心。殿春簃一院虽无水，西南角凿冷泉，贯通全园水脉，有此一眼，绝处逢生，终不脱题"[1]，唯后来扩建的女厅北梯云室一区庭院无"水意"，为美中不足之处。

耦园意为"耦耕"，释解有二人二耜并耕、二人一耜等多说，《诗经》中有"十千维耦，播厥百谷""千耦其耘"等盛大的耦耕场面描写。《论语·微子》篇也有"长沮、桀溺耦而耕"的记载，总之，耦耕，是上古原始的耕作样式或

---

[1] 陈从周：《陈从周全集》六，江苏凤凰文艺出版社、浙江大学出版社2015年版，第6页。

经济形式，成为文人归耕田园的符号。这里指园主沈秉成、严永华夫妇两人双双归隐并耕之意。沈秉成精于道学，布局、建筑、山水，乃至植物都根据阴阳八卦，独见匠心，但又处处阴阳互生：园的布局，住宅居中，东西两园对偶，震卦位于东方，象征春天、长男；兑卦位于西方，象征秋天、少女。阳大阴小、左阳右阴，东园为主，面积大，位左；西园为辅，位右。山石东园浑厚黄石，阳刚之气，西园玲珑湖石，阴柔；东池南北窄长，西园水井一口。东西园中，处处阴阳互生，你中有我，我中有你。受月池、望月亭，月属阴，暗寓男主人接受和依恋女主人；双照楼日月双照，夫妇比肩；鲽砚庐，阴阳和合；山水间琴瑟相谐，听橹楼与魁星阁夫妻依偎……实乃一篇写在地上的爱情诗！

苏州北"半园"有知足不求全之意，厅堂名"知足轩"，楼房两层半，亭为半亭，池呈半池……

扬州"个园"，以颂竹为主题。"个"为一片竹叶之状，"个"园单取一根竹，更含有独立不倚、孤芳自赏之深意。园内大片竹林，又以竹造"春山"。

二 立景之意

景题就是景点的"诗眼"，是诗人竭力锤炼的警策之处，也是一句甚至全篇的审美情趣的凝聚之点，最能够传达诗人的情趣、神采。有此，则通篇生辉，境界全出；无之，则平庸无奇，死气沉沉。

造园家在整体结构时，已经考虑了能反映这些风格的重点景区的立意。再用简约的笔墨、富有诗意的文字题一景名，规定了局部风景的意境。然后再仔细推敲该区的山水、亭榭、花树等每一个具体景点的布置，使它们符合意境的需要。园林主人颇懂得集思广益的道理，往往在园林大体完成之后，还要邀请文友，对各景区的意境设计进行检验鉴定，反复品味、斟酌景区主题的意境，不合者拆改，这一方法好像是揣摩诗意作画。主题建筑周围的匾额题刻，乃必须补充、强化或相互映发，总之，要与该景区的主题意境协调。如果"果能字字吟来稳"，那就"小有亭台亦耐看"了。这道"精加工"应该是在园林所立"意"的基础上进行的，是诗意融铸的继续和完成。

承德山庄榛子峪的"松鹤清樾"为"乾隆三十六景"第三景，清圣宪太后（乾隆母）到山庄避暑时常住"松鹤斋"，寓意为"松鹤延年"，圣宪皇太后的寝宫也名"乐寿堂"。乾隆在《松鹤清樾诗序》中写道："进榛子峪，香草遍地，异花缀崖。夹岭虬松苍蔚，鸣鹤飞翔。登蓬瀛，临昆圃，神怡心旷。洵仙人所都不老之庭也。"乾隆诗曰："寿比青松愿，千龄叶不凋。铜龙鹤发健，喜动四时调。"以松鹤长寿为主题。

北海"古柯庭",以陶渊明《归去来兮辞》中的"眄庭柯以怡颜"立意,庭院内距今1300多年的唐槐屹立在院西南角的假山上,绿冠达15米,树干周长达5.3米,是北京城区的"古槐之最",乾隆写有《御制古槐诗》两首,有"庭宇老槐下,因之名古柯。若寻嘉树传,当赋角弓歌"诗,说明了景点立意的缘由。

苏州怡园主人买到了一把宋元祐四年东坡居士监制的玉涧流泉古琴,遂"筑屋藏琴宝大苏,峨冠博带象新摹。一僮手捧焦桐侍,橐曰全翻笠履图"(顾文彬《哭三子乐全》诗),因名其斋曰"坡仙琴馆"。馆内悬"东坡笠履图"像。西侧名"石听琴室",顾氏有跋云:"生公说法,顽石点头,少文抚琴,众山响应,琴固灵物,石亦非顽。儿子承于坡仙琴馆,操缦学弄,庭中石丈有如伛偻老人作俯首听琴状,殆不能言而能听者耶……"此室北窗下有二峰石犹如抽象雕塑:一石直立似中年,一石伛偻若老人,似乎都在俯首听琴。额名点出了这一意境,趣味横生。石听琴室北,廊上筑半亭名"玉虹",取吴文英《十二郎·垂虹桥》中的"亭上玉虹腰冷"意,此亭南对石听琴室,含有高山流水之意,又含有宋陆游"落涧奔泉舞玉虹"意境。这样,"坡仙琴馆""石听琴室"与"玉虹亭",构成以琴为中心的景区,营造出高山流水得知音的意境。

镌刻在园林门楼或墙门上的题额也是整幅雕刻画面思想的精警之笔。如苏州东山"春在楼"门楼朝外一面砖雕"天锡纯嘏",取《诗经·鲁颂·閟宫》"天锡公纯嘏,眉寿保鲁",为颂祷鲁僖公之词,意谓天赐僖公大福,"纯嘏"犹大福。《诗经·小雅·宾之初筵》有"锡尔纯嘏,子孙其湛"之句,意即天赐你大福,延及子孙。上枋平地浮雕象征喜上眉梢、竹保平安的梅竹双喜鹊,瓶插菊花,灵芝,松鼠,石榴,花架上瓶插牡丹,竹节状的花瓶上雕刻着梅花,瓶中插着一丛兰花,瓶插如意、佛手,象征平安富贵、繁荣昌盛、多子多孙。两端垂柱上雕刻着象征多子的葡萄和多个如意头,象征"九如",《诗经·小雅·天保》:"如山如阜,如冈如陵;如川之方至,以莫不增……如月之恒;如日之升;如南山之寿,不骞不崩;如松柏之茂;如不尔或承。"本为祝颂人君之词,因连用九个"如"字,并有"如南山之寿,不骞不崩"之语,后因以"九如"为祝寿之词。左右兜肚雕的是《三国演义》第二十八回"古城释疑"和"古城主臣相会",意忠孝仁义。下枋是梅兰竹菊、石榴、佛手、蝙蝠等图案,被盘曲的夔龙纹巧妙地镶套其中。梅兰竹菊为花中"四君子",石榴多子,清雅吉祥。都和"天锡纯嘏"相关联。

三　赏景之眼

中国园林物质构成元素即感性质料的自然属性（色彩、形状、线条、声音等）及其组合规律即形式美法则（如整齐一律、节奏与韵律等），给人以形式美感，形成独立的审美对象。也由匾额题刻为审美指南，诸如色（"翠玲珑""绣绮亭""浮翠阁"）、姿（"四时潇洒亭""竹外一枝轩""暗香疏影楼"）、声（"玉延亭""留听阁""一亭秋月啸松风"）、影（"柳荫路曲""塔影亭""倒影楼"）、香（远香堂、藕香榭、水香榭、闻妙香室、天香秋满、清香馆）等，观赏者获得了作为悦耳悦目的第一层次的审美享受，只是康德所说的"纯粹美"。

美学家宗白华先生说：

> 以宇宙人生的具体对象，赏玩它的色相、秩序、节奏、和谐，借以窥见自我的最深心灵的反映；化实景为虚境，创形象以为象征，使人类最高的心灵具体化、肉身化，这就是艺术境界。①

园林美欣赏的最理想境界就是对"意境"的领悟。是扬弃了景和情的片面性之后而构成的一个完整、独立的艺术存在。"匾额"是赏景之"眼"，是帮助人们"寻诗"的"眼"。在中国园林中，你能通过匾额寻到一首首诗。

留园"五峰仙馆"匾额，引导人们去欣赏厅南庭院中写意的庐山五老峰。品读李白《望庐山五老峰》诗："庐山东南五老峰，青天秀出金芙蓉。九江秀色可揽结，吾将此地巢云松！"庐山，莽苍苍，树茫茫，山峦云遮雾绕，在古人心目中，是隐士和仙人的乐园，非凡夫俗子之居所。五老峰，岩削立，高峻挺拔，远望如五位老人端坐在那里静赏云光山色，他们的背后连成一片，像一枝巨大的芙蓉，伸向鄱阳湖的万顷烟波。五老峰的俊伟诡特，引起无数文人墨客的向往。厅前景象孕育出耐人品味的意境，激起人们思想的遨游，涵咏乎其中，神游于境外。

网师园"月到风来"亭匾额，使你感受到宋代理学家邵雍《清夜吟》诗中的禅意："月到天心处，风来水面时。一般清意味，料得少人知。"理学家们不只从理论上自觉融化禅趣，而且在生活情趣中也吸收了禅趣。

香，氤氲无形无色，但弥布广大空间，具有扩散性、穿透性。能欣赏香，

---

① 宗白华：《艺境》，北京大学出版社 1986 年版，第 151—152 页。

情感心态必然要空前细腻，与之俱生的则是对于世界的高度敏感，方能有常人所忽略的审美新发现。焚香在佛事中列为首品，认为"香是自己的心性"；焚香列入文人四艺（焚香、插花、挂画、品茗）之首。沧浪亭僻静的小书房，取意杜甫"心清闻妙香"的诗意，在宁静的山野，阵阵妙香袭人，消除了心中俗念，极其适合怡情养性、求知探理。

陶渊明第一个成功地将"田园情结"诗化为一种美的至境。他的《桃花源记》和诗，创造了一个集"美""善"于一体的桃花源，是陶渊明构想的农耕社会的"伊甸园"。清圆明园的"武陵春色"，就是根据这一艺术意境营构的园中园。曲折的溪流和湖泊将四周环水的岛屿分成形状不同的三块，创造出幽僻、深邃的意境，具有山林隐逸之意。为符陶渊明笔下的桃花源景色，东南部叠石成洞，可乘舟沿溪而上，穿越桃花洞，仿佛武陵渔人进入"世外桃源"的情景。循溪流而北，复谷环抱。特植"山桃万株，参错林麓间。落英缤纷，浮出水面。或朝曦夕阳，光炫绮树，酣雪烘霞，莫可名状"。俨然是桃花源诗文意境的物化。拙政园中部入口也同此理。

园林多"壶中天地"的结构布局，穿行其间，仿佛畅游在郭璞的游仙诗境。《后汉书·方术传》载：

> 费长房者，汝南人也，为市掾，有老翁卖药悬壶于肆头，及市罢，常跳入壶中，市人莫视。唯长房于楼上睹之，异焉。因往再拜，乃与俱入壶中。唯见玉堂严丽，旨酒甘肴，盈衍其中，共饮毕乃出。乃就楼口候长房曰："我神仙之人，以过见责，今乃毕，当去。"

庾信在《小园赋》中说"一壶之中，壶公有容身之地"，意为园林虽小，却能装下天地氤氲。白居易《酬吴七见寄》有诗句云："竹药闭深院，琴樽开小轩。谁知市南地，转作壶中天。"

《拾遗记》载："海上有三山，其形如壶，方丈曰方壶，蓬莱曰蓬壶，瀛洲曰瀛壶。"可见蓬莱仙境也都属于"壶中天地"。《山海经》和《史记》都有大海中有三（五）座神山，蓬莱、方丈、瀛洲，被巨鳌所驮的记载。那里既有可供人类居住的金玉琉璃之宫阙台观、赏玩的苑囿、晶莹的玉石、纯洁的珍禽异兽，又有食之可以令人长生不死之神芝仙草、醴泉和美味的珠树华食。

北海的"一池三山"构思布局，形式独特，富有浓厚的幻想意境色彩。北海象征"太液池"，以"琼华岛"象征蓬莱仙岛，岛上建"瑶光殿""广寒殿"，清代，在广寒殿遗址上建塔立寺，称"白塔寺"，后改称"永安寺"，称琼华岛为白塔山，成为全园的中心。

承德山庄湖区的"芝径云堤"，"夹水为堤，逶迤曲折，径分三枝，列大小洲三，形若芝英、若云朵，复若如意"。

颐和园昆明湖中原来也为五岛：南湖岛、藻鉴堂、冶镜阁、知春亭和凤凰墩，也是海中蓬壶的象征。

拙政园中部水中，自西至东安置了三岛：荷风四面亭、雪香云蔚亭和待霜亭。

留园水池中小岛径名"小蓬莱"，园主颇为自得地说："园西小筑成山，层垒而上，仿佛蓬莱烟景，宛然在目。"

还有台湾林本源园林中的海中神山造型。

海中神山，成为永恒的构景主题之一。

留园书房额"汲古得绠处"，语出《荀子·荣辱》："短绠不可以汲深井之泉，知不几者不可与圣人之言。"短绳难以汲取深井之水，故韩愈将其比之于钻研古人学问："汲古得修绠"，汲取深井之水需要用长绳子，汲取古人深邃的学问，也必须找一根长绳子，这又似儒家的哲理诗。

网师园的"集虚斋"，出《庄子·人间世》，庄子认为要用专一的意志去排除感觉经验和理性思维，因为运用感觉经验和理性思维的目的都在于主动地认识世界，通过这样的途径是不可能获得真知的，真知只能靠专一的意志在排除思虑的过程中自然获得。意志的动力是气，即人的原始生命力，"气也者，虚而待物者也；惟道集虚，虚者，心斋也"。只有修持真道，才能至虚静空明的境界，才能使自己成为真而不伪、善而不伐、美而不骄的人，也就是真善美统一的人，完全保持了自己自然本性的人，又似一首道家的哲理诗。

沧浪亭"印心石屋"四字额，洞中设石凳、石几，一丈见方，取意"方丈室"，源于《维摩诘所说经》，传说"大乘居士"维摩诘的居处，室方一丈，但能容无量大众，听其讲经说法，恰似释家禅宗诗。

也有"三教"合一的景点题名，如圆明园"鱼跃鸢飞"、上海豫园的"鸢飞鱼跃"、留园"活泼泼地"，都是讲天机活泼、怡然自得的心理。《诗经·大雅·旱麓》："鸢飞戾天，鱼跃于渊。"佛教徒称悟佛禅境界如《景德传灯录四·无住禅师》："真心者，念生亦不顺生，念天也不依寂……活泼泼平常自在。"《朱子语类》称鸢飞鱼跃恰似禅家云"青青绿竹，莫非真如；粲粲黄花，无非般若"之语。理学家也将鱼跃鸢飞这类充满天真的自然生机的景象，视为宇宙本体与表象之间必须具有的境界，从中可以见出"天理流行"之妙，感受到永恒而和谐的宇宙韵律。

当然，必须具有符合匾额意境的艺术氛围，诗境和物境相通，才能使审美意境融为一体，从而获得绵绵无穷的深永意境。

四　悦目之形

园林匾额的书艺、材质、装饰工艺都给人以强烈的美感。

中国书画同源，形声义三美兼具的汉字，本是由图像衍化而来的表意符号，具有很强的绘画装饰性。后汉大书家蔡邕说："凡欲结构字体，皆须像其一物，若鸟之形，若虫食禾，若山若树，纵横有托，运用合度，方可谓书。"在原始人心目中，甲骨上的象形文字有着神秘的力量。后来《河图》《洛书》《易经》八卦和《洪范》九畴等出现，对文字的崇拜起了推动的作用。所以匾额也极其重视文字的神圣性和装饰性。甲骨文、商周鼎彝款识，"布白巧妙奇绝，令人玩味不尽，愈深入地去领略，愈觉幽深无际，把握不住，绝不是几何学、数学的理智所能规划出来的"[1]。中国古代早在东周以后就养成了以文字为艺术品之习尚。

中国古典园林几乎汇集了所有朝代的书法大家的作品，留下了各家珍贵的书体，篆、隶、真、行、草，书体皆备。园林的匾额多出于这些大家之手。苏州园林的匾额书法就异彩纷呈：

> 有颜真卿"颜体"的神姿，李阳冰篆书的风采，文徵明楷书的深严，董其昌草书的潇洒，何绍基行楷的金石味，陈洪绶行草的汉隶笔意，郑板桥斜趣横生的"六分半书"，乃至沈尹默古朴婉妙的楷书、林散之的"草圣遗法"、费新我融古铸今的左腕书法、沙曼翁的篆书、吴进贤苍劲稳健的汉隶……琳琅满目，令人叹为观止。[2]

仅以清代计，上自康熙、乾隆皇帝，下至乡贤名士达50多人的墨迹，被作为匾对砖额留于园中。如王文治、刘墉、何绍基、俞曲园、赵之谦、郑板桥、翁方纲、梁同书、杨岘、张廷济、潘奕隽、钱大昕、杨沂孙、吴大澂、陆润庠、吴荫培乃至著名书画家陈老莲，诗人朱彝尊，政治家康有为、翁同龢、汪东及书法家吴昌硕等。

古建筑上匾额字体也有非常特殊的，如用异体字、怪字，如用武则天时的

---

[1] 宗白华：《中国书法里的美学思想》，载《天光云影》，北京大学出版社2006年版，第241—242页。

[2] 曹林娣：《苏州园林匾额楹联鉴赏》，华夏出版社2016年版，第3页。

制字、用"虫二"表示"风月无边"等，给人以别样的美感。

书法艺术的笔墨线条、结构组合、章法布局，都积攒着丰富的思想感情、审美意识、形式美感以至意境韵味，它是无声之音、无形之象。林语堂在他写的《中国人》中有这样一段耐人寻味的话："通过书法，中国学者训练了自己各种美质的欣赏力，如线条上的刚劲、流畅、蕴藉、精微、迅捷、优雅、雄壮、粗犷、谨严或洒脱，形式上的和谐、匀称、对比、平衡、长短、紧密，有时甚至是懒散或参差之美。这样，书法艺术给美学欣赏提供了一整套术语，我们可以把这些术语所代表的观念看作中华民族美学观念的基础。"

匾额是精美实用的工艺品，在工艺上，涉及金属类金银铜铁的铸造，炉窑的烧制瓷、玻璃、陶等，砖雕、石雕、木雕、篆刻、彩绘漆饰等多项工艺。

匾额的材质有金属的，金匾、银匾（仅见记载），铜匾和铁匾，匾额中数量最多的是木匾、石匾和砖匾，其他还有琉璃匾、瓷匾、丝织匾、纸匾、竹匾等。

匾额按其基本形式可以分为竖匾和横匾两种。

宋代《营造法式》中小木作竖匾列华带牌和凤字牌两类。明清建筑也沿袭了此种做法。皇家园林建筑上的竖匾不外乎这两类。

定型于唐代的"华带牌"，造型曲线优美，成为皇家园林和寺庙园林等殿宇建筑的"身份证"。

凤字牌渊源于上古时代辟邪的凤字玉佩，凤凰相通。相传大禹治水临行前，其妻涂山氏将凤字玉佩给大禹当护身符，期盼他早日治水成功，平安归来。此后凤字牌就作为代表思念和睦的吉祥物在民间流传开来。

私家园林的匾额的形式，样式翻新，清初李渔《闲情偶寄》中设计出"册页匾""书卷匾""画卷匾""秋叶匾""碑文匾"和"虚白匾"多种。

"秋叶匾"，制成如秋叶状的匾额。《闲情偶寄》称："御沟题红，千古佳事；取以制匾，亦觉有情。"取"红叶题诗"的典故，与男女奇缘的情事联系起来。

"虚白匾"，即镂空字白而底黑的匾额，取《庄子·人间世》"虚室生白，吉祥止止"之意，与虚静空明的境界联系起来，真有"灵光满大千，半在小楼里"的意韵。

形如碑帖的"碑文额"，或效石刻为之，白地黑字，或以木为之，地用黑漆，字填白粉。用在墙上开门处，"客之至者，未启双扉，先立漆书壁经之下，不待搴帷入室，已知为文士之庐矣"①。

制成书画手卷形式的"手卷额"及册页状的"册页额"，更是如古书似图

---

① 以上均见李渔：《闲情偶寄》卷四。

画,古雅可爱,耐人玩赏品味。故宫储秀宫西配殿"和神茂豫"和"怡性轩"都为册页额。

许多匾额的四周边框装饰精美,文字有阴刻、阳刻。色彩或金字蓝地、黑地、红地,或白地绿字或黑字。装饰图案异彩纷呈:有的刷漆或贴金箔、镶金边或花边者,浮雕或透雕祥云、双龙嬉珠、梅、竹等纹饰;也有一无纹饰,尽显木、竹本色。台南府城天坛有"一"字匾,匾额很宽,蓝地,金色字,匾四周围以楷书书"世人柱费用心机,天理昭彰不可欺"等77字作花边,寓有人千算不如天一算之意,更是别具一格。

台南城隍庙中有名匾"尔来了",传说阴间检察官城隍爷主司人间善恶赏罚,人死后,魂魄首先要押解到城隍爷处接受初审,并依平日善恶功过,决定上天堂或下地狱,"大算盘"匾令人生畏……

私家园林石匾装饰多吉祥花果、动物、器物。留园"花步小筑"花边上雕饰着佛手、菊花、苦瓜、萝卜、梅花枝、南瓜及藤蔓、葡萄带藤蔓、苹果、灵芝、寿桃、兰花、菱角等吉祥花果,象征长寿、多子孙、平安、福禄绵绵等。"沧浪亭"门额四周雕刻着蝙蝠、连胜、如意扣、厌胜钱;苏州"可园"额周则雕刻着紫葡萄,上方为寿山福海。耦园"诗酒联欢"用如意祥云纹围绕。

私家园林木匾装饰比较少,托钉多蝙蝠纹和如意云纹或夔钉。苏州比较特殊的有"曲园"的"探花及第"竖匾,镶以裙边;还有三清殿的风字牌匾;龙凤装饰的都与皇帝沾边,天平山庄"高义园"为五龙伴匾,狮子林"真趣"匾为乾隆题匾,金字蓝底,双龙护乾隆印章,金边饰如意头云纹,金色托柱头饰凤凰如意云纹,精美华丽。无锡寄畅园的"山色溪光"为康熙题匾,饰有双龙戏珠。

也有例外的,如上海豫园"鸢飞鱼跃"匾,饰有双龙戏珠图案,托钉为如意云纹,边框考究。豫园的"静观"匾,衬底为梅花枝和竹子,如意云头托钉。台北"关渡宫"套长方木匾装饰精美,两方间嵌雕双龙戏珠,外方四角隅嵌蝙蝠纹和如意带扣,如意头巧妙地形成方胜纹,内长方四角隅为直角曲线。托在形如椒图的圆瓦当上,富丽大方。台中林本源园林中的木匾色彩明丽,下方托钉为彩色狮子滚绣球。

匾额形式和装饰,往往与园林建筑造型相辅相成,如扇亭匾额都为折扇形,如拙政园"与谁同坐轩"、秋霞圃"补亭"等。

皇家园林匾牌多为金黄底色,装饰华丽。颐和园匾额装饰都与园林主题"寿"有关系,边框装饰图案多卍字、蝙蝠、寿桃、双龙、寿字等。颐和园长廊"草木贲华""秉经制式"、乐寿堂西廊门"仁以山悦""宜芸馆"匾额更为别致,是一只张开了翅膀俯伏在寿桃、卍字上的蝙蝠。颐和园宜芸馆原为藏书楼,挂"藻绘呈瑞"匾额，分别套在"三圆"中，使人有"连中三元"的联想。竖匾多为华带牌和凤字牌，饰以寿字、双龙、寿纹钉等。①

结　　论

综上，园林匾额在古典园林立意构景中具有统帅意义，是创造诗情画意"断"不可少的首要艺术元素。

匾额的古雅形式美具有很大的发展和创造空间，可以用来美化当代生活。今天园林中使用的匾额形式还比较单调，许多形式尚不见踪影，可以更丰富一些。鉴于中国园林建筑装饰从古籍式样上汲取了不少营养，如李渔设计的几种匾额、窗户上的书条窗等，都极具书卷气，这些艺术形式，与其他艺术元素一起，营造着古典园林的艺术氛围。

中国园林的艺术体系完成在文运独盛的宋代，华带牌和凤字牌也出现在宋代的记载中，这绝非偶然。笔者认为与宋版书的装帧样式和书上牌记很有关系。宋明清线装书后有许多古雅的牌记，笔者初步收集了一下，就有古琴式、宝盖式、古爵、古碑式等，可以作为创造新的匾额式样的借鉴。

（原文发表在《艺苑》2010年第2期，略有修改）

作者简介

曹林娣：现为苏州大学文学院、艺术学院教授，设计艺术学园林历史与文化方向博士生导师。曾任日本帝冢山学院大学、台北东吴大学中文系客座教授等。今为《中国园林》编委、苏州园林局顾问、苏州桃花源等多家公司顾问，主要从事中国古代文学和中国园林文化的教学和研究。出版主要著作有《古籍整理概论》《吴地记》校注、《苏州园林匾额楹联鉴赏》《凝固的诗——姑苏园林》《中国园林文化》《中国园林艺术概论》《中日古典园林文化比较》《东方园林审美论》《静读园林》《江南园林史论》《中国园林美学思想史——先秦南北朝卷》《中国园林美学思想史——隋唐两宋辽金元卷》《园庭信步》《苏州园林文化——江苏地方文化名片丛书·苏州卷》《中华文化元素——园林》《图说苏州园林》五册等二十多部。

---

① 凤字牌据说以五行配色。金色牌，五行属金，白色，位居西，代表的物质为所有矿物，寓意财运，金克火，厌火辟邪；绿色牌，五行属木，绿色、青色，方位居东，代表植物，寓意健康，生机勃勃；蓝色牌，五行属水，黑色、蓝色，位居北，代表雨露云雾，寓意智慧；红色牌，五行属火，红色、紫色，位居南，代表日月光电，寓意光明、昌盛；黄色牌，五行属土，黄色、褐色，位居中央，代表大地，寓意五行之首，生万物。

清代皇家园林匾额楹联的形式与制度

夏成钢

在现存实物中,紫禁城与颐和园基本保存了清代皇家匾联的原始特征。紫禁城主要在宫廷建筑内外使用,保存环境良好,种类丰富精致。颐和园则以室外园林为主,式样与宫廷匾联略有差别。其他皇家园林,如北海匾联形式变动较大,避暑山庄遗存不多,圆明园、静明园、静宜园原始样品无存。颐和园可以代表皇家园林匾联的主要特征,本文以此为例进行阐述。

在清代皇家园林中,作为点景抒情的匾额楹联,人们即使不去深究文字内容,也会从视觉上直接感受到浓烈的皇家气势。这种视觉特点集中在三个方面:形制造型、书法风格、篆刻印章。而它们的形成又有着一套程序制度。

一 皇家园林匾联的形制造型

清代之前有关匾联形式的文献记载不多,北宋《营造法式》[①] 中记载了两种匾牌的造型(见图1),相当于清代皇家的"斗匾"。而清初李渔的《闲情偶寄》,则记载了两种楹联、六种匾额形式(见图2),局限于明末清初江南士大夫阶层的居室庭园环境,与皇家匾联有着风格上的差异。

---

① (北宋)李诫撰,邹其昌点校:《营造法式》,人民出版社2006年版。

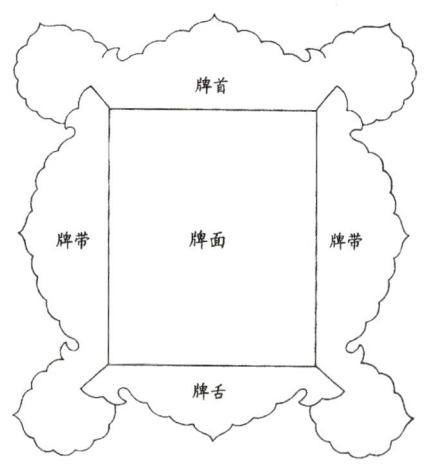

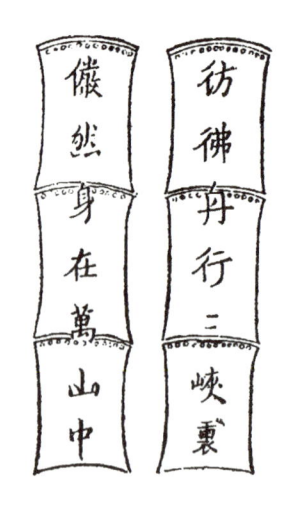

图1　宋代匾牌形式：华带牌　　图2　《闲情偶寄》记载的匾联形式：此君对

清代康乾之际，国家进入繁荣稳定的"盛世"，整个社会弥漫着追求精美古雅的风气，影响着书画金石、瓷器家具各个层面的创作活动，也促使皇家匾联工艺达到历史顶峰。主要匾额类型详见表1。

整体来看皇家匾额形式较楹联更为丰富，分为竖匾与横匾两大系列。

竖匾因形如称量谷物的"斗"，又称"斗匾"。由一块平板"匾心"（宋称牌面）围加四块斜板（宋称牌首、牌带、牌舌）组成（见图1），竖立悬挂。其形象端庄肃穆，是等级秩序的象征，常用于宫殿、坛庙与城门，如颐和园"排云殿"匾（见图3）。斗匾字体常为满汉文并列，称为"满汉合璧"，满清入关后尊满文为国语，左为上，所以在排序时满文常排左居上位。清亡之际社会上充满反清排满思潮，袁世凯为笼络人心，登基前将紫禁城外朝一带、西苑三海、太庙、社稷坛、天坛的部分斗匾满文去掉，颐和园因为溥仪私产而保存了"满汉合璧"的原始形式。

图3　排云殿

乾隆朝重要的皇家寺庙，其斗匾常标示四种字体：满、汉、蒙、藏，称为"四样字"，以体现佛尊普渡众生、万法归一，如雍和宫（见图4）、颐和园"宝云阁"斗匾。因匾框的艺术加工不同，斗匾又分为"龙边"与"如意"斗匾（见图5）。

表 1　　　　　　　　皇家园林主要匾额类型

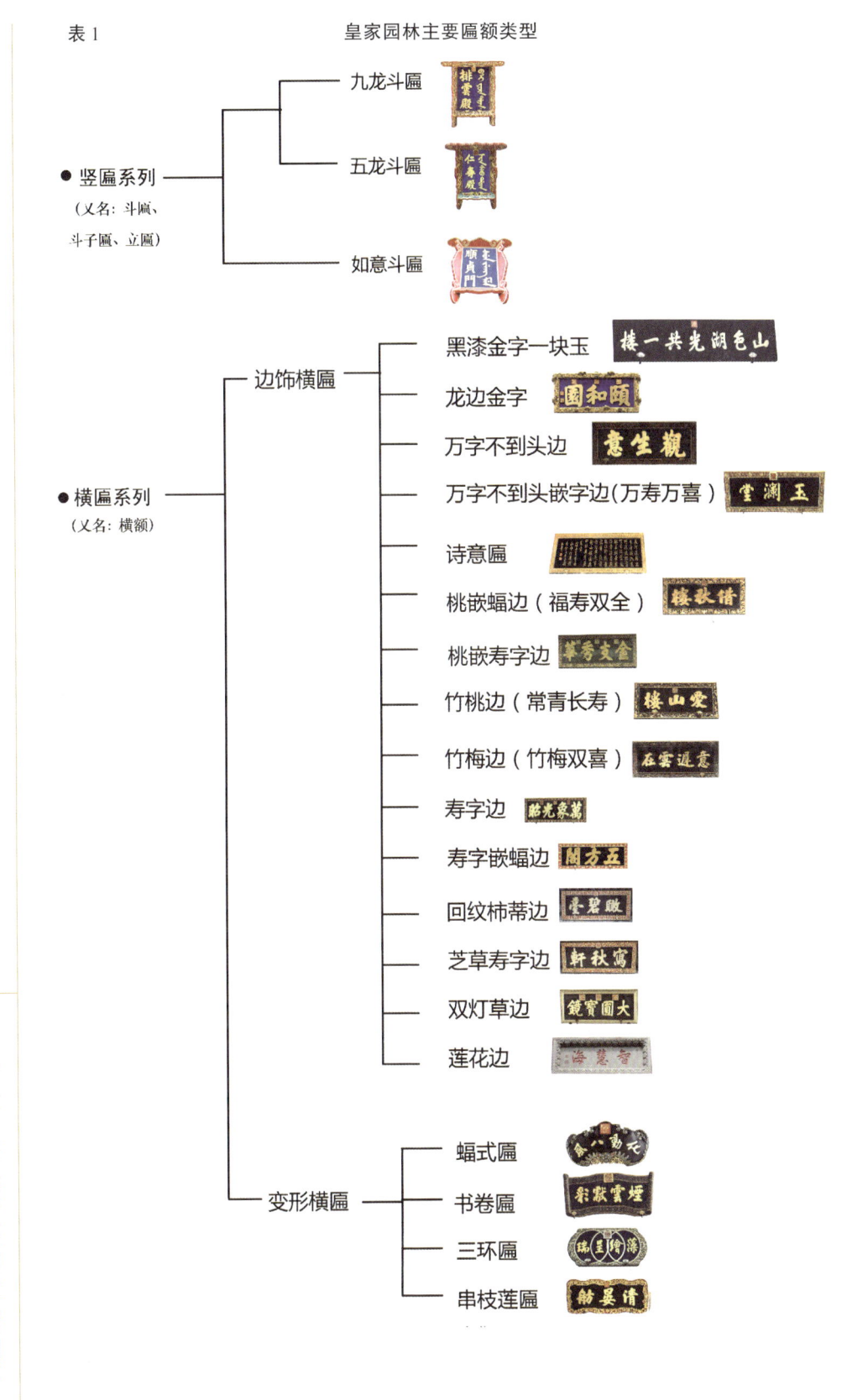

- 竖匾系列
  （又名：斗匾、斗子匾、立匾）
  - 九龙斗匾
  - 五龙斗匾
  - 如意斗匾

- 横匾系列
  （又名：横额）
  - 边饰横匾
    - 黑漆金字一块玉
    - 龙边金字
    - 万字不到头边
    - 万字不到头嵌字边（万寿万喜）
    - 诗意匾
    - 桃嵌蝠边（福寿双全）
    - 桃嵌寿字边
    - 竹桃边（常青长寿）
    - 竹梅边（竹梅双喜）
    - 寿字边
    - 寿字嵌蝠边
    - 回纹柿蒂边
    - 芝草寿字边
    - 双灯草边
    - 莲花边
  - 变形横匾
    - 蝠式匾
    - 书卷匾
    - 三环匾
    - 串枝莲匾

清代皇家园林匾额楹联的形式与制度

图4　四样字九龙斗匾

图5　如意斗匾

龙边斗匾，有五龙、九龙之分，龙数越多表明所属建筑等级也越高，如颐和园"排云殿"斗匾。如意斗匾，其边板处理成如意云形，红漆底儿描以金边，等级低于龙边斗匾，常用于附属建筑。

横匾系列为横向长形匾额，也称"横额"，形式极为丰富，可分为矩形与变形两类。

矩形横匾中最简洁形式为"黑漆金字一块玉"，即在长方形黑漆板上刻字描金，简称"一块玉"，这种形式在乾隆朝皇家园林中最为普遍。这时期园林建筑

图6　黑漆金字一块玉

色彩普遍简朴"不施丹臒"，"一块玉"很容易与其风格一致。颐和园现存"山色湖光共一楼"匾额即为清漪园旧物（见图6）。慈禧重建颐和园，以及修整西苑三海、南苑等处行宫，一改古朴淡雅为雕漆彩绘，"一块玉"也就很少使用。

矩形横匾系列中最主要的一类是边饰横匾，即在匾框上进行雕画创作，加以命名区分。这类匾额盛于乾隆，而繁缛的吉祥装饰则大兴于慈禧时代，也是颐和园、北海团城现存匾额中最多的一类。又分为以下几种。

龙边金字匾：在矩形匾框上雕以龙云，悬挂于重要位置，如"颐和园"匾。

万字不到头边：在匾框上以连续的"卍"（音万）字形成装饰纹，寓意连绵不断，如"观生意"匾。此类匾额更多的是在"卍"字纹上加入或圆或方的"寿""喜"字形，称为"万寿万喜"匾（见图7）。

边饰横匾的扩大形式是"诗意匾"，

图7　万寿万喜匾

园林古建中的匾额楹联

就是在匾心上刻写长篇诗咏，又称"匾式字""诗堂匾"，为乾隆皇帝的一大发明，乾隆时代曾普遍悬挂，颐和园廊如亭（见图8）、紫禁城乾隆花园，以及北海团城尚有遗存。

图8 诗意匾

匾型区分依边框特点而定，其名称也充满吉庆之意，如"万寿万喜""竹寿长春"等。另外还有蝠桃边、竹桃边、寿桃边、竹梅边、寿字边等形式，大都以象形、谐音为表现手法。

离宫殿堂内的匾联造型相对简洁，主要为"双灯草线边"。灯草线是指一种圆形细线，因形似灯芯草而得名，是来自家具的工艺技法。室内匾联板材不同于室外，是在木质格栅上装裱绫绢，重量较轻，又称为"壁子"，适合室内墙壁悬挂以及经常更换的特点。

变形横匾就是在匾额轮廓上作出各种变化，不再是方方正正。主要形式有蝠式匾（见图9）、书卷匾、三环匾、串枝莲匾、折页匾等。其中串枝莲匾是在匾框上装饰西番莲纹样，属于欧洲"巴洛克"风格，乾嘉时期由传教士带入，比较好地融入中国传统之中。颐和园"清晏舫"匾就是此类代表，是比较新颖的一类（见图10）。

蝠式匾额图解

图9 蝠式匾

楹联形式主要为"万字不到头"加寿字。乾隆朝尚有竹子对、砝琅对、树根对，以及彩漆等样式，佛殿楹联常做龙形边饰，如颐和园宝云阁、大报恩延寿寺的铜质楹联，常为铜质镀金。

图10 串枝莲匾

匾联类型的选用有着明确的指示，皇帝每次御题制作之前，都会清楚交待制作样式，乾隆皇帝更是亲自指导，如清宫档案记载：

（乾隆）十五年三月十八日，太监刘成来说，首领文旦交御笔宣纸匾文："月波楼""澹会轩""鉴远堂"……传旨：将"月波楼"做木胎石面字匾一面，其"澹会轩""鉴远堂"做油木匾。先画样呈览，准时再做……钦此。①

（乾隆）二十年二月九日（长春园）蕴真斋匾文呈览，奉旨：将匾面宽收窄，高里下长些，其旧金边着刮金镕化，仍做金边黑漆心，子（字）用旧铜字。钦此。②

不同类型的匾额悬挂位置更有详细的规定。乾隆皇帝曾下旨确定清漪园匾额的布局：

（乾隆）十五年十二月二十日……太监胡世杰传旨：万寿山大佛殿将来做龙边四样铜字匾悬挂；其配殿并余者殿上应挂之匾，做金线如意斗式四样字匾；随工做行宫内俱做黑漆阴纹金字匾。钦此。③

佛香阁、延寿寺是体现建园立意的主体，安排于万寿山中轴线上，因此这组殿堂匾额全部采用"四样字"镀金龙匾，而配殿及附属建筑则用如意铜匾，其余景点配用"一块玉"木匾，使全园布局主次分明，重点突出。其他皇家园林匾联布局也大致如此。

匾联色彩主要为黑漆地金字、磁青地（也称骚青地）金字、粉油地（白地）蓝字等，嘉庆改建的谐趣园，匾联全部采用了后一种色彩搭配，香山静宜园、北海部分小园也是如此。

还有许多设计程序，如匾联制作之前对各处匾联都有准确的测算。匾心字体的间距、格式都有详细规定，并有专用术语，务求比例合宜，均衡美观。印玺则需放大填朱制成木样。重要匾额则要画出设计详图（见图11），如样式雷按比例绘制的《颐和园内佛香阁斗字匾立样》《颐和园各殿匾额立样》，清晰标明匾额各处细节，与现代设计行业的施工图几无差别。

大体来说，清代皇家匾联造型的精致化兴于康熙晚期，盛于乾隆一朝，以"一块玉""双灯草线"造型为主，追求"雅"的品位，同时又有创新以匹配圣朝的繁荣，奠定了雍容华贵、等级分明、式样丰富的皇家风格。至慈禧晚清，工艺的精细被过度强调而带有"匠气味"，造型刻意表现富贵之气，趋向繁缛浮华而材质一般，与慈禧个人喜好、国家财力与建筑风格相一致。

---

① 《乾隆十五年各作成做活计清档》，中国第一历史档案馆。
② 《乾隆二十年各作成做活计清档》，中国第一历史档案馆。
③ 《乾隆十五年各作成做活计清档》，中国第一历史档案馆。

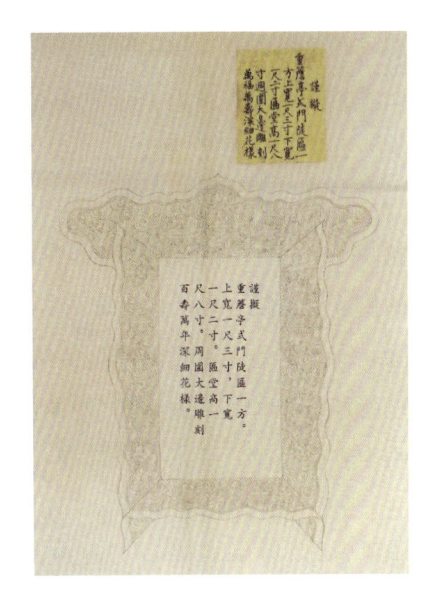

（1）清宫档案所载殿座匾额对联尺寸花样等图样　　　　（2）清宫档案所载殿座匾额图样（黄色）

图 11　清宫档案所载殿座匾额图样一例——文字抄在图片上

谨拟

重檐亭式门陛匾一方。上宽一尺三寸，下宽一尺二寸。匾堂高一尺八寸。周围大边雕刻百寿万年深细花样。

谨拟

对联二付。宽一尺三寸、高七尺二寸。周围边宽二寸。雕刻百寿万年深细花样。

谨拟

东西配殿匾额各一方。宽四尺八寸，高二尺四寸。周围边宽二。雕刻百寿万年深细花样。

二　皇家园林匾联的书法风格

　　为了突出恢宏气势，皇家匾联书法多为大字巨制。巨型字体常因远距离仰视而变形，另一方面由于运笔困难，笔意难以连贯，即使采用"打格放大"的方法，也难保笔韵生动。康有为曾将其归纳为"五难"①。为应对这些问题，"榜书"技法在园林匾联中得到普遍运用。

　　榜书是指大型匾额字体的书写技法，其用笔习惯、字体结构与布局不同于常规，它最早源自秦书八体之一的"署书"。自秦汉李斯、萧何开始，历朝历代均有榜书大家，至清代已积累了丰富的经验和理论。如明代书论所言：

---

① （清）康有为：《广艺舟双楫》，北京图书馆出版社 2004 年版。

匾额横字书，稍宜瘦长，不宜匾阔。直竖匾额高悬七八丈或十余丈者，上字宜微大下字宜微小，仰看则不尖。大字宜笔笔用力。大字要看黑多白少，言用笔宜肥也。①

颐和园中的"大圆宝镜""万象昭回""仁符寿协"等巨匾鸿制，都是传统榜书的传承与实践，烘托出皇家气势。

除装饰作用外，书法品评是传统园林中的游览内容。皇家匾联书法最鲜明的特点就是统一的"馆阁体"。馆阁体是在楷书基础上，以欧阳询、赵孟頫书法风格为主演变而成，其基本特征就是工整规范、易于识别，常被带有贬义地说成"乌、方、光"（乌黑、方正、光洁）。不过优秀的馆阁体书法远非如此，它们常常笔法精到、韵味生动，显现出凛然正气，具有崇高感，与"清真雅正"的官方文艺宗旨相一致，深受清代帝王喜爱。康熙推崇董其昌书法，乾隆则赞赏赵孟頫，由此成为清代的官方书体。

馆阁体书法有两大应用领域，一类为君臣诗文唱和、宫苑装饰之用，另一类是以小楷为主的科举应试与公文奏章。前者被认为是馆阁体主流与典型，皇家园林是其主要的展示区。②

乾隆时代各园林中均以乾隆皇帝书法最多，其书法字体稍长，点画圆润均匀，结体婉转流畅，但是缺少变化和韵味，被评价为"虽有承平之象，终少雄武之风"。乾隆室外匾联以楷书为主，赵体为本，楷中有行，如颐和园"山色湖光共一楼""紫气东来"等匾题。事实上乾隆更擅长行书，笔体中往往夹杂着草书韵味。乾隆行书匾联在各园遗存不多，乾隆花园、北海多于颐和园，而更多的是在碑石镌刻之中。

上有所好，下必甚焉。乾隆周边聚集了大批馆阁体书法家，其中如汪由敦、于敏中、董邦达、刘统勋、励宗万等人都在各园中留下大量匾联书法，可惜大都毁于战乱。

清道光后书法风格由帖学向碑学转变，馆阁体也开始受到在野文人的批判，被抨击为"千手雷同""单一刻板"。不过在宫廷园林以及市坊民间，馆阁体仍在传承使用。如颐和园现存匾联书法作者都为清末馆阁体大家，其面貌并非千篇一律，其中如潘祖荫的旷达高古、徐郙的朴拙灵秀、袁励准的苍劲雄浑（见图12）、陆润庠的清华朗润（见图13）、张百熙的

---

① （明）倪苏门：《书法论》。
② 刘恒：《中国书法史·清代卷》，江苏教育出版社2002年版。

刚柔相济,都是在馆阁体技法原则基础上寻求新的拓展,力图在端庄大雅中写出灵性。

图12　袁励准（颐和园匾联晚期撰写人）的馆阁体书法

图13　陆润庠（颐和园匾联主要撰写人）的馆阁体书法

总体说来,园林匾联所承载的首要任务是传情达意、烘托意境;皇家园林又要体现"移天缩地""车书同轨"的宏大气象,这些都被馆阁体书法表达得淋漓尽致,最终成为皇家园林的标志之一。

三　皇家园林匾联的篆刻印章

皇家园林匾联中篆刻艺术的运用主要体现在钤印布局与匾文入印。

清代皇家匾联书法用印极为严格,并形成制度。原本附属于书画的印章篆刻在清代得到复兴并达到鼎盛,其审美意义超过单纯的实用功能而成为一门独立艺术。乾隆皇帝则是这一复兴的倡导者、推动者,他一生不仅制印近1800方,而且亲自厘定宫廷印玺制度,将天子印玺结集为《宝薮》印谱。作为制度,其后历朝皇帝均留有《宝薮》,慈禧印玺也有近150方之多。[①]

清代皇家匾额钤印采用"额章"形式,即是将印玺钤盖在匾文的上部正中,这在以前帝王书法中只是偶尔为之,自乾隆皇帝开始正式确定下来（见图14）。在具体用印上,皇帝正式的亲笔匾额钤盖"……御笔之宝",如"乾隆御笔之

---

① 郭福祥:《明清帝后玺印》,国际文化出版公司2003年版。

宝""嘉庆御笔之宝"。而臣属代笔匾文，或者钤盖皇帝"御览之宝"，下着臣子的落款和印章，如"颐和园"匾；或者仍旧盖皇帝的"御笔之宝"。由此可知，钤有皇帝宝玺的匾联之作，不一定就是皇帝的亲笔，慈禧时代尤为如此。

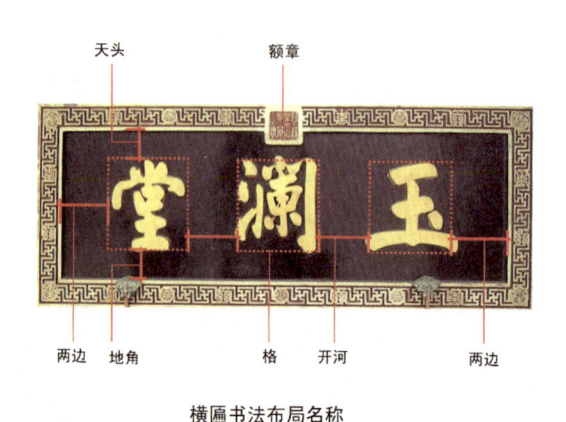

横匾书法布局名称

图14 匾额印玺书法布局名称

额章三方并列形式为乾隆首创，不过仅限于少量佛寺匾额（见图15），印文也不固定，如颐和园铜亭"大光明藏"铜匾上的一阳二阴布局。慈禧将这种形式扩大到所有匾额，固定钤盖三方额章：阳文"慈禧皇太后御览之宝"居中，左右阴文"和平仁厚与天地同意""数点梅花天地心"。因慈禧被尊称为"老佛爷"，故这三方印玺又称"三方佛爷宝"（见图16）。

图15 乾隆三方额章常用于佛寺匾额

图16 慈禧三方额章并用成为固定模式

楹联用印形式到慈禧时代被固定下来，其压脚章通常是两方联用，上圆下方、上阳文下阴文，这种布局称为"天圆—地方"（见图17）。

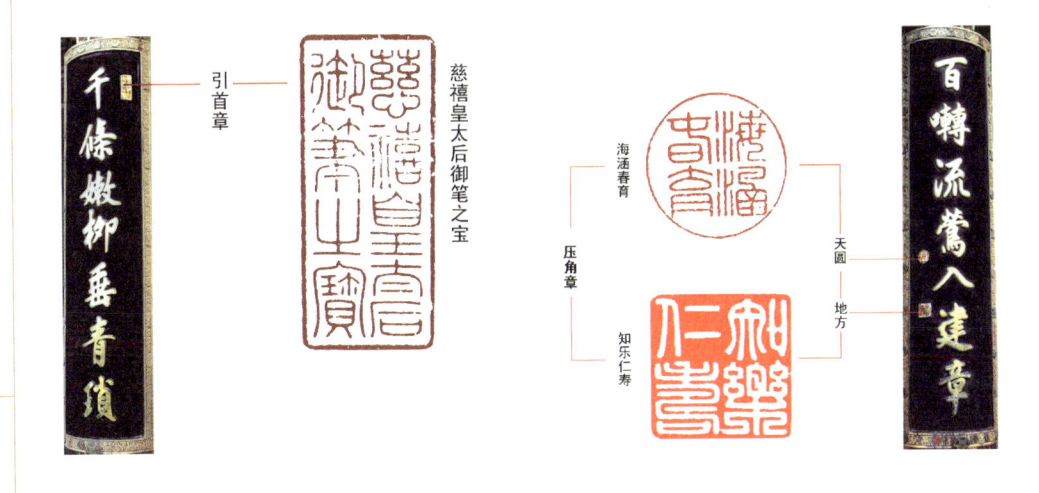

图17 慈禧时期楹联用印的统一模式

前朝皇帝御笔匾额需要更换时，由当朝皇帝重新抄写并钤盖当朝印宝，颐和园、西苑三海中大量殿名为乾隆所题，大都钤盖"慈禧皇太后御笔之宝""光绪御笔之宝"就是例证。

皇家园林中以乾隆的闲章最为丰富，如"德日新""奉三无私""敬胜怠""古香斋""惟精惟一""所宝为贤""意静妙堪会""契理在寸心"（见图18）、"四时佳兴与人同"，等等。慈禧闲章则非常单一，只有"大圆宝镜""海涵春育""知乐仁寿"几方；光绪印玺更为稀少，仅见"爱日春长"一方，与园主人的修养、权力及时事背景相一致。

图18　乾隆匾额用印丰富多彩

匾文入印是指印玺文辞取自匾额，如上述的乾隆、慈禧印文，也有同辞的御笔匾额。此外还有更多与园景相关的题词采用了印玺形式，如"烟云无尽藏"印文出自乾隆诗惠山园《寻诗径》、"仁者寿"印与"仁寿殿"匾、"养之如春"印与"海涵春育"匾等，都有着与园景关联的意蕴。还有一些组印，如"乐寿堂"与"知者乐""恭则寿"为三方质地、钮制与大小相同的印玺，三者在意蕴上相互呼应发挥，又与园林景观相关照。这些玺印大多失去实用功能，纯为艺术欣赏把玩之用，扩大了匾文的表达形式，将园林意境渗透到更广泛的领域。

乾隆皇帝还继承了文人书斋章的传统。传统文人的书斋章常常有名无实，仅仅是一种雅兴寄托，而乾隆的一系列殿名玺与景名玺却是有名有实，如"万寿山勤政殿之宝""万寿山清漪园"（见图19）、"鉴远堂宝""乐寿堂""随安室""静宜园勤政殿之宝"等，慈禧印玺"仁寿殿""乐寿堂"也延续了这一传统（见图20）。

图19　乾隆清漪园印玺　　　　图20　慈禧乐寿堂四联套印

一系列篆刻印章的运用增强了帝王御匾的尊贵感和权威性，并从文人市井匾额中区分彰显出来，天子独尊得到彻底贯彻，也使得园林匾联更加醒目、意蕴更加丰满。

四　清代皇家匾额楹联制度

皇家匾额楹联的撰写制作，并非如私家园林那样随兴挥洒，它受着宫廷制度的约束。这一制度是在发展中逐步形成的，基本包括五项内容：文辞撰写、工艺制作、开光悬挂、查档维护与龙箱收藏。

（一）文辞撰写

康乾时代的匾联撰写完全是皇帝个人情感的自由发挥，其后的各代皇帝在才学与热情上没有一个能赶上他们的先辈，因而翰林代笔成为主要模式，随之形成撰写程序，有四个步骤。

1. 请匾提单

首先由用匾部门详细提出用匾地点、尺寸、字数，相当于任务单，嘉奖用匾还要写明原因，报经皇帝认可。这一过程称之为"请匾"，如光绪朝的一份请匾折子：

> 拟扁对句子：
> 颐和园畅观堂外檐前檐用扁一面，四字；字对二付，九言。
> 后檐向北用扁一面，四字；字对一付，九言。……
> 俱着南书房翰林拟写黄片一正一副备用，写得送至颐和园以备请圈。

2. 拟写黄片

"任务单"交由南书房翰林拟写匾联草稿，有时上书房师傅也加入拟稿。通常是一题二稿，由皇上确定其中的一个。文辞写在6寸×3.3寸的黄纸折子上，称为"黄片"（偶尔也用红纸或白纸），拟稿称为"写黄片"，每面6行字。如下面两件匾联黄片：

> 畅观堂外檐九言对二付：
> 山色辇嵯峨瑞云五色——湖光浮潋滟湛露三霄
> 兰殿竹宫芳菲供茂对——璇池玉沼活泼畅生机

慈竹得春多如松之寿——神芝迎瑞发与蕙俱芳

青琐曈晨曦辉澄瑶岛——紫渊回斗极瑞辑琼阶

后檐向北九言对一付：

宝鸭驻浓熏香添柳垂——铜龙催晓漏锦簇花明

石径步丹梯别开仙界——湖波成绿酒都祝长生

……

万寿山前殿用四字扁一面：玉镜澄辉、远岫穿云。三字扁一面：排云殿、揽秀殿

东配殿用四字扁一面：朱华敷堞、清瑞鸣溪

……

3. 走片与圈朱

黄片写好后呈上御览，等候帝后确定，这个过程称为"走片""上黄片"或"请圈"。皇上确定的辞句，会在字头用朱笔画一个红圈，称为"圈朱"。

4. 书写与用宝

"圈朱"后的文辞，返回南书房，由翰林们正式书写，有时由皇帝亲定人选。书写好的匾联再拿到懋勤殿钤盖帝后玺印，称之为"用宝"。

（二）工艺制作

匾联制作在乾隆朝主要由内务府的苏州织造与宫中木作承担，另外宫中裱作、如意馆等单位也时常参与其中。苏州制作师傅又被称作"南匠"，其成品称"南漆匾对"，由于南方匾联到北方后常常干裂，至慈禧时代基本由宫中木作与京城私人木厂承办。

室内匾联文辞多为墨宝印玺原迹，制作相对简单，如勤政殿、仁寿殿内同样位置两代匾额制作清单：

（乾隆）十六年十月十九日，承恩公德交御笔黄绢"海涵春育"扁文一张，净高二尺六寸，净宽九尺四寸，八寸锦边在外……钦此。

（光绪）仁寿殿内罩上向东用扁一面："寿协仁符"，净高五尺五寸，净宽一丈一尺，做七寸双灯草线青金边壁子在内，磁青纸地金字，用宝三方。

室外匾联制作则要复杂得多。制作之前对各处匾联都有准确的测算，如一份尺寸折子记载：

颐和园宫门上向东用斗扁一面：长三尺五寸，宽二尺六寸。
宫门内牌楼门上向东用扁一面：长三尺，宽六尺。
留佳亭后柁枋上向北用扁一面：长一尺六寸，宽三尺。
对鸥舫廊处柁枋上向南扁一面：长二尺二寸，宽五尺。
两边明柱上向南抱月字对一付：长五尺五寸，宽一尺三寸
……

（三）开光悬挂

重要的匾额悬挂要举行仪式，借用佛教用语称之为"开光"，由钦天监选择吉日悬挂。《大清会典》记载：

> 凡竖柱、上梁、合龙门、悬匾，俱遣大臣祭告。需用花红户工二部支给。

另如雍正朝的一份奏折：

> 总督河道齐苏勒谨奏：为恭请择吉悬扁开光，以昭永久。

（四）维护查档

匾联悬挂后，内务府定期进行检查、记录在案，这些检查清单称之为"糙单"，按宫苑殿堂分类，详细记载匾联的具体位置、尺寸、虫蛀霉蚀情况，一有损坏便上报整理。

匾联要经常进行清洁修理，对破旧的进行翻新。乾隆在大造园林的同时仍强调节俭，木质匾联更新只重新换面儿，内胎骨仍予保留；旧金匾则要"刮金毁铜"，将铜胎表层镶金刮下，铜胎重新熔铸，这些事项乾隆常常亲自谕旨并审查。

> （乾隆）二十年二月九日蕴真斋匾文呈览，奉旨：将匾面宽收窄，高里下长些，其旧金边着刮金镕化，仍做金边黑漆，心子用旧铜字。钦此。

> （乾隆）二十五年五月十三日传旨：万寿山听鹂馆戏台上扁对摘来，用旧胎骨改做一块玉黑漆金字扁对。钦此。

室外匾联常会出现崩裂现象，特别是"南匾"不适应北方的干燥，更会如此，另外还有诸多问题，都难逃乾隆的眼睛。如下面的乾隆谕旨：

> （乾隆）二十一年四月十四日传旨：万寿山半圆城花承阁、莲座盘云二处之匾漆水拱爆。告诉他们看去！钦此。
>
> （乾隆）二十一年正月初九奉旨：万寿山罗汉堂挂匾的挺钩露着了，交造办处另挂，不可露着！钦此。
>
> （乾隆）二十五年正月二十六日传旨：万寿山藕香榭现挂南漆匾对仍旧崩裂，查系何人收拾过，著（着）伊从新往好里收拾，所用钱粮不准开销！钦此。

（五）龙箱收藏

前代皇帝匾联亲笔文字一旦变旧，不能随便处理，要恭恭敬敬"请下"，收藏于乾清宫西暖阁的龙箱之内，按《千字文》顺序分类，如嘉庆初年将请下的乾隆御笔匾联归类，从"天字号"排至"吊字号"，计有九十七卷之多，其中包括许多清漪园匾联，例如"万寿山昆明湖""借秋楼""餐秀亭""罗汉堂"等御笔匾文就编在"宿字号一卷"，收藏于西暖阁西墙门南边三格第一龙箱。

五 结语

第一，皇家园林匾联形式中的三个要素并非截然分开，而是相互交融紧紧围绕同一主线发展，最终形成完美统一的风格，它是创作严谨、制度完备、积淀深厚的艺术形式，不仅成为皇家园林的点睛之笔，而且还作为独立的艺术品，代表皇权、恩宠和礼品赏赐各地的精英才俊、名山胜迹，以及馈赠藩属如朝鲜、琉球、安南、暹罗等国，闪耀着中华文化的光辉。

第二，源远流长的传统匾联形式目前尚缺少系统的研究与广泛认知。在传统园林修复中，常常出现不合规制的现象，在工艺制作方面更面临后继无人的困境。

第三，笔者在自己的设计项目中多次尝试运用这些传统手法，取得良好效果，如丰台北京园（见图21）。

第四，对中国传统匾联研究的意义深远，传统总结仅仅是一个起步。如何在现代园林及城市景观中传承匾联文化，需要在更广阔的背景下来思考。

(1) 丰台北京园 　　　　　　　　　　　　(2) 丰台北京园匾额实景

(3) 丰台北京园匾额制作（晾干） 　　　　(4) 丰台北京园匾额制作（描金）

(5) 丰台北京园匾额悬挂 　　　　　　　　(6) 丰台北京园主景效果

图21　丰台北京园

清代皇家园林匾额楹联的形式与制度

99

作者简介

夏成钢：北京林业大学、中国人民大学客座教授，《中国园林》《风景园林》学术期刊编委。先后任中国风景园林规划设计研究中心、北京山水心源景观设计院、笛东规划设计公司总设计师、副院长，"夏成钢工作室"主持人。长期从事中国园林研究，以及风景园林设计、教学与写作工作。主持完成百余项规划设计项目，多次获得大奖，以园博会系列北京园系列广为人知。出版《湖山品题——颐和园匾额楹联解读》《湖山纵横——颐和园文化研究》，先后发表20余篇专业论文，受邀录制BTV《北京文化巡礼——颐和园系列》影视节目。

浅析几方名匾

齐 心

在北京这座举世闻名的文化古城中，历代的宫阙王府、名人宅第、关隘城堡、园林名胜、陵墓祠寝、坛观寺庙，以至店铺商号等诸多建筑物上，大多悬挂或镌刻着标明其名号、涵盖其功能或褒扬、彰显的匾额。这是中国一种独特的文化艺术形式。

匾额是中华民族传统文化的优秀产物，历史源远流长，自秦汉迄明清乃至近现代，一直延续、继承、发展，至今仍广泛流传。

匾额与中国人民的政治文化生活密不可分。历史上，官方及民间的盛事多以匾额记述和宣扬，如建筑物的落成、功臣风范的表彰、店铺开张等，常举行隆重的仪式悬匾。清朝历代皇帝即位，都要在孔庙大成殿悬匾额以述志。因此，许多匾额都有其辉煌的背景，是当时社会历史和时尚的集中反映。

匾额的文字大多出自哲人书家之手，精练凝重，寓意深邃，具有强烈的艺术感染力，给人以深刻的启迪。褒扬风范的令人肃然起敬，催人奋进；祝愿洪福昌盛的使人感到前程远大，希望无限；阐述主旨要义的使人一目了然，切中肯綮；揭示哲理的启人大彻大悟，目澄心灵；写景状物的或韵味清新，或巍然壮观；言志抒情的让人感同身受，浮想联翩。匾文仅寥寥数字，但比诗词、警句更概括、更凝练，从这个意义上说，它是中国文学语言中最醇厚、最璀璨的精粹。

北京是几朝帝都，匾额的书法多是历代名人和大家手笔，从中可以见到古今书法各流派之真迹；而集名匾于一书，不啻一部历史人物和书法家作品的集锦。文如其人，字如其人，观赏名人学者、书家所题写的匾额的真迹，往往会引起人对其人其事的遐想，在欣赏中可以体会他们的人品及艺术特色。

匾额这一宝贵的文化遗产历经沧桑，日渐散失、毁坏，令人扼腕痛惜。为了使这一遗产能传诸后世，90年代初，我提出关于编辑出版《北京名匾》的建议，得到中共北京市委副书记李志坚等同志的重视。在领导的关怀和支持下，我们从千余方匾额中，精选出三百余方，考察、拍照、查资料、撰文、注释、品评，付梓出版。

为阐明诸多古建筑悬匾，下面谨介绍国子监、孔庙、园林、寺庙、关隘几处现存名匾。

先师庙

北京孔庙，又称先师庙，规模宏伟，占地广阔。以大成殿为中心，一条中轴线贯穿南北，三进院落，左右建筑对称配列。主体建筑是先师门、大成门、大成殿。

先师门是孔庙的大门。门左右两侧立有下马碑、彩绘牌楼。明清以来几经修葺，但它的木结构形式仍保有元代建筑风格：歇山式屋顶，配有鸱吻等装饰，檐下斗拱大而稀疏，造型精美，古朴简洁。

门内悬"先师庙"陡匾一方（见图1），宽1.3米，高1.5米，贴金云纹红边框，磁青地，金字，楷书。未署书写者姓名。

孔子（公元前551年至公元前479年），名丘，字仲尼，春秋时人，中国古代著名的思想家、教育家。他的思想是中国两千多年封建统治的精神支柱。自汉武帝"独尊儒术"以来，历代帝王均尊其为先师先贤，不断加封尊号，被冠以最神圣的头衔。

图1　先师庙

大成门

北京孔庙的二门。

孔子对中国古代文化做了"集大成"的工作，在中国文化史上占有继往开来的地位，因而此门也名"大成"，语出《孟子·万章》："孔子谓之集大成"。前后三出陛，中为螭陛，左右各十三级。门内悬钟、置鼓各一，两侧放石鼓十枚，门之左右辟角门。

"大成门"陛匾（见图2）宽1.7米，高2米，红如意龙纹贴金边框，磁青地，金字，楷书。未署书写者姓名。

孔庙大成殿的匾额

孔庙祭孔的正殿为大成殿。始建于元大德六年（1302），明永乐九年（1411）重建，清光绪三十二年（1906）将殿由七间三进扩建为九间五进。黄琉璃筒瓦重檐庑殿顶，台基和月台均围以白石护栏，月台正面及左右各出台阶，正中台阶中心嵌有高浮雕二龙戏珠海水江崖纹饰的丹陛。

图2 大成门

殿内正位木龛中供奉"大成至圣文宣王"木牌位，两旁为"四配"（颜回、曾参、孔伋、孟轲）、"十二哲"（闵子骞、仲弓、子贡、子路、子夏、有若、冉耕、宰予、冉求、子游、子张、朱熹）的木牌位，并陈列着祭祀用的祭器、乐器等。

有清一代崇尚儒术，倡导尊孔。自康熙帝始，历代皇帝即位，需亲临国子监辟雍（乾隆以前在彝伦堂）讲学一次，名"临雍"，随后到大成殿悬匾一方。沿至清末，殿内已悬有自康熙至宣统九朝皇帝御书木匾各一方，匾均为横书陛匾，龙纹边框，磁青地，金字。清代九帝书匾，按礼制分列于大成殿内檐次稍及两侧。由于大成殿间宽不同，匾宽亦略有差异，宽3.9—4.4米，高约1.6米。

清室覆亡后，北洋军阀政府教育总长范源濂于民国五年（1916）将清代诸帝所书匾额全部取下，后又将当时大总统黎元洪书"道洽大同"匾悬于大成殿内檐明间正面。直至20世纪80年代初，始将八方清匾按原位悬挂。圣祖所书"万世师表"匾悬于大成殿外檐正面。

万世师表

大成殿正面下层檐下的匾额，是清康熙帝颁给孔庙的首方匾额。

康熙二十三年（1684），圣祖玄烨到曲阜祭孔，步行升殿，跪读祝文，行三跪九叩礼，此为旷代所无。礼成后，特书"万世师表"额，并命全国各地文庙将题词一体刻制成匾悬于大成殿中（见图3）。

"万世师表"语出晋葛洪《神仙传》："老子岂非乾坤所定万世之师表哉！故庄周之徒莫不以老子为宗也。"又，司马迁《史记·孔子世家》谓："天下君王圣于贤人众矣。当时则荣，没则已焉。孔子布衣，传十余世，学者宗之。自天子王侯，中国言六艺者折中于孔子，可谓至圣矣。""至圣"不仅是司马迁对孔子的敬佩之词，而且也符合中国两千多年的封建时代史实。历代统治者均尊孔子为"圣人""至圣先师"。圣祖题大成殿匾用"万世师表"，即言孔夫子永远是世人之师。

图3 万世师表

生民未有

雍正帝所书匾（见图4）。

《史记·秦楚之际月表》云："自生民以来，未始有受命若斯之亟也"；《诗序》解"生民"为尊祖，"生民未有"意为尊祖千古以来从未有若孔子之至高无上的圣贤；《孟子·公孙丑上》："自有生民以来未有孔子也"，并赞扬孔子说："出乎其类，拔乎其萃，自生民以来，未有盛于孔子也。"雍正帝据此题匾，推崇孔子是最伟大的圣人，自有人类以来，没有任何人能比得上他。

图4 生民未有

雍正帝的书法崇尚董其昌，骨力开张，善于取势，是清初帝王中的善书者，但传世作品不多。此匾款署"雍正乙巳（三年，1725年）孟秋敬书"。

与天地参

乾隆帝所书匾（见图5）。

《周易·说卦》："参天两地而倚数"；《史记·司马相如列传》《难蜀父老》曰："故驰骛乎兼容并包，而勤思乎参天贰地"，盖为赞颂孔子品德与天地并而为三。乾隆十三年（1748）高宗去

图5 与天地参

曲阜祭孔，面谕孔子七十三世长孙袭封衍圣公孔昭焕："至圣之道，参天地，赞化育，立人极，为万世师表。"

圣集大成

嘉庆帝所书匾（见图6）。

匾文语出《孟子·万章下》："伯夷圣之清者也，伊尹圣之任者也，柳下惠圣之和者也，孔子圣之时者也。孔子之谓集大成。集大成也者，金声而玉振之也。"意在颂扬孔子集古代诸圣贤之长于一身。匾文正书，字体清癯刚劲。嘉庆帝书作传世稀少。

图6　圣集大成

圣协时中

道光帝所书匾（见图7）。

匾文语出《尚书·尧典》："协和万邦"。"协"指调和、融洽；《礼记·中庸》云："君子之中庸也，君子而时中"，儒家指立身行事合乎时宜，无过与不及为"时中"。故此匾文意在称颂孔圣之道协和万邦，就能做到凡事处置得体，恰如其分，事业才得以顺畅发展，国泰民安。

图7　圣协时中

道光帝旻宁（1782—1850），仁宗颙琰第二子。嘉庆四年（1799）立为皇太子，二十五年（1820）即皇帝位，改元道光。他在位时正值清朝统治已日趋腐朽没落，外国侵略者开始向中国大量输入鸦片，并准备武装进攻。道光二十年（1840），英军北犯大沽，发动了鸦片战争。在英国船坚炮利的威逼之下，终致失败求和，签订了丧权辱国的不平等条约。道光三十年正月十四日（1850年2月25日）旻宁在内外交困中病死，庙号宣宗，谥号成皇帝。

德齐帱载

咸丰帝所书匾（见图8）。

"帱载"语出《左传·襄公二十九年》："如天之无不帱（覆盖）也，如地之无不载（放置）也。"意在颂扬孔子品德修养高尚如天地之宏大博远。匾文楷书，圆匀平正。

图8 德齐帱载

咸丰帝奕詝（1831—1861），宣宗旻宁第四子。道光三十年（1850）旻宁死后即位，改元咸丰。即位初即逢太平天国起义，六年（1856）英法侵略者发起第二次鸦片战争；十年（1860）英法联军进攻北京，奕詝逃往热河，命恭亲王奕訢出面议和。次年七月十七日（1861年8月22日）病卒，庙号文宗，谥号显皇帝。

圣神天纵

同治帝所书匾（见图9）。

《尚书·洪范》："聪作谋，睿为圣"，称品德学识高尚的人为圣人。自汉武帝独尊儒术后，圣人则专指孔子。"天纵"语出《论语·子罕》："固天纵之将圣又多能也。"朱熹集注为："纵犹肆也，言不为限量也。"匾文意在颂扬孔子是上天赋予人间的品德学识高超的神灵。

图9 圣神天纵

同治帝载淳（1856—1875），文宗奕詝第一子，生母叶赫那拉氏，即慈禧太后。咸丰十一年（1861）咸丰帝奕詝病死，年仅六岁的载淳嗣位。先是由肃顺、载垣等顾命八大臣辅政，后慈禧太后联合恭亲王奕訢发动"辛酉政变"，改由两宫皇太后垂帘听政。原由八大臣拟定的"祺祥"年号未及用而废，翌年（1862）改用"同治"年号，意为两宫（慈禧、慈安）共同治理朝政，实际上是慈禧太后把持朝政。同治十三年十二月初五日（1875年1月12日）载淳病亡，庙号穆宗，谥号毅皇帝。

斯文在兹

光绪帝所书匾（见图10）。

《论语·子罕》："子畏于匡，曰'文王既没，文不在兹乎？天之将丧斯文也……匡人其如予何？'""斯文"原指礼乐制度或王道，后以斯文泛指儒者或文化。"斯文在兹"意为世间所有文化皆源于儒学创始人孔子。

图10 斯文在兹

中和位育

"中和位育"意指按照孔子的中庸之道，就能"中和"世间一切事物，达到和谐的境界。《礼记·中庸》谓："喜怒哀乐之未发谓之中，发而皆中节谓之和……致中和，天地位焉，万物育焉。"匾文称颂按圣人之道治世，就能使天地间一切事物各就其位，各行其是，呈现勃勃生机及繁茂发展的景象。

图11 中和位育

宣统帝冲龄嗣位，三载而国破，故匾文显系阁臣代笔（见图11）。

道洽大同

民国初年大总统黎元洪所书匾（见图12）。

匾宽5.38米，高2.06米，金线边框，墨地金字，楷体。正中上方钤印一方。款署"中华民国六年三月吉日，黎元洪敬题"。

"道"，按《易经》解为立天之道、

图12 道洽大同

立地之道、立人之道，泛指论沧桑变迁的永恒规律；"大同"语出《礼记·礼运》："大道之行也，天下为公。选贤与能，讲信修睦，故人不独亲其亲，不独子其子……货恶其弃于地也，不必藏于己，力恶其不出于身也，不必为己……是谓大同。"所谓的"大同"，实为秦汉儒学家虚构的太平盛世之臆想。"道洽大同"是颂扬儒学为人间正道之学，崇奉儒家学说即可成就大同世界之意。

黎元洪（1864—1926），字宋卿，湖北黄陂人。辛亥革命后依靠军阀势力篡居临时政府副总统、总统职，曾协助袁世凯镇压革命。1926年死于天津。此匾据传是刘春霖代笔。刘春霖为清代最末一科状元。明清科举取士，考卷写字要求乌、方、光，而且大小要一律，致使书法僵化。因当时馆阁及翰林院中的官僚们多擅长此体，因而得名"馆阁体"，其书风拘谨，笔法刻板。此匾书法为典型的拘谨方正的馆阁体。

集贤门

国子监始建于元代。忽必烈建成大都后，于至元二十四年（1287）在大都东城崇仁门内建国子学，作为全国最高学府，正式营建是元成宗大德十年（1306）明洪武年改称"北京郡学"。永乐二年（1404）仍称"国子学"，后改称国子监。

国子监从元代开始，经过明清两代，培养了大批人才。据记载，仅明天顺六年（1462）在此学习的生员就达13000人。元、明、清三代取得进士的学生就有48900多人。这不仅是国内俊才荟萃之处，同时还设有高丽（今朝鲜）、暹罗（今泰国）、交趾（今越南）以及俄罗斯馆，招收了不少外国留学生。据《长安客话》记载：明初，留学生金涛等四人来中国求学，洪武四年金涛取得进士学衔回国……当时的文人学士能毕业于国子监，考取进士，又在孔庙的进士题名碑上镌刻上大名，流芳千古，就算"成贤"了。

大门上高悬"集贤门"陡匾一方（见图13），红漆金边云纹边框，红地金字，未署书写者姓名。

图13　集贤门

太学

太学门是国子监二门，为中轴线建筑前端，通向辟雍的门户。三开间，灰筒瓦悬山调大脊顶，明间为过厅。

门道正中悬"太学"陡匾一方（见图14），宽1.4米，高1.2米，金边云纹边框，红地金字，未署书写者姓名。

图14　太学

辟雍

国子监中轴线上的主体建筑，位于国子监全部建筑的中心，建成于乾隆四十九年（1784）冬。辟雍原为周天子在郊外所设立的太学，四周环水，形如壁，故称"辟雍"。封建时代只有皇帝才能到此讲学。殿七楹，为深广五丈三尺的重顶方宇，重檐黄瓦顶镶嵌鎏金宝顶，四周开门，户牖洞达。外周廊以汉白玉栏杆环绕，四出陛，各六级。辟雍外环水池，池径十九丈三尺，深一丈，四面皆建通向辟雍的石桥，桥长二丈二尺，与辟雍四门直通。环水四周绕以白石栏杆，池岸四周有四个喷水龙头。池水是由太学门外东西六井和六堂后檐外东西暗沟引出来的。

殿前檐悬立额"辟雍"（见图15），宽1.2米，高1.6米，蓝地金字，鲜明醒目。殿内横额"雅涵于尔"，行楷，用笔顿挫，流动有致，字形字势圆润优美，为乾隆御书中的上乘之作。

图15　辟雍

浅析几方名匾

圜桥教泽

国子监太学门内琉璃坊前后的石额。

院内柏树参天，肃穆静谧。在辟雍殿与太学门之间置高大辉煌的琉璃牌坊一座。建于乾隆四十八年（1783），其式样为四柱七楼式，主楼为黄瓦歇山顶，边楼及夹楼也都是黄琉璃瓦顶，枋柱皆为黄绿琉璃砖砌成，坊体辟白石券面的券门三座。乾隆皇帝为牌坊书额。南额"圜桥教泽"（见图16），北书"学海节观"。

图16　圜桥教泽

古代学宫前设水环绕称泮水。辟雍殿四周外圜水道设四座石桥作为通道。故以圜桥作为天子之学的代称，谓天子临雍讲学为施以恩泽。石额镶嵌于正楼南面，宽2.7米，高1.5米。正中上方钤"乾隆御笔之宝"玺印一方。

彝伦堂

在北京国子监辟雍之北。原为元代崇文阁旧址，明永乐时重建，更名为彝伦堂。《尚书·洪范》："我不知其彝伦信取"，注："彝"，常，通长；"伦"，理，道理，伦理。"彝伦"即绵亘久远之理。

图17　彝伦堂

面阔七间，堂前有露台，台南甬路直通辟雍，是国子监藏书之所。在未修建辟雍时，历代皇帝临雍即在此讲学。现在壁间仍保留康熙临雍讲学时所书"文行忠信"及"学者文行并重，尤以忠信为本"的训辞石刻。

正间檐下悬"彝伦堂"横匾（见图17），宽1.58米，高0.8米，雕龙金色边框，蓝地金字。上方正中钤"乾隆御笔之宝"玺印一方。

碧照楼　远帆阁

碧照楼在北海琼岛北麓，是漪澜堂前的一座重楼。面阔五间，灰筒瓦歇山顶箍头脊，左右沿琼岛匕麓延廊楼上下各三十间。湖水当前，波光粼粼，水天一色。"碧照楼"意为碧水映照之楼。

碧照楼以西的重楼名远帆阁，与碧照楼分峙左右，形制亦同。因乾隆二十五年（1760）御制《远帆阁》诗有"浮玉楼台似，江天入企情。虽殊石牌侧，亦有布帆横"句而得名。

二楼均悬横匾（见图18、图19），宽1.4米，高0.6米，墨地金字。为乾隆御书。

图18　碧照楼

图19　远帆阁

枕峦亭

枕峦亭在北海静心斋院内假山石上。亭为灰筒瓦八角攒尖顶，带倒挂横楣、花牙子、坐凳栏杆，苏式彩画。乾隆二十四年（1759）御制《枕峦亭》诗有"小山结构俨三夔，俯视如临大壑灌"句，因名枕峦。

亭南面檐下悬横匾（见图20），宽0.58米，高0.4米，墨地金字。正中上方钤"光绪御笔之宝"玺，应是光绪十一年（1885）重修后补制者。

图20　枕峦亭

双清别墅

香山是北京西郊著名的风景区，双清别墅就坐落在香山公园东南的香山寺旁。此处有两股泉水从山崖石缝中缓缓流出，故名双清。这里山石嶙峋，泉水淙淙，翠竹清秀挺拔，环境幽雅，风景宜人。金元以后，历代统治者常来此游幸。清乾隆帝在泉边石崖上题写了"双清"二字。民国年间，直隶水灾督办熊希龄在此修建别墅，故称之为"双清别墅"。

别墅院门朝东，是一座幽静的庭院。院内山水树石布局和谐自然，清澈的泉水汇集成池，几株百年银杏和一片古藤倒映在水中。一泓池水清澈、平静，水池有汉白玉栏杆环绕，一座红顶六角攒尖形的亭子坐落在池旁。亭后是一座坐北朝南的中西合璧式粉白色平房，体现了中国"妙于因借，精在体宜"的造园艺术特色。

双清别墅不仅以环境幽美而著名，还因是一处具纪念性的建筑而载入中国人民解放战争的史册。双清别墅在新中国诞生前夜，是中国共产党重要的指挥部所在地。毛泽东曾在这里写了《南京政府向何处去》《丢掉幻想，准备斗争》等重要文章，并在这里发布"百万雄师过大江"的动员令，同各民主党派和爱国人士商谈即将诞生的新中国的内政外交政策。当解放军一举攻克南京总统府，解放南京城，宣告蒋家王朝彻底覆灭的振奋人心的时刻，毛泽东坐在池旁亭下喜读捷报，心潮澎湃，欣然挥笔赋七律《人民解放军占领南京》一首，以为纪念。

"双清别墅"四字镌于石门额上（见图21），阴刻，行书描黑，运笔自然，体势舒展，富有潇洒韵致。为熊希龄题写。

熊希龄（1868—1938），字秉之，湖南凤凰人，清代翰林。辛亥革命后曾任直隶水灾督办等职，从事文化教育及慈善事业，

图21 双清别墅

曾创办香山慈幼院，并以收藏近代书画、扶助书画家创作为己任。熊希龄本人工花卉，其草书在京津一带曾广有流传。

居庸外镇　北门锁钥

八达岭位于北京西北延庆县境内,是长城上的重要关口、居庸关的门户。这里势若高屋建瓴,地势险要。古人云:"居庸之险不在关城而在八达岭。"由于这里南通南口、昌平,北通延庆、永宁,西通沙城、宣化、张家口,道路从此四通八达,故称"八达岭"。

这里两山夹峙,中通一径,在岭口之间筑有一座小小关城,长城即从关城的南北两侧依山而筑。关城建于明弘治十八年(1505),呈不规则的四方形,东西两面各有关门一座,东门称"居庸外镇",西门称"北门锁钥"。

东门券门额上嵌"居庸外镇"石匾(见图22),匾文意即居庸关外的又一藩篱。匾宽3米,高1米,字为阴刻楷体,体势端厚,有雄武之风,堪称明人上乘之作。此匾上款为"巡按监察御史陈豪书";其下款为"嘉靖己亥(十八年,1539)仲秋吉日立"。

图22　居庸外镇

在关城西门券门额上嵌"北门锁钥"石匾(见图23),匾文意为京师北门的二重门户。匾高1米,宽3米,为4块宽0.75米的石板拼接而成,每板刻一字,阴刻双钩楷书,书体端庄工整,间距匀称,笔势敦厚,雄奇遒劲。匾上款为"万历拾年(1582)岁次壬午伍月吉日立建",其下款署"钦差总督蓟辽等处军务、兵部尚书、都察院左副都御史山阴吴兑,巡按直隶监察御史新喻敖鲲"。

图23　北门锁钥

云居寺

云居寺在北京市房山区南尚乐乡水头村,建于隋唐之际。寺院依山而建,中路五层院落,六进殿宇,旁有行宫客舍,南北两塔对峙。寺门东向,门前杖引泉水潺潺流过,景色极为幽美。

云居寺的创始人静琬法师,秉承师志,鉴于南北朝灭佛的教训,发愿以石

113

刻经，藏之密室，以防法灭，并于隋大业年间在此寺刻经。其后几代弟子相继主持刻经事业，至辽金时已形成盛大规模，延续至明代，先后历时近千年，刻经百余部，积经板万余块，是中国的珍贵文物，堪称"国之重宝"，也是世界的宝贵文化遗产。云居寺以静琬建寺宗旨命名。

"居"做储存意，谓此藏经之所，储经之繁盛如云。寺在抗日战争中毁于战火，80年代后逐步修复殿堂建筑。重修后的天王殿，券门上刊刻的"云居寺"石额为赵朴初先生补书（见图24）。

图24　云居寺

赵朴初，1907年11月5日生于安庆，卓越的佛教领袖、杰出的书法家，中国佛教协会秘书、主任秘书，任中国佛教协会会长，中国佛学院院长，中国藏语系高级佛学院顾问，中国宗教和平委员会主席。

宝藏

云居寺创始人静琬法师于隋大业年间至唐贞观年间，在此磨石刻经。刻成《大涅槃经》一部，共用了146块石板，镶嵌在寺北石经山雷音洞的四壁上。

静琬法师圆寂后，其弟子玄导、慧远等世代相承，继续主持刻经事业。唐末五代曾有中断，辽金时期又转盛，直至明末始告结束。历经唐、宋、辽、金、元、明六代千余年，刻经百余部，刻经板一万四千余块，分藏于石经山八座藏经洞内和寺内西南隅的藏经穴中。明末又刻造十余部石经，藏在石经山上新凿的一个小洞中，至此才有小西天藏经九洞之名。

这饱蘸着数代僧人毕生血汗的万余块石经板，据说排列起来可绵延五十华里，堪称人类文明史上的一座佛学长城。仅就书法艺术而言，隋代的刻经已是当代高手所书，唐代的刻经更具有当代书法的优美风格，和欧、虞、褚、薛等书法大家相比也毫不逊色，其艺术价值之高，早为书法界所称道。

明末新凿的小洞外，镶有"宝藏"石匾一块（见图25），"宝藏"系指明代所刻经板而言。匾宽0.875米，高0.44米，字体秀逸飘洒，清丽中见风骨。款署"董其昌书"，左有跋书"司权氏新安许立礼同姪中秘志仁、文学谢绍烈、黄至虬、何如霖、田鐩、李自杰游小西天勒石，大明崇祯四年（1631）三月四日"。

图25　宝藏

董其昌（1556—1636），字云宰，号恩白，松江华亭（今上海松江）人，明代书法家。少负盛名，初以米芾为宗，后自成一家，书法超越诸家，时人以"南董北米"誉之。

动静等观

这是北京市海淀区北安河乡大觉寺无量寿殿的匾额。

殿面阔五间，灰筒瓦歇山调大脊，前出月台，周围绕以汉白玉石护栏，前檐装修雕以古钱式菱花门窗，雕工精致，显见此殿规格较高。殿内供奉阿弥陀佛及一佛二菩萨木雕像，主尊九品莲台及背光图饰造型极富艺术意匠，镂雕精巧，呈三层次穿插变化，反映明代雕刻艺术的高超造诣。佛教以阿弥陀佛为西方极乐世界教主，手托莲台迎接修行圆满的信徒去西方净土成佛，他有光明相，能够照到十方一切世界。阿弥陀佛及其管领世界的人都能长寿，故又有无量寿佛、无量光佛之称，有的佛经中又称为超日月光佛。

"动静等观"匾悬于殿的正间檐下（见图26），匾文指对佛教的信仰坚定笃诚，无时无地、无论行动或思维均以佛法为准绳，一以贯之，对任何事物均以佛法等量齐观。换言之，即阿弥陀佛之光无时不在，无处不在。匾宽4.6米，高1.7米，九龙盘

图26　动静等观

旋边框，磁青地，金字单铲底阳刻横书，精工制作。为清高宗御书，但较习见乾隆书貌凝重端肃，疑为代笔书。

象教宏宣

这是大觉寺弥勒殿内悬挂的匾额。

弥勒殿是大觉寺山门内第一进殿堂,面阔三间,灰筒瓦歇山顶,檐下饰斗栱。殿内原供奉弥勒像,现已移他处。

殿额枋上悬慈禧太后所书"象教宏宣"横匾(见图27),宽1.9米,高0.88米,黄绢地。钤"和平仁厚与天地同意""慈禧皇太后御笔之宝""数点梅花天地心"玺三方。"象教"是对佛教的赞称,《优婆塞戒经》卷一载:"如恒河水,三兽俱渡,兔、马、香象。兔不至底、浮水而过;马或至底或不至底;象则尽底",因此佛教常以象比喻精深。"象教宏宣"意为弘扬光大佛教的深刻精辟教义。

图27 象教宏宣

慈禧喜附庸风雅,自称能书善画,常命太监描摹针刺福禄等字,在深色纸上漏出粉模,慈禧摹写后即作御笔颁赏王公大臣。她虽也自习花卉,但不轻示人,专设书画代笔人为其制作代笔书画传世。此匾亦为代笔之书。

现舍利光　灯在菩提

碧云寺的金刚宝座塔位于全寺的最高点(见图28)。建于清乾隆十三年(1748),仿明永乐时印度僧人进呈的印度金刚宝座塔式修建,只改金刚宝座上五塔为七塔。基座为巨大的方形石台,有券洞门可登至台座上。宝座上下口亦如塔形,其前方左右各有一圆形覆钵式塔,其后五座十三层密檐式小塔,呈方阵式排列。中央一大塔,四隅塔略小,系按喇嘛教坛城布局。整座塔全部用汉白玉砌成,从塔基到塔顶通体刻满诸神、金刚、狮象和云龙等浮雕,具有极

图28 金刚宝座塔

园林古建中的匾额楹联

116

高的艺术价值，是不可多得的乾隆时期石雕刻的代表作。

宝座的券门上有一石刻额匾，长1.2米，宽0.3米，四周为云朵和八宝图案，额曰"灯在菩提"（见图29），其意为佛法就像照明的灯一样，能破除黑暗，洞察一切，而达到彻悟的境界。

中央塔的券门上有一石匾，长0.6米，宽0.15米，四周刻有莲花卷草图案，极其精丽，额曰"现舍利光"（见图30）。两处石额均为乾隆皇帝行书，有如高山流水，婉畅奔放，环折跳荡，追摹唐太宗书风。额中上方均钤有"乾隆御笔"玺。

图29 灯在菩提

图30 现舍利光

作者简介

齐心：北京市文物研究所研究馆员。曾任北京市文物研究所所长，现任北京考古学会会长。从事北京历史、文博、考古学研究，组织、主持重要的考古发掘。撰写考古发现与研究辽、金、契丹、女真史文化经济多篇专著和论文。

正大光明匾试说

李文君

说到紫禁城中的匾额，知名度最高的，当属悬挂在乾清宫的正大光明匾。从雍正朝开始实行秘密立储制度，把装有皇储名字的锦匣放在正大光明匾后，使得这块匾的附加值与神秘性大大增加，在戏曲小说、影视作品中频频出镜，知名度也一路走高，不管来没来过故宫，很多人都能对正大光明匾说上几句，但要进一步追问下去，多数人就不知道了。本文试图对"正大光明"匾的身世做一番详细梳理，并结合其他御题匾额，辨析其背后的微言大义，若能推进学术进步最好，即使只能为大众增加些茶余饭后的谈资，也就满足了。

一 顺治：率性的表达

正大光明匾额，长4.4米，宽1.3米，悬挂在乾清宫宝座正上方，行书体，是顺治皇帝的御笔，这也是目前紫禁城中现存的唯一一块顺治御笔匾额（见图1）。匾额的具体题写时间，因相关文献缺乏，现在还不能判断。现存的正大光明匾，是嘉庆二年（1797）重修乾清宫时，由太上皇乾隆按顺治御笔原样摹拓的，匾右侧的小字首款说："皇考世祖章皇帝御笔书'正大光明'四字，结构苍秀，超越古今，仰见圣神文武，精一执中，发于挥毫之间，光昭日月，诚足媲美心传。朕罔不时为钦若，敬摹勒石，垂诸永久，为子孙万世法。康熙十五年

图1　乾清宫正大光明匾

正月吉旦恭跋。"① 钤阳文"广运之宝"。匾左侧的小字尾款曰："皇曾祖世祖章皇帝御书匾额，四字传心，一中法守，义足以括典谟。皇族圣祖仁皇帝恭摹上石，迹藏御书处，兹法宫重建，敬谨摹拓，恭揭楣端，对越羹墙，用昭示万叶云仍，其钦承无斁。乾隆六十二年孟冬月恭跋。"钤阳文"太上皇帝之宝"。据前后两段跋文可知，康熙十五年（1676）正月，康熙帝亲笔摹写了顺治御书"正大光明"四字，加跋语后，将其摹勒上石保存。嘉庆二年（1797）十月二十一日，乾清宫遭丙丁之厄，顺治的御笔匾额也随之一并焚毁。幸好有康熙摹写的副本藏在御书处，据康熙摹本，太上皇乾隆才得以恢复了正大光明匾的原貌。

不像紫禁城内的其他匾额引经据典，讲究修饰，追求雅致，顺治题写"正大光明"四字明白晓畅，不藏不掖，完全是率性的表达，让人一览无余。正大光明虽然直白，背后却有着深刻的含义。

顺治一朝，清人入关未久，农民军余部及南明各政权虽被次第削平，但从全国范围来看，还没有完全站稳脚跟。正大光明匾的题写，就是为清人入关、一统中国的做法进行了有力的辩护：大清入关，最初是应明朝人之邀，来出击李自成，为崇祯帝复仇的，不是乘人之危图谋占据中原；大清的天下，是从李自成手中争夺来的，并非取自明朝；大清得天下，是上承天意，大清取代明朝，

---

① 此跋文亦见于《圣祖仁皇帝御制文初集》卷二十八，见《文渊阁四库全书》，台湾商务印书馆1986年版，第1298册，第236页；《国朝宫史》卷十二，北京古籍出版社1994年版，第204页；《日下旧闻考》卷十三，北京古籍出版社1983年版，第179页。

是正常的王朝更替，不是蛮夷入主中原，明朝只是亡国，不是亡天下；大清能得天下，是行德政、仁政的结果，不是一味靠武力。早在1645年清兵南下时，摄政王多尔衮有一封信寄给史可法，信写得很机巧，说："闯贼李自成，称兵犯阙，肆毒君亲。中国臣民，未闻有加遗一矢。"因此，"夫国家之定燕都，乃得之于闯贼，非得之于明朝也"①。这是对南明强调了清朝得天下的正大光明。康熙五十六年（1717）十一月二十一日，康熙召集诸臣的口谕中所言："自古得天下之正，莫如我朝。太祖太宗初无取天下之心，尝兵及京城，诸大臣咸奏云当取。太宗皇帝曰：明与我国，素非和好，今取之甚易，但念中国之主，不忍取也。后流贼李自成攻破京城。崇祯自缢。臣民相率来迎。乃翦灭闯寇。入承大统。昔项羽起兵攻秦，后天下卒归于汉。其初，汉高祖一泗上亭长耳；元末陈友谅等并起，后天下卒归于明，其初，明太祖一皇觉寺僧耳。我朝承席先烈，应天顺人，抚有区宇，以此见乱臣贼子，无非为真主驱除耳。"②康熙再次强调了清朝得天下之正，手段正大光明。乾隆五十二年（1787），在御制《过清河望明陵各题句（有序）·思陵》一诗的跋语中，乾隆也说："本朝得统，正大光明。取非其手，既为（崇祯）雪耻复仇，而饰终典礼（崇祯葬礼），叠从优厚，复访其后裔，至今世袭侯封，春秋命其祀陵，皆自古施仁胜国者所未之有也。"③总之一句话：清人入关占据中原，统一中国，手段正大光明，行为合情合理，是见得了人、经得起历史拷问的。

自古以来，匾额就有"宣教化、整纲常、明事理、表心迹"等作用。正大光明匾在宣示清朝得位之正的同时，也表明了顺治帝的心迹，也可以说是他的施政宣言：治理国家，要承天意、顺民情，不能玩弄权术、要小聪明，一定要与百姓坦诚相见，政策措施一定要上得台面，要正大光明，上对得起太祖太宗，下不负全国百姓。

按理说，这么重要的匾额，应该挂在紫禁城中的主体建筑太和殿才是，怎么会挂在乾清宫呢？原来，李自成撤出紫禁城时，太和殿被焚毁，到顺治题写此匾时，还没有完全修复，故此匾被挂在了内廷的主体建筑乾清宫中。

二 雍正：储君的选定

到雍正朝时，正大光明匾的重要性提升了，这与秘密立储制度的正式确立

---

① 抱阳生：《甲申朝事小纪》三编卷七，书目文献出版社1987年版，第608页。
② 《圣祖仁皇帝圣训》卷九，见《钦定四库全书荟要》，吉林出版集团2005年版，第184册，第105—106页。
③ 《御制诗五集》卷三十二，见《故宫珍本丛刊》，海南出版社2000年版，第565册，第267页下。

有关。在传统社会，选择皇储时，依据的原则是立嫡立长，先立嫡出的儿子，最好是嫡长子，没有嫡子时，再考虑庶出的儿子们。这样的好处是，程序简单有效，容易操作落实；坏处是不能保证皇储的综合素质是诸皇子中最出众的，同儒家理想中的"选贤与能"治国理念有差距。

康熙晚年，两废太子，储位长期悬虚，引出九王夺嫡的大戏。雍正帝是过来人，深谙其中的道理，为了避免因争立储君产生新一轮的内耗，他创造性地采用了秘密立储制度。将写有储君名字的谕旨密封后，放入锦匣，再将锦匣"置之乾清宫正中、世祖章皇帝御书正大光明匾额之后。乃宫中最高之处，以备不虞"[1]。同时，将谕旨副本放入另一个锦匣，由皇帝随身携带，或置于起居之所。当皇帝病危或去世后，由王公大臣当众取出正大光明匾后的锦匣，再找出皇帝随身携带的一份，两厢对照无异后，即可奉新君继位。秘密立储的好处是，可以选择贤德有才干的皇子做储君，不必考虑嫡长规则；除皇帝之外，再无他人知晓储君是谁，朝臣们不会团结在储君周围，形成第二权力中心，进而威胁皇权；选择储君之后，皇帝还可以进行长时间的培养与考察，若储君经不住考验，还可以悄无声息地将其换掉。总之，秘密立储制度，很好地解决了继位程序的简便性与选择明君不确定性之间的矛盾，保证了储君的综合素养，也缓和了围绕皇权的明争暗斗，减少了国家的损失。

雍正之后的乾隆、嘉庆、道光、咸丰四位皇帝的登基，就受益于秘密立储制度，他们上台后的出色政绩已充分说明，他们并没有辜负秘密立储制度选贤与能的重任。清末同、光、宣三帝，或因为是独子，或因为是旁支入继，客观条件不具备，秘密立储制度也失去了用武之地，成为纯粹的摆设。

雍正把立储锦匣放在正大光明匾后，他自己说是因为此处为宫中最高的地方，不易受到外界干扰。实际上，正大光明匾所在的乾清宫，只是紫禁城后廷最高的地方，紫禁城里最高的地方应该在三台之上的太和殿。太和殿的匾额为"建极绥猷"，是乾隆的御笔，雍正时有没有匾不是很清楚。雍正若将立储锦匣放在太和殿，显得更郑重其事，更不易受外界干扰，但雍正没有这样做，而是将其放在正大光明匾之后，这是为什么呢？原来，雍正继位以后，民间一直有他篡位的传说，说他大耍两面派，上下其手，乘康熙病危之机，勾结隆科多等人，通过不正当手段谋得了帝位。雍正选择将锦匣放在乾清宫，是想借正大光明匾额的立意，来表达自己入继大统，完全是由康熙皇帝生前指定的，是名正

---

[1] 《清世宗实录》卷十，雍正元年八月甲子条，见《清实录》，中华书局1986年版，第7册，第187页。

言顺、光明正大的，没有暗箱操作，没有潜规则。另外，立储锦匣放在顺治御笔的匾额之后，也表明未来的储君继承的是顺治皇帝传下来的统绪，是不容怀疑的正统君主。自己的继承人是顺治皇帝一脉相传的正统，自己的皇位当然也是合法的了。为清除邪说，为自己的合法继位做背书，在利用正大光明匾这一点上，雍正可谓煞费苦心。

不可否认的一点是，皇帝向天下世人公布所立的皇储，本是正大光明的事，但雍正帝以其亲身夺权的经历感受到，立储不能公开，只能秘密进行。当他命人把建储锦匣放到正大光明匾的背后时，可能没有想到，不管秘密立储的实际效果如何，这其实已经是对顺治所宣扬的"正大光明"精神的反讽了。

三　乾隆：统绪的传承

在清代的皇家宫苑中，除乾清宫顺治的这方正大光明匾之外，还有其他五方正大光明匾，分别是景山观德殿康熙题正大光明匾、圆明园正殿雍正题正大光明匾、避暑山庄勤政殿乾隆题正大光明匾、盛京崇政殿乾隆题正大光明匾、紫禁城养心殿咸丰题正大光明匾。这些正大光明匾，统统悬挂在宫苑里最主要的政务活动场所。康雍乾诸帝纷纷题写正大光明匾，在一定程度上，是因为他们把正大光明看成是顺治以来的祖训、家法，需要世代传承下去。只有成功传承了正大光明匾的精神实质，才是称职的皇位继承者，才配得上皇位传承的统绪。在某种程度上，题写正大光明匾与否，成为检验一个皇帝继位是否合法、能力是否称职的最简易办法。对正大光明作为一种家法来传承，乾隆在御制诗注中有明确的认识。

乾隆四十八年（1783）御制《上元后日，小宴廷臣，即席得句》诗"三朝家法传四字，奕叶肯堂奉永清"一句的诗注说："乾清宫正大光明匾额为世祖御书，景山观德殿正大光明匾额为皇祖御书，圆明园正大光明殿额为皇考御书，余于热河之勤政殿，亦谨遵家法，敬书四字，悬之殿中。圣训绳承，实我国家万年所当奉为法守也。"[①] 按此，在乾隆的认识中，"正大光明"四字是顺、康、雍三朝传下来的家法，自己有责任传承下去，所以他才效仿祖上，在避暑山庄勤政殿题"正大光明"匾。这种上升到祖训的家法，对家国同构的皇家来说，就是国法，就是合法皇权的统绪。

乾隆五十年（1785）御制《上元后日小宴廷臣得句》诗云："三朝宝训四言

[①] 《御制诗四集》卷九十四，见《故宫珍本丛刊》，海南出版社2000年版，第563册，第212页下。

传,正大光明殿额悬。内圣外王胥是道,上行下效本同诠。"诗注说:"乾清宫正大光明匾为世祖御书,景山观德殿正大光明匾为皇祖御书,圆明园正大光明匾为皇考御书,三朝心法,内圣外王,一以贯之。"① 在诗注中,乾隆再次强调了"正大光明"四字为顺、康、雍三朝的"宝训",要求朝廷上下、君臣一体正大光明,这样才能达到上古三代贤王的内圣外王境界。

清宗室奕赓的《佳梦轩丛著·寄楮备谈》一书也说:"世祖章皇帝书正大光明四字,悬于乾清宫。圣祖仁皇帝亦书正大光明四字,悬于景山后之观德殿。暨世宗宪皇帝驻圆明园,亦书正大光明四字,悬于正殿,即出入贤良门内正大光明殿也。高宗纯皇帝于热河避暑山庄亦书正大光明四字。"② 另外,乾隆还为盛京的崇政殿题写了正大光明匾。《盛京通志》卷二十记载:"正殿曰崇政殿,原名笃恭殿,殿前左日晷,右嘉量。乾隆十三年,设左右翊门二。殿内正中恭悬御书正大光明匾额一,左右恭悬御书联:'念兹戎功,用肇造我区夏;慎乃俭德,式勿替有历年'。"③ 紫禁城养心殿西暖阁现在也悬有"正大光明"匾,为咸丰帝御书,匾额正上方钤有"咸丰御笔之宝"朱文印。④ 下面就以时代为序,逐一分析五方正大光明匾背后的微言大义,顺便理清以"正大光明"为代表的皇家统绪传承。

康熙的正大光明匾,题于观德殿。观德殿位于景山之后的东北角,在寿皇殿东侧,是皇帝考察宗室子弟射箭技能的场所。康熙给观德殿题写"正大光明"匾额的时间,现在还不能确定。但康熙十五年(1676)正月,康熙曾临摹乾清宫顺治的正大光明匾,并作跋文,一起刻石保存。康熙题写观德殿正大光明匾的时间应该与摹刻乾清宫正大光明匾相近。⑤

据前文引"正大光明"匾跋文可知,康熙十五年(1676)正月,康熙曾临摹乾清宫顺治的正大光明匾,当时供职南书房的诸位大臣还留下诗歌记诵此事。如陈廷敬的《世祖章皇帝御书正大光明四字,上御制题跋勒石,赐观于内殿,进诗一首》:"曾侍先皇近玉除,龙鸾重捧九霄书。两朝宝翰辉天府,奕叶奎文映禁

---

① 《御制诗五集》卷十二,见《故宫珍本丛刊》,海南出版社2000年版,第564册,第325页上。
② 奕赓:《佳梦轩丛著》之九,见《寄楮备谈》,燕京大学图书馆丛书,1935年,第6页。
③ 阿桂等:《钦定盛京通志》卷二十,见《文渊阁四库全书》,台湾商务印书馆1986年版,第501册,第346页。
④ 李文君:《紫禁城八百楹联匾额通解》,紫禁城出版社2011年版,第168页。
⑤ 《钦定皇朝通志》卷一百十六记载:御书正大光明四字,康熙五十年正月,遍查起居注与实录,并无相关记载,疑康熙五十年系康熙十五年之误。见《皇朝通志》卷一百十六,《金石略二·石一》,见《文渊阁四库全书》,台湾商务印书馆1986年版,第645册,第539页。

庐。典册星云光绚烂，勋华日月气扶舆。还思开国规模远，金匮藏编在石渠。"[1] 张英的《世祖皇帝御书正大光明大字，今上御制题跋勒石告成，蒙恩赐观恭纪》："圣祖宸章日月昭，传心精义接唐尧。典谟四字垂千古，藻翰重华见两朝。如睹挥毫临墨沼，欣看勒石炳丹霄。吾君孝德兼文德，作述同光万禩遥。"[2] 高士奇的《世祖章皇帝御书正大光明四字，皇上御制题跋勒石告成，蒙恩赐观恭纪》："奎章巍焕五云生，笔力神奇风雨惊。受命皇图基正大，绍庭圣学日光明。欣瞻藻笔临摹法，仰识宵衣继述情。应有巨灵为厰石，镌来螭虎重连城。"[3] 从诗的内容来看，陈廷敬、张英与高士奇都把康熙摹刻正大光明四字，看作是康熙继承了顺治的正大光明的治国理念。康熙临摹顺治正大光明匾额及新作跋文的拓片，甚至还流入朝鲜，让朝鲜人第一次见到顺治康熙两朝御笔，大开眼界。《池北偶谈·朝鲜采风录》记载：康熙十七年（1678），命一等侍卫狼瞫颁孝昭皇后尊谥于朝鲜，在出使过程中，狼瞫等一直与朝鲜接待的官员诗文往来，并给他们看了随身携带的顺、康两朝御笔："其书曰：'正大光明'者，即先皇帝笔，今皇帝手书跋尾者也。其曰'清慎勤'，今皇帝笔也。"朝鲜官员看后，感慨不已，认为御笔有"生龙活蛟之蜿蜒，银钩铁画之劲健，真可以参造化，惊风雨。（康熙）跋语珠光玉洁，自有不可掩之华"[4]。朝鲜人对康熙御笔书法的评判，自然有恭维的成分，但也透露出康熙摹刻正大光明匾及补做跋文的影响力。

康熙摹刻正大光明匾时，正值三藩之乱，战争进入了最艰苦的拉锯战阶段。康熙题写此匾，是希望像父亲顺治那样，重申清人入关得天下之正，得天下是凭实力与德政，来得光明正大，不像吴三桂等人宣传的那样，是耍了手段，赖在中原不走，造成既成事实的。同时他也在告诫练习射术的宗室子弟，三藩的势力并不可怕，只要我们行事光明正大，就一定能战胜三藩。

雍正即位以后，对圆明园进行了扩建，并将圆明园的正殿命名为正大光明殿，在此进行听政、宴请外藩、接见外使、殿试、祝寿等活动。皇帝居住在圆明园时，正大光明殿兼有太和殿、保和殿、乾清宫、养心殿等的功用。正大光明殿内的正大光明匾额，题写于雍正三年（1725），与御笔对联"心天之心，而宵衣旰食；乐民之乐，以和性怡情"配套使用。经过顺康两朝八十多年的苦心经营，清朝的江山日渐稳固，清朝的统治已为多数人接受，不再存在质疑清朝

---

[1] 陈廷敬：《午亭文编》卷十二，见《文渊阁四库全书》，台湾商务印书馆1986年版，第1316册，第174页。
[2] 张英：《文端集》卷二《存诚堂应制诗集二》，见《文渊阁四库全书》，台湾商务印书馆1986年版，第1319册，第294—295页。
[3] 高士奇：《随辇集》卷二，清康熙刻本，第7页。
[4] 王士禛：《池北偶谈》卷十八，谈艺八，中华书局1982年版，第426—430页。

统治合法性的声音。雍正帝用正大光明命名圆明园的正殿，不再需要为清朝统治的正当性正名，而迫切需要为自己继承帝位的合法性来向天下人正名。他题写正大光明匾，是为了向天下表明：自己是康熙帝的合法继承者，自己行得正，走得端，行事正大光明，不惧用篡位罪名诬陷自己的流言蜚语。

至于乾隆为避暑山庄勤政殿与盛京崇政殿题写正大光明匾额，纯粹是为了继承自顺治以来形成的题写"正大光明"匾的不成文规定，把这一家法传承下去。因为在乾隆时期，清朝各方面都达到了鼎盛，天下归心，不需要再用什么理由来证明政权的合法性；乾隆本人文治武功，样样在行，极强的自信心也不需要用正大光明为自己的帝位合法性来做证明。

咸丰题写的正大光明匾，今天还悬挂在紫禁城养心殿西暖阁，具体题写时间不详（见图2）。这方匾额的题写，可能与咸丰继承帝位的曲折经历有关。咸丰与恭亲王奕訢同受道光帝器重，到底选择谁做储君，道光考察了很久。咸丰虽然最后胜出，但在成绩单上，并没有比恭亲王高出多少，道光不顾祖训，在立咸丰为储君的谕旨中，同时封奕訢为亲王，就颇能说明问题。咸丰深知奕訢的才干，登基之后，对这位弟弟总是放心不下，疑神疑鬼。《眉庐丛话》记载一则故事说，咸丰朝的一次朝考，主考官以"贤圣之君六"为题，[①] 咸丰很是愤怒，以割裂试题为名，将其罢职。在当时，也有因出错考题被处分的官员，但很少会受这么严重的处分。归根结底，还是考题触及了咸丰的忌讳：贤圣之君六，这不是为老六奕訢唱赞歌嘛。咸丰题写正大光明匾额，无非是想说：我的帝位是先皇亲定的，来得正大光明，恭王你要接受既成事实，不要有非分之想。

图2　养心殿咸丰题正大光明匾

---

① 况周颐：《眉庐丛话》，山西古籍出版社1996年版，第45页。

从顺治、康熙，到雍正、乾隆，再到咸丰，清代五位皇帝题写了六方正大光明匾，分别悬挂在紫禁城、景山、圆明园、避暑山庄、盛京宫殿。题写此匾，目的有二，一是为了大清政权的合法性。在顺治与康熙初期，清人入关不久，一些地方还不太平，全国还没有完全接受清朝的统治，题写正大光明匾，是为了说明清朝入关取代明朝，是上承天命，下顺民情，是正常王朝统绪的更替，清朝继承了中国自古以来的道统，是合法政权。二是为了个人帝位的合法性。这在雍正与咸丰两朝尤为明显。他们题写正大光明，是为了说明自己是老皇帝钦定的接班人，登基程序合法。这一从顺治朝开始形成的题写"正大光明"的家法，在入关后的十帝中，传了五代。没有题写正大光明匾的嘉庆、道光两朝，既不存在国家合法性的问题，也不存在帝位合法性的问题，不需要他们额外证明什么；晚清的同光宣三朝，均是幼帝继位，也不存在国家道统与个人帝位统绪的问题，故也没有题写正大光明匾。

四　三条统绪

除正大光明匾外，以匾额作为清代帝位传承统绪的，还有其他三处地方，完全可以与正大光明匾比对来看。不过，这三处匾额的主题，主要是论证帝位传承的，不像正大光明匾那么宏大，还要论证清朝政权的合法性。

第一处是勤政殿。清代离宫园囿中处理政务的便殿，多用"勤政"来命名。乾隆在《避暑山庄五福五代堂记》中说："五福五代堂之匾既额于宁寿宫之景福宫，兹复额于避暑山庄者，何故？敬维本朝家法，于凡内殿理事处，御书之匾莫不历代橅勒，以志继绳殷志。故正大光明自世祖至今四世，勤政殿自圣祖至今三世，摹额诸楹，是训是行，章章可考（自世祖书正大光明四字悬于乾清宫，嗣是圣祖书之观德殿，世宗书之圆明园，予又书之避暑山庄。勤政殿凡三，在瀛台者，圣祖所书；在圆明园者，世宗所书；予于香山静宜园及兹避暑山庄亦书之）。予因是而绎思之正大光明，修身正心之要，勤政则治国平天下之本也。内外交勖，本末相资，触于目而儆于心，敢不以是为棘乎。"① 按此，勤政殿匾均题在园囿中的理政场所，康熙题在西苑南海，雍正题在圆明园，乾隆题于静宜园及避暑山庄。乾隆四十六年（1781）御制《敬题勤政殿》诗注，西苑南海勤政殿为康熙御题，"此匾为皇祖御书，但莫知为

---

① 《御制文三集》卷七，见《故宫珍本丛刊》，第 570 册，海南出版社 2000 年版，第 264 页下至 265 页上。

何年御笔也","圆明园勤政殿为皇考御笔,嗣是,万寿山、香山及避暑山庄勤政殿,皆余恪遵家法,一例书额"①。按此,乾隆还为万寿山清漪园题写了勤政殿匾额。

从历史来看,唐、辽、金三代的皇家园囿中都建有勤政殿,并设立勤政殿大学士一职。② 康熙题写此匾,是为了提醒自己,园居之时,不要耽于享乐,一样要勤于国计民生,不废国政;雍正题写此匾,是为了处处向康熙看齐,以示自己是康熙指定的正牌继承者,他还在养心殿题写了"勤政亲贤"的匾额(见图3);乾隆题写此匾,更多是向父祖致敬,以示自己不忘祖训与家法。皇家的离宫园囿,在乾隆一朝基本定型,这之后不但没有扩建,反而随着国势不振逐渐在废弃、在衰微。不新建离宫园囿,后来的皇帝就没地方题写新的勤政殿匾。《佳梦轩丛著》说:"圣祖仁皇帝书勤政殿于瀛台;世宗宪皇帝书勤政殿于圆明园正大光明殿之东一所,为每日召见臣工、勤理国政之处;高宗纯皇帝于香山静宜园及承德避暑山庄兼书勤政殿以悬之;仁宗睿皇帝制《勤政殿说》,刊于(圆明园)出入贤良门之东壁,又有《勤政殿箴》,见文集。"③ 轮到嘉庆时,没地方题写匾额,只能用做文章来勉励自己勤政了。因此,可以这样说,乾隆以后,勤政的传统虽然还在,但题勤政殿匾的传统没有传下去。

图3 雍正题养心殿勤政亲贤匾

第二处是孔庙大成殿。为彰显以满族为主体的清政权统治中国的合法性,为说明清朝统治是承接了明代的正统,清帝十分推崇儒家学说,把信奉儒家作

---

① 《御制诗四集》卷七十九,见《故宫珍本丛刊》,海南出版社2000年版,第562册,第388页下。
② 夏成钢:《湖山品题:颐和园匾额楹联解读》,中国建筑工业出版社2009年版,第74页。
③ 奕赓:《佳梦轩丛著》之九,见《寄楮备谈》,燕京大学图书馆丛书,1935年,第6页。

为政权合法的标志之一,对儒家的创始人孔子,也是极尽褒扬之能事。最为突出的是,从康熙帝开始,到宣统为止,每位皇帝登基后,都要御笔题写一块赞颂孔子的匾额,向全国颁布,各地的孔庙复制御笔后,将其悬挂在正殿大成殿内。

康熙为孔庙题匾,起因于第一次南巡。康熙二十三年(1684)十一月十八日,第一次南巡的康熙帝路经孔子故里曲阜。据《幸鲁盛典》卷七记载:"圣祖敛容驻望久之,复南入大成殿北扉,至殿前左扉南向立,召孔氏及五氏子孙有顶带者,皆入跪陛上。上谕曰:至圣之德,与天地日月同其高明广大,无可指称。朕向来研求经义,体思至道,欲加赞颂,莫能名言,特书'万世师表'四字,悬额殿中,非云阐扬圣教,亦以垂示将来。随命侍卫捧出卷轴,展开御书'万世师表'四字。群臣欢欣踊跃,同声颂扬。衍圣公孔毓圻跪接,捧安先师座前。"[①] 万世师表四字,本来是为曲阜孔庙大成殿专门题写的,但到了康熙二十四年(1685)二月,康熙就下诏:"以御书'万世师表'匾额摹拓,颁发天下学宫。"[②] 这样,各州城府县的孔庙里均有了康熙的御笔万世师表匾,将皇帝崇尚儒学的治国理念、将清朝是合法正统的继承者的事实,向全天下宣传,收到了很好的效果。

雍正登基以后,在雍正三年(1725)八月二十一日御书"'生民未有'四字额,悬先师庙,颁布天下学宫。……乾隆元年,今上御极,书'与天地参'四字,悬先师庙,易太学大成殿以黄瓦,尊崇之礼蔑以加矣"[③]。经过顺治康熙两朝八十多年的苦心经营,大众渐渐接受并认可了清朝的统治。到雍正年间,清政权的合法性与继承明朝的正统性已无人怀疑。雍正为孔庙题匾,在说明国家层面推崇儒学之余,更多地是想从皇位继承流言的大环境中走出来,拉孔子的大旗为自己助阵,借以说明自己继位的合法性不容妄议。经过康、雍二帝的身体力行,在清代形成了这样一种不成文的规矩,新皇帝登基以后,无论如何,都得为孔子御笔题写匾额一块,颁行天下孔庙。不如此做,就是不合礼法,好像帝位来路不正,自己不是真龙天子一般。就连幼年继位的同治、光绪、宣统三帝,宁肯让人代笔,也必须为孔子题一方褒奖

---

① 孔毓圻:《幸鲁盛典》,卷七,见《文渊阁四库全书》,台湾商务印书馆1986年版,第652册,第81—82页。
② 杜诏:《山东通志》,卷十一之四,见《文渊阁四库全书》,台湾商务印书馆1986年版,第539册,第563页。
③ 萧奭:《永宪录》卷三,中华书局1959年版,第227页。

的匾额。① 这样的结果，就是随着时间的推移，全国的文庙内悬挂的匾额越来越多。

举北京孔庙为例，北京孔庙是元明清三代皇帝祭祀至圣先师孔子的场所。虽然在规模上略逊于曲阜孔庙，但却是等级最高的。大成殿是孔庙的主体建筑，是祭祀孔子的正殿，殿内外悬挂着清代康熙至宣统九位皇帝的御书匾额以及袁世凯、黎元洪书写的匾额。大成殿内正中梁架上原悬挂着康熙御书的"万世师表"匾（现悬挂于大成殿外），按照昭穆之制和左为上尊的惯例，"万世师表"匾居中，之后清帝的御书匾分居左右，两侧各四方，万世师表左侧有雍正的"生民未有"、嘉庆的"圣集大成"、咸丰的"德齐帱载"、光绪的"斯文在兹"；万世师表右侧为乾隆的"与天地参"、道光的"圣协时中"、同治的"圣神天纵"、宣统的"中和位育"。1912年清帝退位，民国建立。黎元洪任大总统时，为消除清朝统治的影响，下令将大成殿内九位清帝的御笔匾额全部摘下。民国六年（1917）黎元洪仿照旧制题写的"道洽大同"匾额，悬挂在大成殿内孔子牌位上方正对大门处，也就是原来万世师表匾悬挂的位置。1983年恢复大成殿原状陈设，其他八位皇帝的匾额都挂回原处，万世师表匾额被改挂在大成殿外。②

清帝为孔庙题匾，开始也许是为缓和满汉关系，化弭矛盾，但到雍正以后，逐渐形成一种新皇帝为孔庙题匾的传统。这种传统，没有变成硬性规定的文字性的东西，却在政治需要的作用下，渐渐形成了完整的体系。清帝题写"正大光明"匾与"勤政殿"的传统，在政治需求与随性题写方面，与此多有类似之处。

第三处是钦安殿。与前面的几处不同，正大光明、勤政殿、孔庙大成殿等处，都是处理国事的公共活动场所，属于国家礼仪范畴；而钦安殿在御花园内，属于皇帝的私人空间。钦安殿始建于明永乐年间，嘉靖十四年（1535）添建墙垣，形成现在的格局。殿为重檐盝顶，坐落在汉白玉石单层须弥座上，南向，面阔五间，进深三间，黄琉璃瓦顶。东南设焚帛炉，西南置夹杆石，北有香亭

---

① 刘声木《苌楚斋三笔》卷六记载："光绪壬辰（1902），孝钦显皇后、德宗景皇帝由西安府回銮，凡经过各州县文庙，皆赏给匾额一方。时随跸南书房行走，只元和陆文端公润庠一人，自云沿途匾额四字，皆伊一人所拟，已将孙星衍、严可均同辑之《孔子集语》十七卷典故用罄。唯至中州时，拟上'中天日月'四字。沿途行宫狭小，无异君臣同处一室，亲见两宫点首称善，并加重圈。"（见刘声木《苌楚斋随笔续笔三笔四笔五笔》，中华书局1998年版，第590页）按此，回銮时光绪为各地文庙题匾，属于临时起意的性质，与登基后题写的"斯文在兹"匾，完全是两回事。由此推断，清帝为文庙的正式题匾由人代笔也属正常现象。

② 王琳琳：《北京孔庙国子监匾联考辨》，北京燕山出版社2014年版，第10—13页。又见王琳琳：《北京孔庙大成殿清代皇帝御制匾联探微》，《中国国家博物馆馆刊》2013年第8期。

一座。殿前院墙正中辟门,名"天一门"。钦安殿内供奉北方之神玄武,即玄天上帝。相传在靖难之役中,玄天上帝曾显灵,助风雨一阵,帮助永乐击溃朝廷的军队。又因玄武是北方水神,有祛火的功能,故在明清两朝,将玄天上帝作为紫禁城的护法神来供奉,逢年节,多在这里举行各种法事活动。

钦安殿题匾的传统,要比孔庙题匾晚两代,是从乾隆开始的。从乾隆开始,形成一种不成文的规矩,差不多每位皇帝都会在钦安殿题一块匾额。这样做的目的,一是为了刷存在感,二是向紫禁城的护法神、向道教的尊神玄天上帝告知:自己已经位正大统,希望得到护法神的庇佑。这些匾额,今天依然按原状悬挂于钦安殿内的屋梁上。最早的一块,是乾隆十一年(1746)十二月御题的"统握元枢"匾额(见图4);接下来有嘉庆御题的"道崇辑武"匾额;道光御题的"功宏齐政"匾额;咸丰三年(1853)三月御题的"诚祈应感"匾额①、"天一镇佑"匾额;同治御题的"金界垂福"匾额。除了以上五位皇帝外,钦安殿内尚有慈禧太后御笔匾额六方,分别是"福应天锡""福应天人""钦崇天道""崇朝泽洽""辅时生养""拱辰泽洽"。

图4 乾隆题钦安殿统握元枢匾

因后宫属皇帝的私人空间,不像前朝那样,受诸多礼仪束缚,所以钦安殿的御题匾额显得更率性,更能表现皇帝的真性情,所以才在皇帝匾额之后,破天荒地有了皇太后的匾额。在礼制森严的前朝,这种情况是不允许出现的。又

---

① 据《清文宗实录》卷一百七,咸丰三年九月辛未条,咸丰帝还将御书"诚祈应感"匾额颁给江西南昌的许真君庙。见《清实录》,中华书局1986年版,第41册,第641页。

因为礼制约束不严,钦安殿匾额的统绪也不像孔庙那样,一帝一匾,很有规制,而是缺了光绪、宣统两位皇帝,多出了一位慈禧太后。

根据文献,初步整理出清帝御笔匾额谱系如表1所示。

表1　　　　　　　　　　　　清帝御笔匾额谱系

皇帝	正大光明系	勤政殿系	大成殿系	钦安殿系
顺治	乾清宫			
康熙	景山观德殿	西苑南海	万世师表	
雍正	圆明园	圆明园	生民未有	
乾隆	避暑山庄勤政殿 盛京崇政殿	香山静宜园 避暑山庄 清漪园	与天地参	统握元枢
嘉庆			圣集大成	道崇辑武
道光			圣协时中	功宏齐政
咸丰	养心殿		德齐帱载	诚祈应感 天一镇佑
同治			圣神天纵	金界垂福
光绪			斯文在兹	
宣统			中和位育	
慈禧				福应天锡 福应天人 钦崇天道 崇朝泽洽 辅时生养 拱辰泽洽

表1中的四个谱系,按类型来说,正大光明匾系与勤政殿系主要是针对国家及统治者的合法性而言的;孔庙大成殿主要是针对清朝的指导思想儒家学说而言的;钦安殿系主要是针对道教系而言的。无论哪个系统,无论是有几代帝王题写,都有其深切的政治含义。借用一句套话,他们题的不是匾,而是政治。

总之,从顺治为乾清宫题写正大光明匾开始,经过康雍乾三帝的接续,在完善政权合法性与统治者个人合法性的目标下,清帝通过题写御笔匾额形成了几个各自独立又相互关联的系统。题写这些御笔匾额时,清帝都有明确的政治寓意与抱负,一面是继承祖训家法,一面是为自己的政治目的张本。小小的一方匾额,其承载范围已远远超过自身,成为清帝们彰显王化、寄情寓兴的最佳选择。

作者简介

　　李文君：故宫博物院故宫学研究所副所长，研究馆员。主要从事故宫学与明清宫廷史研究。出版著作五部：《明代西海蒙古史研究》《紫禁城八百楹联匾额通解》《皇帝的名字》《西苑三海楹联匾额通解》《圆明园匾额楹联通解》。

天下第一匾
——太庙匾额考

贾福林

北京明清太庙始建于公元1420年（明永乐十八年），是按照"左祖右社"的古制与紫禁城同时建成，是外朝的重要组成部分，是现存最完整的祭祖建筑群。其辉煌的古代建筑堪称中华瑰宝，其厚重的礼仪文化乃中华传统文化的核心之一。太庙享殿是整个太庙建筑群的中心。在太庙享殿南面重檐正中悬挂着一块"太庙"匾额，又形成享殿的视觉中心，成为太庙令人过目不忘的标志。太庙匾额的加工制作和满汉文书法都精美异常，不仅记录着社会历史的变迁，而且凝结着非凡的人生和艺术的创造。

一　太庙匾额的形制概况

太庙匾额高5米，宽3米，上端两边各伸出0.59米，因此上端总长4.18米。整个匾额用5条直径达20毫米的粗大的钢条做成的双面挂钩分别挂在大殿和匾额的圆环上。这块匾额的文字和衬板用铜板制成，四周框边宽0.59米；用硬木雕成的九条龙，正上方一条，左右各三条，下边两条，分布均匀，布局合理。九条龙采用的是透雕手法，形象十分生动逼真。这块匾额中央蓝地，上面贴着的汉文和满文两竖行金字，均是"太庙"两字，满文居左，汉文居右。汉字高1—1.2米，宽0.80米左右；满文高1.2米左右，宽0.6米左右。汉字笔画肥厚凝重，布局规整，端庄严谨，给人以庄重古朴之感。九龙组成的边框髹以贵重的金粉，金字为铜板鎏金，历经数百年不变，至今仍金光闪闪。这块匾额典雅华贵，庄重大方，具有一种非凡的帝王之气。

二　太庙匾额的追根寻源

　　清朝本无太庙，只有祭堂子的制度。承袭太庙制度是清王朝学习和吸收汉族文化的历史性进步，也是清王朝的明智之处。顺治皇帝及其王公贵族深知自己来自边远落后的东北，实力对于统治偌大中国来讲确实不够，所以必须尊重汉族的文化传统，采用传承数千年的汉族礼仪制度，才能稳定全国的民心。把列祖列宗迎入太庙供奉本身就是学习吸收的汉族文化的具体措施。北京太庙是唯一的由两个朝代先后连续使用的太庙。

　　现存太庙匾额并非清朝进入北京的时候新制的，而是明代太庙的遗存。清朝进关入主紫禁城，沿用明代太庙建筑，更换太庙匾额，历史有明确的记载，并不是新制一块匾额换上，而仅是更换上面的文字。但是，有些传闻不利于这一论点。主要是李自成农民起义军在败退的时候烧毁了紫禁城，同时也烧毁了太庙，那么，太庙匾额也必然毁之一炬。

　　公元1644年农历三月十五日，李自成率领的农民起义军攻入居庸关，十六日攻克昌平，十七日围攻京城，十八日攻克外城，十九日攻入内城，明朝的崇祯皇帝思宗朱由检在景山上吊自杀。当天李自成进入承天门（天安门），穿过午门，登皇极殿（太和殿），随后在武英殿处理政事。四月，李自成率军征讨吴三桂兵败，退回北京，二十九日在武英殿即皇帝位，三十日焚宫室，退出北京。[①] 以上是李自成攻入京城、紫禁城，称帝到败于吴三贵请来的清军，最后退出北京的简要过程。其中一个重要的情节是"三十日焚宫室"。李自成的起义军逃走时焚烧了紫禁城，关于这一点有关的史料有着详细的记载。但是，和紫禁城紧邻的太庙是否也在这一天被烧毁，现有史料上没有任何确切的记载，只是后世有传闻太庙被焚毁。如传闻属实，精美的太庙匾额亦在劫难逃。

　　这种传闻并非空穴来风。确实，根据中国封建社会改朝换代，新王朝必然要烧毁前朝宫殿和太庙以及祖陵，以灭绝龙脉王气的铁律，明王朝正统统治的象征太庙，肯定是起义军焚烧的对象。早在1635年，起义军就烧毁了凤阳皇陵，在进北京攻克昌平以后，又焚烧了明陵。所以，对腐朽的明王朝怀有深仇大恨的起义军，在迫不得已逃离北京的时候，先放火烧紫禁城的宫室，如果时间允许，一定会放火烧太庙。

[①] 北京市社会科学研究所：《北京历史纪年》，北京出版社1984年版，第185页。

那么，太庙是否真的被败走的李自成起义军烧毁了呢？并非如此。这种说法一方面是道听途说，一方面是对"三十日焚宫室"这一历史事实的望文生义。

首先，史书上明确的记载是"焚宫室"，范围所指限于"宫室"，并未提及太庙。就太庙的重要地位来看，如果太庙真的被焚毁，史书绝不会遗漏而不予记载。据李天根（云墟散人）所著南明史书《爝火录》记载："大清顺治元年，明崇祯十七年（1644）四月云：二十九日丙戌，李自成僭帝号于武英殿，追尊七代皆为帝后……下午，贼（李自成）命运草入宫城，塞诸殿门。是夕，焚宫殿及九门城楼。三十日丁亥，李自成先走……出宫时，用大炮打入诸殿。又令诸贼各寓皆放火。日晡火发，狂焰交奋……门楼既崩，城门之下皆火……日夕，各草场火起，光耀如同白昼，喊声、炮声彻夜不绝。李自成放火烧毁明故宫与北京九门，然后落荒而逃。"① 记载得十分详细，不难看出，李自成放火烧毁了明故宫和北京九门，丝毫没有提到太庙。所以，根据"焚宫室"三字断定太庙被李自成烧毁，并非历史事实，因而不能成立。

其次，从其他的历史记载，我们还可以看出，明末皇宫劫后之余，唯太庙和武英殿保存完好。同年五月初二，清睿亲王多尔衮率军抵北京，进朝阳门，临武英殿处理政事。六月十四日，多尔衮及诸王、贝勒、大臣会议决定建都北京。九月十四日，建堂子于御河桥东，路南。十八日顺治皇帝由盛京（沈阳）抵京，二十七日，供奉太祖、太宗神主于太庙。② 从六月十四日多尔衮决定建都北京到九月二十七日顺治皇帝福临"供奉太祖、太宗神主于太庙"仅三个多月，顺治皇帝来到北京刚刚九天，如果太庙被焚毁了，岂能供奉神主？重建绝对不可能这样快。再说，史书记载了"九月十四日建堂子"，如果要建太庙，会比建堂子重要得多，史书上无论如何也会记录的。

所以，可以得出结论：太庙根本就没被李自成的起义军焚毁。所以，清朝轻易地占据了明朝先帝享受香火的地方，顺治皇帝从东北到达北京后仅仅九天，就毫无愧色地把努尔哈赤、皇太极的牌位摆进了太庙。

太庙和太庙匾额没被烧毁，还有两条旁证。

一是清朝统治者进入北京，事物繁多，百废待兴，出于统治的需要，肯定要重建或修复焚毁的宫殿。顺治二年（1645）五月，也就是顺治进京八个月后，史书记载"重建太和殿、中和殿、位育宫、乾清宫成"。请注意：这里是"重建"。可是，一直到顺治五年（1648）六月三十日，才"重修太庙成"③。请注

---

① （清）李天根：《爝火录》，浙江古籍出版社1986年版。
② 北京市社会科学研究所：《北京历史纪年》，北京出版社1984年版，第185—186页。
③ 同上书，第189页。

意：这里是"修",而不是"建"。而且是在使用了明朝的太庙近四年,才对太庙逐步"重修"。这也完全可以说明1644年太庙没有被大火焚烧,而是"基本完好",所以清朝才能实施"拿来主义"。与之相反证的是,由于皇极殿(太和殿)被李自成烧毁,十月一日顺治皇帝只好在皇极门(太和门)张设御幄,颁诏天下,定鼎燕京。

二是太庙大殿68根十几米高、1米多粗的金丝楠木大柱,全部不施油饰,故木材的纹理质地清晰可见,为金丝楠木无疑,这也是许多古建专家共同的结论。而且,所有大柱表面因年代久远造成的风化程度一致,这说明这些大柱是明代的遗物。因为,如此巨大的金丝楠木,在明代就已经砍伐殆尽,到了清初,更没有了。所以清朝重修太和殿还得从东北老家运来红松顶替,哪有那么多金丝楠木大柱修缮太庙呢?这也是一条重要的证据。所以,精美的太庙匾额没有被明末的战火焚毁,而是和太庙一起,留给了清朝。

关于太庙匾额为明代遗存,从工程角度分析,还有三点理由。

一是从工艺质量上看。太庙九龙金匾的精美程度是刚入北京的清朝无法达到的。因为战乱和大明王朝的覆灭,优秀的建筑工匠纷纷逃离,这是清初修复被败退的李自成起义军烧毁的紫禁城的主要困难之一。

二是从工期进度上看。顺治皇帝刚刚进入北京,即把明代皇帝牌位移至历代帝王庙,而把努尔哈赤和皇太极的牌位供奉进太庙。在如此短时间内,重新制作这样巨大复杂、精雕细刻、铜字鎏金的匾额是不可能完成的。

三是从功利方法上看。由于上述的原因,为了尽快满足新皇朝使用的需要,清代的宫殿城门的匾额普遍采用了方便快捷的翻改办法。大清门匾额就是一个有力的例证。1912年民国政府想将"大清门"改为"中华门",但"大清门"石匾巨大,重新备料费时、费钱、费力,因此有人建议把"大清门"石匾翻过来,在背面刻上"中华门"。然而当辛亥革命一周年庆典的前一天,即1912年10月9日清晨,将"大清门"翻过来一看,背面是"大明门",原来清朝在1644年已经翻过一次了。这说明,"拿来"明朝旧物,略加改造,为清朝所用,是一个确凿不争的事实和极为普遍的现象。

关于太庙匾额的制作,辽宁社会科学院历史研究所所长、中国民族古文字研究会副会长、沈阳市满族联谊会副会长、享受国务院特殊津贴的明清历史专家关嘉禄先生说,历史上有太庙匾额出于明朝天启皇帝之手的说法。制造匾额的事项,非皇帝正业,正史不见记载。笔者在明清史专家刘毅、王天有、阎崇年等先生的有关著作中专门对天启皇帝的介绍和评介中,找到了相关的证据材料。天启皇帝即明熹宗朱由校,在位6年,年仅23岁去世。他在位期间宠幸魏忠贤和客氏，朝政荒废，社会动乱。皇帝本人偏爱营造，木工、油漆，全套手艺高超，凡是木器用具、楼台亭阁，一看就能制作，而且十分擅长精致的雕刻。如他雕刻的八扇屏，花鸟、虫鱼、人物都形象生动，栩栩如生。他在宫中成立十个作坊，他就是作坊的头儿。他不理朝政，却乐此不疲，号称"木匠皇帝"。正是由于这种超人的技艺和痴迷，再加上其皇帝至高无上的权力，才给朱由校创造了唯一的属于他的亲手设计制作太庙匾额的机遇。同时，由于他疏于朝政，愧对祖先，所以亲手精制太庙匾额，以此取悦先皇，可以减轻治国不力的责任和心理压力。

三　太庙匾额的文字书法

清朝皇室本无太庙，亦无太庙的满文，北京太庙这块匾额上的"太庙"满文，是满文第一次表示这个义项，采用音译的方法，即选用读音相同的满文代替。[①]

那么，现存太庙匾额的满汉文的书写者到底是谁呢？

首先，关于"多尔衮题写"的否定。民间流传太庙匾额上的文字是多尔衮所写。清朝进驻北京之初，"一切政令皆出自多尔衮之手，他甚至将大内信符贮于自己府中。每当他入朝时，诸臣皆下跪行礼。多尔衮是大清国实际的皇帝，已成为当时朝野皆知的事情，而福临不过是'唯拱手以承祭祀'而已"。[②] 所以多尔衮有书写太庙匾额的权力和机会。但多尔衮汉字掌握不多，更谈不上精通书法艺术，故此说不能成立。

其次，关于"康熙皇帝题写"的否定。民间流传太庙匾额上的文字是康熙皇帝所写。从书法风格上对照分析，康熙皇帝的字体和太庙匾额的文字差异十分明显。清圣祖爱新觉罗·玄烨（1654—1722）"喜好书法，尤其对明末董其昌的书法，更是刻意临摹，爱之入骨"[③]。其大字书法受宋代米芾影响，但总体风格是"笔力秀劲，神情疏朗"。与顺治皇帝"笔沉墨酣，方正端凝"的风格有明显不同。

再次，关于"乾隆皇帝题写"的否定。民间流传太庙匾额上的文字是乾隆皇帝所写。理由是清高宗爱新觉罗·弘历（1711—1799）正值清朝盛世，酷爱

[①] 辽宁社会科学院历史研究所所长、中国民族古文字研究会副会长、沈阳市满族联谊会副会长、享受国务院特殊津贴的明清历史专家关嘉禄先生访谈。
[②] 乔继堂：《中国皇帝全传》，中国社会科学出版社2003年版，第1579页。
[③] 洪丕谟：《中国历代帝王书法欣赏》，上海文艺出版社1992年版，第173页。

书法，碑刻遍天下，紫禁城内许多匾额为其书写。尤为重要的一点是乾隆皇帝对祭祖极为重视，多次修缮太庙，与太庙接触频繁，有书写太庙匾额的权力和机会。但如果他给太庙匾额题字，按照乾隆青史留名的癖好，史官必然大书特书，而历史并无记载。与之形成鲜明对比的是顺治皇帝下令对太庙匾额的改动，《清实录》有明确的记载。最重要的是书法风格。"乾隆皇帝是个栖情翰墨，十分爱好书法艺术的封建君主，在书法上他一变康熙皇帝对董其昌体的膜拜，而对赵孟頫体迷得了不得"①。所以乾隆皇帝长于各种书体，其书法风格整体可说是"清润挺朗，神气雄秀"，与顺治皇帝"笔沉墨酣，方正端凝"的风格有明显不同。

综上述，顺治、康熙和乾隆三位皇帝的书法都颇具功力，均有帝王之气魄，但风格迥异，顺治皇帝的巨书大字，沉稳雄浑，端庄雍容，下面还要专门论述。而康熙皇帝和乾隆皇帝的匾额书法，均有"秀"和"朗"的特点，气魄略逊。三者区分并不困难。

否定了康熙、乾隆皇帝书写太庙匾额之后，便是对顺治皇帝书写太庙匾额的肯定。太庙祭祖是皇帝的最重要政务之一。清朝朝廷进驻北京，将自己祖先的神主安放于前朝的太庙，一旦天下稳固，必然废弃明代太庙匾额的文字，书写新的文字。既精通满文，又精通汉文；既精于书法，又善于巨书大字；既拥有至高无上的权力，又是最早接触到太庙匾额更换文字的事项，同时与太庙及其匾额有着奇绝的特殊关系，所以，太庙匾额满汉文书写的历史重任，责无旁贷地落在顺治皇帝头上。

那么，顺治皇帝是什么时候书写的太庙匾额呢？

顺治皇帝于1644年进入北京的时候，还是一个年仅七岁的孩子。小皇帝从小骑射习武，顺治元年和二年，先后有大臣上书多尔衮，请求让福临学习汉字和儒家经典，但多尔衮不予理睬，因此小皇帝"汉语说得不好，汉字也掌握得不好"②。直到十四岁亲政顺治才认真地学习汉字和儒家经典。

此外，清朝刚刚入主北京，天下未定，朝廷和家族事务都繁多，不论是多尔衮、孝庄太后还是顺治小皇帝，恐怕都无暇顾及这样的细节问题，顺治皇帝长大成人后，才能书写更换太庙文字。

据《清实录》记载，清顺治十三年（1656）十二月二十四日，"命太庙匾额只书满汉文，停书蒙古文"③。紧接着，"顺治十四年正月初十日，命各坛庙门

---

① 洪丕谟：《中国历代帝王书法欣赏》，上海文艺出版社1992年版，第199页。
② 阎崇年：《清朝皇帝列传》，紫禁城出版社2003年版，第87页。
③ 《清实录》顺治十三年。

匾额，悉如太庙制，只书满文和汉文"①。这段史实说明，在这之前，清朝原在关外和入住北京后重建的皇家建筑的匾额是满、汉、蒙文同时书写的，匾额停书蒙文是清代政治的一次重大变革。这时候顺治已经成年，而且已经成长为一个精通儒家经典、具备了高超的书画艺术水平的皇帝，亲自书写太庙匾额不仅是轻而易举，而且是一种艺术的创造和艺术的享受了。所以，在清朝刚刚进入北京，直接利用明朝的太庙供奉自己祖先的时候，太庙匾额和太庙一样，被直接利用了，那时太庙匾额上的文字是明朝原样，只有汉字，没有满文。顺治十三年（1656），顺治才重新书写太庙匾额上的满汉文字，他却借此契机不写蒙文，并就此废除此前其他宫殿坛庙匾额使用三种文字的惯例，"悉如太庙制，只书满文和汉文"。

细究起来，顺治改革宫殿坛庙匾额书写制度，还有三条重要的原因。

一是政治原因。顺治八年（1651），顺治皇帝在亲政诏书中说道："朕躬亲大政，总理万机，天地祖宗，付托甚重。"② 顺治是清朝入主北京的首位皇帝，将太庙取而代之，必然在原来只有汉文的匾额之上，添加显示清朝民族特征的满文，体现了既融入汉族正统文化，又保持满族特点不忘根本的大政方针。

二是情感原因，即因董鄂妃事件迁怒报复蒙古后妃。顺治曾有四位皇后，其中两位是蒙古博尔济吉特氏；曾有妃七人，其中四位是蒙古博尔济吉特氏。被皇帝冷落的蒙古后妃对董鄂妃恨之入骨，必欲置其死地而后快。董鄂妃的处境十分艰难，她深知自己宠冠后宫，极易遭到忌妒，心理压力极大。所以，顺治皇帝采用匾额"停书蒙文"的方法表示憎恶。这和以"不足仰崇宗庙之重"③为主要理由废掉第一位蒙古皇后如出一辙；和加封董鄂妃破例告祭祀太庙、诏告天下的挚爱形成鲜明的对比。

三是艺术原因，即亲政后顺治皇帝汉族文化的修养和酷爱书画艺术并卓有成就，这是顺治书写太庙匾额的必要条件和有力佐证。

四 顺治皇帝书写太庙匾额的历史机遇

太庙祭祖，主要有四种形式：一是"四孟时享"，每季的初一在享殿举行祭祀。二是"祫祭"，即年终的大祭，把所有的祖先牌位都移至太庙享殿进行极为隆重的祭典。三是告祭，即凡婚丧、登极、亲政、册立、征战等家国大事在寝

---

① 《清实录》顺治十四年。
② 阎崇年：《清朝皇帝列传》，紫禁城出版社2003年版，第87页。
③ 刘毅：《明清皇室》，紫禁城出版社1997年版，第239页。

殿的祭祀称"告祭"。四是"荐新"，亦称"进鲜"，及每月将时令果蔬供奉祖先。皇家到太庙祭祖最为重大的祭祀活动每年有五次，即"四孟时享"和"年终袷祭"。

在《清实录》顺治十三年的记载中，朝廷的各种祭祀达50多次，其中太庙祭祖11次。顺治皇帝亲自祭祀的只有冬至祭天和太庙祭祖，其中祭天1次，祭祖3次（七月、十月和岁末），共计4次。

这就表明了如下几个情况。

一是七月之前的两次太庙"时享"顺治并没有参加。孟春遣固山额真明安达礼恭代；孟夏遣内大臣公额尔克戴青恭代。七月以后，顺治皇帝对太庙祭祖前所未有地高度重视。同样重要的孟春和夏四月顺治皇帝都是遣官到太庙祭祀。

二是在皇家祭祀的所有对象当中，顺治皇帝对太庙祭祖前所未有地高度重视。其他重要的祭祀，除了祭天以外，祭地、祭日、祭月、祭社稷、祭先农、祭历代帝王、祭先师、祭城隍、祭三星、祭四祖陵、祭太祖陵、祭太宗陵、祭先后陵、祭王爷陵、祭金陵等，全部都是遣官代祭。

三是在各种祭祀当中，明显违背常规的是对和硕襄亲王博穆·博果尔的祭祀。七月，博果尔去世。顺治对年仅十六岁、没有什么功绩的和硕襄亲王优待有加。《清实录》记载如下：

> 己酉。和硕襄亲王博穆·博果尔薨。年十六。
>
> 礼部奏言，和硕襄亲王祭葬，礼宜优厚。应于定例外加祭一次。工部监造坟祠。从之。
>
> 礼部择吉于八月十九日册妃上以和硕襄亲王薨逝，不忍举行，命八月以后择吉。
>
> 壬子。上移居乾清宫以和硕襄亲王丧，免行庆贺礼。
>
> 遣内大臣公额尔克戴青祭和硕襄亲王。
>
> 遣内大臣巴图鲁公鳌拜祭和硕襄亲王。
>
> 庚午。遣伯索尼致祭和硕襄亲王。[①]

不仅例加一次祭祀，三次遣重臣祭祀，而且因其丧连册封皇妃这样重大的事项都改期进行，连皇帝正式移居乾清宫这样重大的喜庆之事都免行庆贺礼。

而众人皆知，这位英年早逝的亲王正是董鄂妃的前夫。博果尔的死，正是

---

① 《清实录》顺治十三年。

因为顺治皇帝不仅夺去了他的妻子，而且捆了他一个耳光，使他颜面尽失抑郁而亡。顺治对他的丧事和祭祀超常的优待，不仅是对博果尔愧疚的一种补偿，而且说明了顺治对太庙祭祖陡然高度重视的原因。也说明了他对董鄂妃的至爱，他要以太庙祭祀诏告天下的方式，使得董鄂妃迅速得到朝廷和全天下的认可。

博果尔去世后，秋，七月，丁未朔，享太庙。上亲诣行礼。[1] 接着册立董鄂妃为贤妃。接着当月二十八日又"奉圣母皇太后谕。式稽古制，中宫之次，有皇贵妃首襄内治。因慎加简择。敏慧端良，未有出董鄂氏之上者。应立为皇贵妃。尔部即查照典礼。于十二月初六日吉期，行册封礼"。紧接着"戊寅，以册封内大臣鄂硕女董鄂氏为皇贵妃。遣内大臣公爱星阿告祭太庙。宣布大赦天下"[2]。

册封贵妃宝册文长达1700多字。仅摘录部分评价，就不难看出顺治良苦的用心："咨尔董鄂氏敏慧夙成，谦恭有度，椒涂敷秀，弘昭四德之修，兰殿承芬，允佐二南之化，兹仰承懿命立尔为皇贵妃，锡之册宝。其尚祇勤夙夜，衍庆家邦，雍和钟麟趾之祥，贞肃助鸡鸣之理。钦哉。"[3]

顺治皇帝在太庙赋予了董鄂妃皇后般的地位以后，随即发出一道文字虽短，但极为重要，具有划时代意义的圣旨："命太庙牌扁，停书蒙古字，只书满汉字。"这一重大的举措，目的十分明显：坚定地警告并阻止所有蒙古后妃对董鄂妃地位的撼动（后来的"顺治十四年正月初十日，命各坛庙门匾额，悉如太庙制，只书满文和汉文"，则是对这种效果的巩固）。

就是在这样极为特殊的背景下，顺治皇帝凝聚着他对先皇的崇敬，凝聚着对董鄂妃的挚爱，凝聚着各种复杂的情感和坚定不移的决心，运开如椽大笔，书写出"太庙"两个雄浑巨大的汉文和历史上首次出现的、同样有力的"太庙"满文，将之牢牢地更换在高高的太庙九龙金匾之上。从此，明代的太庙就从象征意义上全部成为大清的太庙。到了大年三十的前一天，顺治皇帝在太庙享殿举行了隆重的"袷祭"大礼。

从上面的过程，我们可以看到顺治十三年，顺治和太庙超乎寻常的关系，作为一个以书写大字榜书擅长的书法家，毋庸置疑，顺治皇帝书写太庙的匾额是水到渠成、完全合乎历史逻辑的事情。

---

[1] 《清实录》顺治十三年。
[2] 同上。
[3] 同上。

五　顺治皇帝汉文化的修养和书画艺术成就的必要条件

顺治皇帝（1638—1661），1643年继皇帝位，在位不足18年，享年仅24岁。"福临刚刚亲政时，对汉文还很陌生，但他非常勤奋，为政之暇广泛浏览经史子集，涉猎范围颇广。如此不数年间，福临的汉文化造诣已经比较深厚。"[1] 顺治学习历代皇帝治国修身之道，阅读了大量汉文历史和文学书籍，如左史庄骚、先秦两汉、唐宋八家、宋元著述，等等。勤奋读书使他摆脱了落后民族的草莽之气，颇具文人学士之风。他不再像先辈那样以"武功"治天下，而是转而以"文教"作为治国之本。顺治酷爱书法绘画，堪称是一个有艺术天赋和艺术情趣的皇帝。他每天要练习书法，同时还研习绘画，二者都达到很高的水平。我们见到的顺治皇帝的绘画有人物、山水、花卉等各种题材。为了进一步说明顺治皇帝对艺术的痴迷和艺术水平，我们对其传世书法作品分析如下。

顺治皇帝的书法先后学过王羲之《黄庭经》《佛遗教经》以及初唐虞世南《孔子庙堂碑》，他突出的成就是善于书写匾额碑石所用的大字。清代学者王士禛在《池北偶谈》中评价他作为清朝的皇帝，虽然以武力定天下，但在万机之余，游艺翰墨，经常把自己的书法作品赐给臣下。关于顺治皇帝善写大字，"《清朝野史》云：世祖能濡毫作擘窠大字"[2]。

顺治皇帝传世著名的书法有"正大光明"匾、"敬佛"石碑和"松竹"大字。"正大光明"匾额，笔沉墨酣，方正端凝，是大字中难得的精品。正大光明匾额原来是顺治帝所书，原迹藏于故宫御书房。康熙皇帝摹勒上石，并制匾额，悬挂于乾清宫，因其后密藏立储匣而格外著名。后乾隆皇帝再次摹拓，重新制匾额继续悬挂于乾清宫，后来嘉庆年间乾清宫失火，匾额被烧毁，嘉庆皇帝命人重新摹拓制匾，现在故宫乾清宫所悬挂的即是此匾。

"敬佛"石碑大字的书写，不仅是顺治皇帝书法艺术活动真实生动的记录，亦堪称中华书法历史的一段佳话。北京西山的北法海寺风景优美，顺治皇帝经常驻跸此处，一日闲暇，寺中弘觉禅师对他说："皇上天纵之圣，书法佳妙，可惜微僧没有看到您笔走龙蛇、当场挥毫的场面。"这些话激发起顺治皇帝的兴致，说道："老和尚，可有大笔和宣纸吗？"弘觉立即回答说："皇上赐我所书手

---

[1]　刘毅：《明清皇室》，紫禁城出版社1997年版，第236页。
[2]　周小儒：《中国历代帝王书法》，化学工业出版社2008年版，第166页。

卷，尚有好纸十多张，但只有用猪鬃搥细后新制作的鬃毫硬笔，恐怕您不能用。"这无疑是激将之法，于是顺治皇帝让侍臣马上研磨，即席挥写成"敬佛"大字一幅，接着又乘兴连写好几幅。[①] "敬佛"二字沉雄稳健之中亦有冲天之势，气魄极大。弘觉禅师选佳石勒刻成巨碑，流传至今，不仅使我们得以欣赏顺治皇帝的书法艺术，而且是他书写"太庙"匾额大字的有力佐证。

"正大光明"和"敬佛"两幅书法，虽然比"太庙"匾额文字笔画略细，当是顺治在不同时期、为不同用途、使用不同毛笔而形成的差别，但是，在用笔特点和书法风格上却一脉相承，神韵相通。而顺治所写的"松竹"二字，亦是顺治皇帝大字书法的珍品，气魄宏大沉重，骨势内敛，十分雍容，没有剑拔弩张之态，体现出浩然的帝王之气。特别指出的是，"松竹"二字字体和太庙匾额上的字体如出一辙，字形端正，笔画肥厚，其圆形的点和横竖端点、撇画的弯刀形状（满文笔画也相同），都与太庙文字完全相同。这是一个最为有力的证据，完全可以证实现存太庙的满汉文字是顺治十三年当朝圣上的手笔。

总之，不论是从历史还是从艺术方面，顺治皇帝都是和太庙匾额联系最多、最密切、最独特的一个历史人物。顺治皇帝对书画艺术的酷爱和高超的艺术水平，促使其书写太庙匾额文字，一方面显示对祖先的尊崇，一方面寄托心中的好恶，另一方面显示艺术的才能，流传后世。顺治皇帝的书法作品传世不多，每件都弥足珍贵，而高悬在太庙重檐之间的、金碧辉煌、巨大无比的满汉文书法"太庙"匾额，无疑是人们欣赏顺治皇帝书法最方便的选择。

结论和建议

现存太庙匾额是明代的遗存，其满汉文是清朝顺治皇帝书写。太庙匾额工艺精湛，艺术独创性所表现出的美观性极具魅力。同时凝聚着朝代变迁和政治风云。因此，太庙匾额是样式标准、文字书法、历史见证、艺术价值"四绝"的"天下奇匾"，堪称太庙瑰宝上璀璨的明珠。

必须指出的是，故宫太和殿上的匾额应当是紫禁城内最好的匾额，它的形制也应当和太庙的匾额一样并更加精美。这符合既尊重祖先又以当世人主为至尊的伦理和法度。供奉列祖列宗的太庙匾额为所有皇家建筑匾额的制作标准。在重建被李自成农民起义军焚毁的太和殿后，依照太庙匾额的规范，制作精美的"太和殿"匾额，用以显示皇帝的权威，然后才逐步更换重修后的

[①] 洪丕谟：《中国历代帝王书法欣赏》，上海文艺出版社1992年版，第169页。

各个明朝宫殿的匾额。然而，太和殿精美的匾额在清代的火灾中焚毁，重新制作的却十分简陋。现在故宫太和殿悬挂的匾额是1915年袁世凯复辟帝制登基大典前匆忙改动的。去掉了上面的满文，而将"太和殿"三个汉字挪到中间的位置。上面只保留汉字，没有满文。但还留有满汉两种文字的痕迹。[1] 不管怎么说，太和殿现存这块简朴的匾额一直沿用至今。所以，现在太和殿悬挂的匾额比太庙的匾额逊色得多，这和太和殿的崇高地位很不相称，笔者建议，重新按照太庙九龙金匾制作一块精美的匾额，更换太和殿现有简朴的匾额，为修缮一新的太和殿重新缀上一颗璀璨的明珠，以恢复历史的原貌，与金碧辉煌的太和殿臻于和谐统一，使金銮宝殿的壮丽景观拂去缺憾，达到尽善尽美的景观风貌。

附录1　新中国太庙匾额的变迁

中华人民共和国成立以后，经周恩来总理提议，第一次政务院会议批准，将太庙辟为劳动人民文化宫，于1950年5月1日正式对外开放。虽为文化宫，但太庙的匾额仍旧悬挂在享殿之上。由于政治的原因，太庙的匾额经历了戏剧性的变化。从"太庙"改为"文化宫"，最后又改回"太庙"。

1966年4月下旬，阿尔巴尼亚总理谢胡访问中国，"五一"劳动节由周恩来总理等国家领导人陪同在太庙大殿前广场观看大型歌舞演出。由于会场设计中央领导和贵宾坐在戟门，面向大殿，所以大殿上"太庙"匾额十分醒目。在审查演出时，一位中央领导说："都解放了，还挂'太庙'？"表示了对悬挂太庙匾额的否定性意见。因此，文化宫急忙让美工和木工设计修改，将匾额的内芯翻过来，把毛泽东主席手书的"文化宫"三字竖排摹写在上面，依然是金字蓝地儿。这样太庙匾额虽然还高悬在太庙重檐正中，但满汉文的"太庙"，已经变成了"文化宫"。

1973年，有人以保护古建为理由，提议恢复太庙匾额原貌。于是文化宫将匾额上的"文化宫"一面翻过来，恢复成满汉文的"太庙"的原样。

1976年1月8日，周恩来总理逝世，1月12—14日在太庙大殿举行吊唁仪式。当时邓颖超同志觉得在无产阶级革命家、中国共产党的领袖和中华人民共和国的第一任总理举行吊唁仪式的地方，悬挂着封建王朝帝王太庙的匾额不合适，遂向当时的北京市革命委员会提出了摘掉太庙匾额的建议。遵照

---

[1] 中国紫禁城学会副秘书长郑连璋访谈。

邓颖超同志的建议，北京市革命委员会向国家文物局提出了报告。1977年1月24日，国家文物局上报国务院，国务院同意邓颖超副委员长和北京市革命委员会的建议，批准将悬挂太庙大殿上的太庙匾额摘下，被摘下的太庙匾额放置在大殿正中后方靠墙竖立保存。时隔22年，到了1999年12月，中共中央办公厅决定，将为迎接新千年的到来而制作的中华和钟放置于太庙大殿，并决定重新悬挂太庙匾额，12月28日，太庙匾额重新悬挂在太庙大殿两重飞檐正中。

附录2　匾额名称的辨识说明

太庙的金匾，标准的名称应当是"题额"，而不是"匾"。那么，为什么大家都叫匾，我们也采用"匾"的说法呢？这里有一个词语演变和约定俗成的过程。"额"即人之额头，"题"亦即人之额头，是匾额高悬在建筑最明显之处意思的来源。"题""额"并用，题用作动词，是题写之意。"题额"的意思就是题写汉字名称，并刻在木料上，加以工艺美化，并悬挂在宫殿或大门之上的牌子。"额"与"匾"的区别是"额"高"匾"长。题额多用于宫殿或宫门的名称，悬于门上檐下，重檐的悬于双檐之间，均居正中。最初，匾和额并列，指横的匾和竖的额。后来予以转化，成为汉语的双音节偏义词，专指横的匾，字典的解释是"挂在门、墙上部的题有字的横牌"。此时"匾额"一般用于书斋庭院，乃至园林，民间效仿用于祠堂、学校等庄重处，后被商家模仿，用于商店的字号，成为传统老字号的标志，并在口语中进一步简化为"匾"。而"题额"却被人们逐步遗忘了，并且把"题额"也混同与"匾额"，统称叫"匾额"，简称为"匾"。这已经约定俗成、广为流传了。为了让现代多数人理解方便顺畅，本文仍把太庙的"题额"称作"匾额"，而没有采用其古代文言的名称"题额"，是为尊重语言的历史演变和约定俗成，特作说明。

附录3　匾额保护传承的思考和建议

一　匾额和中华礼乐文化

匾额是建筑之眼，是传统文化主旨的标志，位于古建中轴线视线高点，古建和传统礼乐文化关系密切，是内涵和形式的统一，而匾额是这二者完美结合的凝结点。太和殿之"太和殿"匾额、太庙之"太庙"匾额、历代帝王庙之"景德崇圣"匾额等，都是国家重大庆典、祭祀礼仪的场地的视觉中心，不仅与建筑完美结合，而且和礼乐活动完美结合。匾额无疑是中国传统文化核心的标志。必须保护和传承。

公认的匾额分类方法之一是分为皇家匾额、民间匾额；另一分法是礼制匾额、艺术匾额和商业匾额。礼制匾额与皇家匾额相互交叉；艺术匾额与皇家匾额、民间匾额相互交叉；商业匾额为民间匾额所包容。

二 匾额文化必须从根上保护和传承

第一，在历史的冲击和淹没中收集保护好无家可归的匾额，如匾额博物馆，保护大量流散匾额，功德无量。

第二，保护好现存古建，也就保护了古建上的匾额。坚决杜绝拆掉原汁原味的古建，而花大量资金修建"假古建"的浊流。特别是保护好古老村落的宗祠、寺庙、塔桥等古建，可保留许多匾额。

第三，在文化景区、公园等新建仿古建筑，在恰当处多设匾额，请文化名人精心推敲匾额文字，请书法家精心书写，使之成为新绽放的艺术奇葩。

第四，鉴于现代建筑无法悬挂匾额，即使硬性挂上，也不协调，不伦不类，所以提出"新式古建"的概念。请注意，这和新建的"假古建"完全不同。如同"古典家具"一样，保持古老的样式，但采用新的材料和新的做法，以适于现代社会的需要，建造成本大大降低。这样又能"诞生"更多的匾额。

第五，新建的社区，由于是现代的楼房，肯定没有匾额的存身之地，所以建议大型社区建造类似宗祠的"文化会堂"，用"新式古建"保留匾额。文化会堂用于传统祭祀、民俗活动，是传统文化传承的核心载体。

第六，这样用于礼仪建筑的政治匾额与用于园林的艺术匾额以及用于经济的商业匾额会得到保护，会广泛新创。

"皮之众多，毛将附也"，建筑是文化的载体，如此，中华匾额文化就会富有生命的活力，就会得以"活态"传承。

三 匾额文化必须加强研究和宣传，成立匾额研究会，建立"匾额学"

有翔实的理论基础，通过教育和宣传，让国人，特别是青少年认识匾额，热爱匾额，理解并传承匾额文化。

通过这些方法和措施的认真实施，必要时提案人大、政协立法。这样，匾额文化才会与中华核心文化一起重新辉煌，流传千秋万代，为中华民族的长治久安，生生不息，实现"美丽中国"、实现"中国梦"发挥不可替代的独特作用。

主要参考文献

《清实录》顺治十三年；顺治十四年。

刘毅：《明清皇室》，紫禁城出版社1997年版。

阎崇年：《清朝皇帝列传》，紫禁城出版社2003年版。

洪丕谟：《中国历代帝王书法欣赏》，上海文艺出版社1992年版。

乔继堂：《中国皇帝全传》，中国社会科学出版社2003年版。

吴密：《一个真实的孝庄》，东方出版社2008年版。

北京市社会科学研究所：《北京历史纪年》，北京出版社1984年版。

辽宁社会科学院历史研究所所长、中国民族古文字研究会副会长、沈阳市满族联谊会副会长、享受国务院特殊津贴的明清历史专家关嘉禄先生访谈。

中国紫禁城学会副秘书长、故宫博物院研究员郑连璋先生访谈。

（清）李天根：《爝火录》，浙江古籍出版社1986年版。

太庙匾额实际测量资料。

周小儒：《中国历代帝王书法》，化学工业出版社2008年版。

作者简介

贾福林：北京市劳动人民文化宫（太庙）研究室主任。毕业于北京师范大学中文系，文博副研究馆员、高级商务策划师；中国紫禁城学会会员、北京市博物馆学会会员；北京市文物保护协会会员；北京坛庙研究会会员、颐和园学会会员、圆明园研究会会员、北京古代建筑博物馆（先农坛）学术委员等。多年进行中华传统祭祀礼乐文化研究，出版有《太庙探幽》《中和韶乐》等学术专著，并有大量学术研究论文发表。曾在国家图书馆文津雅集大讲堂、中国园林大讲堂、首都图书馆、西城图书馆、中关村图书大厦、北京人文大学、太庙讲堂等讲授"太庙祭祖文化""太庙与北京中轴线""礼乐文化的现代价值""传统文化和创意策划""中国的工匠精神""祖先崇拜和礼乐文化是文化自信的根本"等专题讲座。曾担任中央电视台电视专题片《太庙故事》、国务院新闻办《北京风情》等电视节目的文化顾问和讲解嘉宾。曾主撰"太庙祭祖文化展"。曾担任"寿皇殿文化展陈""曹雪芹纪念馆扩建"等文博项目的评审专家。

北京孔庙国子监匾联概述

王琳琳

  自汉武帝采纳董仲舒的建议，在都城长安建立国家最高学府——太学以来，各个朝代皆在都城建有国家级最高学府。西晋咸宁四年（278年）创立国子学（"国学"是国子学的简称），国子学专门教育贵族子弟，而太学则接收经过甄选的低级官吏及平民的子弟。北齐改国子学为国子寺，隋大业三年（607年）将国子寺改称为国子监，成为国家主管教育的机构。唐朝沿用隋朝旧制，国子监是国家最高学府也是全国教育行政的最高主管机构。国子监的功能、职责一直延续到清朝末年。隋唐以来，以科举制度为国家选拔人才，为平民提供了参与管理国家的机会。作为国家最高学府的国子监，不仅接受贵族子弟，也接纳民间俊秀子弟。唐太宗诏令天下确定"庙学"制度，凡是学校必建孔庙，形成"左庙右学"的规制。庙为学之附属，为师生尊孔祭孔之场所。国子监修建孔庙"专祀孔子，自唐贞观以来为定制矣"（《钦定国子监志》）。

  北京孔庙国子监是元、明、清三代皇家祭祀儒家创始人、至圣先师孔子的专门场所，是国家最高学府和教育管理机构。元世祖忽必烈定都北京，为了加强思想统治，下令修建孔庙和国子监："至元四年作都城，画地宫城之东为庙学基"（《雪楼集·大元国学先圣庙碑》）；"至元二十四年，迁都北城，立国子学于国城之东"（《元史·选举志》）；"大德六年建文宣王庙于京师，十年营国子学于西偏"（《元史·成宗纪》）；"大德十年秋庙成……至大元年冬学成"（《雪楼集·大元国学先圣庙碑》）。早在至元四年（1267），刘秉忠规划兴建元大都时，就规划好了庙学之地；至元二十四年（1287），迁都北城，正式设置国子监，同年"大兴学舍"，国子监校舍初具规模；大德六年（1302）修建文宣王庙，即孔庙，大德十年（1306）在孔庙之西扩建国子监；大德十年（1306）秋孔庙建成，至大元年（1308）冬国子监建成。明、清两代也以此为国家最高学府和教育管理机构，永乐十八年（1420）迁都北京，北京国子监改称京师国子监，清代沿用明代国子监旧址。

1905年9月清朝政府废除科举制度，设立学部管理全国教育，同时撤销国子监，归并学部。随着科举制度的废除，国子监的历史功能就此结束，成为一处供人游览的古迹。中华人民共和国建立后，中央人民政府加强了对两处古建筑的保护和管理：1961年3月4日，国务院将国子监列为第一批"全国重点文物保护单位"；1988年1月13日又将北京孔庙列为"全国重点文物保护单位"。2005年至2008年初对孔庙、国子监进行了建国后最大规模的修缮，恢复了其昔日的基本格局，成立博物馆，举办展览，对外开放。近现代，人们习惯称呼其为孔庙国子监，故博物馆名为"孔庙和国子监博物馆"。

北京孔庙国子监是七百多年来中国最具历史底蕴和文化气息之地：高高在上的皇帝在此为孔圣人跪拜祭祀；皇帝在此为满朝官员师生宣讲圣人之道；莘莘学子踌躇满志在此苦读；三代科举高中的状元、榜眼、探花无尚荣耀地来此祭拜先师。历史上，孔庙国子监悬挂过很多匾联：大成殿内悬挂清代康熙至宣统九位皇帝御书的匾联；辟雍内皇帝讲学的题匾；彝伦堂内皇帝谕旨匾；东西厢内大量的文人题匾；就连国子监的土地祠内都悬挂有很多匾联。关于孔庙国子监匾联，乾隆版和道光版《钦定国子监志》有详细的记载，《清史稿》《清实录》《日下旧闻考》等史料也有零星记载。与史料记载相对照，现今孔庙国子监遗失很多匾联。目前，除悬挂的匾联外，2006年7月在清理大成殿库房时又发现50余方匾，充实了孔庙国子监馆藏文物数量。新发现的木匾中，绝大部分为道光朝之后题写，除了皇帝御书御制匾外，其他匾大都无史料记载。

一 孔庙国子监匾联特点

匾，又称匾额、扁额、牌匾。"匾"也作"扁"，《说文解字》解释为："扁，署也，从户、册。户册者，署门户之文也。"段玉裁在《说文解字注》中解释为："扁，署也。署者，部署有所网属也。从户、册。户册者，署门户之文也。署门户者，秦书八体，六曰署书。萧子良云：署书，汉高六年萧何所定。以题苍龙、白虎二阙。"从《说文解字》和《说文解字注》中的解释我们可知，"扁"是个会意字，从户，从册，本义是在门户上题写字。秦始皇统一文字时，规定秦书有八种，第六种为署书，也称榜书，是专门用于题写官署门首的文字。汉代，署书也用来为宫阙题名。可见，早在秦汉，官署、宫殿的门额上就悬挂匾，后来逐渐发展为寺庙、民宅、商铺也题写悬挂。在出土的汉代画像石中也有竖匾的出现。匾所题写的文字内容反映建筑物名称、性质，表现主人寄寓志向、抒发情怀。联，又称楹联，是指题写、张贴或镌刻在楹柱上的联语，是对联的雅称。它是中国独创的、历史悠久的一种文学样式；是书写或勒刻于门壁、楹柱或其他器物上的，用上下两联形式相对、内容相关的语句连缀而成的一种汉语语言艺术和装饰艺术。通常一方匾与一副联构成一组，简称为"匾联"。匾联是对建筑的一种装饰，文字简练，寓意深远，措辞文雅，书法精湛，纹饰美观。匾联对建筑有点睛的效果，是中国独有的多种艺术形式融合的产物，它们将中国传统的辞赋诗文、书法篆刻、建筑艺术融为一体，匾联上不多的几个字蕴含着丰富的文化内涵。

就文字内容而言，匾联是一种独特的文学艺术形式，不同地点悬挂的匾联文字内容差别很大。同为皇家之地，故宫、颐和园、孔庙国子监悬挂的匾联内容大为不同。在最高学府孔庙国子监悬挂的匾联充分体现出中国正统文化——儒家思想，这些匾联的文字内容大多出自儒家经典；或是褒扬孔子，"万世师表""生民未有""与天地参"；或是表现儒家思想，"大学之道""希古振缨""经正民兴"；或是劝诫国子监师生，"振德育才""敬敷五教""文行忠信"。这是孔庙国子监匾联独特之处。

孔庙国子监匾联很大一部分为皇帝题写[①]或御制，等级非常高。孔庙大成殿悬挂着从清代康熙到宣统九位皇帝题写的匾联。这些匾联在清代时颁行全国各地孔庙，历尽沧桑，现今只有北京孔庙全部保存下来（见图1）。除此之外，大成殿内还有袁世凯的"告大总统令"匾、黎元洪题写的"道洽大同"匾，这两方匾全国只此一份。在一处建筑物内，悬挂中国三百年来十一位统治者手书匾，这在全国独此一处。抬头望去康熙手书的"万世师表"，笔画圆润，气韵非凡；乾隆手书的"与天地参"笔画均匀，沉重扎实；盛世气度从这几个字中淋漓尽致地体现出来。再看光绪的"斯文在兹"，笔画虽规整，但略显板滞；宣统的"中和位育"笔画中规中矩，而神气不足；王朝的末日气息笼罩于此。文如其人，字如其人，环视大成殿内御匾，仿佛看尽了一个朝代的兴衰。孔庙大成殿内皇帝御书匾最为集中，辟雍、彝伦堂及主要建筑物匾也有皇帝御书的。值得一提的是，清代彝伦堂内悬挂从清顺治皇帝到咸丰皇帝给国子监颁布的七方满

---

① 一些匾为翰林代笔，但加盖皇帝御笔的印章。

汉文合璧的谕旨匾，七位皇帝颁发的谕旨内容主要是表彰儒家，要求官师严格教学，生员勤奋求学。所幸，这七方匾无一遗失。

图1 大成殿内景

孔庙国子监内还有大量匾联由文人题写，或是名人立匾，这些匾联不仅书法精湛，更显示出孔庙国子监在近代中国历史上的重要地位。在国子监后院东厢曾悬挂过刘墉题写的"横经造士"匾，刘墉是清代著名的书法家，曾以尚书监管国子监。遗憾的是这方匾现遗失无存，可以想象出"横经造士"四个字一定笔力深厚。孔庙国子监还藏有清代著名金石家、书法家潘祖荫题写的"政教稽古"匾，这四个字秀丽轻盈，有王（羲之）氏书风。还有很多匾为名人所立，这些人或曾在国子监任官，或曾在国子监求学，如法式善、沈桂芬、张之洞、翁心存、翁同龢、庞钟璐……如此众多的历史名人曾在此留下足迹，孔庙国子监的地位作用足见一斑。

孔庙国子监的匾联做工精致，用料讲究。孔庙国子监内有大量的皇帝御书御制匾联，据史料记载，这些匾联由造办处制作，在尺寸、式样、用料等方面都有严格的要求。皇帝御书四字大匾材质为金丝楠木，这样大体量的木匾全部为金丝楠木，可见这些匾的等级之高。其中又以"辟雍"匾最为精美：磁青的底子，金色的大字，四周由彩色祥云和九条金龙装饰。人们盛赞"辟雍"匾"其精美程度在北京的名匾中也是极其罕见"。另外，孔庙国子监的文人题匾也做工考究，"登崇俊良"这方匾虽然破损较多，漆面脱落，但是从楠木的材质，也可推想当年的华美。孔庙国子监的匾联虽然精美，但由于历史原因，保存现状并不理想，木匾或大或小都有裂痕，字有残缺，边框的龙首遗失，漆皮脱落等。

孔庙国子监匾联上钤有大量印章：有从康熙到宣统九位清代皇帝的印玺；也有乾隆"敬胜怠""古稀天子之宝"、道光"庄敬日强"这样的闲章；还有文人印章"祁寯藻印""实甫""大司成之章",等等(见图2)。印章是匾联一个重要组成部分,它使匾联更加醒目,意蕴更加丰富。从匾联上的印章,我们也欣赏到中国独特的书法篆刻艺术。

康熙满汉文"广运通宝"钤章　　"雍正御笔之宝"钤章　　"乾隆御笔之宝"钤章

"嘉庆御笔之宝"钤章　　"道光御笔之宝"钤章　　"咸丰御笔之宝"钤章

"同治御笔之宝"钤章　　"光绪御笔之宝"钤章　　"宣统御笔之宝"钤章

图2　九位清帝的印玺

二　孔庙国子监匾额分类

孔庙国子监现存楹联仅三副,在此不做分类,仅将匾额从外形上加以分类,主要分为竖匾和横匾两大类。

(一) 竖匾

孔庙国子监竖匾可分为有边框竖匾和无边框竖匾。

无边框竖匾,如"刑部山东司主事丁酉科举人"匾等。

有边框竖匾又可分为素边框竖匾和边饰竖匾。

"绳愆厅"这方满文匾就是素边框竖匾。

孔庙国子监边饰竖匾有两种:回纹竖匾和华带竖匾。

乾隆御笔诗匾,为木制竖匾,四边框有回纹图案(玉质)装饰。

华带竖匾因形如称量谷物的"斗",又名"斗匾"。在宋代李诫《营造法式》的"小木作"中称之为"牌",即"华带牌"。华带竖匾由牌面和华带组成：牌面上方的称为牌首，牌面两侧称为牌带，牌面下方称为牌舌。因华带和牌面不在一个平面上，而是倾斜一个角度，呈一个斗形，故名为"斗匾"，或"陡匾"（见图3）。

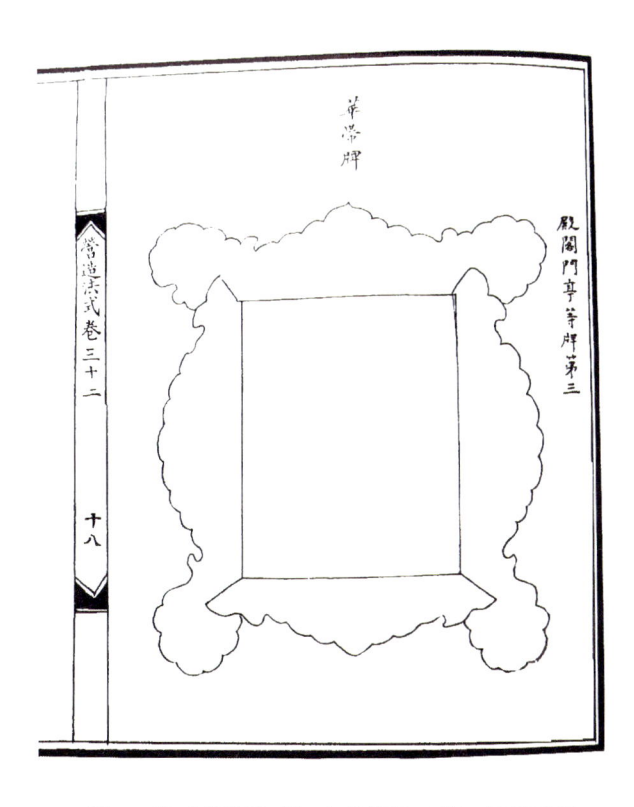

图3 宋《营造法式》中华带竖（斗）匾示意图

北京孔庙国子监建筑檐下大量悬挂华带竖匾，如"先师门""大成门""大成殿""崇圣祠""集贤门""太学""辟雍""六堂二厅""敬一亭"。匾芯（牌面）题写文字，根据道光版《钦定国子监志》记载，除了"敬一亭"匾外，其余都是满汉文并列，左侧为满文，右侧为汉文。《清朝文献通考》载："（乾隆四十九年）谕太学门、集贤门匾额及绳愆厅、博士厅六堂等处横额俱换额添写清文。"[①] 在乾隆五十年（1785）"临雍讲学"之前将一部分匾统一由横匾改为竖匾，便于添写满文。而今，这些匾只有汉文，没有满文。竖匾的边框（华带）雕刻或绘制图案，根据图案不同，又分为龙纹斗匾和如意斗匾："先师门""崇圣祠""集贤门""太学""六堂二厅""敬一亭"这几方竖匾的边框都是红漆底，如意云纹；"大成门""大成殿"匾如意云纹，边框描有金龙纹图案；"辟

---

① （清）乾隆官修：《清朝文献通考·卷六十八》，浙江古籍出版社2000年版。

雍"匾边框为彩色祥云浮雕九条金龙，上边框三条龙，左右边框各两条，下边框为二龙戏珠，极为华贵。

（二）横匾

孔庙国子监的匾更多为横匾，即呈横向长方形。根据匾的边框形制，可分为有边框横匾和无边框横匾。

孔庙国子监现存一些匾没有边框，无边框横匾大部分为文人题匾如："优入圣域""经正民兴""政教稽古""为时养器"等，这些匾一般称为"黑漆金字一方玉"，简称"一方玉"，即黑地金字，"一方玉"比较素雅，易与环境统一；刘福姚的两方状元匾也没有边框。

有边框横匾又分为素边框横匾和边饰横匾。

素边框主要是"科举匾"：状元匾、探花匾、传胪匾、三元匾、会元匾。匾芯四周为素边框，无纹饰。"持敬门""神库""致斋所""省牲亭"这几方匾也是素边框。

边饰横匾就是在匾的边框上进行雕刻、绘画创作，融入传统绘画纹样和木雕工艺。孔庙国子监有边饰的横匾主要有以下几类：雕龙华带横匾、雕龙边框横匾、描龙边框横匾和简单纹饰边框匾。

雕龙华带横匾是在华带竖匾基础上发展而来，匾芯（牌面）演变为横向长方形，匾的边框也就是华带与匾芯（牌面）倾斜有一个角度，边框金漆，雕刻有群龙戏珠图样，工艺精美，庄重华丽。孔庙大成殿内康熙皇帝的"万世师表"、雍正皇帝的"生民未有"、乾隆皇帝的"与天地参"、嘉庆皇帝的"圣集大成"、道光皇帝的"圣协时中"、咸丰皇帝的"德齐帱载"、同治皇帝的"圣神天纵"、光绪皇帝的"斯文在兹"、宣统皇帝的"中和位育"，这九位皇帝题写的匾都是这种雕龙华带横匾。清代故宫前三殿与后三宫都悬挂有华带竖匾，可见华带竖匾地位之重要、等级之高，而从华带竖匾演变而来的雕龙华带横匾地位也不一般。孔庙国子监众多皇帝御书匾中，只有大成殿内，皇帝登基伊始祭祀孔子御书匾才是这种雕龙华带横匾造型。

雕龙边框横匾是在匾的四周边框雕刻群龙，髹饰金漆，精美华丽。孔庙国子监内皇帝御书匾为此类，如辟雍内乾隆皇帝御书的"雅涵於乐"、道光皇帝御书的"涵泳圣涯"、咸丰皇帝御书的"万流仰镜"；国子监琉璃牌楼上乾隆皇帝御书的"圜桥教泽""学海节观"；彝伦堂内几位清代皇帝御书匾，康熙皇帝的"彝伦堂"、雍正皇帝的"文行忠信"、乾隆皇帝的"福畴攸叙"、道光皇帝的"振德育才"、咸丰皇帝的"敬敷五教"、光绪皇帝的"敬教劝学"。在孔庙国子

154

监"十三经碑林"中存放的"嵩高峻极""灵渎安澜""功存河洛""昌明仁义"四方卧碑为康熙四十一年（1702）御制，最初是康熙皇帝为河南开封禹王庙、桐柏淮渎庙、嵩山中岳庙、孟子游梁祠题写的匾额，后按照匾额式样刻制成碑存于国子监敬一亭。这四方卧碑也是雕龙边框横长形的。

描龙边框横匾是在匾的四周边框描绘金龙。彝伦堂内从清顺治皇帝到咸丰皇帝赐国子监颁布的七方谕旨匾属于此类。清朝皇帝向国子监发布谕旨，并将谕旨内容刻匾悬挂于彝伦堂内。这些谕旨匾形式一致：左侧汉文，右侧满文，相互对照，红地金字，四周边框绘有金色的二龙戏珠纹饰。

孔庙国子监有几方横匾的边框纹饰较为简单：袁世凯的"大总统告令"四周边框雕刻描金花草纹；黎元洪的"道洽大同"边框更简单，为"双灯草"线边，灯草线是指一种圆形细线，因形似灯芯草而得名，来自传统家具的工艺技法；"彭树芳贡元"匾四周边框有简单花纹装饰。

孔庙国子监匾额分类如表 1 所示。

表 1　　　　　　　　　　孔庙国子监匾额分类

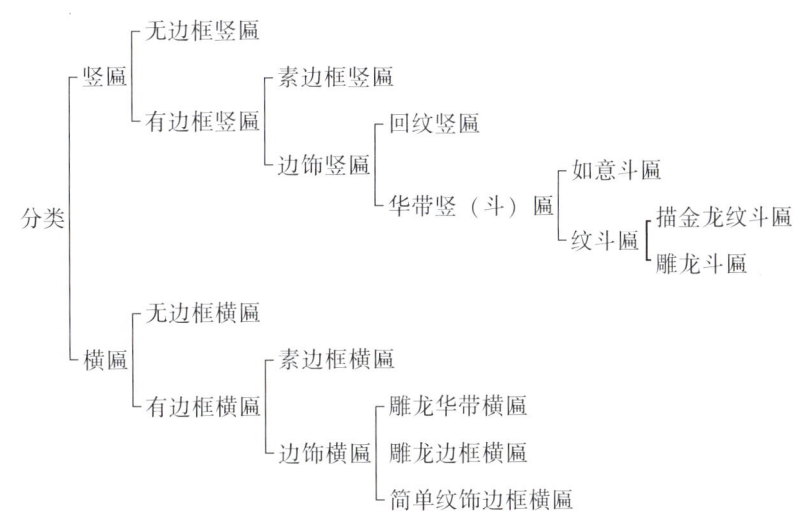

```
         ┌ 竖匾 ┬ 无边框竖匾
         │      └ 有边框竖匾 ┬ 素边框竖匾
         │                   └ 边饰竖匾 ┬ 回纹竖匾
         │                              └ 华带竖（斗）匾 ┬ 如意斗匾
分类 ─┤                                                  └ 纹斗匾 ┬ 描金龙纹斗匾
         │                                                            └ 雕龙斗匾
         └ 横匾 ┬ 无边框横匾
                └ 有边框横匾 ┬ 素边框横匾
                             └ 边饰横匾 ┬ 雕龙华带横匾
                                        ├ 雕龙边框横匾
                                        └ 简单纹饰边框横匾
```

三　孔庙国子监匾联研究范围及意义

目前研究北京孔庙国子监最基础的资料就是清代文庆、李宗昉等纂修的《钦定国子监志》，它记载了清道光十三年（1833）之前孔庙国子监的历史。但是清末及民国年间孔庙国子监的历史鲜有记载。匾联是孔庙和国子监博物馆珍贵的馆藏文物，库存的这些匾联绝大部分是道光年以后的，对孔庙国子监匾联的研究有助于我们更清晰地认识统治者对孔庙国子监的关注、对儒家文化的重视，了解清末孔庙国子监的历史变迁以及清末中国教育制度的重大变革。

除现悬挂于建筑上的匾外，2006年清理大成殿库房时发现50余方匾，其中绝大多数无典籍记载。根据研究发现其中一部分匾为国子监官师题写刻立，虽不知具体悬挂处所，但亦为国子监不可分割的文物遗存，被称为"文人题匾"。其余匾为博物馆长期征集所得，本身与孔庙国子监历史无关，这其中有大部分为"科举匾"，历史上国子监的兴衰与科举制度的兴衰相伴随，"科举匾"的研究有助于我们深入了解中国科举制度，了解国子监的历史。

长期以来，孔庙国子监匾联并未受到应有的重视，保存环境不如人意，更缺乏对匾联的了解和研究，很多匾额都有开裂脱字等现象。自孔庙和国子监博物馆成立以来，加强了对匾联的保护、研究和利用，专为匾额设立了文物库房。2012年举办了"御制匾额精品展"，以清代皇帝御书匾、皇帝谕旨匾为主要展品，兼及文人题匾、科举匾等。展览是近年来匾联研究成果的一种转化，让更多人了解孔庙国子监的历史，领略帝王书法的风采，感受传统文化的魅力。

（本文发表于2014年《孔庙国子监论丛2014年》）

作者简介

王琳琳：孔庙和国子监博物馆研究部主任，副研究馆员，研究方向为儒家思想、孔庙国子监历史。学术成果有专著《北京孔庙国子监匾联考辨》（2012年度北京市文物局青年业务人员科研成果出版项目，第十四届北京哲学社会科学优秀成果奖二等奖）。

北京孔庙大成殿"万世师表"诸匾额考论

常会营

北京孔庙是元、明、清三代皇帝祭孔的重要场所。孔庙作为儒家思想和道统谱系的直接体现,其中蕴含了非常深厚的传统文化底蕴。大成殿是孔庙的主建筑,是供奉孔子神位、祭孔时皇帝行礼的地方。北京孔庙大成殿为清光绪三十二年(1906)扩建而成,五进九间,双层飞檐,四坡五脊,通高33米,黄色琉璃瓦,顶部正脊两端均装饰龙形鸱吻,殿内金砖铺地,整体规制,与故宫太和殿无二。大成殿前宽敞月台,高于地面2米,月台由汉白玉雕云头石栏三面环绕,东西两端各有17级台阶,前级正中嵌有一块7米长、2米宽的大青石浮雕,石面上下雕有二龙戏珠,中间盘龙吞云吐雾,宝珠火焰、云水波涛,蔚为壮观。大成殿与月台的和谐统一,犹如白云托扶的天上楼阁,令人不禁心驰神往(见图1)。

根据《钦定国子监志·庙志》记载:

> 殿中恭悬圣祖仁皇帝御书额一,曰"万世师表"(康熙二十四年颁揭)。世宗宪皇帝御书额一,曰"生民未有"(雍正三年颁揭)。高宗纯皇帝御书额一,曰"与天地参"(乾隆三年颁揭)。御书联一,曰"气备四时,与天、地、鬼、神、日、月合其德;教垂万世,继尧、舜、禹、汤、文、武作之师"(乾隆三年颁揭)。又御书联一,曰:"齐家治国平天下信斯言也,布在方策;率性修道致中和得其门者譬之宫墙"(乾隆三年颁揭①)。仁宗睿皇帝御书额一,

---

① 《钦定国子监志》所载有误,应为乾隆三十四年(1769)。

图1　2008年修缮后的北京孔庙大成殿

曰"圣集大成"（嘉庆三年颁揭）。皇上御书额一，曰"圣协时中"（道光三年颁揭）①。

清朝盛世崇尚儒学，倡导尊孔。自康熙皇帝始，每一皇帝即位，照例要到国子监讲学，原讲学处为国子监内彝伦堂，乾隆四十九年（1784）增建辟雍，讲学处改在辟雍，称"临雍"。讲学完毕，便在孔庙大成殿悬匾一方，有的皇帝即便不"临雍"，也要照例题匾悬挂。

北京孔庙的大成殿内悬挂着清代九位皇帝御笔书额的木匾，内容多系颂扬孔子之词。大成殿内外有清代皇帝御书木匾九块，依次为康熙帝御书"万世师表"（现于殿外悬挂），雍正帝御书"生民未有"，乾隆帝御书"与天地参"，嘉庆帝御书"圣集大成"，道光帝御书"圣协时中"，咸丰帝御书"德齐帱载"，同治帝御书"圣神天纵"，光绪帝御书"斯文在兹"，宣统帝御书"中和位育"（南书房翰林代书）。

跨进大成殿堂（见图2），迎面绣有吉祥图案的金色幔帐簇拥着供奉的孔子神位木龛，龛两边的楠木大柱，一幅乾隆御笔名联越然其上："齐家治国平天下信斯言也布在方策；率性修道致中和得其门者辟之宫墙"（乾隆三十四年颁揭）。其两侧又有御书联一幅，曰："气备四时与天地鬼神日月合其德；教垂万世继尧

---

① （清）文庆、李宗昉纂修，郭亚南等点校：《钦定国子监志》（上册），北京古籍出版社2000年版，第38—39页。

舜禹汤文武作之师"（乾隆三年颁揭）。这里面所渗透的都是一些儒家传统典籍比如《大学》《中庸》《论语》《孟子》《周易》中的思想精华，而这两幅对联所要体现的便是至圣先师孔子身上恰恰凝聚了这些思想精华。

图2　北京孔庙大成殿内景

下面，笔者以北京孔庙大成殿中匾额楹联为中心，讲述一下大成殿中几方匾额楹联背后的历史故事。

一　康熙御书"万世师表"匾额考论

高悬于殿外前檐下的，是清康熙皇帝御书的"万世师表"匾额（见图3），此匾长约6米，宽约2.5米，木质，磁青地，正中为"万世师表"四个金色大字，每个字一米见方，左侧题有"康熙甲子孟冬敬书"一排金色的小字，并钤有一方"康熙之宝"满文玺印。匾额四周，雕有群龙戏珠图案，上下各六条、左右各三条，活灵活现。

图3　康熙御书"万世师表"匾额

"万世师表"之意,表面意思是说孔子为万世教师的楷模。据《钦定国子监志·庙志》,"万世师表"颁揭于康熙二十四年(1685)。

"万世师表"的最近出处应该为元大德十一年(1307)元武宗加号诏书。"加号碑"立于元惠宗至元二年(1336),位于北京孔庙大成门左侧(见图4),是研究元代思想、政治、文化的实物,也是极为珍贵的历史遗存,具有很高的史学价值。碑文中有"盖闻先孔子而圣者,非孔子无以明,后孔子而圣者,非孔子无以法。所谓祖述尧舜,宪章文武,仪范百王,师表万世者也"。其中"师表万世"与"万世师表"几乎完全一致。

但"万世师表"之来源,最早应为魏文帝曹丕,《三国志·魏书·帝纪》曰:

图4 北京孔庙"加号碑"

> (黄初)二年(221年)春正月,……诏曰:"昔仲尼资大圣之才,怀帝王之器,当衰周之末,无受命之运,在鲁、卫之朝,教化于洙、泗之上,凄凄焉,遑遑焉,欲屈己以存道,贬身以自救。于时王公终莫能用之,乃退考五代之礼,修素王之事,因鲁史而制《春秋》,就太师而正《雅》《颂》,俾千载之后,莫不采其文以述作,仰其圣以成谋,咨!可谓命世大圣,亿载之师表者也。"

"亿载之师表",虽然与"万世师表"犹有差异,但其意已相去不远矣。师表同一,亿载者,与万世亦属同义。亿载犹万世也,万世犹亿载也。故康熙帝之"万世师表"题词,实在与魏文帝曹丕之"亿载之师表"如出一炉。在无更明确证据出现以前,笔者认为曹丕之"亿载之师表"可能为康熙"万世师表"的最早来源。

"万世师表"匾额是清康熙二十三年(1684)由康熙皇帝驾临曲阜时专为先师孔子所题。经查考《清实录》,上面"万世教师的楷模"说法也是不太妥当的,应为"万世帝王、公卿、士人乃至庶民学习的榜样"。

当年康熙巡幸至曲阜，在曲阜孔庙行祭孔大典，亲自向先师孔子行三跪九叩大礼。并御制祝文说："仰惟先师，德牟元化，圣集大成，开万世之文明，树百王之仪范。永言光烈，莫不钦崇。"又派遣国子监祭酒阿礼瑚祭祀启圣公，即孔子的父亲叔梁纥，并亲制祝文。康熙帝幸曲阜孔庙诗礼堂，衍圣公孔毓圻曾率五氏子孙行礼，当时的国子监监生孔尚任为康熙帝进讲《大学》首章，颇为康熙帝所赞赏，后被破格提拔为国子监博士，其办公地点即在今国子监博士厅。其在任期内开始撰写不朽名作《桃花扇》，于康熙三十八年（1699）六月完成。

康熙帝在孔尚任等讲完后，命大学士王熙宣圣谕说："至圣之道，与日月并行，与天地同运，万世帝王咸所师法，下逮公卿士庶，罔不率由"（《钦定大清通礼卷三十四》）。后康熙帝来至大成殿前，命大学士等宣圣谕："至圣之德，与天地日月同其高明广大，无可指称。朕向来研求经义，体思至道，欲加赞颂，莫能名言。特书万世师表四字，悬额殿中，非云阐扬圣教，亦以垂示将来"（《钦定大清通礼卷三十四》）。又谕曰："历代帝王致祭阙里，或留金银器皿。朕今亲诣行礼，务极尊崇至圣，异于前代。所有曲柄黄盖，留供庙庭。四时祭祀陈之，以示朕尊圣之意"（《钦定大清通礼卷三十四》）。

因此，按照康熙皇帝本意，"万世师表"意思应为赞颂孔子是"万世帝王、公卿、士人乃至庶民学习的榜样"。

又根据《清实录》和《东华录》所载，康熙二十四年（1685）三月，副都御史张可前上书请将皇上历年政事纂集成书；又上疏请将康熙帝驾幸阙里御书"万世师表"额应勒石，颁给直隶各省府、州、县学悬挂，康熙帝同意了。但根据《清实录》所载，直到康熙三十二年（1793），康熙帝才正式颁发御书"万世师表"额于国子监，并于北京孔庙大成殿悬挂。那么，国子监孔庙悬挂康熙帝"万世师表"匾额的时间，距离他亲笔书写的时间，已经近十年了。一般皇帝颁揭匾额、刻立石碑，都会优先悬挂或立于国子监孔庙，然后颁行全国各地府、州、县学，为什么康熙帝御书"万世师表"颁于国子监孔庙这么晚呢？这的确让人感到匪夷所思。现在我们所掌握的史料尚难以确切回答。

二 宣统皇帝"中和位育"匾额考论

"中和位育"是光绪三十四年（1908）十一月由南书房翰林恭书，宣统元年（1909）三月择吉日正式颁揭悬挂（见图5）。该匾文出自《中庸》：

喜怒哀乐之未发，谓之中，发而皆中节，谓之和。中也者天下之大本也，和也者，天下之达道也。致中和，天地位焉，万物育焉。

图5 "中和位育"匾额

"中和位育"的含义是赞颂圣人孔子所言所行皆能符合中和之道，能够使天地各得其位，万物生长发育。

大成殿所悬挂九块清代匾额中，前八块都是皇帝御笔亲书，但这最后一块宣统皇帝的匾额，却不是由宣统皇帝御笔亲书。这是因为什么？这里面也有一段历史故事。清代，新皇登基后到国子监讲学并给孔庙颁赐匾额已经成为惯例。可清朝宣统皇帝溥仪登基时还很年幼，自己根本不会题写匾额。史料记载，1908年的冬天，内阁奉旨为将要即位的宣统皇帝专门制作匾额，于是就让南书房的翰林题写了这块"中和位育"匾。到宣统皇帝即位后，再选择一个吉日颁揭给北京孔庙悬挂。那么，"中和位育"匾额是如何悬挂的呢？通过查考史料，我们发现其具体过程如下。

学部（1905年成立）上奏悬挂文庙匾额位次，请旨钦定。内容是奏为请旨事，翻译如下。光绪三十四年（1908）十一月十七日内阁奉旨：列位先祖皇帝登基之初，均恭敬书写匾额悬挂于文庙。现在朕登基因循旧典，命令南书房翰林恭敬书写"中和位育"匾额交造办处，造成一份，恭敬悬挂于京师太学文庙。也即悬挂于今国子监孔庙。其所书写内容，是让衍圣公孔令贻到京时，由军机处交给他领回，恭敬谨慎拿回到阙里文庙（曲阜孔庙）制造匾额并恭谨悬挂。所书"中和位育"墨笔不用再上缴，就在曲阜孔庙收藏。所有各直省府、州、县学让武英殿负责人员摹写颁发"中和位育"匾额，一样照例悬挂。

国子监监丞呈文称，恭敬查询之前案例，凡是遇到列位皇帝登基之初，皆于文庙恭敬悬挂匾额。奉旨后，由国子监将大成殿内列位皇帝所悬匾额方位次序写在折子里并绘图说明，恭敬呈请御览，并谨慎草拟皇上恭悬匾额方位，恭候皇帝钦定。等到造办处制成后，再由国子监发公文至钦天监，择定吉日，移交工部派人员悬挂等。因现在恰逢皇上登基之初恭敬悬挂文庙匾额，应查考参照旧制，预先拟定方位，谨将列位先皇所悬挂匾额方位次序并现在拟定的皇上恭悬匾额方位绘图并说明恭敬呈上，御览钦定后，再由臣等择吉日悬挂，敬谨办理。恭敬呈上奏折，伏乞皇上圣鉴，谨奏。

光绪三十四年（1908）十二月十八日奉旨："依议，钦此。"即得到皇上回复：同意，依照奏折所述办理。后钦天监择宣统元年（1909）三月二十四日寅刻（凌晨3—5点），为悬挂匾额吉日，并由民政部按时悬挂，礼部备案，并上奏皇帝知晓。

照此来看，以前皇帝所书御制匾额的悬挂，也是要依照此程序来办理的。

三 袁世凯"大总统告令"匾额考论

民国年间的祭祀活动主要有祭孔子、祭关羽、祭文昌、祭名宦乡贤。其中，以文庙祭孔、武庙祭关羽较为隆重。1911年辛亥革命的胜利，摧毁了中国两千多年的君主专制制度，实现了中国向现代民族国家和社会的历史飞跃。

尽管辛亥革命推翻了清政府专制统治，民国初年祭孔活动依然在持续。当然，此时民国人对于孔子的认识也发生了很大变化。1912年2月，中华民国临时政府内务部、教育部通令各省举行丁祭。公报宣布："查民国通礼，现在尚未颁行，在未颁以前，文庙应暂时照旧致祭。惟除去拜跪之礼，改行三鞠躬，祭服则用便服。其余前清祀典所载，凡涉于迷信者，应行废止。"① 另1912—1927年，孔子诞辰纪念一般为阴历八月二十七换算成阳历对应日期。下面我们就来看一下袁世凯"大总统告令"匾额背后的历史故事（见图6）。

北洋政府成立后，1914年秋，临时总统袁世凯仿照清朝的传统，亲自前往北京孔庙祭祀孔子。

1914年8月26日，政事堂礼制馆拟定《祀孔典礼》一卷，经国务卿徐世昌核定，袁世凯明令公布施行。②

1914年注定是极不平凡的一年，特别是之于祭孔而言。1914年9月11日，

---

① 《丁祭除去拜跪》，载《申报》1912年3月5日。此条规定应在临时大总统孙文中山先生执政期间（1912年1—4月）所规定。

② 《政府公报》1914年8月29日。

图6 现悬挂于大成殿内的袁世凯"大总统告令"匾

据《爱国白话报》"祀孔典礼志闻":祀孔典礼经政治会议议决,又由礼制馆详订礼节。内务部典礼司等备本年秋祭一切事宜。按照典礼,大总统亲诣行礼时,总统府内史处派内史监一员,指挥处派侍从文武官二员,礼官处大礼官应作为侍从司仪,随从致祭。各部院每处派陪祀官四人,届期同往参与祭祀,只是外交部因为公务繁忙,可申请免派。①

1914年9月23日,《爱国白话报》刊登《命令》。大总统《命令》中再次重申"孔子性道文章,本生民所未有,馨香俎豆更历古而常新。民国肇兴,理宜率旧,应准如仪施行",强调孔子性命天道道德文章,为生民未有,祀孔典礼也是万古常新,民国初建,应该按旧制进行。同时,它又指出,"信教自由为万国之通例"。中华民国本由汉满蒙回藏五大族组织而成,其历史习惯各有不同,宗教信仰亦难一致,自然不方便定国教,致违背群情。而至先圣先贤,岁时祭飨,载在前清典制之中,无关宗教问题。既然对于共和政体无抵触之嫌,自应延续旧章,俎豆馨香以为报答。崇祀孔子,是用以申明尼山俎豆璧水鼓钟,实际上是本于多数人景仰之诚心,亦以此存数千载不刊之典礼。至于宗教崇尚,仍听人民自由。期望大家一起努力,以促进大同之治。这里主要说明的是,崇祀孔子和人民信仰自由并不矛盾,两者可并行不悖。②

1914年9月25日,袁世凯发布《亲临祀孔典礼令》(即现存"大总统告令"匾额内容):

---

① 参见《祀孔典礼志闻》,《爱国白话报》1914年9月11日第4版第399号。
② 参见《命令》,《爱国白话报》1914年9月23日第5版。

中国数千年来，立国根本在于道德。凡国家政治、家庭伦纪、社会风俗，无一非先圣学说，发皇流衍。是以国有治乱，运有隆污，惟此孔子之道，亘古常新，与天无极。经明于汉，祀定于唐，俎豆馨香，为万世师表。国纪民彝，赖以不坠。隋唐以后，科举取士，人习空言，不求实践，濡染酝酿，道德浸衰。近自国体变更，无识之徒误解平等自由，逾越范围，荡然无守，纲常沦弃，人欲横流，几成为土匪禽兽之国。幸天心厌乱，大难削平。而黉舍鞠为荆榛，鼓钟委于草莽，使数千年崇拜孔子之心理，缺而弗修，其何以固道德之藩篱，而维持不敝？本大总统躬膺重任，早作夜思，以为政体虽取革新，而礼俗要当保守。环球各国，各有所以立国之精神，秉诸先民，蒸为特性。中国服循圣道，自齐家、治国、平天下，无不本于修身。语其小者，不过庸德之行，庸言之谨，皆日用伦常所莫能外，如布帛菽粟之不可离；语其大者，则可以位天地，育万物，为往圣继绝学，为万世开太平。苟有心知血气之伦，胥在范围曲成之内，故尊崇至圣，出于亿兆景仰之诚，绝非提倡宗教可比。前经政治会议议决，祀孔典礼，业已公布施行。九月廿八日为旧历秋仲上丁，本大总统谨率百官，举行祀孔典礼。各地方孔庙，由各该长官主祭，用以表率人民，俾知国家以道德为重，群相兴感，潜移默化，治进大同。本大总统有厚望焉。此令。

中华民国三年九月二十五日
国务卿　徐世昌
（《政府公报》第860号）①

袁世凯的这篇大总统告令，是一篇尊孔重儒的精要文论，不乏历史和文化价值。他说，中国数千年来，立国根本在于道德。凡是国家政治、家庭伦纪、社会风俗，无一不是先圣学说，发轫流衍而来。所以国有治乱，运有盛衰，只有孔子之道，亘古常新，与天无极。

他总结历史，认为经学昌明于汉代，孔子之祀定于唐代，俎豆馨香，成为万世师表。国家纪律民之美德，赖此不坠于地。隋唐以后，兴科举取士，人们习学空言，不求实践，熏染成习，道德衰微。这里袁世凯认为隋唐以后的科举

---

① 中国第二历史档案馆编：《中华民国档案史料汇编·北洋政府·文化》，江苏古籍出版社1991年版。该文同载《爱国白话报》1914年9月25日第5版第411号，《群强报》1914年9月27日第5版。

制度使得人们只学习空疏之言，不追求实践体认，所以相沿成习，以至于道德衰微。他同时指出，近代自国体变更以来，无识之徒误解平等自由，将其逾越范围，荡然无以自守，纲常沦弃，人欲横流，几乎成为土匪禽兽之国。幸而天心厌乱，终又归于治平。而学舍已经荆榛遍地，鼓钟乐器丢弃于草莽之中，使数千年崇拜孔子之心理，缺失而未修正，何以能够巩固道德之藩篱，维持使不破败。

他说，自己躬担重任，早起夜思，认为政体虽然革新，而礼俗还应当保守。环球各国，各有用来立国之精神，秉持来自先民，发展为国民特性。中国因循圣道，自齐家、治国、平天下，无不本于修身。言其小者，不过庸德之行，庸言之谨，皆日用伦常概莫能外，如布帛菽粟一样不可离；言其大者，则可以位天地，育万物，为往圣继绝学，为万世开太平。如有心知血气之类，都在范围之内。所以尊崇至圣，出万民景仰之诚心，绝非提倡宗教可以相比。他指出，之前经政治会议议决，祀孔典礼，业已公布施行。九月二十八日为旧历秋仲上丁，他将谨率百官，举行祀孔典礼。各地方孔庙，由各长官主祭，用以表示使得人民知国家以道德为重，裙相感召，潜移默化，进于大同。如果抛开袁世凯的政治用心（复辟帝制）不说，此篇文论还是很有水平的，也比较合乎中国古代儒家文化的精神和旨趣。

据统计，袁世凯1913年春迁入中南海，直至其死，正式出总统府仅有四次，一是1913年10月10日赴太和殿宣誓就任正式大总统，一次是1914年10月10日赴天安门阅兵。另两次皆为尊孔复古活动而出行。一是1914年9月28日赴京师孔庙祀孔，一是同年12月23日至天坛祭天。[①] 祭孔以后再往天坛祭天，然后称帝，毫无疑问，袁世凯的此次祭孔及随后的祭天行为，应是为其复辟帝制做的阶梯和准备。

根据《大总统告令》上的时间，其应是于民国三年（1914）9月25日书写，即在北京孔庙祭孔前所书写，9月28日前往祭孔。匾额制成后，悬挂在与"万世师表"匾额相对的大成殿内正门上方。匾额悬挂时间不详，根据常例，可能是在祭孔之后。但最初悬挂地点是在大成殿外侧今大成殿"万世师表"这个位置（见图7、图8），后来才又移到大成殿内（具体时间不详）。

[①] 参见张璟、李超英《袁世凯尊孔的历史评价》，载《孔庙国子监论丛》（2009年），北京燕山出版社2009年版，第163页。

图7　民国年间拍摄大成殿照片
（应是1914年后拍摄的）

图8　1914年袁世凯祭孔后大成殿外悬挂"大总统告令"匾

四　黎元洪"道洽大同"匾额考论

步入大成殿，抬头首先映入眼帘的，除了"至圣先师孔子神位"，便是正中悬挂的黎元洪手书的这块"道洽大同"匾额了（见图9）。

图9　黎元洪手书"道洽大同"匾额

"道洽大同"意思是赞颂孔子的政治理想与大同思想融洽为一。"道洽大同"源自儒家经典《礼记·礼运》"大同篇"：

> 大道之行也，天下为公。选贤与能，讲信修睦，故人不独亲其亲，不独子其子，使老有所终，壮有所用，幼有所长，矜寡孤独废疾者，皆有所养。男有分，女有归。货恶其弃于地也，不必藏于己；力恶其不出于身也，不必为己。是故谋闭而不兴，盗窃乱贼而不作，故外户而不闭，是谓大同。

意思是说，孔子认为，广大而不偏私的人间大道，是讲究天下为公的，而天下为公的最高境界便是大同世界，即和谐太平的盛世。

这就是为后代儒家思想家、政治家所极为推崇的大同理想，其不但被古代中国有为的仁人志士所向往和为之奋斗，亦为近现代以来的哲学家、革命家所广泛推崇。北宋张载正是在此基础上，写下了气势豪迈、影响至今的"为天地立心，为生民立命，为往圣继绝学，为万世开太平"（《张子语录·语录中》）。1924年，孙中山在《三民主义》中提出："真正的三民主义，就是孔子所希望之大同世界。""天下为公"也是孙中山先生题赠友人书写最多的。康有为专门撰写了《大同书》，来继承和发扬孔子的大同思想学说。

习近平总书记2014年2月在主持政治局集体学习时强调指出，培育和弘扬社会主义核心价值观必须立足中华优秀传统文化。要深入挖掘和阐发中华优秀传统文化的时代价值，使中华优秀传统文化成为涵养社会主义核心价值观的重要源泉。习总书记对中华优秀传统文化进行了理论概括："讲仁爱、重民本、守诚信、崇正义、尚和合、求大同。"这一概括言简意赅，意义重大。随后，他在"纪念孔子诞辰2565周年国际学术研讨会"上发表重要讲话指出：孔子创立的儒家学说以及在此基础上发展起来的儒家思想，对中华文明产生了深刻影响，是中国传统文化的重要组成部分。习总书记将孔子的大同思想学说重新提起，并将其作为中华优秀传统文化的重要组成部分，无疑是"天下为公"大同理想在当下中国的再次闪光，承继历史，照耀前方。

贾文忠先生《北京孔庙大成殿内御书木匾》载："民国五年，北洋政府教育总长范源濂（注：应为"廉"）将清代诸帝所书匾额全部取下，移交当时的历史博物馆保存，改悬当时大总统黎元洪书'道洽大同'匾于大成殿中央。"[1] 北洋政府教育总长范源廉为何将清代诸帝所书匾额全部取下？笔者以为，这主要是

---

[1] 贾文忠：《北京孔庙大成殿内御书木匾》，《紫禁城》1994年第2期。

源于当时已经是中华民国时期了，为了显示"改朝换代"，自然应该以新代旧，改头换面。而清代皇帝的御制匾额作为清代君主专制制度的遗存，自然会在被废黜之列。

据贾先生所言，范源廉将清代诸帝所书匾额全部取下，放到了当时的历史博物馆来储存，改悬大总统黎元洪的"道洽大同"匾额。贾先生认为悬挂匾额时间应发生在民国五年（1916）。但是通过考察，笔者认为时间应该是民国六年（1917）。根据历史记载，1916年秋黎元洪大总统下令称："九月七日为仲秋上丁孔子祀期，特派教育总长范源廉恭代行礼。"① 由此可知，教育总长范源廉恭代行礼的时间应该是1916年9月7日。那么范源廉到底是何时改悬黎元洪的匾额的呢？我们查看一下匾额的写作时间便可以知晓。

通过黎元洪"道洽大同"匾额，我们可以清楚地看到，黎元洪书写此匾额的落款是"中华民国六年三月吉日"，中华民国六年也即1917年。那么，范源廉在大成殿改悬黎元洪"道洽大同"匾额的时间不会早于1917年3月，也即他代为祭孔后的第二年。而1917年9月12日，代理大总统冯国璋公布《秋丁祀孔令》，规定"九月二十二日为上丁祀孔子之期"，并谓"本大总统亲诣行礼，由内务部敬谨预备"。由此可知，范源廉改悬匾额的时间应该是在1917年3—9月。

1979年，首都博物馆在北京孔庙成立，1981年正式对外开放。为了恢复大成殿的原貌，博物馆方面对原本悬挂于殿内的匾额进行了修复，并计划再次将它们悬挂起来。时首都博物馆保管部主任崔宗汉先生主持了这项匾额修复陈列工作，还有一些首都博物馆的文物修复专家参与，贾先生亦参与大成殿御书木匾的修复工作。他们为大成殿匾额修复及原状复原陈列工作做出了很大贡献。

如贾文忠先生所述："1983年作者接受了修复清代皇帝御书大匾的任务，经过近半年的修复，这些残破不全的大匾，整旧如旧，完好如初。1983年秋这些匾额重新悬挂在大成殿内外，位置依旧，只是殿内中央'道洽大同'匾未动，将'万世师表'移至大成殿外前檐高悬。大成殿经修复、整理于1984年1月26日正式对外开放。"②

据说当时还有这样一个故事：当时的古文物专家、匾额修缮专家，他们在悬挂的时候遇到一个棘手的问题，就是怎么悬挂。其他皇帝的御制匾额都好挂，只要挂在原先的位置就可以了。而康熙皇帝御书"万世师表"这个匾额，因为

---

① 《命令》，《晨钟报》1916年9月4日。
② 贾文忠：《北京孔庙大成殿内御书木匾》，《紫禁城》1994年第2期。

黎元洪所题"道洽大同"匾额占据其原先位置，没有地方挂了。怎么办？其实，如果按照清代匾额原状，或者按照古代的昭穆之制，康熙皇帝所题匾额应该是放在正中的，然后左边雍正，右边乾隆，父子依次两两相对，这样才算遵循古制。但是，专家们经过商议认为，民国也是一段历史，应该尊重历史，所以就没有移动黎元洪所题的"道洽大同"匾额。那"万世师表"匾额放在什么地方呢？他们最后经过商议，决定把它挂在大成殿的外侧。这主要应还是从尊重历史的角度出发来考虑的。

1983年，九块清代皇帝御书的匾额重新悬挂了北京孔庙大成殿内外，加上袁世凯和黎元洪所题的匾额，大成殿内外，就有了十一块匾额。1984年，北京孔庙大成殿经修缮后正式对外开放。

北京孔庙大成殿内的匾额楹联，记载了清代及民国年间一段段祭祀孔子的重要历史，保存了一幕幕尊孔重儒的经典画面，讲述了一个个丰富生动的人物故事。它就像一面面穿越百年乃至千年的历史明镜，折射出孔子及儒学独具的思想魅力和精神光辉。

作者简介

常会营：中国哲学博士。现就职于孔庙和国子监博物馆研究部，副研究馆员；中国孔子研究院曲阜礼乐文明研究与传播中心兼职研究员；衡水学院特聘教授。兼任中华孔子学会理事、中国实学研究会理事、中华孔子学会董仲舒研究会副秘书长。主要研究方向为儒学、《论语》学、孔子及弟子研究、祭孔礼乐研究及孔庙国子监历史文化。主要学术成果有专著《〈论语集解〉与〈论语集注〉的比较研究》，该书获得"北京市哲学社会科学理论著作出版基金"资助，2010年7月由北京燕山出版社出版；参与编著《〈群书治要〉选粹与导学》《续修国子监志》等书籍；在国家及各省市刊物发表论文40余篇。

北京东岳庙匾联探析

解育君

楹联匾额是中华民族的传统文化，是中国古建筑的"点睛"之笔，具有极高的文物、历史、书法、艺术价值。通俗地说，所谓"楹联"，就是对联，是挂在楹柱上或门两侧的联句；所谓"匾额"，就是悬于建筑物门楣上、屋檐下、庭堂中的牌匾。楹联匾额的题材众多、内容丰富，因其悬挂地点、功能、作用不同，故其内涵隐喻各异。楹联的传统材质多为木质，易于悬挂；匾额的传统材质多为木质、石质，一般木结构建筑悬挂木质匾额，石质匾额则镶嵌于砖石建筑中。

北京东岳庙始建于元代延祐六年（1319），集元明清古建筑于一体，主祀泰山神东岳大帝及其众神体系，占地47400平方米，古建376间，是道教正一派在华北地区最大的宫观，全国重点文物保护单位。东岳庙素以"三多"（神像多、楹联匾额多、碑刻多）著称于世，最多时神像达3000余尊，各殿宇前均挂有楹联匾额，碑刻多达160余通。东岳庙现有神像近千尊，楹联84对，匾额108块，碑刻近百通。笔者就庙内楹联匾额进行初浅探究。

一 东岳庙重要匾联介绍

楹联匾额的重要功能之一就是标识建筑物的名称，阐释古建筑的文化内涵。北京东岳庙的楹联匾额当属此种类型。

（一）琉璃牌楼之"秩祀岱宗""永延帝祚"石匾

作为皇家敕建庙宇，东岳庙门前三座牌楼矗立，更显整个庙宇的气势恢宏。建于明朝万历三十五年（1607）的三间四柱七楼黄绿彩琉璃牌楼是北京市唯一的过街琉璃牌楼（见图1），牌楼正中南北两面各有一石匾，石匾宽2.8米，高0.9米，南面刻"秩祀岱宗"，北面书"永延帝祚"。相传此匾是明朝奸相严嵩的笔墨，实则不可能是严嵩所书。严嵩（1480—1567），明朝重要权臣，擅专国政达20年之久，历经成化、弘治、正德、嘉靖、隆庆五朝，卒于隆庆元年。这与东岳庙琉璃牌楼所建时间相差40年整。"秩祀岱宗"匾有上下落款，上款为"万历丁未孟秋吉日"，下款为"内官监总理太监马谦、陈永寿、卢升立"。此二匾的意思很明确，就是祭祀泰山神东岳大帝，以求东岳大帝保佑皇权永固。试想太监立此牌楼目的是保佑皇帝的地位世代延续，为主子办事的意图一目了然，可见皇室对东岳庙的重视。

图1　三间四柱七楼黄绿彩琉璃牌楼

东岳庙门前两侧的三间木制跨街彩绘牌楼（1950年毁于辅华矿药厂爆炸），更直接是神宗母亲慈圣皇太后捐资修建的（见图2）。[1] 东牌楼东面额书"泰虚洞天"，西面额书"宏仁赐福"；西牌楼东面额书"灵岳崇祠"，西面额书"蓬莱胜境"。《道德经》认为，道大而虚静，"太虚"实际上就是指"道"，"道"是世界的本源。洞天是指道家信仰神仙居住的名山胜境，蓬莱便是仙境之一。元仁宗时封张亚子为辅元开化文昌司禄宏仁帝君，东岳庙有魁星阁、文昌殿，"宏仁赐福"寓意"魁星

---

[1] 《敕修东岳庙碑记》赵志皋奉敕谨撰，赵应宿谨书并篆额。

点斗，独占鳌头"，亦可在东岳庙求得。"灵岳崇祠"更是对东岳大帝信仰的崇敬。此四块匾额虽已不复存在，但它昭示出东岳庙曾经的辉煌。

图2　三间木制跨街彩绘牌楼

（二）"敕建东岳庙"石匾

穿过牌楼，来到东岳庙的庙门。庙门为三洞式，象征天神、地祇、人鬼"三界"，步入庙门，便是跳出"三界"。东岳庙本是"钦承上意"拟建的宗教色彩浓厚的"东岳仁圣宫"，却受到历代皇室的青睐。明太祖洪武年间，改"东岳仁圣宫"为"东岳庙"。正统十二年（1447），明英宗对东岳庙进行了为期三个月的修葺，并亲自撰写《御制东岳庙碑》。从此，东岳庙便成为敕建庙宇，纳入国家祀典。原来庙门中洞门楣上的"东岳庙"石匾就被移到背面，正面换上了"敕建东岳庙"石匾（见图3）。《敕修东岳庙碑记》曰："都城朝阳门外里许，有东岳庙。正统中敕建，英宗皇帝御制碑在焉。"

图3　"敕建东岳庙"石匾

"敕建东岳庙"石匾长2.5米，宽0.64米，厚0.25米，由于当时政府对保护文物的认识不足，1989年扩建朝外大街时，东岳庙庙门被拆除，"敕建东岳庙"石匾流失。2004年，收藏者将其捐献给北京东岳庙。目前，此匾作为博物馆藏品被放入"北京东岳庙历史沿革展"陈列展出。

（三）"鼍音""鲸音"陡匾

进入庙门，便是钟鼓楼（见图4、图5）。钟鼓楼①始建于明朝万历四年（1576），均为砖木结构，二层，重檐歇山顶，覆绿琉璃瓦。上下檐之间各悬挂一方陡匾，高1米，宽0.8米。西侧钟楼匾曰"鲸音"，东侧鼓楼匾曰"鼍音"。撞钟的木杵为鲸鱼形，钟声清越嘹亮；"鼍"即扬子鳄，用它的皮做成鼓，蓬蓬然似鼍鸣，声音洪亮久远。

图4　东岳庙钟楼

图5　东岳庙鼓楼

此二匾为明人所书，是北京东岳庙珍贵的历史文物。

（四）圣祖、高宗御书匾联

东岳庙曾于康熙三年和卅七年两次毁于大火，康熙降敕，命其再建。始于

---

① 《敕修东岳庙记》对钟鼓楼有详细记载，张居正奉敕谨撰，何初谨书。此为东岳庙内石碑。

卅九年三月，成于四十一年六月。① 乾隆廿六年十二月复加修葺。② 圣祖、高宗除给东岳庙留下满汉文撰写的碑文外，还给东岳庙书写了御笔匾联。日本民俗专家小柳司气太著《白云观志附东岳庙志》记载："正殿曰灵昭发育，圣祖御书。又额曰岳宗昭贶。聊③曰：木德承天橐龠阴阳甄品汇，青祇司命监视上下仰灵威。寝宫额曰苍灵赞化，聊曰：作镇统元居五岳之长，资生合撰妙万物而（后）④神。后层玉皇阁，额曰碧霄宰化。皆乾隆御书。"可见，除"灵昭发育"是康熙皇帝所题外，其余均是乾隆所书。这些匾联是东岳庙的重要文物，可惜均已遗失。目前，大殿内悬挂的"岳宗昭贶"为集字而成，楹联为当代书法家撰写（见图6）。

图6　东岳庙岱岳殿内景

（五）瞻岱门、岱岳殿雕龙云纹匾

现在东岳庙部分殿宇悬挂的匾文内容、式样与原东岳庙的匾额有出入。唐宋时期书写匾额以四、六字为规范，北京东岳庙建于元代，仍保留唐宋遗风，

---

① 《御制东岳庙碑文》康熙岁次甲申冬十一月上旬御笔。
② 《御制东岳庙重修落成碑记》乾隆二十有六年岁在辛巳冬十二月中瀚之吉御笔。
③ "聊"字恐为作者笔误，实为"联"。
④ "后"字恐为作者笔误，多余字，上下联各九字对仗。

各殿命名多沿用四字。如"岱宗宝殿""瞻岱之门""广嗣神殿""阜财神殿"等，史书均有记载。1996 年修复东岳庙时，不知何因将其改为三字，现瞻岱门、岱岳殿两方陡匾（见图 7、图 8），当代制作，蓝地金字，浮雕九条金龙环绕，云纹图式、华带精美，力图体现敕建庙宇风范，只是匾额落款的"康熙御笔"四字，颇有画蛇添足之感。史料没有记载此二匾为康熙所题，况且假使皇帝所书，也不会有此落款。后经查证，此为集康熙字体而成，以显东岳庙之尊贵。

图 7　瞻岱门陡匾 　　　　　　　　图 8　岱岳殿陡匾

（六）瞻岱门楹联匾额

瞻岱，就是瞻仰泰山神的意思。该门是座庑殿顶、三开间、殿堂式大门，恢宏壮美（见图 9），前有哼哈二将护法，后有岳府十太保随行，横梁上悬挂蓝地金字的《东岳大帝宝训》匾额（见图 10），瞻岱门两侧设有东西旁门，各门前均有白地黑字的楹联。登上瞻岱门，犹如进入法相庄严的朝堂，只等东岳大帝"掌人间善恶之权，司阴府是非之目，案判七十二曹，刑分三十六狱，惩奸罚恶，录死注生，化形四岳四天圣帝，抚育六合万物群生"。①

---

① 陈巴黎：《北京东岳庙》，中国书店出版社 2002 年版，第 42 页。

图9 东岳庙瞻岱门全景

瞻岱门悬挂的楹联为：阳世奸雄违天害理皆由己；阴司报应古往今来放过谁。东旁门的楹联是：阳是阴非在尔心还想欺饰；假善真恶到此地难讨便宜。西旁门的楹联是：倚势欺人人或容神明不恕；瞒天昧己己未觉造物先知。

图10 《东岳大帝宝训》

《东岳大帝宝训》内容为：

　　天地无私，神明鉴察。不为享祭而降福，不为失礼而降祸。凡人有势不可使尽，有福不可享尽，贫穷不可欺尽。此三者乃天运循环，周而复始。故一日行善，福虽未至，祸自远矣；一日行恶，祸虽未至，福自远矣。行善之人如春园之草，不见其长，日有所增；行恶之人如磨刀之石，不见其损，日有所亏。损人利己，切宜戒之。一毫之善，与人方便；一毫之恶，劝人莫做。衣食随缘,自然快乐。算什么命,问什么卜。欺人是祸,饶人是福。天网恢恢,报应自速。谛听吾言,神人监服。

这些劝人向善、警世醒人的语句,掷地有声,振聋发聩,集中体现东岳大帝信仰惩恶扬善的精髓。

瞻岱门楹联及匾额均由当代著名书法家撰写。

关于东岳庙的匾额,《燕行录》(徐有素,?—1823)有这样记载:

[道光二年壬午(1822)十二月二十四日]至东岳庙,译员辈已先到,通官五六人,以朝服来待。庙门外跨路对起牌楼雄丽高耸,东楼曰"宏仁赐福",西楼曰"灵岳神祠",正门扁曰"敕建东岳庙",门内设四天王,长各数丈余,面目狞壮,握蛇履虎,威风凛凛。东西庭有钟鼓楼,左悬钟扁曰"鲸音",右悬鼓扁曰"龟音"①,设机关悬之,其悬处各像鲸龟之形为之。内门扁曰"瞻岱之门"。内外门之制俱极广大,门内有正殿,黄瓦,两檐榜曰"岱宗正殿",奉东岳神像,号曰"东岳仁圣帝",以衮冕之服,楷橅俨坐,巍巍穆穆,真是帝王气象。

二　东岳庙匾联的内涵

东岳庙内现在张挂的楹联匾额是以建国前《新民报》所登载的文字为"母本"复制的,由当代国内知名书法家书写。其楹联匾额除了表达对东岳大帝的崇仰、敬畏外,以标识各殿宇及七十六司名称、职能为主,其内容具有丰富的中国传统文化内涵。

(一)阐述"善恶报应"观念,宣扬伦理道德思想。

东岳大帝作为"枢要专司握万化阴阳之纽;仁威自在统群生封陟之权"②,主管生死及万物的地祇神,人们相信它能监察万物众生,主持阴阳两界公道,裁判人间善恶曲直,这正迎合了中国民间根深蒂固的"善恶报应"观念。《东岳大帝宝训》、瞻岱门前的三副楹联、旁门两侧的大算盘、七十六司的善生恶死等都在讲述着修善获福、积功修德、生死轮回、善恶有报的故事。掌善报司联曰:"隐隐善根枝叶荣华树奕;悠悠福报取携谷禄宏多";掌恶报司联曰:"对簿无差

---

① "龟音"即"鼍音"。
② 北京东岳庙岱岳殿楹联。

举念及时猛省；亏心莫贷到头何处欺瞒"。可谓"祸福无门，唯人自召；善恶之报，如影随形"，极富哲理。

东岳大帝所属七十六司是其强大的办事职能部门，辐射阴阳两界的各个方面，包含家庭伦理道德、社会伦理道德。

1. 家庭伦理道德方面

家庭是社会的细胞，是人类社会生活的基础组织形式。家庭伦理道德是调整家庭成员间关系的原则与规范。七十六司的掌忠孝司、掌正直司、掌子孙司、掌忤逆司、掌堕胎落子司、掌所生贵贱司、掌长寿司等涉及家庭伦理道德的内容。

"社稷忠诚报主允谐帝弼；家庭至念奉亲克燕天心"[1] 主张忠于国家，孝敬双亲，由爱亲人推及爱国爱民。这是道教基本教戒之一。"正气干霄夙夜养成道义；往灵有感因人祷祝皆福"[2] 强调修养道德义理，正直之气可以直上云霄；灵魂的感应，会让家人的祈祷得到福佑。告诫子孙要有一颗正直之心，同时强调亲人间的关心、关爱。

2. 社会伦理道德方面

社会是人类生活的共同体，伦理道德是处理人与社会、人与自然关系的一种规范。七十六司中的掌官职司、掌曹吏司、掌较量司、掌都察司、掌磨勘司、掌举意司、掌悯众司、掌修功德司、掌词状司、掌贼盗司、掌掠剩财物司、掌施药司、掌放生司、掌增延福寿司等谈到关于职业道德、社会公德、人伦纲常的内容。

"守法奉公清正方成吏道；设官分职文书各有曹司"[3] "官位崇卑文武分培九德；翼为先后天人共足三阶"[4] 阐释了为官之道要品行端正、顾全大局、清正廉洁、奉公守法。道教认为，人心即天心，凡善恶之大小、果报之轻重，皆由人的行为所致。东岳大帝奖善惩恶，秉公执法，善生恶死，增延福寿，可谓"神鉴昭明何用摇唇鼓舌；人情显白自然见露肺肝"[5]。七十六司教化民众"道法长存尧舜千秋不死；圣贤尚在孔颜万古犹生"[6]。东岳庙的楹联真是内涵博大精深的传统文化精髓。

---

[1] 北京东岳庙掌忠孝司楹联。
[2] 北京东岳庙掌正直司掌子孙司楹联。
[3] 北京东岳庙掌曹吏司楹联。
[4] 北京东岳庙掌官职司楹联。九德，指九种品德，即忠、信、敬、刚、柔、和、固、贞、顺。天人，指出类拔萃的人。
[5] 北京东岳庙掌贼盗司楹联。
[6] 北京东岳庙掌增延福寿司楹联。道法，即道德。尧舜禅让成为道德楷模。

（二）满足皇权政治需求

泰山"乃群山之祖，五岳之宗，天帝之孙，神灵之府也"[①]。泰山封禅是由帝王主持的报答天地神祇、感恩庇佑的特殊祭仪，满足了帝王们江山永固、受命于天的统治需求。从盛大的封禅大典到历代皇室对东岳庙的青睐，东岳庙的匾联同样反映皇权政治的需求。

明英宗《御制东岳庙碑》记载："天下之岳有五，而泰山居其东，民之所欲莫大于生，而东则生之所从始，故书称泰山曰岱宗，以其以生物为德，为五岳之尊也。庙而祀其神于都城之东，示欲厚民生也。"故东岳庙有"大德曰生"匾额，一方面是对泰山抚育万物的崇敬，另一方面则是对皇帝体恤民生的肯定。乾隆皇帝题"岱宗昭贶"匾额，寓意东岳庙是泰山神的恩赐。其为岱岳殿题联"木德承天橐龠阴阳甄品汇；青祇司令监观上下仰灵威"，同样表达对泰山神东岳大帝蓄育万物众生、统摄群灵、济生度死、祚国绵延、惩恶扬善、昌盛子孙的崇敬之情；是否更隐寓当朝皇帝仁威自在、君临天下、国泰民安的盛世太平？东岳庙门前的三间四柱七楼黄绿彩琉璃牌楼上北面书"永延帝祚"、南面刻"秩祀岱宗"，更是诠释出帝王希望皇权永固的意图。

（三）反映大众心理诉求

东岳庙的香火很旺，举凡求子、求财、祈官、禳灾、延寿、求姻缘之需求，无不具备；庙内还供奉众多行业祖师，满足各行业寻根问祖之需。由信众和行业会进献给东岳庙的匾额，文物、历史价值很大，文学艺术价值一般，内涵寓意简单明了，却从信仰空间解决百姓生活难题，规范约束世人行为，更多地折射出普通民众的心理诉求。

著名史学家顾颉刚先生曾对东岳庙的匾额作过统计："阜财神殿和广嗣宝殿这两个殿里匾额非常多，只因殿门锁着，未得点数。其余七十六司的匾额数目如下：官职司69，长寿司25，增延福寿司21，宿业疾病司19，曹吏司5，积财司4，还魂司3，放生司3，子孙司1。匾额最多的两个司是'见报'[②]和'速报'，别的司门都敞着，只有这两个司是闭门加锁。我们把两司门外的匾额

---

① 选自《三教源流搜神大全》。
② 见通"现"。

数着，见报司已有 15 方，速报司已有 17 方。这可见里面匾额之多了。"① （见图 11）

图 11　民国时期东岳庙官职司悬挂匾额

东岳庙内供奉了众多的行业祖师，有描金业祖师荡魔天尊真武大帝、梨园行祖师喜神、土木建筑业祖师鲁班、车马运输业祖师马王爷、医药业祖师药王、卫生防疫业祖师五瘟神、仓储业祖师仓神、海运业祖师妈祖、书馆文具业祖师文昌帝君、钟表行祖师显化真君，等等。各行业献匾者众多。文昌殿香火盛，香客多，殿中满悬匾额，看其所款，十之七八系清代所献。显化灵祠殿内挂匾额一方，上书"巧集天工"，钟表行同治三年进献。喜神殿内悬三块匾，上书"喜神殿""功德古今""道垂世界"，其下署梨园弟子姓名，民国十七年三月十八日进献。"喜神殿"额乃名伶时慧宝所书。马王殿内匾额有"马王圣祖""通兵元帅""恩洽人马"等，多为骡马行弟子所献。旧鲁班殿内匾额有"法垂千古""万事规矩""法度常昭"等，皆为鲁班会所献。药王殿内更是挂满了香客们捐献的匾额。②

以上由信众和行业会进献给东岳庙的匾额均已遗失，却从侧面说明民间对道教信仰的虔诚，就是当代仍有信众给东岳庙献匾（见图 12）。个人进献匾额的

---

① 顾颉刚：《东岳庙游记》，选自《歌谣周刊》第 61 号第二版，民国十三年六月二十九日，北大歌谣研究会出版。
② 以上行业献匾均出自陈巴黎著《北京东岳庙》一书、叶郭立诚等著《北平东岳庙》一书。

行为是以敬畏神灵的态度，求得庇佑、达成心愿，满足其对未来生活的祈盼和祝福。行业进献匾额，一方面是表达对祖师爷的敬仰之情，另一方面更是为同业间和谐共处、共谋发展。

图12　当代东岳庙工字廊信众敬献匾额

三　关于东岳庙匾联的思考

（一）书法艺术的瑰宝

来到东岳庙，犹如进入书法艺术的博物馆，其碑刻、楹联、匾额均是文化珍品。在众多的碑刻中，最著名的就是由元代大书法家赵孟頫撰写的《大元敕赐开府仪同三司上卿玄教大宗师张公碑》，国家一级文物，镇庙之宝。康熙御制碑、乾隆御制碑，满汉文撰写，皇帝御笔，亦国家一级文物。东岳庙内悬挂的楹联匾额均出自当代书法家之手，楷、草、篆、隶、行五体齐全，堪称书法艺术瑰宝。著名书法家欧阳中石先生题写的楹联"阳世奸雄违天害理皆由己；阴司报应古往今来放过谁"悬挂于瞻岱门（见图13）；著名书法家刘炳森先生题写的"枢要专司握万化阴阳之纽；仁威自在统群生封陟之权"悬挂于岱岳殿外（见图14）；著名书法家沈鹏先生题写的楹联"木德承天橐龠阴阳甄品汇；青祇司令监观上下仰灵威"悬挂于岱岳殿内（见图15）。参与东岳庙匾联书写的作者还有已故著名画家黄胄、书法家大康、龚望、巴根汝、杨洁等先生，以及现任中国书法家协会主席张海、副主席何应辉、陈振濂、胡抗美、林岫及各省市书法家协会主席、副主席。他们都是在中国书坛有影响、有造诣的代表人物和知名书法家，反映出中国20世纪90年代的整体书法水平。据统计①，参与东岳庙楹联匾额撰写的书法家中有全国政协常委 2 人、委员 2 人；来自北京、天津、湖北、辽宁、山西、浙江、江苏、河南、河北、黑龙江、福建、新疆、山东、安徽、四川 15 个省市的中国书法家协会会员 73 人；中央美术学院、中国艺术研究院、中国国家画院的博士生导师、教授 4 人。来东岳庙领略道教文化真谛的同时，欣赏高水平的书法展览，从历史、文学、书法、艺术诸方面弘扬了中华传统文化。

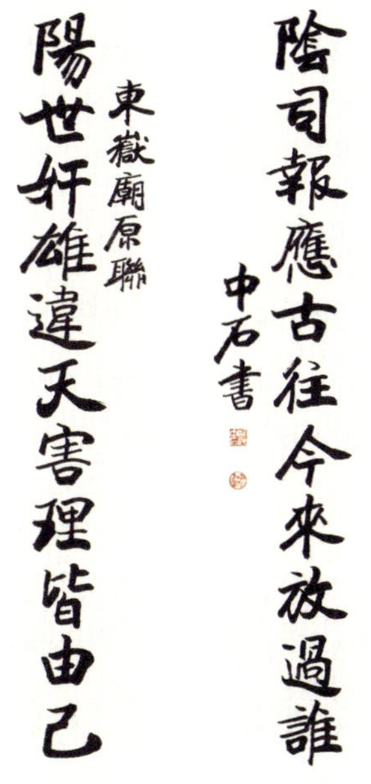

（上联）　（下联）　　（上联）　（下联）　　（上联）　（下联）

图 13　欧阳中石先生的作品　　图 14　刘炳森先生的作品　　图 15　沈鹏先生的作品

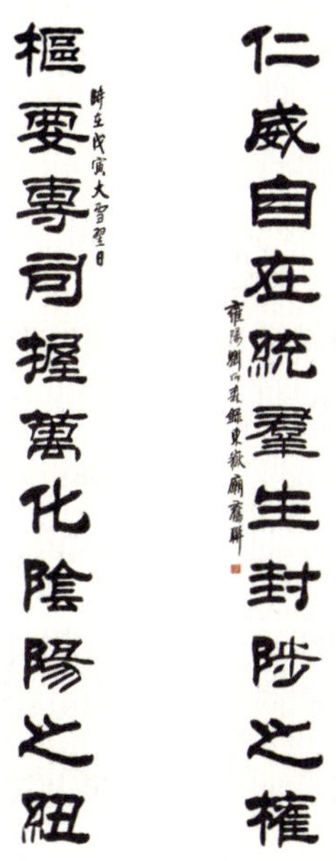

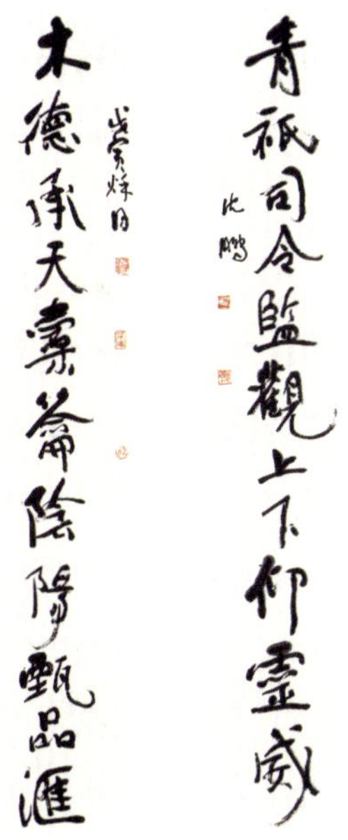

（二）劝人向善，促进社会和谐

构建和谐社会，是社会发展的需要，更是社会主义核心价值观的重要内容之一。道教崇尚自然，主张无为而治、天人合一、清静养生，达到人与人、人与自然的和谐共处。道教《太平经》《太上感应篇》等劝善书都劝世人向善、勿恶，从忠孝友悌、夫妻和睦的家庭伦理，到诚信仁爱、敬业宽容的社会道德，强调通过个人的积善累德，继而修善成仙。道教信仰中的许多神仙，都是为社会和人类造福建功，道德高尚的神灵，如东岳庙供奉的鲁班、孙思邈、关公、

---

① 以下统计出自《北京东岳庙楹联荟萃》一书，北京工艺美术出版社 2013 年版。

妈祖、岳飞等。如果世人都知善、行善，那么个人就会心态平和、身心调解，社会就会风清气正、和谐发展。故被誉为"中国文化之根"的道教文化，常常被统治者采纳为治国良方。

东岳庙匾联主要阐释的正是"劝人向善、善恶有报"的观念，告诫人们通过善举，求得福报，利于化解矛盾。面对当今世界，人与人、人与自然、人与社会、民族与民族、国家与国家之间都存在着尖锐的矛盾与冲突，从个人小家庭到国际大家庭都处在矛盾共同体中。如何化解？借用鲁迅先生的一句名言"中国根柢全在道教"，需要深入挖掘中国传统文化内涵，对中国文化之"本"加以反思，取其精华，去其糟粕。赏析东岳庙匾联，体味其深刻内涵，利于维护社会稳定，构建和谐社会。

（三）警世醒人，约束行为规范

匾联是中国传统文化的载体，是独特的文化现象。东岳庙各殿宇前均挂有楹联匾额，整个庙宇肃穆庄严，令人敬畏。瞻岱门前的三副楹联字字珠玑，振聋发聩，仿佛听到朝堂上廷杖击地、"威武"声声。① 登上瞻岱门，东岳大帝宝训当头悬挂，犹如明镜高悬，震慑心灵，令作恶者胆颤心寒。七十六司是东岳大帝统辖下的审判机关、神学法庭。叶郭立诚夫人的《北平东岳庙调查》一文，对七十六司各司执掌范围进行归类，相当于今天警察的有掌取人司、掌催行司、掌索命司；司法机构有掌推勘司、掌追取罪人照证司、掌生死勾押推勘司、掌地狱司；监察机构有掌较量司、掌都察司、掌磨勘司、掌举意司；最后法庭盖棺定论的有掌都签押司。一套完备的阴间公检法司执法机构。每个人死后到阴间都要接受这种审判，瞻岱门侧门悬挂的大算盘用"乘除分明""毫厘不爽"，计算着阳世间的是非功过，警戒世人行善积德，否则生死诸事、奖善惩恶诸司紧随其后。

"举头三尺有神灵"，道教神灵一直监督着人世间，一方面积极地劝人向善，另一方面通过审判机关惩恶扬善。道教认为，"阴律"比世俗社会的"阳律"更严厉、更公正。恶人即使逃过阳世的审判，也逃不过阴司的惩罚。此乃"作善降之百祥一心为柄；好修锡②之五福万世同趋"③；"天网恢恢有罪一魂何避；阴

---

① 古代衙门升堂前的仪式，用棍子有节奏地敲击地板，同时口喊"威武"，象征衙门是一种威严、神圣之地，给人严肃、公正之感。
② 锡同"赐"。
③ 东岳庙掌注福司楹联。

刑赫赫无情十地难逃"[1]。

幽冥界的职能机关折射出人世间的精神世界、道德审判,像无形的绳索,约束着人类的行为规范。我们反对封建迷信思想,但请抱着对神灵敬畏的态度,来感知东岳大帝信仰护国佑民、教化民众、约束行为、惩恶扬善、规范伦理道德的作用吧。流传至今的《东岳大帝宝训》,在当下社会仍有弘扬正气、净化心灵的感召力。

宗教从来就不是孤立存在的,它是人类政治、社会的重要构成。习近平主席曾提出"人民有信仰,民族有希望,国家有力量"。道教作为本土宗教,是中国传统文化之根,如果取其精华,对其积极引导,必将促进社会稳定、和谐发展、文化认同、文化自觉。

作者简介

解育君:北京民俗博物馆(北京东岳庙管理处)副研究馆员,北京博物馆学会会员。参与文化部试点项目"老北京商业民俗保护"课题调研、北京市社会科学基金项目"传统节日的当代社会实践"课题,负责朝阳区文化委员会"高碑店艺术文化村"课题工作;参与《北京东岳庙楹联匾额注释》《老北京传统节日文化》两书撰写工作。

---

[1] 东岳庙掌地狱司楹联。

历代帝王庙"景德"题额的文字变迁

姚华容

当人们走进首都博物馆的一楼大厅，首先映入眼帘的是一座造型宏大、雍容华贵、彰显着帝王之气，结构为四柱三间七楼的木结构"景德街"牌楼。它原分立于北京历代帝王庙大门外的东西两侧，1953年因妨碍交通被拆除。50年后，经批准将景德街牌楼遗存构件修复组装，复原陈列于首都博物馆（见图1）。

图1 位于首都博物馆的景德街牌楼

而真正彰显历代帝王庙内涵的是牌楼匾额上"景德街"中的"景德"二字。北京历代帝王庙的主体建筑是"景德崇圣殿",庙门内的第二道仪门名为"景德门",庙前街的东西两座木牌楼题额为"景德街"。① 这些皆有"景德"二字的主殿、仪门、牌楼,既标明了建筑的名称,也彰显了建筑的性质。如"景德崇圣",其意为"景仰德政,崇尚圣贤",可谓历代帝王庙的灵魂所在,也是对历代帝王庙内涵和性质的准确诠释。

然而,历代帝王庙主殿、仪门、牌楼上的匾额文字和书写方式并不是一成不变的,笔者通过查阅史料和历史图片印证发现,随着朝代的更迭,从明清至民国年间至少发生了三次变化,经历了单一汉字、满汉合文、重回汉字的变迁过程。本文拟对此进行探讨,分析其文与物的关系及其历史背景。

一 明代定名、单一汉字

北京历代帝王庙始建于明嘉靖时期。嘉靖九年(1530),明世宗厘定祀典,下令按照南京帝王庙的样式在北京新建历代帝王庙。② 嘉靖十年(1531),选定阜成门内保安寺旧址建庙。③ 嘉靖十一年(1532),历代帝王庙建成。④ 从《大明会典》和《明史》的记载来看,庙成之初主殿和仪门分别定名"景德崇圣之殿"和"景德门"。《大明会典》载:"庙在阜成门内街北。前为庙门。中为景德门。门内为景德崇圣之殿。"⑤《明史》记述如下:"十一年夏,庙成,名曰景德崇圣之殿。殿五室,东西两庑,殿后祭器库,前为景德门。门外神库、神厨、宰牲亭、钟楼。街东西二坊,曰景德街。"⑥(见图2)

《明史》所说的"街东西二坊",即指历代帝王庙的东西牌楼。关于牌楼的定名,《明史》记载为"景德街",但另有文献记载为"景德"。一是明末清初孙承泽所著的《春明梦余录》中,牌楼题额被记载为"景德":"帝王庙,殿名景德崇圣之殿,东西两庑,南砌二燎炉,殿后为祭器库,前为景德门,门外东为神库、神厨、宰牲亭、钟楼,又前为庙街门,东西二坊曰景德,立下马牌。"⑦二是清光绪时期的朱一新,他在《京师坊巷志稿》中这样记述:"历代帝王庙在

---

① 此处所用"景德崇圣殿""景德门""景德街"为北京历代帝王庙各建筑现用名。
② 《明史·卷五十·志第二十六》。
③ 《明世宗实录·卷123》,中央研究院历史语言研究所校勘影印,1962年。
④ 同上。
⑤ 《大明会典·卷一八一·营造·庙宇》。
⑥ 《明史·卷五十·志第二十六·礼四·吉礼四》,中华书局。
⑦ (清)孙承泽著,王剑英点校:《春明梦余录》卷20,北京古籍出版社1992年版,第283页。

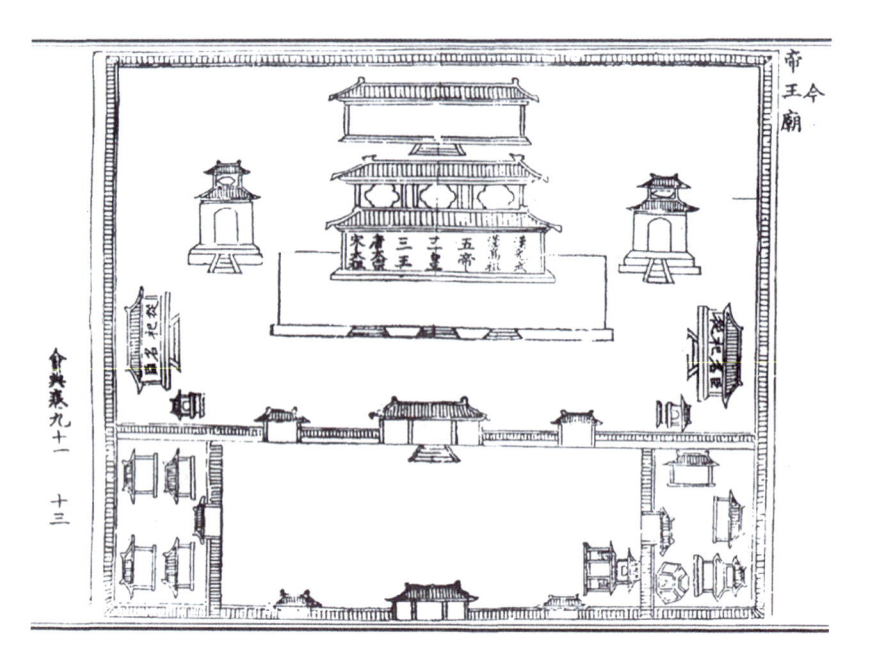

图2 《大明会典》中的"今帝王庙图"

北,故保安寺址也。东、西有坊,曰景德,亦称景德街,详祠祀。"[1] 其中,明末清初的《春明梦余录》早于《明史》,所记"景德"题额,最有可能为明代时东西牌楼的定名。清末光绪时期的《京师坊巷志稿》记述为"曰景德,亦称景德街",说明"景德"应为牌楼的正名,"景德街"则是俗称或通称。而成书于康乾时期的《明史》,则记载为"景德街"。

从上述梳理中我们推证,明嘉靖建庙之时,历代帝王庙的正殿、仪门、牌楼分别定名"景德崇圣之殿""景德门""景德"。而有明一代以汉字为通用文书,京师所有的宫殿、大门、坛庙、牌楼上的匾额都是用汉字书写的,历代帝王庙当然也不例外。

二 清代调整、满汉合文

清代前期,顺治、康熙、雍正、乾隆等几位皇帝对历代帝王庙非常重视,除了在入祀帝王、配享名臣、祭祀礼仪等内容上亲自过问进行调整,还不断对历代帝王庙建筑进行修葺和提升,如雍正七年、乾隆二十九年先后进行了两次大修。清代大修在建筑本体和格局上基本沿袭明代,但提升了历代帝王庙的规

---

[1] 《京师坊巷志稿》。

格和等级，如正殿更换为黄琉璃瓦屋顶，饰用了金龙和玺彩画，其等级堪比乾清宫。而在正殿、仪门、牌楼的题额文字上，与明代相比，在书写形式和内容上也发生了一定变化。

(一) 书写方式的变化

历代帝王庙题额的第一个变化就是满汉合文的书写方式，由明代的单一汉字变为满汉合文。我们在查阅史料时发现了几张珍贵的照片，说明清代历代帝王庙正殿和牌楼的题额是满汉合文的，为我们了解清代面貌提供了真实的证据。

一是景德街牌楼的满汉合文。

图3是我们找到的历代帝王庙牌坊有满汉合文的实景照片（法国发行的一套明信片中的一张）。这张照片拍摄于1910年，牌楼题额文字是满汉双文。依视者方向看，右为"景德街"三字，左为满文。照片下方标着"PE-KIN. . Portique conduisant au Temple du Grand Lama"（北京　通往大喇嘛寺的牌坊。注：大喇嘛寺应指帝王庙西面的白塔寺）。

图3　1910年"景德街"西牌楼

二是景德崇圣殿匾额的满汉合文。

图4拍摄于1913年，是第一次世界大战时期法国摄影师斯蒂芬·帕瑟的彩色玻璃正片，拍摄的是历代帝王庙的大殿。大殿匾额上能隐约看出是双排文字。照片的文字说明："列代（历代）帝王庙景德崇圣殿南立面。大殿九开间，镂空

隔扇窗，覆重檐庑殿黄琉璃瓦顶。匾额汉（右）满（左）文书殿名。……"这张照片同样证实了1913年的匾额确为满汉合文。

图4 1913年 景德崇圣殿

当我们查找资料时，还发现了这样一张有趣的照片（见图5），标注的是先农坛，实际却是满汉合文的历代帝王庙"景德崇圣"殿。

图5 标注先农坛的景德崇圣殿

三是满汉合文成为一种社会现象。

从文献中，我们也发现了清代将坛庙门匾额改为满汉合文的史料。根据《清实录》，顺治十二年（1655）将万岁山更名为景山，同时在相关匾额上添加满文。顺治十三年（1656）对太庙匾额进行改革，由书写满、蒙、汉三种文字改为满、汉两种文字。顺治十四年（1657）正月，"癸丑……工部奏言，凡各坛庙门上匾额，或从太庙例，止书满汉字"①。即命各坛庙门匾额，悉如太庙制，把匾额定为只书写满、汉文。这应该是历代帝王庙匾额和牌楼等由明代的单一汉字改为满汉合文的开始。

满汉合文，反应了清朝统治的一个特色，也是满汉文化互通、民族融合的见证。清朝由满族建立，将满文视作保持满洲传统之根本，因此把满文定成了国文，并在全国通用；在任用官员、官员保列、引见等方面都把熟悉满文作为首要条件。雍正十三年（1735）十月上谕："从前当皇考元年二年间，各部院奏事，俱兼清汉文，近见只用汉文者甚多，著谕各部院嗣后凡奏事，俱兼清汉文具奏。"② 特别是乾隆帝非常重视满语文的使用，将文字与封建等级制度结合在一起，实现了文字的"政治化"。

（二）题额内容的调整

历代帝王庙题额的第二个变化是内容上的调整。

清代史料中，清嘉庆朝《大清会典事例》较为详细地记载了历代帝王庙的建筑制度："历代帝王庙，原定历代帝王庙在阜成门内，南向，庙门三间，左右门各一，前石梁（石桥）三。景德门五间，崇基石栏，前后三出陛，中十有一级，左右各九级，左右门各一。景德崇圣殿九间，重檐，崇基石栏，南三出陛，中十有三级，左右各十有一级，东西一出陛，各十有二。东西庑各七间，一出陛，均八级。庑前燎炉各一。殿后祭器库五间，南向。殿东西牌亭四。景德门外东，神库三间，南向；神厨三间、宰牲亭三间，均西向；井亭一，四面闲以朱棂，北向；垣一重，门一，西向。西遣官房五间，斋宿房前后各五间。庙门内东南，钟楼一座。围垣周一百八十六丈三尺八寸。庙门外东西下马牌各一，景德街牌坊各一。"③

从这段文字中，我们可以看出嘉庆时历代帝王庙正殿称"景德崇圣殿"，仪门称"景德门"，牌楼题额"景德街"。与明代相比，最重要的变化是正殿名称中去掉了"之"。笔者查阅嘉庆之前的史料，发现截至乾隆二十七年时，历代帝王庙正殿仍然以"景德崇圣之殿"为名，证据有三。

一是根据康熙时《大清会典》中"帝王庙总图"，图中标注了"景德崇圣之殿""景德门""景德街"等字样。

---

① 《清实录 世祖章皇帝实录（三）卷一〇六》，第826页。
② 《清实录 高宗纯皇帝实录（一）卷五》，第250页。
③ （清）托津等：（嘉庆朝）《钦定大清会典事例》卷663，《近代中国史料丛刊三编》第69辑（卷584—725），（台北）文海出版社有限公司1992年版，第4549—4551页。

二是根据乾隆十五年（1750）《京城全图》，在历代帝王庙的图中仍然标有"景德崇圣之殿""景德门""景德街牌坊"等字样（见图6）。

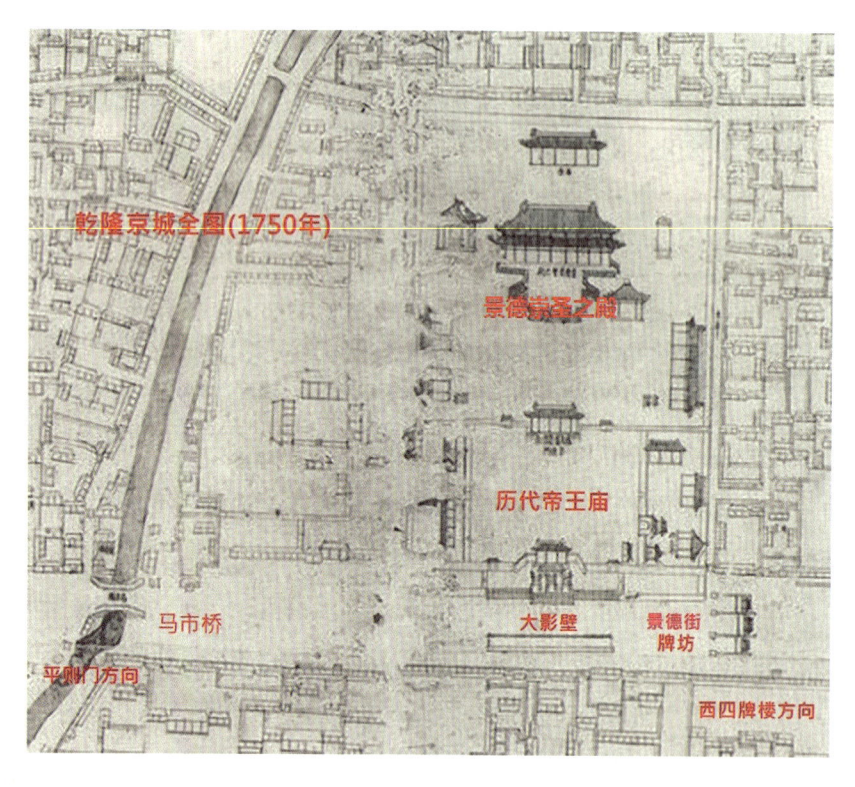

图6 《京城全图》中的"景德崇圣之殿""景德门""景德街牌坊"

三是《清高宗实录》卷六五五载，乾隆二十七年（1762）二月，"礼部尚书陈德华奏：历代帝王庙正殿为景德崇圣之殿，旧制，覆殿顶瓦用青色琉璃，檐瓦绿色琉璃。考文庙大成殿瓦，前奉特旨，改用黄色琉璃。今帝王庙正殿，所祀三皇五帝三代帝王皆以圣人在天子位，亦应用王者之制。现值缮修，除两庑仍循旧制，其正殿覆瓦，请改纯黄。得旨'所奏是，著改盖黄瓦以崇典礼'"[1]。

由此可以推证，将正殿"景德崇圣之殿"改为"景德崇圣殿"应发生于乾隆二十七年之后。

除了正殿的名称，仪门"景德门"的名称在乾隆时期曾为"景德崇圣门"。《清会典事例》卷433载，乾隆十八年（1753），"奏准：帝王庙门额书'景德门'，增'崇圣'二字"[2]。可见，乾隆十八年后，"景德门"曾改称"景德崇圣

---

[1] 《清实录 高宗纯皇帝实录（九）卷六五五》，第334页。
[2] 《清会典事例》卷433。

门"。经查嘉庆①、光绪②两朝的《大清会典图》,"历代帝王庙图"中明确标注了"景德崇圣殿"和"景德崇圣门"(见图7)。

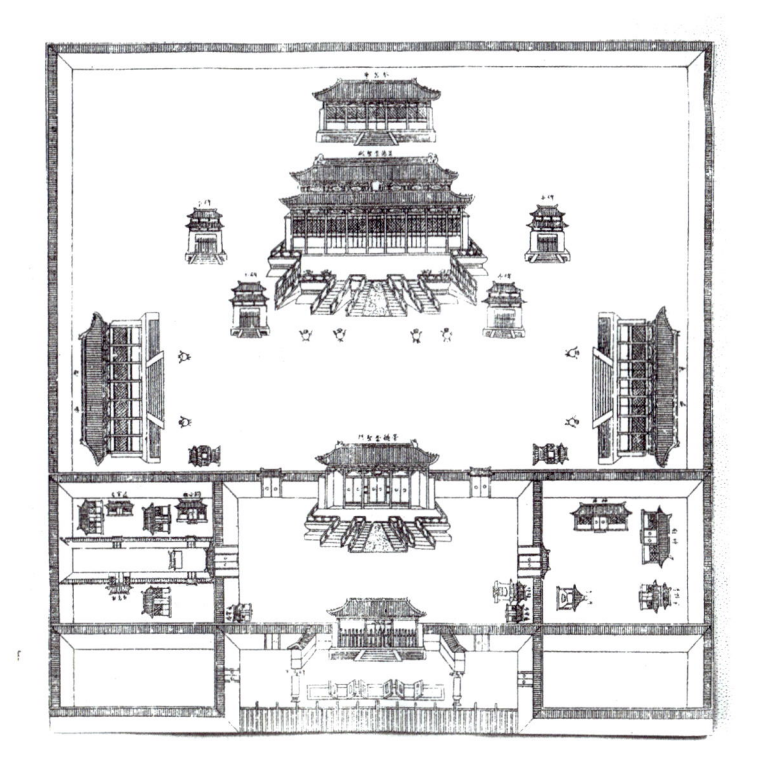

图7 《大清会典图》中的"景德崇圣殿""景德崇圣门"

根据以上梳理,清代历代帝王庙正殿和仪门的题额在乾隆时期都曾变更名称,至光绪朝时,其题额名称分别为"景德崇圣殿""景德崇圣门""景德街"。

三 民国时期定格、重回汉字

(一)重回单一汉字

民国时期,历代帝王庙正殿、仪门、牌楼的题额内容没有再发生变化,即"景德崇圣殿""景德门""景德街"。

我们收集的民国中后期的历史照片提供了有力的佐证历代帝王庙的题额又将满汉合文改回了单一汉字。一是1918年拍摄的历代帝王庙前的西牌楼,其题

---

① 嘉庆《钦定大清会典图》卷十四·礼制,线装书局2006年版,《大清五朝会典》第14册第29页。
② 光绪《钦定大清会典图》卷十五·礼十五·祀典十五,线装书局2006年版,《大清五朝会典》第18册第148页。

额也仅有"景德街"三个汉字，另一侧没有了满文（见图8）。二是1921年奥斯伍尔德·喜仁龙（Osvald Siren，瑞典）拍摄的历代帝王庙前的双牌楼照片（由西向东拍摄），只有"景德街"三个汉字，没有满文（见图9）。三是除了牌楼的文字有了变化，大殿匾额的题额也改成了单一的汉字。1932年留存下来的历代帝王庙大殿"景德崇圣殿"匾额照片，也说明了"景德崇圣殿"匾额已经改为了汉字（见图10）。

图8　1918年的历代帝王庙西牌楼

图9　1921年帝王庙双牌楼

图10 1932年的历代帝王庙大殿"景德崇圣殿"匾额

(二) 单一汉字的社会分析

民国时究竟是什么时间去掉的满文呢？我们推测应是袁世凯执政时期，并与袁世凯称帝时所设"大典筹备处"有密切关系。

辛亥革命发生后，袁世凯积极逼迫清帝逊位，于1912年2月15日成为中华民国第二任临时大总统。之后，为了举办国庆典礼、就职典礼、祭天典礼以及登极大典，袁世凯先后对北京城的城门、宫殿等进行了多处改造。1912年，内务总长朱启钤将"并书满汉文"的各城门石额"以汉字石额易之"，请书法家邵章题写各城门名称。[①] 10月10日，中华民国第一个国庆日，早上六点，北洋政府将大清门改为中华门，并举行了中华门开门典礼。[②] 大清门的满汉合文石质匾额被换成黑地白字的木制横匾。[③] 1913年10月10日，中华民国第二个国庆日，袁世凯就任中华民国第一任大总统，在太和殿举行典礼，"所有天安门至太和殿、先农坛均一律开放三日，任国民游览"[④]。北洋政府将故宫三大殿以南，包括文华殿、武英殿、午门、端门、太庙、社稷坛等殿的匾额去掉了满文，只留汉文一体居中书写（位于南池子大街路东的皇史宬除外，因该处按规定仍属逊清皇室所管辖）。1914年2月7日，袁世凯发布《祀天定为通祭令》[⑤]，确定在冬至日举行祭天典

---

① 陈宗蕃：《燕都丛考》，北京古籍出版社1991年版，第19页。
② 《申报》1912年10月17日。
③ 闫树军：《天安门编年史》，解放军出版社2009年版，第35—38页。1912年10月10日，大清门改为中华门。1914年10月9日，袁世凯下令将天安门前的中华门的横匾改为立额。
④ 《盛京时报》1913年10月15日。
⑤ 《政府公报·命令》1914年2月8日。

礼。12月初，修整天坛内外设施的筹备工程开始启动，当时的《大公报》曾报道其筹备要点之一是"殿堂等处匾额缮有满文者，一律更换易新云"①。

1915年9—12月，袁世凯欲改"洪宪"帝制实行君主立宪，在故宫天安门设立大典筹备处，12月19日正式成立②，由朱启钤任处长，"修整城阙宫殿，皆由内务总长朱启钤主持"③。而据1915年12月25日《申报》，第二版"专电"栏目中载："北京电，大典筹备处议修历代帝王庙。"结合前文所述1913年照片中历代帝王庙正殿题额为满汉合文，而1918年照片中牌楼题额文字仅剩汉字，民国时期历代帝王庙题额文字的变化很有可能即是1915年12月大典筹备处议修所为。

四 帝王庙图片展示

历代帝王庙"景德崇圣殿""景德门""景德街"的汉字匾额，一直延续到了新中国成立后。我们将收集到的20世纪50年代拆除历代帝王庙东西牌楼前的历史照片在此展示（见图11至图17）。

图11　1950年，历代帝王庙前的两座"景德街"牌楼，远处是阜成门

---

① 《大公报·要闻》1914年12月15日。
② 《政府公报》1300号，1915年12月20日。
③ 张伯驹：《袁世凯登极大典之筹备》，《紫禁城》1981年第2期。

图 12　1952 年，历代帝王庙前的"景德街"西牌楼，
向西远处可见阜成门城楼

图 13　1953 年，历代帝王庙前的"景德街"东牌楼，
向东远处可见西四牌楼

图 14　1953 年，历代帝王庙前的"景德街"牌楼

图 15　1953 年，历代帝王庙前的"景德街"西牌楼，西北向

图16 1953年，历代帝王庙前的"景德街"西牌楼，西南向。牌楼下已挂上"危险"字牌

图17 1954年1月8日，北京市建设局养路工程事务所开始拆卸历代帝王庙前的两座"景德街"牌楼，1月20日拆卸完毕

(本文曾刊登于《历代帝王庙史脉》一书中)

作者简介

姚华容：北京市西城区文物保护研究所所长，馆员，长期从事文物保护、研究、宣传工作。主要学术成就有主编《京师贤良祠入祀名臣传》《京师贤良祠史料汇编》《坊间珍闻——什刹海访谈录》《西城追忆文物保护专辑》《文物古迹揽胜》等书籍；独立撰写《博物馆资源→资本→产品→产业》《烟袋斜街历史文化名街的保护与利用》《传承历史　留住乡愁——文化遗存保护及数字化建设》《懋典褒忠举祀地——旌勇祠》《旌贤表绩之地——贤良祠》；合作撰写《深化文物研究　促进遗产利用——北京市西城区大运河申遗工作浅谈》《地安门雁翅楼建筑历史文化考述》《二维码活用于西城区文物保护单位》等论文。

北京先农坛的匾额

董绍鹏

匾额，在中国传统文化中既是一处建筑的标识、是点出建筑历史文化内涵的点睛之处，也是古人习惯上借此挥就书法展露才艺、借物抒怀的绝好物质载体。

北京先农坛，建成于明永乐十八年（1420），明代万历年以前称山川坛，明万历四年（1576）改称先农坛，是明清两代皇家专用先农炎帝神农氏的国家坛场，同时祭拜风云雷雨天神、岳镇海渎地祇以及太岁神，1979年公布为北京市文物保护单位，2001年晋级为全国重点文物保护单位。近六百年的历史风雨洗礼，使这处皇家祭坛越发庄重，蕴含的文化底蕴使人们越发敬仰。这里是昔日中国古代农耕农业文化中国家祭祀农业主神炎帝神农氏的最高等级坛场，是一处珍贵的物质文化遗产。

作为昔日的皇家坛场，这里拥有明清时期建筑匾额应该是顺理成章的事情。遗憾的是，清亡之后的百余年北京先农坛历尽了沧桑，从民国初年的文物展览馆，到五四时期的城南公园，而后坛区又不断被蚕食（我们今天熟知的老北京民俗文化的发祥地——老天桥主要活动区域，历史上它的主要存在区就分布在明清先农坛的东北部坛区之内），以致1949年后划归北京育才学校使用，直到1987年方才把坛区内遗留的主要古建划归北京古代建筑博物馆使用。今天的先农坛虽然大部分古建筑得以保留，但面积仅为清代鼎盛时的三分之一。

考察先农坛的沧桑中，我们发现百年来不同时期的建筑匾额存在着更替、兴废——民国时期是更替，而当代半个世纪只有废去。为了重现历史风采、完善先农坛的历史文化内涵，2013年北京古代建筑博物馆先是通过申报课题，在课题专家的指导下结合有限的历史资料，明确了先农坛内几处主要建筑的室外室内挂匾形态，而后通过2015年的复原工程，最终将论证后的先农坛5处建筑挂匾全部悬挂成功，使先农坛这处昔日皇家坛场经过半个世纪沧桑后重现应有风采，圆了多年以来北京先农坛古建保护维护工作中没有挂匾的缺憾。

先农坛太岁殿，建成于明永乐十八年（1420），是先农坛内主要的大型建筑。明嘉靖以前，这里作为合祭天神地祇太岁城隍天寿山的祭拜之处；明嘉靖十年（1531）始，成为太岁神的专享神殿，亦称太岁坛。这里祭拜的太岁神，是中国古代作为自然神祇的太岁神，有别于道教神祇的太岁神。虽然太岁神一直不是先农坛内的主要祭祀神祇（例如清代有制无行，天子仅仅在祭祀先农神后顺道于太岁殿上香且有清一代只历三次，祭典规定的年尾岁初祭享均为遣太常寺堂官代祭），明代又经历过嘉靖帝的礼仪改制，但由于并未将太岁殿拆除或者改建，因此太岁殿以事实上的巨大体量仍然成为坛内最大建筑（七开间），也是遗留至今较为著名的明官式单体建筑（见图1）。

图1 悬挂匾额前的太岁殿

根据清末图像资料显示，太岁殿挂匾应为陡匾（见图2），镂九蟠龙云头边框，磁蓝匾芯，书笔法凝练厚重端庄的"太岁殿"楷书馆阁体（书者不详），金字，满汉双文。该匾体量巨大，从图像上可以看出匾的上方近椽头，下方近额枋，实际设计尺寸高近1.8米，宽近1.4米（见图3）。

图 2　1901 年的太岁殿

图 3　复原后的太岁殿匾

北京先农坛的匾额

复原设计中，考虑到今天的先农坛需要复原的是历史上的祭祀功能陈设，因此民国时期这里改变功能为民国忠烈祠且悬挂的"忠烈祠"挂匾不予复原（该匾只是把"太岁殿"满汉文去掉改为"忠烈祠"三字，其他未变）。

先农坛拜殿（见图4）与太岁殿同时建成，虽明清时一直作为代行祭拜的官员祭拜太岁诸神祇之所，为穿堂殿，也是坛内体量巨大的单体建筑之一（亦七开间），但历史上关于其挂匾的记载奇缺，只发现清光绪《大清会典图》中绘有挂匾形象（见图5）。

图4　悬挂匾额前的拜殿

图5　清光绪《大清会典》中的拜殿，可见挂匾

通过专家论证，大家认为该处建筑从使用功能上来说应该有挂匾，但等级规格要低于供奉太岁神的太岁殿，不能为前述蟠龙云头边框陡匾而应为红漆云头陡匾，边框无雕饰，满汉双文，楷书馆阁体（见图6）。

图6　复原后的拜殿匾

先农坛庆成宫位于坛区东侧，邻近北京先农坛的正门"先农门"，始建于明天顺二年（1458），清乾隆十九年（1754）重修，是明代先农坛斋宫（但史料显示，明代从未有天子在此祀前斋戒），也是清代天子赐予跟随祭祀先农神、完成耕藉礼的各级官员饮茶之所，以及赏赐从耕农夫丝绸布匹之处。它的建造规制完全符合天子身份和居所的要求：单檐庑殿顶，配殿前白石崇基围栏（见图7）。资料显示该建筑历史上存在挂匾，形制类似太岁殿挂匾，亦书满汉双文"庆成宫"（见图8）。

图7　悬挂匾额前的庆成宫

图 8　1901 年的庆成宫

因此根据清末照片复原成功庆成宫挂匾，蟠龙镂雕边框云头，磁蓝匾芯，汉文楷书馆阁体，满汉双文（见图 9）。

图 9　复原后的庆成宫匾

先农坛神仓，始建于明嘉靖十年（1531），移建于清乾隆十八年（1753），是体现北京先农坛"农"字文化理念的核心建筑。明清时期，作为天子的亲耕之田"耤（音借，读借、籍均可）田"收获物的贮存所和北京各大皇家坛庙祭祀前临时供奉神粮存放之处（见图 10）。这种用途的昔日皇家建筑全国只遗此一处。该建筑根据历史资料显示有悬挂匾额，陡匾、红漆云头、满汉双文（汉文楷书馆阁体），书"神仓"二字（见图 11）。

图 10　悬挂匾额前的神仓

图 11　1901 年的神仓

北京先农坛的匾额

依据史料恢复的此处挂匾，是北京先农坛已知挂匾中最小的一处（见图12）。

图12　复原后的神仓匾

先农坛具服殿与太岁殿同时建成，是明代天子祭祀先农之神后更换"皮弁服"进行亲自耕作的换衣处，清代天子在此则是更换黄龙缂丝朝袍进行亲耕。明代时，具服殿有时也作为天子亲耕完毕后设宴赏赐随从官员和农夫酒食的场所。根据清代史料显示，该处建筑没有室外挂匾，但清代《日下旧闻考》中却记载该建筑室内"御制额曰：劝农劝稼；联曰：千亩肇农祥寅清将事，三推勤御耨亥吉祈年，皆皇上御书"一说。考虑到虽然这个记载是文献的孤例，但因《日下旧闻考》一书当时已为清高宗乾隆本人认可为御制且编入四库全书，因此专家们认为具服殿室内挂匾可以论证复原。

经过考察比对，在专家建议下，选取颐和园排云殿"保有康年"室内匾（见图13）为参照复原设计先农坛具服殿"劝农劝稼"匾（见图14）。具体复原设计为：形制为壁子匾，横向，木胎，边框覆黄锦，匾芯覆高丽纸，上书仿

208

图 13　颐和园排云殿"保有康年"室内匾

清高宗御笔"劝农劝稼"四字，加盖乾隆印玺（印玺亦仿），匾下有两只铁荷叶镦托起（见图 15）。这个复原设计的考虑，是看到此匾文字显然为天子抒情释怀之语，"劝农劝稼"非官方正式颁布的命名之词，益选用壁子匾挂匾形态为适宜。该匾的形态，应对了历史资料显示的同等用途的北京先蚕坛亲蚕殿"化先无斁"室内匾为壁子匾的形态。

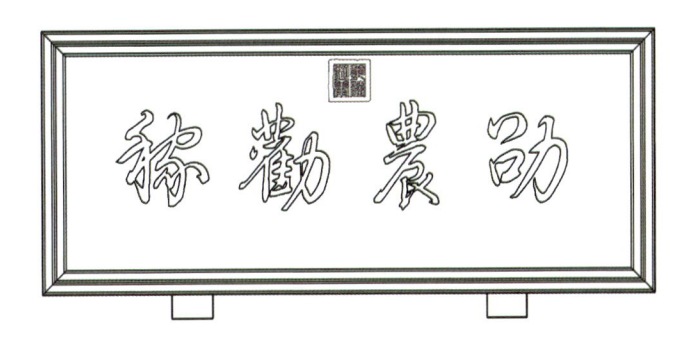

图 14　专家论证后的"劝农劝稼"匾形态

图 15　复原后的具服殿室内"劝农劝稼"匾

先农坛内历史上尚有宰牲亭、神牌库（神厨正殿）、先农坛正门（外坛东门，称先农门）、太岁门、神祇坛门，以及疑似清末开辟的神祇坛北门"零坛"之门等建筑，或因资料显示确无挂匾，或因建筑本身已不复存在、无法实现挂匾目的而不作为恢复挂匾的对象。

历史资料还显示，北京先农坛在民国时期根据当时坛区使用所需（时为城南公园），将具服殿更名为"诵豳堂"（时为城南公园管理处），室外悬黑漆金字普通横匾一方，上书"诵豳堂"，亦传说室内悬挂"遗民教稼"一方黑漆挂匾（20世纪50年代尚有人见过），并有北洋政府内务总长沈瑞麟手书的抱柱联一对，加上前述太岁殿"忠烈祠"匾，这些虽都已成为过去，但它们共同构成了北京先农坛多彩的历史人文文化内涵，任由后人讲述。

作者简介

董绍鹏：北京古代建筑博物馆（北京先农坛）陈列保管部主任，副研究馆员，北京市文物局青年业务人员科研成果出版项目评审委员会委员，北京古代建筑博物馆学术带头人，中国民主建国会会员。专门从事北京先农坛历史文化内涵研究、中国古代先农文化研究，以及北京四合院建筑类文物研究。主持完成"北京先农坛史料汇编""北京城四区旧城范围内四合院建筑类文物资源调查与研究""北京先农坛部分建筑匾额复原"课题；出版专著《先农崇拜研究》一书，出版合著《北京先农坛史料选编》《日下遗珍——北京旧城四合院建筑文物研究》等七册书籍；发表《民国北京先农坛编年简史》《中小博物馆藏品预防性保护的适度原则及针对性思考》等论文。

北京会馆匾额浅析
——以梨园新馆匾额为例

刘 征

中国匾额文化源远流长，地位显著，影响广泛，它是中国优秀传统文化的代表之一。会馆匾额作为匾额的一个类型，其历史、分类、特点、价值、功用、存在等，值得分析与探究的内容很多。会馆发端于北京，其中的匾额自然必不可少，两者密不可分，据估算，当年至少数以万计。但随着时光流逝，世事变迁，保存至今的不足百分之一。

而梨园新馆的匾额居然现存71块，在北京会馆中独占鳌头。因此，以它作为北京会馆匾额的典型做些探讨，具有突出的代表性。

一 会馆

会馆是由科举产生的民间组织，多由同籍贯、同行业的人自愿组成，起到互助、聚会、交流、寄宿等功用，是首都对全国文化的一大贡献。

会馆诞生于明永乐年间的京师，清代、民国达到鼎盛，遍布全国，到新中国建立初期才逐步消失，时间跨越500多年。据会馆专家白继增先生的最新统计数字，北京先后存在过1302处地方性、行业性会馆及其附产，共占有土地约5000亩，房屋建筑约35000间，数量在全国首屈一指。[①] 它们具有代表全面、起源最早、时间最长、分布集中、士人聚集、建筑朴实等特点，在历史上产生过

---

① 白继增：《数说北京市的老会馆》，《北京史地民俗》2017年第25期。

许多特殊作用。

然而,随着城市的发展变迁,保存至今的地方会馆建筑越来越少,行业会馆更是凤毛麟角。梨园新馆作为京城梨园行辉煌与演变的会馆建筑实物,其典型性不言而喻。

梨园新馆是民国时期北京京剧界行会"梨园公益会"的行业会馆,位于今西城区大栅栏樱桃斜街65号,现为民居。北京的梨园行会历史悠久,地址屡次迁移,从精忠庙、松柏庵,到惠济祠,1924年最终迁址于此。

这里是当年与梅兰芳齐名的王慧芳的房产,京剧同仁集资9000元购得。该馆坐北朝南,为前后两进四合院,房屋21间,大门开在东南,门簪上刻有京剧名家时慧宝所题"梨园永固"四字(见图1)。前院是议事厅、会客厅和办公室,后院为祭祀用的"九皇堂",供奉唐明皇等梨园界各位祖师爷的神位。2009年7月被列为区级文物保护单位,有着一定的文物价值。

图1 梨园新馆"梨园永固"门簪

二 匾额

匾额是悬挂在建筑、门额之上的标识与符号,其文字、书法等表现形式,具有社会、历史、教育、艺术等多方面的重要价值。目前所知,匾额产生于先秦,距今已有两千多年的历史,宋明和清朝是中国匾额发展的两大高峰,其标识性、宣教性、艺术性兼备,渗透进社会生活的方方面面,乃至影响到中国周边的国家和地区。近代以来,随着社会的巨大变化,匾额逐渐淡出了人们的视野。

当年，北京会馆星罗棋布，挂匾的风气也随之盛行，匾额数量庞大。在会馆繁盛的清代，到了"无馆不匾"，甚至"无门不匾"的程度，很多匾额都被写入会馆志书，可知其作用不小。例如，民国中期编纂的《闽中会馆志》，就将匾额列为第一类介绍的会馆古迹，主要有建筑标识匾和功名教育匾两种类型。书中记载了22座北京的福建省籍会馆，其中省馆1座2匾，府馆11座31匾，州馆2座2匾，县馆8座14匾，共有匾额49面之多。

根据《北京的会馆》一书作者白鹤群先生的考证，会馆门匾的形制多以本地省府州县名称写在"会馆"二字之前，常用便于识别的楷体榜书，偶见隶书，使人一目了然。省级以下的会馆往往要在本馆名字上方标明省籍，馆名大省名小，如图2所示。①

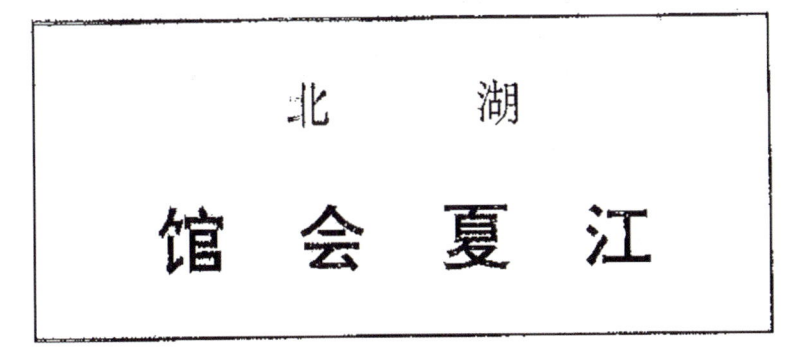

图2 地方会馆匾额图例

有的会馆则采用当地标志性的山河、方位、古地名或地名连用作为馆名，彰显地域风貌与范围，如姚江会馆（浙江余姚）、商山会馆（陕西商州）、山左会馆（山东）、河东会馆（山西）、古瀛郡馆（河北河间）、常昭会馆（江苏常熟、昭文合建）等，体现在匾额上，更具文化特色。

北京匾额的材质多种多样，目前所知有木制、石制、砖制、灰塑、纸制、金属、琉璃七种。会馆匾额使用前五种，其中木制最多，石制耐久，而砖制、灰塑、纸制三类容易损坏，仅见于文献记载，没有实物留存。金属、琉璃只存在于各类皇家建筑上，会馆则不用。

当时，梨园公益会要求凡是入会者，都必须在馆内挂匾，表明自己梨园弟子的身份，因此经过六七十年的积累，梨园新馆的匾额众多，远远超出了其他会馆，虽经变乱部分遗失，保存至今的仍然蔚为大观，可能是北京所有会馆中

---

① 摘自白鹤群《北京的会馆》，中国商业出版社1995年版，第14页。

从过去到现在匾额数量最多的一个。

匾额按照京剧行当,分为七行、七科,可随时悬挂,且都是木制的。一般形式为四字榜书楷体匾文,上为献字,下为敬献人名,左为时间,右为书写者,文辞典雅,庄重大方(见图3)①。

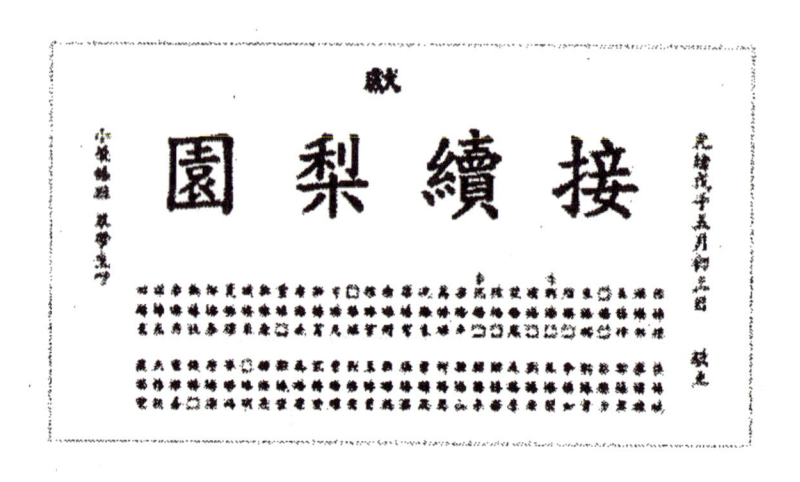

图3 梨园新馆匾额图例

三 作用

"高悬匾额"作为中国传统文化的表现形式之一,具有"标识建筑""艺术感召""宣扬教化"等多种功能,这些在梨园会馆中体现得淋漓尽致。

其一,标识建筑。

会馆作为公共活动场所,匾额是其重要的标识。清末以前,北京城中的大街小巷还没有现代的门牌号码,匾额就是院落最为显眼的标志,远远就能看到,仿佛胡同口竖立的牌楼一样,引人注目。尤其是外城的宣南一带,如宣武门外大街、粉房琉璃街,会馆林立,隔不多远就有一座,大匾高悬,地名显著。特别是琉璃厂南的后孙公园胡同,仅百米多长、三米多宽,而会馆将胡同两侧都占满了,路北的安徽、泉郡,路南的锡金、台州、如皋,堪称会馆胡同,会馆匾额自然成了胡同一景。

而有些乡人为了占据会馆房屋,变为自己的私产,就将匾额取下、藏匿或毁坏,让人们无从查证。清朝光绪年间,福建安溪会馆就曾发生过这样的事情,馆丁张德林趁八国联军入侵北京混乱之时,毁匾占房,后经馆董杨廷矶诉讼,

---

① 摘自《西城追忆》2015年第1期封底内。

才得以恢复会馆，可知匾额意义之重大——挂匾即是会馆。

民国期间，"梨园新馆"榜书匾额悬挂于会馆大门之上，与下面门簪上的"梨园永固"四字相映成趣，且气势不凡，一目了然，引人入胜（见图4）①。这是当时梨园书法家、著名老生演员时慧宝的墨迹，可见匾额不可替代的标志性地位。

图 4　梨园新馆大门及匾额

其二，艺术感召。

匾额主要通过文字，特别是榜书大字，给人以艺术的感染力，是过去书法的主要载体和展示方式之一。书法是中国古老的文字书写艺术，距今三千多年的殷商甲骨文已经初具体系，经过不断演化，形成了一脉相承的造型艺术。2010年"中国书法"被列入《人类非物质文化遗产代表作名录》，成为国际公认的非物质文化遗产，其中榜书类型不可或缺。

明清时期，很多有学问的官员经常题写会馆内外的匾额，一方面体现他们的书法造诣，另一方面也是权势、地位、乡情等的综合表现，如清后期太傅陈璧的"福建会馆"匾、太史叶大遒的"福州新馆"匾、乾隆协办大学士蔡新在延邵会馆内的"海邦仰圣"匾等。

---

① 摘自《西城追忆》2015年第1期，第21页。

那时候，会馆匾额悬挂在大门之上，排列于胡同之中，犹如碑林一般，而比起碑林的小字近观，更显出高瞻远瞩、大气磅礴的壮美质感（见图5)[1]。

图5 菜市口潮州会馆大门匾额

众所周知，京剧形成于北京，是中国的国粹之一，已被列为世界级非物质文化遗产项目，享誉全球。

民国是京剧的鼎盛时代，在京的包括各位名角在内的几乎所有梨园人士都云集于这座行业会馆中，"七行"（老生、小生、旦、净、丑、武行、流行）、"七科"（经励、剧装、容妆、盔箱、交通、剧通、音乐）俱全。馆中原有会员参会悬挂的梨园匾额，镌刻了三千多位演职人员的姓名，留下了他们在此活动的印记，可谓大家荟萃、墨宝高悬、震撼人心。

从现存匾额看，多为京剧和书法界的名家书写敬献，与"千人一面"、整齐划一的"馆阁体"不同，"欧柳颜赵、苏黄米蔡"各具特色，时慧宝的圆润、郭仲衡的古拙、马连良的庄重，确实是"字如其人"。梨园新馆及其匾额将书法艺术与京剧艺术完美地结合起来，京剧文化的聚集性十分突出，比起一些京剧名家故居、大戏楼来，这里更是意义非同凡响，价值不可估量。

其三，宣扬教化。

中国自古就用很多方式宣扬传统道德与思想，如各地比比皆是的牌坊。过去，北京会馆内存有多种标识，有木制的匾额、楹联，石制的碑刻、界碑，匾额不仅书写正文，还包括年代、人名等明确信息，是最突出的一种宣教方法。

---

[1] 摘自《北京近代建筑》，中国建筑工业出版社2001年版，第272页。

会馆内的匾额除了建筑标识外，最多的是与科举考试密切相关的科举教育匾额，其目的就是要宣传典型榜样，彰显会馆地位，号召大家好好学习，"学而优则仕"。馆中"状元、榜眼、探花，进士及第、金殿传胪；贡元、解元、会元，连中三元、金榜题名"的匾额俯拾皆是，如福建福州会馆的林鸿年、王仁堪"状元匾"，泉郡会馆的吴鲁、黄培松"状元匾"，黄贻楫的"探花匾"等。

原梨园会馆现存的匾额共有71方，年代从清光绪十四年（1888）至民国三十五年（1946），为梨园弟子各自出资敬献，作为入会、师传、分行、修身、敬业、规矩、互勉、团结、交流的标志，都曾悬挂于梨园新馆之中，可谓"无梁不匾"，它们对京城京剧界的团结、和谐、繁荣、进步起到了不可替代的作用（见图6）。

图6 "梨园巩固"匾

同时，梨园馆教化匾额的功能就更加全面了，有正面的勉励、提醒，也有反面的惩戒。如"古来艺难"匾，既道出梨园弟子的心声，又鼓励后学要努力奋斗；"受业尊规"匾，提醒梨园弟子要遵守规矩，踏踏实实地学艺。而"谨言慎行"匾则是惩戒性匾额。1927年，殿佑臣、周建安等七人违反会规，在不准唱戏的祭日演出，受到公会惩罚，悬挂匾额，这不仅是对他们的惩处，也有对其他人的警示作用。

四　现状

20世纪90年代中期，北京胡同之中还幸存一些会馆匾额，有安福会馆、汀州会馆、江夏会馆、漳浦会馆等。随着城市改造的不断推进，时至今日，北京会馆内悬挂的老匾已经所剩无几，某些只能在北京石刻艺术博物馆、宣南文化博物馆和励志堂科举匾额博物馆里看到,原先"地名高悬、步移景异"的景象只能凭借想象了。而匾额与其会馆都能幸存至今的,更是屈指可数,初步统计如下。

一是福建晋江会馆("晋江邑馆"木匾,旧址为西城区文物保护单位)。

二是山西临汾东馆("紫气东来""浩气长存""义伸宇宙"木匾,旧址为东城区普查登记文物)。

三是湖北黄安会馆("黄安会馆"木匾在励志堂科举匾额博物馆,旧址为东城区普查登记文物)。

四是湖北江夏会馆("江夏会馆"石匾,旧址为西城民居杂院)。

五是福建安溪会馆("安溪会馆"石匾在宣南文化博物馆,旧址为西城民居杂院)。

六是陕西华州会馆("华州会馆"石匾拓片在国家图书馆,旧址为西城民居杂院)(见图7)[①]。

图7 陕西华州会馆匾拓片

尤为遗憾的是近年漳浦会馆匾的失踪。除了江夏会馆匾外,2015年以前还可以在宣武门外校场二条原福建漳浦会馆看到其大门上部镶嵌的石制老匾额。但从那年该院房屋维修后,这块匾竟然不翼而飞了,京城街巷里仅有的两处会馆老门匾,其中一个"风景"就这样消失了。

其实,每一块会馆匾额的背后都有着曲折的经历。建国后,晋江会馆有位居民老太太有意将该馆匾额摘下来,作为床板使用,才使之保存到了今天。临汾东馆在维修时发现,原先挂在房梁上祭祀关公的两块匾额被后人砌在了房屋天花板内,才侥幸躲过灭顶之灾。而原来同在屋梁上的姚江会馆匾的消失则令人叹息,也是一位居民老太太造成的。邻居老大爷讲述了这个过程:"那时,因为要住人,会馆大厅已经糊了顶棚,被拆成三户,我就在靠西的一间,中间是个老太太住。七几年,有天夜里正睡觉,忽然隔壁'哐当'一声,把我惊醒,

---

① 国家图书馆·碑帖菁华。

过去一瞧才明白，正在修的顶棚里有块大匾从七米多高的房梁上掉了下来，难怪有这么大响动。抬头看看，两边还挂着两块，由于早就糊上了顶子，所以一直不知道。但那年头，谁把这旧东西当宝贝呀，趁黑都摘下来，三块匾一起让人拿三轮车拉走处理了，上面有什么字，也没看清楚。"

此事虽然说的是一座会馆，但反映了一个普遍现象，就是当年上万块匾额是如何慢慢消失的，真是"一叶知秋"啊。

比较其他会馆匾额，梨园新馆的众多牌匾确实是"幸运儿"，得益于有识之士的接力保护。解放后，梨园公益会解散，这些匾由原公会秘书长奚啸伯管理。1957年，移交北京市文化局，后转交北京市文联。"文化大革命"时期，为了避乱送到市文化局工程队所在的智化寺，今北京文博交流馆保存到现在。它们成为研究京剧发展史的文物资料，展示京剧艺术、人物、生活的又一途径，更是与皇家匾联相对应的北京民间匾额宝贵的实物留存。

同样，梨园会馆也是幸运的。会馆建筑成为文物保护单位，碑刻文献资料留存至今，原有大量、完好的匾额全部藏于博物馆，弥足珍贵。因此，文博馆同专家一起逐渐修复了这些匾额，举办专题展览，先后两次出版《梨园旧匾》一书，并在报刊发文，对其价值大力宣传（见图8）[①]。

图8 《梨园旧匾（第二版）》封面

---

① 摘自《西城追忆》2015年第1期封底内。

五　思考

　　北京会馆曾经盛极一时，也默默无闻许多年。而今虽然有所恢复，但比起过去的时光，整体还是比较暗淡。新制匾额悬挂的有湖广会馆、台湾会馆（见图9）、正乙祠戏楼、贵州会馆（实为西单饭店），有些修复或迁建的会馆建筑却没有挂匾，如阳平会馆、晋翼会馆、中山会馆、潮州会馆等。

图9　台湾会馆新匾

　　会馆源于北京，是京城，乃至中国传统文化的重要载体之一，也是首都与地方联系的文化纽带、国家统一的象征。2017年，新修订的北京城市总体规划进一步明确了首都"四个中心"的功能，其中政治中心、文化中心与老会馆联系紧密。这些会馆组成的群体，既是历史演变的产物，又是未来发展的基础，应当引起我们的高度重视。

　　具体到梨园会馆亦是如此。它集北京京剧文化、会馆文化、匾额文化之大成，与众不同；更融不可移动文物建筑与可移动匾额文物于一身，十分罕见，不可小觑，但目前仍然存在一些问题。

　　梨园新馆虽位于第一批中国历史文化街区——大栅栏保护区内，原宣武区和西城区也曾先后在其大门外墙制作悬挂了介绍说明标志牌，但都因字体太小，不为人瞩目，难以引起注意，景观效果不足。宜考虑在历史街区主要文物景点上逐步复原，发挥该馆更大作用。因此，建议如下。

　　第一，"挂匾"：可在旧址大门门簪上重新悬挂"梨园新馆"四字仿制匾额或匾额拓片。

这是一举多得的事情。目前，该文物点仍为民居，生活着 16 户居民，腾退改造一时难以解决。本着"由易到难，逐步完善"的原则，首先复原其外观，花费资金不多，容易做到，效果明显。而且可作为过去遍布京城的会馆匾额回归的新起点，激发人们对于传统文化的热爱；还能促使社会更加重视这里的文物保护，为彻底搬迁、修缮、开放，使之成为北京戏曲博物馆的有机组成部分创造条件；同时对现有居民的正常生活也影响较少，可谓"小举措，大意义"。

匾额可仿照北京文博交流馆内原匾复制而成，还可学习北京励志堂科举匾额博物馆的方法，将该匾做成彩色拓片，装框悬挂，也能起到异曲同工之效，借助大门外檐的保护，能够长时间展陈。

第二，"明示"：重置说明标牌。

会馆门外现有的新老两块说明牌，字体较小，反差不明，内容简单，不足以揭示该馆的价值与意义。

建议配合会馆大门匾额的悬挂，重新制作安装详细、明晰的标牌，介绍相关情况，特别是梨园匾额的来龙去脉，将不可移动文物、可移动文物紧密结合，丰富其内涵，并与智化寺、湖广会馆联系起来，遥相呼应，引导大家去参观北京文博交流馆和北京戏曲博物馆，提升社会对于梨园新馆的认识，增强人们对于京剧、会馆、匾额文化的兴趣、认同、参与和支持（见图10）。

图 10　梨园新馆大门

宋代爱国女词人李清照之父、文学家李格非在北宋末年撰写了《洛阳名园记》一书，其中说道："园圃之废兴，洛阳盛衰之候也；洛阳之盛衰，天下治乱之候也。且天下之治乱，候于洛阳之盛衰而知；洛阳之盛衰，候于园圃之废兴而得。"北京会馆匾额可类比洛阳名园，匾额仿佛是会馆与名城的镜子，从一个侧面反映出它们的变化，确实是"会馆热，匾额兴，名城盛；会馆冷，匾额亡，名城衰"。

如今，温州会馆大门门檐上原先用于放置匾额的雕花木横梁依然空空荡荡，提示着我们会馆曾经的辉煌与寂寞（见图11）。

图11 温州会馆大门承匾雕花横梁

近年来，东城区和西城区都加大了老会馆建筑的腾退、修缮力度，部分重点会馆得以复原，希望它们得到合理利用，发挥新的作用，给其他会馆腾退提供宝贵经验，更期望"挂匾明示"能够成为北京会馆的未来趋势，为历史文化名城的复兴增光添彩。

综上所述，匾额、会馆匾额、北京会馆匾额，都是应当多加重视、深入研究的课题。本文仅以北京梨园新馆匾额为例，简要地说明了一些想法，权作抛砖引玉，希望能有更多的有识之士关注匾额文化，为中国"匾额学"的成长、发展铺路奠基。

作者简介

刘征：中国艺术研究院艺术学硕士毕业，博士在读；东京古典籍古美术研究所职员，中国文物学会会馆专业委员会会员。著作有《北京会馆纪事》《北韵禅乐研究》。

匾额收藏赏析

南北匾额的地域性及艺术风格特征

王支援

洛阳民俗博物馆所藏匾额，历来以本地区为主并兼顾周边地域，西如三门峡及渑池、陕县等地，东如巩义，北有孟县、吉利地区，南有汝州、禹县，但近期征集范围不断扩大，除了有陕西地区外还有山西、山东的一些地区，但这些都属广义上的北方地区。北方和南方匾额地域的划分，就历史文化含义上讲，北方以黄河流域为主，南方以长江流域包括淮河流域及珠江三角洲地区。因此为了扩大征集范围，2008年从江苏苏州地区及湖北征集了一批数量不菲的匾额，相对于先前征集的中原地区和北方地区的匾额，我们将这些匾额称为南方匾额，它们的型制及艺术风格与北方既有互通之处，也有地域性的特征，在此将其归纳整理如下。

一　南北两地匾额的共同点

匾额作为中华文明的特殊文化符号特征，虽然有地域之分，南北风格不同，但都派生于汉族文化的共同源流，相同之处还是主流，其共同之处大致有以下几点。

（一）其用途和功能一致

匾额文化与中国的传统文化是息息相通的，尤其是和中国传统的建筑艺术最为密切，可以说是中国古代建筑的衍生，中国的古代建筑有别于西方的欧式建筑和中东地区的伊斯兰建筑风格，其特殊的木结构砖瓦建筑风格为匾额的出现提供了空间。中国的古代建筑因用途不同可大致分为"官府门第""寺庙宗祠""村寨店堂"等几种类型。匾额据考证最早出现在战国时期，其最早的作用应该是作为建筑物的识别标志。早期的匾额多用于政府的建筑，用以标识和区分各种建筑功能。到了唐宋以后，尤其是明清时期匾额的用途扩大了，除了以上的作用外，一些风景名胜地的亭台楼阁大量应用了匾额，如著名的"黄鹤楼""滕王阁""岳阳楼"等，都悬挂有匾额，而正是这些匾额使得它们得以世代流传，彰显天下。试想一下这些建筑，如果没有匾额作为画龙点睛的渲染，恐其早已湮没在历史尘埃之中了。

匾额的大量普及主要是与民间大量的使用有关，一些官员在府宅开始悬挂匾额，用于炫耀，如"进士""贡元""钦赐寿官""登仕郎"。而真正普及的原因是，用于功德声望的宣扬和褒奖，如妇女的贞节贤孝、地方上财绅的仗义施财、老人的寿喜、新婚的志庆、新房的落成、医生的救命、学生对老师的尊敬，都开始以悬挂匾额的方式来进行。在中国的古代社会如果在某一地区见不到匾额，那才是一种怪事。所以说匾额文化是中华文明的重要组成部分，是中国古代建筑的灵魂。

综上所述，匾额的作用和功能南北方是共同的。

（二）其型制上的大同

因匾额是依古代建筑而产生的，所以其型制基本上是横长方形，悬挂在门楼之下，这种匾额数量最多，占了匾额数量的90%以上。大量官府和民间建筑之上还有一种竖长形匾额，这种匾额也有一定的数量。也有一些其他功能的匾额，如书房斋号匾额是镶嵌于室内书房之处的，基本上都是嵌于门楣之上。而主要用于一些城门及寨门的石匾，南北方风格及用途也一致。但两地之间也存在有差异，如北方地区发现有圆形匾额，而南方地区则发现有双面匾额。另外南方匾额有漆器工艺制成的匾额，这在下文专有论述。

（三）所反映的主题和诉求相同

两地的匾额因同一文化源流故其所反映的主题都基本相同，我们知道匾额中大量使用了中国历史上的一些成语典故，这在两地的匾额中都有充分显示，如用于男女祝寿的"萱堂同茂"、形容甥舅关系的"情重渭阳"、强调贤母教子的"孟母三迁""欧母徽音"等历史典故，都得到了大量的应用。

而且应用范围最为广泛的功德声望及贞节贤孝，在两地所占的比例基本相同，充分反映出了汉文化的大同，至于差别也是有的，但不是主流。

（四）制作工艺和流程基本相同

匾额的制作工艺和流程除了前面所讲的漆器工艺匾这些有地域特色的类型外，其余基本相同，其顺序大致都是先选易于雕刻的木材，当然两地的所用材质及树种差别很大。然后制作雕刻，最后施以漆色。其匾文如是使用金箔的，工艺都是先施桐油，然后用嘴轻吹金箔片按顺序粘贴，所用漆均为大漆。竖匾都是周边透雕或浮雕龙形纹饰，正文一律是金字、红地。当然南方匾额的某些工艺较北方复杂和繁缛，如有在匾额文字中再加施一层花纹，其工艺相当复杂，制作时间也较长；还有在匾额纹饰中镶嵌螺钿的，这也是北方地区所不见的。

（五）类别基本相同

南北两地的匾额所反映的类别基本差别不大，重点都在古代社会所关注的范围之内，如妇女的贞节贤孝、老人的高龄长寿，而关于功德声望的表彰最为广泛。但有一点差别却尤为明显，就是南方地区的堂号匾相当多，与北方地区的数量相差很大。堂号与姓氏有关，也与家族郡望有关，南方的许多姓氏都源于北方，特别是中原地区，它们因为历代战乱而迁移至南方地区，但他们怀念故土、思念家乡的愿望却一直没有泯灭，故他们特别注意保持姓氏的延续，以表现团结。而且在历代的由北至南的迁移中，原来生活在北方地区的豪门贵族，甚至还有皇室成员，他们特别注意自己原来的身份和地位，故一直维护家族的团结和兴盛，所以堂号匾额的增多反映了他们特殊的愿望和诉求。

二　北方匾额的地域性及特点

包括洛阳匾额在内的北方匾额，其总体特征是沉稳，中规中矩，与数千年深厚的历史沉淀有着千丝万缕的联系。

（一）北方匾额的基本型制、用材和特点

北方匾额包括洛阳匾额，其基本型制是横长方形，极少见到狭长方形这种在南方匾额中常看到的形状，其用材特点是就地取材，选择适合雕刻的树木，如椴木、槐木、杨木及核桃木等，其中尤以椴木所用最为普遍，因为这种木材适合雕刻，不宜开裂。偶有红木匾额，红木这种贵重的木材是因匾主人的高贵才采用的，首先因为不是地产，需从遥远的南方长途运输而来，本来就十分昂

贵，再加上运输的费用，故造价颇高；再加上木质密度高，十分坚硬，故雕刻也费时费工。有一个统计，一块红木匾额的成本及加工费用相当于制作其他木质的匾额数十块，所以用红木制作的匾额目前仅有一块，这块匾额的内容如下："睦邻慈幼，赐进士出身癸巳科状元及第牛，为永丰李先生之妻牛氏懿范。众亲友同拜。大清同治十一年阳月下澣谷旦。"（见图1）

图1　红木匾　睦邻慈幼

　　从匾文可以看出，此匾的题写人是清代道光十三年癸巳科牛状元、进士出身。经核查资料，牛状元是一名武状元，是一位武功高强之人，能求到他来题写此匾文是非常不容易的。联系到匾文中赞扬的李永丰先生之妻牛氏与状元同姓，应是属于亲戚所托，故牛状元才肯题写匾文。这位牛氏在当地口碑颇好，与邻里关系和睦，对孩子们慈爱有加，故状元肯为其题写匾额。所以，此匾用红木制作，题写人的级别是关键的因素。

　　另外，这些匾额还有一个特点，即普遍的形体较大，所用木材厚重，这与南方匾额相比相当突出，如果是用核桃木或其他硬杂木制作的匾额，除了宽大以外，还非常厚重，有个别匾额重达百斤以上，这也显示了北方人粗犷憨厚的一面。根据测量，许多匾额长都达到两米以上，最大的横长达到近三米，颇为壮观。

　　另外在边框的应用上，北方匾额与南方匾额区别甚大，北方匾额一般都是宽框，无论是素框还是雕刻有纹饰，必是宽框；而南方匾额一般使用窄框，而且素框较多，这与北方匾额本身型制大有关。试想一下，偌大的匾额，配以窄狭的边框，会是多么的不对称和难看。

（二）悬挂方式的异同

　　不论北方南方，制成的匾额主要都用于悬挂在正门楼上方，这是一个普遍的现象，但由于北方冬季天气寒冷，故墙壁砌得远比南方宽厚，所以在洛阳地区有将匾额悬挂于临街墙面的习惯。其具体做法是在墙上砌出厚度上窄下宽的长方形匾窝，其角度适合人们举目观看，匾额下端置放在匾窝底部，上方用铁钉固定。有的豪门大宅有在一面墙上悬挂数块匾额的现象，黑地金字，光耀明亮，十分壮观，这种悬挂方式是北方尤其是洛阳地区的特点，是南方地区所不见的。

（三）洛阳匾额的用语特点

前面讲过，南北两地由于文化同源，故匾文都承袭了汉文化的传统，无大的区别，但洛阳匾额的匾文某些方面有明显的地方特点，这与匾额制作当时的历史环境有关。清朝晚期及民国初期在中原特别是洛阳所处的豫西地区，由于中央政权的没落和更换，地方上土匪四起，同治年间捻军的兴起及民国初起镇嵩军等地方武装的壮大，加上兵荒马乱、民不聊生，各村寨受骚扰极大，官兵自顾不暇，无力顾及广大的农村地区，故当时各个村寨纷纷修墙筑寨，以防范匪患。据统计当时洛阳周边的村子基本都筑有寨墙，人们凭寨居住，昼夜巡更，以保证安全。故匾额中就出现了许多表现当时这种场景的题材。根据统计，这类匾额共有11块，现将部分匾额录文如下。

其一："里乡义士，恭颂大乡望一翁王先生硕德，道光二十六年三月谷旦，同村合立。"该匾征集于孟津县（见图2）。

图2　里乡义士

其二："梓里保障，恭为……急公好义题，民国四年喜月吉日题。"该匾征集于洛宁县（见图3）。

图3 梓里保障

其三:"保障一方,恭为大区长玉翁董先生大人懿行,大中华民国六年梅月吉辰,东营茅同鞠躬。"该匾征集于偃师县(见图4)。

图4 保障一方

其四:"一方保障,河南督军奖给一等奖状保卫总团长御臣史先生行述,中华民国八年菊月谷旦立,宋耿峤等八十八人。"该匾征集于渑池县(见图5)。

图5 一方保障

其五:"保障扬辉,恭颂附贡元华翁李忠先生大人懿行,中华民国九年季春月立,走马岭、烟火口、北铁炉、西后庄、河下南街。"该匾征集于宜阳县(见图6)。

图6 保障扬辉

其六:"捍卫闾里,恭颂端心时先生功德,中华民国十五年七月青城寨立。"该匾征集于孟津县(见图7)。

图7 捍卫闾里

其七:"义勇堪钦,恭颂大乡望盘翁程老先生暨少先生懿行,中华民国十七年荣月中浣谷旦。"该匾征集于偃师县(见图8)。

图8 义勇堪钦

从以上的匾额文字中可以得知，这些匾额的主人都是保障捍卫村子安全、免遭土匪危害的带头人和功臣，匾文中所提及的"闾里""里乡""梓里"都是村寨的意思，有的是数个村联合赠送的，有的是同村赠送的，有的是近百人赠送的，这些匾额反映的内容体现了豫西地区当时兵荒马乱、民不聊生的场景，逼得民众纷纷自保，这是特殊历史环境下的产物，也极富地区性特点。

（四）洛阳及北方匾额的雕刻特点

经与征集的南方地区匾额的比对，北方匾额的雕刻与南方匾额相比，有一定的地域性特征，主要有以下两个方面。

第一，匾文雕刻以阴刻和线刻为主，阳刻也有，但以乾隆时期居多，乾隆以后的鲜见，总体上阳刻所占比例远远少于阴刻和线刻。

第二，北方匾额的上下款一般题刻在匾额的边框之内，很少有直接雕刻在左右边框之上，而在边框上雕刻上下款的做法在南方匾额上都比较普遍。

（五）北方及洛阳匾额的色彩特点

在匾额色彩的装饰运用方面，南方与北方匾额有一定的差异。北方匾额特别是洛阳匾额一般是黑地金字，也有红字，但所用很少，边框上一般也是以黑色居多，通体红底色的匾额也有，但数量少，只有几例而已。蓝色的应用是洛阳匾额的地方特点，一是通体蓝色，匾文用蓝色显得极有视觉效果，北方及洛阳匾额中绿色应用得最少，根据统计只有两例，一例是绿地金字，一例是黑地绿框，而绿色在南方匾额中应用得较多。

总体上看，北方的匾额以色彩稳重为主，黑色是基本色，整体变化不大，色彩运用不丰富，北方人粗犷简朴的特点在匾额的色彩中也反映了出来。

（六）北方及洛阳匾额的纹饰特点

其实，北方与南方匾额的许多纹饰是通用的，其中北方及洛阳匾额大量使用的纹饰大致有以下几种。

第一，"五福拱寿"纹饰，这种纹饰南北方均使用，但尤以北方最多。在封建社会里，人们为了祈求福寿，将谐音"福"的蝙蝠作为吉祥纹饰，一般在匾额中常用的是在匾额上方居中直接刻出各种字体的寿字，再在四角刻出蝙蝠的图案，蝙蝠的雕刻比较写实是一大特点。也有在匾额上方雕出寿桃，也有雕出老寿星人像，其都寓意为寿字。

第二，"福、禄、寿"纹饰，这种纹饰比单独的五福捧寿更全面一些，既追求长寿，也要有财富和享福，这些纹饰不用文字去表达，都是以和其主题谐音的动物或植物来表达。如福是蝙蝠；禄用梅花鹿表达，取自鹿与禄的谐音；寿则用寿桃来展现。

第三，"琴棋书画"纹饰。人们在追求长寿及幸福康乐的同时，也追求精神上的充足，而琴棋书画的纹饰则是人们在精神层面的追求，有别于物质享受，这种图案代表了更高的层次。试想一下，人们丰衣足食以后，会去弹琴下棋、挥毫写字绘画，一派闲情逸致。起码这种追求比吃饱喝足之后无所事事要好多了，这种纹饰也有弘扬民间正义的寓意。

这种纹饰的表现一般是直接雕刻出这四种物品的形状，但也有极少数图案做得复杂一些，如表现出二人对弈、弹琴人悠然自得的实境。

第四，牡丹的大量运用。在北方匾额尤其是洛阳匾额中，牡丹纹饰的大量使用是一个显著的特点，它首先来源于洛阳地区人们对牡丹长久以来的喜爱，也来自牡丹种植的悠久历史，再加上种种关于牡丹的美丽传说和特殊身世，还有历史上达官贵人、文人墨客对牡丹的颂扬，以及牡丹本身所具有的花朵硕大、芳香无比的特点，故洛阳人对牡丹的喜爱达到了极致，所以这种思想就理所当然的融合于匾额之中了。

牡丹是大富贵的象征，是荣华富贵的表现，所以在洛阳匾额中牡丹作为纹饰应用得十分普遍，一般都寓意为大富大贵，或者富贵平安。

第五，八仙图案的普遍应用。在中国的历史上，八仙过海的故事广为流传，人人皆知，它的出现代表着人们对善的追求、对恶的抛掷，所以说八仙的传说也作为纹饰广泛应用在匾额当中。这种图案的出现有两种方式，一是作为寓意，只雕刻出八仙使用的法器作为代表，表达八仙的含义，这种技法是一种含蓄的表达，在制作上也较为简单，应用在匾额上作为纹饰也较为普遍。但也有将八仙的形象写实雕刻的做法，和只雕刻法器的纹饰不同，这种实景雕刻要求更高，工艺也复杂，但视觉效果更好，整个纹饰栩栩如生，匾额的整体效果更佳，但这种雕刻工艺使用不多。

三　南方匾额的地域性及特点

南方的匾额较之北方及洛阳地区的匾额，既有共同性，也有不少的地域特点，总体与当时整个社会及经济状况有联系，自宋代以后，江南的经济发展速度超过了北方地区，一些手工制造业比如陶瓷业、茶业、木器与漆器业、制纸业等主要以江南为主，特别到了明清两代，趋势就更为明显，这种大的环境自然也影响到了匾额的制造及使用。

(一) 南方匾额的型制、材质及特点

南方匾额的型制、材质及其他方面，虽然也遵循一般匾额的横长方形的规律，但比起北方匾额来还是有一定的特点，而且这种特征比较明显和普遍。

1. 南方地区的匾额普遍狭长

根据统计的匾额的数据，南方匾额普遍狭长，与北方相比很有特点。现我们将南北匾额尺寸（年代大致相同的）举例说明（见表1）。

表1　　　　　　　　　　南北匾额尺寸比较

洛阳匾额			南方匾额		
匾文	年代	尺寸	匾文	年代	尺寸
兄弟既翕	嘉庆十四年	宽138厘米 高69厘米	德学并远	乾隆十三年	宽224厘米 高88厘米
望余葳里	嘉庆己卯	宽222厘米 高110厘米	硕德芳型	乾隆二十二年	宽219厘米 高71厘米
望重山斗	道光四年	宽256厘米 高125厘米	桂兰焕彩	道光六年	宽225厘米 高70厘米
德被乡里	道光二十年	宽215厘米 高167厘米	倡助建祠	光绪八年	宽203厘米 高73厘米

从表1可以看出，两地匾额确实在这方面差异很大，这主要是由于北方与南方房屋建筑的差异所决定的，北方气候寒冷，为了防寒，房屋墙壁较厚，故房屋造得高大一些，大的房子则需要大的匾额。前边也说过，北方的匾额普遍尺寸比南方的大，边框也较宽，不似南方多爱使用窄框，故长方形的匾额适应大一些的房屋建筑；而南方的建筑墙体较薄，盖得不像北方的高，所以为了不影响匾额的效果，结合房屋建筑，多采用狭长型的匾额型制，这是一个重要的原因。

2. 南方匾额有四角出榫的现象

南方匾额的另一个特点是四角出榫，这是北方匾额所不见的。现举几例如下。

（1）"善余福庆"匾，四角出榫，年代为康熙丁卯年，即康熙二十六年，公元1687年（见图9）。

（2）"齿德崇高"匾，四角出榫，原匾无年代，经观察为清中期作品（见图10）。

图9 "善余福庆"匾

图10 "齿德崇高"匾

(3)"奕世箕裘"匾，四角出榫，原匾无年代，年代与上匾相同（见图11）。

图11 "奕世箕表"匾

(4)"椿荣桂茂"匾，四角出榫，年代为雍正九年，即1731年（见图12）。

图12 "椿荣桂茂"匾

（5）"荣庆杖朝"匾，四角出榫，年代为光绪十五年，即1889年（见图13）。

图13　"荣庆杖朝"匾

（6）"星见老人"匾，四角出短榫，年代为光绪二十八年，即1902年（见图14）。

图14　"星见老人"匾

（7）"耆年宿学"匾，四角出榫，年代为民国七年，即1918年（见图15）。

图15　"耆年宿学"匾

（8）"恩锡杖国"匾，四角出榫，年代已损毁不辨（见图16）。

图16 "恩锡杖国"匾

(9)"大宗来燕"匾,四角出短榫,年代为崇祯十六年,即1643年(见图17)。

图17 "大宗来燕"匾

这些四角出榫的匾额,全都征集于江南地区,时间也间隔较长,从明代晚期一直到民国初期都有。它的型制应与在建筑物上镶嵌挂放位置有关,一般的匾额是悬挂于墙上或大门之上,而这些出榫的匾额则应是镶嵌在木结构的房屋檐下。南方地区古代建筑木结构使用比例较大,所以为了安稳结实出现了这种型制,但这种匾悬挂出来是平面的,不似悬挂的匾有一定的仰视角度,这是一个特点。

3. 南方匾额中的双面匾额

同时,在南方地区存在着一种双面匾额,即在正反两面均刻有文字,一块匾额可以正反两面,作两块匾额使用,这是有别于北方匾额的特例,尽管发现的实例较少,但作为一种特殊的型制,这是很重要的,这类匾额只发现两例,分别是"衍庆堂"(正面)和"箕裘丕绪"(反面)(见图18),以及"文魁"(正面)和"棣萼联辉"(反面)(见图19)。

图 18　"衍庆堂"与"箕裘丕绪"匾

图 19　"文魁"与"棣萼联辉"匾

这两块匾一块是堂号匾，一块是官府门第匾，这种匾应悬挂在入口门楼下方，低垂于建筑物的下平面，处于位置较低的地点，其进入时可看到匾的正面，出去时可看到反面。这两块双面匾的正文均是匾额表达的主题，而反面都是赞颂之语，用来烘托正面匾额的主题，给人以遐想和思考。

4. 有上下题跋刻在左右边框的习惯

一般匾额的上下题跋都雕刻在匾额的边框之内，属于匾额正文的一部分，而把边框纳入装饰纹饰的范围。北方地区的匾额也有将上下款题跋刻于边框之上的现象，但非常少见，大致只有一两例而已，而南方地区的匾额此种现象比较普遍，约占整个匾额数量的1/6，有数十块之多，这应是匾额制作的一种习惯。这些刻有题跋的边框一般都是素框，而且边框的色彩和匾的色彩是一致的，这样才不致让人感到不自然和突兀。

5. 南方匾额用印较多且常配以闲章

所谓匾额中的用印是指将题匾人的印章雕刻于匾额之上，如果是有官职的人，则将官位刻于匾上，也有将题匾人所就职的官府名以印章形式刻于匾额之上。其实南北两地的匾额都有在匾中用印章的现象，但北方地区的匾额用印章较少，且主要是官府的印章，极少有私章和闲章；而南方匾额则除了和北方地区一样有将所就职的官府印章刻于匾额之上的习惯，其主要特点就是题写人有大量用私章和闲章的习惯，闲章包括其本人的号及笔名等。作为官府之印都是刻于匾额上方正中，不论南北方都是如此，这表达了对官府的崇敬。而这些私章和闲章一般都是题刻在上下题跋之中，以上跋为最多，这些印章一般也是正方形的，但比官府之印要小许多。也有将闲章题刻在上跋之前，直接刻在了匾额的右上方边框之中，刻在此处的这种闲章都不是正方形的，而是椭圆形的，非常特别。这些刻有私章和闲章的匾额题写人一般都是享有盛誉的文人墨客，也有位居高位的大官，其墨宝非常珍贵，很少有人能求到。其印章无论上跋或下跋都是上为私章，下为闲章，非常有规律。其中有一块匾额，共刻有5枚私章和闲章。

6. 漆器工艺制作的匾额

用漆器工艺做成的匾额，北方地区不见，而在南方则有发现，具体情况如下。

（1）"金萱抒甲"匾。该匾年代为宣统二年，用漆器工艺制成，其独特之处在于匾额的正文之中又加绘有花鸟瑞兽图案，形成字中有字的效果，字为红色，加绘的纹饰图案为金色，非常有特点，是漆器工艺中的珍品（见图20）。

（2）"期颐"匾。该匾年代为道光二十六年（1846），题写人规格非常高，是当年进士及第中的"榜眼"，即当年全国科举考试中的全国第二名吴敬所题，该匾黑色底漆配以红字，金色描边，由于保存不好，漆布已部分脱落。露出厚厚的批灰（见图21）。

图20 "金萱抒甲"匾

图21 "期颐"匾

（3）"砥节延龄"匾，此匾年代缺失，但应是清代无疑。该匾无边框，通体红底色，上用金色绘百福图，中间分布有暗八仙图案，非常有特色且制作工艺复杂（见图22）。

图22 "砥节延龄"匾

用漆器工艺制作匾额，是南方匾额的突出特色，其制作工艺比一般匾额远为复杂，造价也高，但其观赏性远远高于一般工艺的匾额，这与南方地区历来漆器工艺发达有关，也与南方地区空气潮湿、气候适宜，宜于保存此类匾额有关。

7. 独特的书画卷轴型匾额

前面说过，南北方匾额的型制都基本遵循长方形的模式，南方匾额较北方匾额狭长，但南方匾额在狭长的型制同时出现了以古代书画卷轴展开的型制，这是北方匾额所不见的，是南方匾额的特殊形式。如"福履偕臧"匾（见图23），其全文如下："福履偕臧 恭祝登仕郎大耆英锡五尊族兄大人荣晋七三暨元配邱老孺人同登六二双庆，恩授登仕郎云龙，例授大学生云峰族愚顿首拜譔，光绪二十四年岁次戊戌子月谷旦"。该匾就似一幅打开的画卷，画轴作为左右边框使用，上下另有雕有纹饰的边框，红地金字、蓝色框，型制非常优雅，不愧为匾额中的精品。

图23 "福履偕臧"匾

还有一种匾额，介于此种类型的匾额和传统型制匾额之间，在长方形匾额之中雕出书画卷轴型制，匾额的正文在卷轴中，卷轴之外到长方形外框之间则布满了各种各样的纹饰，比纯粹的书画卷轴又复杂了一些。这些匾额有"福备箕畴"匾（见图24），该匾年代为光绪八年，通体红色，长方形匾额中是一幅展开的画轴，给人一种匾中有匾的双重效果。

图24 "福备箕畴"匾

又如"贞静延年"匾，该匾为宣统元年所制，与上匾型制一样，所不同之处是匾文在书画卷轴之中，而上下跋文则在卷轴外的左右，介于边框与卷轴之间（见图25）。和这块匾一样形式的还有制作于民国六年的"眉寿永年"匾额（见图26）。

图25 "贞静延年"匾

图26 "眉寿永年"匾

8. 材质的区别

南方匾额的用材有别于北方地区，以南方地区常见的杉木、椴木等为主，也有椴木制作的。北方地区的匾额不但型制大，用材也较为规整，拼接的现象也有，但不多，一般一块匾额几块木板即可拼接而成；而南方的匾额虽然已经狭长，但还是用了许多细木板 S 拼接，这种现象较为普遍，最多的一块制作于清道光元年的"金宣永茂"匾，竟用了 12 块木板拼接而成，这是南方匾额的一个特点。

（二）南方匾额的种类特点

南北方地区的匾额，在匾义的主题种类上有很大的统一性和一致性，按照分类，其中还是有些差异，如贞节贤孝类匾额，两地数量大致相当；婚喜寿庆类中，南方匾额明显多于北方；而医德教泽类的匾额中，北方地区则数量多于南方地区。特别是堂号匾，南方地区明显超过北方地区，民俗博物馆收藏有堂号匾共计 35 块（见表2）。

表 2　　　　　　　　　民俗博物馆收藏的堂号匾

匾文	尺寸	色彩	年代	边框	题跋	征集地
纯孝堂	宽 213 厘米 高 65 厘米	匾文黑字 上下款金字	康熙三十年	素框		苏州
光裕堂	宽 263 厘米 高 83 厘米		乾隆二十三年	素框		苏州
德幅堂	宽 274 厘米 高 112 厘米		乾隆六十年	素框	下款刻于左边框上	苏州
惇睦堂	宽 218 厘米 高 76 厘米	匾文黑字	嘉庆二十年	无边框	下款系黑漆书写	苏州
全德堂	宽 92 厘米 高 60 厘米		道光元年	素框		偃师
星聚堂	宽 202 厘米 高 82 厘米	匾文、上款黑字	道光十八年	素框		苏州
绍裕堂	宽 122 厘米 高 52 厘米	匾心为湖绿色金字，内沿红边，外沿黑边	道光二十八年	素框		苏州
文德堂	宽 220 厘米 高 78 厘米	匾红地黑字	同治甲子年	素框		苏州
维则堂	宽 274 厘米 高 96 厘米	红地黑字	同治十二年	无边框		苏州
有崇堂	宽 208 厘米 高 93 厘米	匾文、上下款黑字	光绪元年	素框		苏州
意远堂	宽 190 厘米 高 70 厘米	匾为黑地金字	光绪十一年	无边框		苏州
鹏堂齐	宽 228 厘米 高 90 厘米	匾通体黑色	光绪十三年	素框		苏州
永福堂	宽 170 厘米 高 70 厘米	匾黑地红字	光绪戊子年	素框	上下款刻于边框上	苏州
爱竹堂	宽 163 厘米 高 53 厘米	匾心绿色，黑框金字	光绪十八年	素框		苏州
文渊堂	宽 185 厘米 高 63 厘米		光绪二十九年	素框		苏州
修齐堂	宽 175 厘米 高 85 厘米	匾心红色，黑字，黑色边框	年代不详	素框		苏州
法耀堂	宽 221 厘米 高 86 厘米	红地黑字	民国五年	四角饰鱼纹		苏州
锦文堂	宽 192 厘米 高 69 厘米	黑字	民国七年	边框四角饰蝙蝠		苏州
集喜堂	宽 193 厘米 高 60 厘米	黑字	民国二十五年	无边框		苏州
乐义堂	宽 138 厘米 高 59 厘米	红地黑字，黑色边框	年代不详	素框		苏州
荐香堂	宽 196 厘米 高 70 厘米	匾黑地金字	年代不详	素框		苏州

南北匾额的地域性及艺术风格特征

续表

匾文	尺寸	色彩	年代	边框	题跋	征集地
光裕堂	宽228厘米 高73厘米		年代不详	无边框		苏州
佑启堂	宽203厘米 高83厘米	匾通体红色	年代不详	素框		苏州
衍庆堂（正面）箕裘丕绪（反面）	宽136厘米 高62厘米	正面金字，反面绿地红字	年代不详	无边框	该匾为双面匾	苏州
永思堂	宽175厘米 高67厘米	匾面红色，字黑色，边框黑色	年代不详	素框		苏州
培元堂	宽198厘米 高80厘米	黑字	年代不详	素框，左边框缺失		苏州
树德堂	宽220厘米 高110厘米	匾文蓝色，纹饰彩色	年代不详	上框正中雕一团"寿"及两枚寿桃，下框正中雕桃、香炉、石榴图案，上下框左右两侧分别雕梅、兰、竹、菊图案，左边框雕"连年平安"纹饰，右边框雕"富贵平安"纹饰，四角雕变形蝙蝠图案		偃师
太和堂	宽208厘米 高81厘米		年代不详	素框		苏州
惇礼堂	宽235厘米 高81厘米		年代不详	素框		苏州
明显堂	宽200厘米 高76厘米	字黑色	年代不详	素框		苏州
祥善堂	宽186厘米 高82厘米	匾大红色，字暗红色，外沿金色	年代不详	边框四角饰蝙蝠纹		苏州
本源堂	宽196厘米 高85厘米	匾黑地暗红色字	年代不详	素框		苏州
永庆堂	宽156厘米 高63厘米	黑地红字	年代不详	无边框		苏州
务本堂	宽205厘米 高90厘米	匾心红色，字、框黑色	年代不详	左边框缺失，素框		苏州
述德堂	宽164厘米 高60厘米	黑地红字	年代不详	素框		苏州

从表2可以看出，35块堂号匾中，属于洛阳地区的仅有2块，其余全部来自南方地区，这不是一个偶然的现象。究其原因，前文已大致讲过，北方特别是中原地区，多数居民都是世代居住于此，中国历史上的主要姓氏都起源于该地区，族群分布相对稳定，许多大姓源自于古代，其居住习惯和方式根深蒂固，人们虽然也祭祀祖先，但是以建立宗祠的方式来进行愿望的诉求。在宗祠类的匾额中，北方特别是中原地区则占了多数，而南方地区的许多人都来自北方地区，从魏晋南北朝开始，历经五代十国及辽金的南侵，大批中原人民为躲避战乱迁移江南定居，故人经常怀念故土，所以为了纪念他们的家乡，也为了加强同姓之间的联络以及生活和生存的需要，他们纷纷设立先祖的祠堂，自立堂号，以表达对故土的怀念，增加同宗同族的凝聚力，最终提高生存力，世世代代繁衍不息。

（三）南方地区匾额的色彩特点

和北方地区的匾额相比，南方地区的匾额色彩特点非常突出，前边讲过，北方地区匾额的颜色多黑地金字，也有通体红色的，但所占比例不大，天蓝色及绿色的也有，但都很少，总体上给人一种沉稳的感觉。

南方地区的匾额有突出的特点，首先红色匾额较多，有红地红字的、红地金色字的，视觉上给人以冲击，十分夺目。再者是运用绿色作底色，这是一种特点，绿色匾额加上红字或金字，十分柔和，视觉上优美淡恬，不失为一种合适的搭配。另外南方地区匾额匾文有用黄色的，这应是替代金色的做法，北方地区的匾额多用金字，且是用金箔十分费力地粘贴上去的，而黄色接近于金色，是一种效果不错，却又经济实用的做法。

（四）南方地区匾额的纹饰特点

北方地区和南方地区在匾额纹饰上有许多共同点，如"五福拱寿""琴棋书画""回纹"等，但其有地区特征，现分述如下。

1. 多素框或无框

此种匾额数量多于北方地区，其原因一是因为匾额型制狭长，再加上边框，匾额的正文空间不够，故采用无框来处理；就是采用素框，也是以窄素框为主，目的也是节省空间。这种现象还反映在时间早晚上，年代越久远的匾额采用以上两种形式的数量越多，如明代天顺、嘉靖及崇祯年间的三块匾额均是素框，乾隆年间及其以前这种形式的数量也较多；而年代越往后纹饰越复杂繁缛，这是一种演变规律。

2. 出现了多重图案纹饰

北方地区的匾额图案均是雕刻于边框之上，一层分布，而南方匾额则出现了双层甚至是三层的图案，如前文所提及的书画卷轴型就是代表，这种多重纹饰视觉效果更好，做工也更加精细，雕刻更复杂，甚至可以说是一种精美的艺术品了。

3. 出现了竹节纹饰

这种用竹节作为纹饰的做法在北方和中原地区不见，而在南方地区则屡有出现，整个纹饰就是雕刻两根或者三根竹节作为边框，既起到了边框的作用，又十分美观，给人以清秀淡逸的感觉，十分特别。这与江南地区盛产竹子有直接关系，人们以竹为伴，生活和生产中大量使用竹子，竹子又一年四季常青，历来成为文人墨客歌咏的对象，所以将其作为边框纹饰是再正常不过的事了。

4. 鱼纹的应用

鱼纹这种纹饰在北方地区匾额中是不见的，而在南方匾额中则有出现。它的出现与江南气候湿润、江河塘池较多有关系；且南方人喜食鱼，生活中与鱼接触较多，故这种喜爱和习惯也反映到了匾额的纹饰当中。

5. 出现了镶嵌螺钿纹饰的匾额

和竹子及鱼一样，南方地区江河密布，水塘连绵，螺钿也多，而且螺钿也是南方人常食用的一种食品，故南方人将此也装饰到匾额的纹饰上，这种装饰分为两种方法，一种是将螺钿加工成碎片，镶嵌于纹饰及匾文当中，一种是将其捣成碎末，搅拌于桐油或者大漆之中，涂抹于纹饰或匾文之中。不论哪种方法，由于螺钿本身质白，闪闪发光，故感觉十分别致，给人一种耳目一新的感觉。

6. 出现了席纹

南方气候较之北方要炎热许多，人们生活中常与凉席打交道，而凉席的编制图案本身就十分有条理和优美，故将其作为匾额上的纹饰，既美观漂亮也独具特色，这是南方匾额纹饰中独具匠心的做法。

总之，匾额作为中华民族特殊的一种艺术表现形式，不论北方还是南方地区，既有一统性又有地域特征。无论如何，它们都将这种中华文明的奇葩表现得那么美轮美奂，让人流连忘返，刻骨铭心，更让我们感受到中华文明的博大精深，这也是我们对其进行征集、保护及研究的根本动力。

作者简介

王支援：文博研究馆员。现为洛阳市文物局副县级调研员、洛阳民俗博物馆馆长、洛阳匾额博物馆馆长、洛阳老子纪念馆馆长、洛阳契约文书博物馆馆长，洛阳市民间文艺家协会主席。

福建安溪龙通村许氏"儒雅开宗"匾考释

曹彦生

2016年10月国庆期间，对塔有专门研究并著书立说的友人薛增起、李景松夫妇，访古探寻铁观音茶至福建省泉州市安溪县感德镇龙通村，有缘在当地望族许氏祖宅"芹前堂"，看见乾隆五十八年题写的"儒雅开宗"匾（见图1）。许世家族正筹刻"芹前堂"重修记，薛先生回京拿出当地许氏后人撰写的《龙通许氏祖宇芹前堂重修记》和"儒雅开宗"匾额图片，希望提供匾额修复及撰写碑文的帮助，因图片显示牌匾有些破败，字迹因遭涂抹而漫漶不清，《龙通许氏祖宇芹前堂重修记》所叙芹前堂沿革语焉不详，需要现场踏勘并了解匾额的来龙去脉。同年12月23日，笔者应邀与相关文物、书法的专家一行三人赶赴福建安溪龙通村，历时4天，先后拜谒湖头镇李光地故居、石门村吴真人新祠堂和旧祠堂、玉湖殿，在吴真人新祠堂，吴姓长老吴茂预搬出"明祖妣勤慈许孺人暨男泽泉吴公合葬墓"墓志铭，供笔者研究。期间多次实地考察龙通村许氏"崇墉永峙"土楼、显龙宫、瀛洲堂和芹前堂（见图2）。许氏头人许金添、许庆丰父子，及族内有声望之人许金财、许四海等，从许氏各家取来乾隆六十年题刻"齿与德齐"匾额、《安溪龙通许氏族谱》等文物和珍贵史料。回京后数日，薛增起先生又将其实地调查的"皇清显考乡宾本斋许公墓"资料发于我。因工作之扰使研究工作时断时续，历时近一年方写就此文。每每念及此，深感愧疚于龙通村许氏族人的殷殷之盼。

图1 专家在福建安溪龙通村勘查"儒雅开宗"匾额

图2 安溪龙通许氏祠堂、土楼

一 龙通许氏溯源及地望关系

龙通古代闽南语称"林东"。龙通村东连石门村,西接大坂桃舟,南与洪祐村,北毗永春美岭村,村民主要为许姓,还有李、吴、汪、苏、王、黄、郑等姓氏,村落自然散布于洋中、和尚坂、莲山、西洋、虎豹岭、福堂等6个角落。民国期间与石门村合并,为仙门保,1952年从仙门保拆出,为石龙乡属十三区辖。1958年从石龙乡拆出为龙通大队；1984年改为龙通村委会。四周为莲花山等高山围绕，山清水秀，古宅密布，属难得的明清古村落。

据大唐高宗弘道癸未仲月吉旦，太子舍人杭之新城六十五世裔孙彦伯顿首拜撰的《高阳许氏世谱源流序》所云：许姓宗族家承许由，字武仲，传说是尧舜时期的高士贤人，尧帝敬重他的德能，曾有意把帝位让给他，他固辞不受，隐居箕山，农耕而食。后尧帝又请他作九州长官，他到颖水边洗耳，表示不愿听到。他死后葬于箕山之巅，尧帝封其为"箕山公神，配食五岳，后世祀之"，故后人称箕山为许由山，后世许氏人士多以他作始祖。至西周时期，周武王分封各路诸侯国，封姜姓文叔于许国，便以封国为姓，即许文叔（又称许太叔），文叔是许由的直系后裔，同为许姓的始祖，故称许由是许姓的开姓始祖，而文叔则是许姓的开国始祖。

春秋战国时期，许国为郑、楚等国所逼，曾多次在今河南及安徽北部一带迁都。许国被楚灭后，除部分迁居今湖北荆山及湖南芷江等地外，多数许姓就地繁衍或北上迁徙。许姓北上最初迁徙之地是冀州高阳（今河北高阳），后有许氏复迁回河南宝丰等地。秦汉之际许姓已遍布今河南、河北两省的大部分地区。此后，北方许姓主要分布于今河南、河北、安徽、陕西、山西等广大地区。许姓南迁始于魏晋南北朝之时。唐初，陈政、陈元光父子奉命入闽，有河南许姓将佐随同前往，在福建安家落户。唐僖宗时，侍御史许爱镇守漳州招安，后入晋江石龟。唐代以后，许姓已大举南迁繁衍于今江苏、浙江、湖北、福建、广东等省地。学术界比较一致的观点，许氏分为六大分支，分别是：高阳郡，为汝南许氏分支，是十六国许据的五世孙高阳太守许茂之族所在，治所在今河北省高阳县；汝南郡，汉高帝时置郡，治所在今河南上蔡西南，开基始祖为秦末隐居不仕的高逸之士许猗；河南郡，汉高帝时改秦三川郡置郡，为文叔直系后裔，治所今河南洛阳市；太原郡，战国时秦庄襄王置郡，为汝南许氏分支，东汉末年大名士许劭之后，治所在今山西太原西南；会稽郡，秦始皇时置郡，开基始祖为东汉著名文学家许慎之后，治所在今江苏苏州市；河内郡，秦朝实行郡县制时始置，开基始祖为元初大学者、理学家、集贤大学士许衡之后，治所在今河南省焦作市。

龙通许氏追宗溯祖于高阳，祖出高阳衍派。宋末元初，许氏有一支徙居广东，这与龙通许氏溯源于一世祖爱公派下，南宋理宗二年（1238）许氏昭养公自闽北尤溪县南迁立祖开宗的说法一致。爱公当然为许爱，而昭养公之后与龙通许氏的关系因族谱缺失，有待查证。

感德镇龙通村芹前堂的创建者许光麟兄弟八人或读书或习武，也真实反映出当时乡绅家族的传统观念，知书达理、保家卫国。《安溪县志》记述载地方有远见的官员认为：学校也者，俎豆夫子之地，而师之所教，弟子之所学，非有出于孝悌忠信之外。人人孝悌，变诈之习不作，而和顺之风大同，则盗贼亦人耳，岂不能渐驯其暴气，而默革其非心哉？夫以平日倾毁不治之所，一旦改观易视，过之者犹耸然动其心，况士子之朝夕游咏地，其有不感发兴起者乎？进而相观，退而相训，孝悌忠信之化，吾知其汹汹乎大行于一邑，而夫子在天之灵，必阴干德教于冥冥之中。安溪宁靖之庆，岂区区筑城屯兵之所能专哉？夫子尝曰："有文事必有武备。"是故不答问陈之意也。即使康熙时期"国家承平久矣，而康阜之盛，莫如今日。虽岭限海带，越在边徼，如吾泉州之为郡，亦且生齿蕃殷，地力竭作，谷深山阻，崎岖而曲折，皆有保聚之民，垦辟之壤；而玩忽涵养之过，巨奸大憝，往往伏其间，如果蔌大熟，则蠹藏焉"。所以承办儒学，文以化民，成为唐宋元明清安溪县众多官吏从政的重要目标。

清初理学家安溪湖头人李光地在其《吴真人祠记》中写道："吾邑清溪之山最高者曰石门，吴真人者，石门人也，乡里创庙立祀，子孙聚族山下，奉真人遗容。"据《龙通许氏族谱》载：国达公三子许光龙，字亨旋，号桓斋。生乾隆己卯八月廿二辰时，娶下村汪轩女名城娘号佳慈；娶侧室泉城李氏金娸，生男一，女位娘配永春三都田中乡太学生曾雄。公卒道光辛巳正月十九酉时，享年六十有三；李氏卒嘉庆辛未正月廿五申时，年四十三。例贡生姻家侄吴捷蟾传曰："行不得诸亲见者，犹可得诸传。闻若桓斋公，廓然有大志不历历可溯欤！当夫束发受书学乎游艺一语旋有志焉。长与诸弟昆游谈及夔相之圃，靡不欣然从事，将所谓大志者于是乎在矣，然犹未遂也。迨陆宗师主试，新铏一发，身游泮水，将所谓大志者于兹稍遂矣。泮水即泮水宫，在湖头镇儒学府边，泉城李氏必与李光地后裔有亲缘关系。族谱中为国达公许至著作传的李维迪，当为阆湖续妻李曝舍族人，与李光地家族同姓、同里，何种宗亲关系待查。十九世祖许日櫶娶湖头文房李龟老舍次女足娘。二十世祖许清韬娶湖头李氏鹤娘。

龙通许氏与吴真人后裔互为姻亲，赐进士第翰林院庶吉士眷生郑之玄撰文的《明祖妣勤慈许孺人暨男泽泉吴公合葬墓志铭》（见图3）记述：许孺人生于嘉靖丙戌年（1526）四月初二日，卒于嘉靖辛酉年（1561）十月二十日，享年三十有六；吴泽泉生于嘉靖丙午年（1546）十月十九日，卒于万历癸卯年（1603）七月初十日，享年五十有八。墓志铭颂：祖慈而神，母慈而人，神也渡世人也；儿孙纫金，怀子与道，合真人奉，膝下南北唯命。云胡稚子，遄飞远征，慈孝贻顾，百代是馨。墓志铭明确提到吴真人吴夲"先世自光州固始，择胜于清溪常乐里家焉"，乾隆二十八年（1763）的《泉州府志·都里》安溪县部分载称，常乐里有19个自然村，其中就有石门，石门古属常乐里而今属感德镇。《泉州府志·山川》还载称："石门尖在常乐里，高峰陡绝，不可攀跻，上有吴真人遗址。"石门村祭祀吴真人仪式都在宗祠中举行，他们尊称吴真人为"云冲公""真人公"，以尊敬祖先的礼节来祭祀。石门吴氏谱牒，诸如康熙年间《石门吴氏族谱·小引》、民国时期重修族谱收录的《玉湖殿保生大帝序》等，都叙述"先祖真人公"，吴真人祖籍是安溪石门村。许孺人属何支许氏难以考证，当与龙通许氏有关。

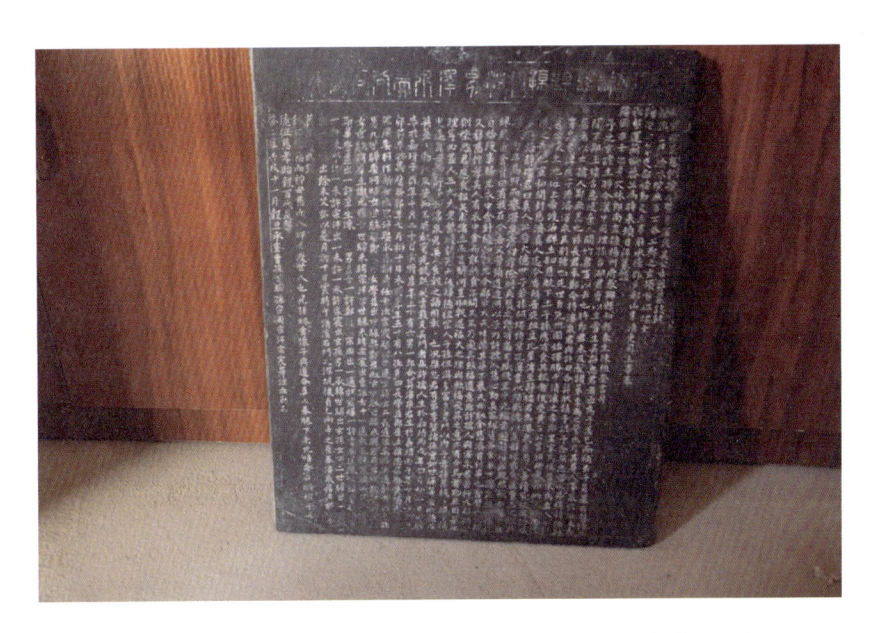

图3 郑之玄撰文"明祖妣勤慈许孺人暨男泽泉吴公合葬墓志铭"

安溪龙通许氏族谱明确记载，十八世祖许光麟娶石门太学生吴绣夫长女，名三娘，号德慈；许光麟五弟许光湛娶石门吴提官女，名湛娘。十九世祖许日枫娶石门吴抱官女子安娘，许日杯娶石门蕉荇吴氏理娘，许日御娶石门吴氏洒娘，许日橞之女配石门吴意官。二十世祖许清笏二妻娶石门吴氏。二十世祖许清瓒娶吴氏气娘。至今，龙通许氏和石门吴氏仍然保持互婚，在北京从事汽车配件生意的许金财夫妇，夫人就出自石门吴家。可见，乡绅财主出身的许家，与中医世家的吴家、官宦之后的李家，在二百多年的历史交往中，还是有门当户对、友好信任的传统。

二 "儒雅开宗"和"齿与德齐"匾额轶事

乡宾不同于乡贤，外乡之人五服之内之乡绅、耆老、威望之人，一般称之为乡宾，而当地老地户尊称德高望重之人为乡贤。许光麟在所赠牌匾及墓碑所刻均尊称乡宾，族谱也说其"崇重乡宾"，证明其迁至龙通村居住的始祖当不超过五代。龙通"崇墉永峙"土楼占地1050平方米，建筑1800平方米，高11米、宽长均为29米、外墙石基厚2.8米，夯土墙厚2米，明清样式三层阁楼共有房72间，世代相传耗资巨万、历时8年修成。实地调查许氏后人尊称的"土楼公"，又有十四世和许光麟其父十七世"国达公"两种传说，当地一些2017年出版的相关书籍也多采信十四世祖创建。其证据当为"崇墉永峙"土楼的石匾雕刻的双边款"甲申年瓜月立"。瓜月，又称巧月、兰月、兰秋、肇秋、新秋、首秋、相月、孟秋，即指七月。甲申年确为1644年，郭沫若撰写的《甲申三百年祭》，影响和警示着几代中国人。受此影响，甲申年瓜月立"崇墉永峙"土楼，给人第一反应就是建成于1644年。而许尔阶的生活年代也是那一时期，许氏家族相传的土楼公似乎合情合理，但缺少史料、族谱记载的"崇墉永峙"土楼，其口口相传并不断演绎的传说符合历史真相吗？

《龙通许氏族谱》开篇为十七世"国达公"。记载其父十六世明哲公。显然此支许氏宗族开宗于十八世祖许光麟。时间至迟是乾隆五十八年（1793）花月谷旦。花月就是二月，历史上也有丽月、杏月、仲月、仲春、酣月和如月的雅称。谷旦，是良辰吉日的意思。兵部尚书，兼都察院右都御使，提督闽浙地方军务，兼理粮饷盐课伍拉纳；兵部侍郎，兼都察院右副都御使，提督福建地方，提督军务兼理粮饷浦霖；钦命经筵讲官，工部左侍郎，兼理兵部事务，提督福建学政加一级郭奕孝；福建等处承宣布政使司布政使，加十级纪录十次伊辙布；特授泉州府正堂，加五级军功，随带加三级纪录五次□□□；文林郎，署安溪县事，加五级纪录五次李师川；特调泉州府，安溪县儒学正堂，兼署左堂，加三级孙钟源；泉州府安溪县分署督捕厅周璧勋八人，共同为乡宾许光麟开宗赠匾（图见"儒雅开宗"匾）。除文林郎李师川、安溪县儒学正堂孙钟源、安溪县分署督捕厅周璧勋三人外，伍拉纳、浦霖、郭奕孝、伊辙布四人为朝廷命官，伍拉纳在《清史稿》有专传，伍拉纳、浦霖和伊辙布三人在乾隆六十年（1795），"伍拉纳、浦霖贪纵、婪索诸属吏，州县仓库多亏缺。伍拉纳尝疏陈清查诸州县仓库，亏谷六十四万有奇、银三十六万有奇，限三年责诸主者偿纳。至是，魁伦疏论诸州县仓库亏缺，伍拉纳所奏非实数。上命伍拉纳、浦霖及布政使伊辙布、按察使钱受椿皆夺官，交长麟、魁伦按谳"。"籍伍拉纳家，得银四十万有奇、如意至一百馀柄，上比之元载胡椒八百斛；籍霖家，得窖藏金七百、银二十八万，田舍值六万有奇，他服物称是；逮京师，廷鞫服罪，命立斩。伊辙布亦逮京师，道死。受椿监送还福建，夹二次，重笞四十，乃集在省诸官吏处斩；又以长麟主宽贷，夺官召还，以魁伦代之，遂兴大狱，诸州县亏帑一万以上皆斩，诛李堂等十人，馀谴黜有差。"

可以看出，乾隆五十八年（1793），以儒雅而开宗的龙通许氏第十八世祖许光麟，家谱记其"为人克敦孝友，持己以宽化人，以善乡间咸仰。癸丑，崇重乡宾。邑侯李公赠以'龙门通德'之额，延师训诲子弟。侄辈穷经讲武夺标游泮者二。佐尊人创建芹前及瀛州、阳东诸宅。经营家业巨万，丰饶规模宏大，以继父志。至于重道嗜学，重师交友，博爱好施，苏穷拯困，美不胜言。信乎！公之孝友、宽容、乐善，为不诬也"。经营家业巨万，丰饶规模宏大的许光麟托人求福建朝廷命官为其开宗美言，并非难事！乾隆癸丑（1793），崇重乡宾，说明当年被地方尊为乡宾的许光麟借此机会开宗分立，佐尊人创建芹前及瀛州、阳东诸宅。尊人，当指其祖父十六世祖明哲公；三宅恰恰是其为父兄弟三人所分立。乾隆六十年（1795）岁在乙卯阳月吉旦，文林郎、候补知县、安溪县儒学教谕、加三级高迪，为耆老许光麟立的"齿与德齐"匾额（见图4），不再见泉州府以上高官，再次证明两年前为其署名的几位朝廷要员东窗事发，"儒雅开宗"匾额署名的八位官员均被涂抹，恐为当时所漫，未必是文革之毁。阳月就是十月，历史上也有良月、露月、初冬、开冬、飞阴的雅称。

图4 乾隆六十年"齿与德齐"匾额

文林郎不是职官，清朝时为正七品文官所授的散官名，吏员出身者授宣义郎。耆老，特指年老而有地位的士绅。按《龙通许氏族谱》查，许光麟乃"国达公冢子，生乾隆戊辰（1748）闰七月三十日丑时，娶石门太学生吴绣夫长女名三娘号德慈；胜男二。卒于嘉庆癸酉（1814）三月二十八未时，享年六十有六"。乾隆六十年（1795），许光麟该年为47岁，尚未达到耆的年龄，与"齿与德齐"一样，誉其年长德高，仍属尊称。

许氏十七世祖许至著生于雍正己酉三月十八日，也就是1729年。族谱明确记明哲公三子"国达公"许至著与伯仲共建崇埔，自筑芹前及阳东诸宅，完聚家业。明示十七世祖"国达公"兄弟三人创建"崇埔永峙"土楼，当然创建"崇埔永峙"土楼的巨额资金非一朝一夕所为。龙通许氏族谱毁于"文化大革命"，续谱起自十七世"国达公"许至著。至上则演变为传说。如当地印制的材料称：许氏家族十四世祖"尔陛公"于崇祯四年（1631）始建，历时8年完工，即1639年建成土楼，如此说又与"甲申年瓜月立"的甲申年（1644）相差5年而不符。而且"尔陛公"是上文所说的许氏十四世还是十五世，语焉不详。当地材料记述：许氏十四世祖许尔陛，号延陛，生于万历辛亥（1611），卒于康熙戊辰（1688）；十七世"国达公"许至著生于雍正己酉（1729）；许至著出生时，十四世祖、太爷"延陛公"早已仙逝近40年，如土楼为"延陛公"所修，族谱所载十七世"国达公"许至著与伯仲共建崇埔，从时间上不符。《龙通许氏族谱》记述：乡饮大宾许光麟，字亨源，名光泉，号本斋，国达公冢子，生乾隆戊辰（1749）。许光炳，字亨照，号仰斋，国达公次子，生乾隆辛未（1751）正月初二未时；公年甫弱冠即以燕翼为怀，故筑崇埔佐乃祖以逮厥成；置芹前、阳东佐乃父以成厥宇，其为子孙计也远矣，又复创置物业，积资巨万。由此推断："甲申年瓜月立"之甲申年当为1764年，即乾隆二十九年。此时的本斋公许光麟15岁，仰斋公许光炳13岁"年甫弱冠"，而"国达公"许至著35岁，与伯仲兄弟相差几岁，年富力强。尤其是国达公五子许光雁，字亨且，名光湛，号乐斋，"躬习艺略"，"既讲武又好穷经"，翰林院庶吉士宗侄许有韬曾为其作颂。国达公六子许光瀁，号颖斋，生于乾隆壬辰（1772）十二月廿八巳时，卒嘉庆甲戌（1814）五月初一酉时。赞曰：建芹前、阳东者阳斋公也，而建瀛洲者颖斋公也。建芹前堂、阳东堂在前，瀛洲堂在后，三座祖宇均为国达公带子创建，而"崇埔永峙"土楼是国达公与两位长兄合力所为。国达公次子许光炳筑崇埔，佐乃祖以逮厥成，乃祖也指向十六世明哲公。

龙通许氏族谱毁于"文化大革命"。续谱起自十七世"国达公"许至著。谈及十六世祖明哲公。溯源于一世祖爱公派下，南宋理宗二年（1238）许氏昭养公自闽北尤溪县迁入龙通村，视为开基始祖。生广赐、广济，淳祐壬子年（1252）建龙安、显龙二福堂，妣胡氏携子胡宗荣归入本宗，胡姓与许家为翁婿关系，当时家业三分，厥后另立胡姓祠堂，显龙宫系胡姓祖宇，康熙乙丑年（1685）重修之。综上所述，许氏"尔阶公"许延陛当为十六世祖明哲公之爷，卒于康熙戊辰年（1688）的"尔阶公"许延陛，乃龙通许氏一支始祖。"尔阶公"许延陛必是从外面迁徙至龙通村，至十八世祖许光麟时，到龙通四代，故称许光麟为龙通"乡宾"，礼也。由此，土楼公也浮现出来，即许氏家族尊称的土楼公为十六世祖"明哲公"。此支分宗当有原因，资料说许至著的两位长兄许伯余和两子许志东、许志性迁居建宁县东尤街，另一位许伯兼和子许志秀迁居大田县。龙通许氏在十四世迁居龙通，在十六世又出现迁移，何因离开龙通，有待龙通许氏后人查证，前文提到的翰林院庶吉事宗侄许有韬当为许伯余或许伯兼后裔。龙通留下的十七世祖"国达公"许至著，为十六世祖"明哲公"幼子，汉族古有幺子守家守业、赡养父母的传统，在十八世由长子许光麟在龙通，借助朝廷官员的威势"儒雅开宗"。

三　祠堂及匾额在安溪的教化作用

安溪县地处偏僻，交通不便，历史文献记载明确。安溪县儒学署教谕张毅、安溪县典史陈笃敬监修，邑人翰林院编修李光地参订的《安溪县志》记载了宋令陈宓《书丞厅壁记》，宋时"安溪地逾百里，僻远而民贫"。《惠民药局记》也说"安溪视诸邑为最僻，深山穷谷，距县有阅五六日至者"，"俗信巫尚鬼，市绝无药，有则低价以贸州之滞腐不售者。贫人利其廉，间服不瘳，则淫巫之说益信。于是有病不药，不夭阏幸矣！诗曰：'蓝水秋来八九月，芒花山瘴一齐发。时人信巫纸多烧，病不求医命自活。'"又《安养院记》说："安溪距城百里，计绝一隅，地无重货，商旅不至，惟贫困无聊之民，僦力执事，往来山谷间。地势幽阻，秋冬之交，病作相望，伥伥无所栖。其或得托庐以息，而居人恐其或死累已，驱去之唯恐不速。以故羸困颠顿，往往不免，官无由知。"到了明代嘉靖时期，河南参政王慎中《平寇兴学记》记述安溪风俗时，写道："安溪在郡治之西，而白叶坂一带，又漳寇出没之径，百姓秋收之后，则束包以待走。"即使到了清康熙年间，"安溪，故名邑也。其治境穷处为白叶堡，交乎漳、汀诸州，牙犬相入，箐簿溪涧，缭绕回复；既去治所远，而势险可凭。民桀黠暴悍者穴而据之，为四远逋逃之薮，时出抄旁近村落。吏漫不省，以为细故。日增月长，所聚既多，旁近所抄，不足满贪嗜，则出剽旁邑南安、永春间，而同安之剽尤剧，至曳兵行城市间巷中，若践无人之地，俘民男女以为质，而邀赎略。兵革久弛，不逞之警，起于非意，游徼虞候之将卒，掉眩相目，视其得意去而已"。所以诸如李光地这样的一代名臣，幼年也遭受过被土匪掳掠抵押的不幸之事，正是康乾所谓盛世的真实写照。

乾隆五十八年（1793）夏天，英国派出的第一个访华使团到达中国。清王朝雇佣了许多老百姓来到英使团的船上，为英国人端茶倒水，扫地做饭。英国人注意到这些人"都如此消瘦"，"每次接到我们的残羹剩饭，都要千恩万谢。对我们用过的茶叶，他们总是贪婪地争抢，然后煮水泡着喝"。

使团成员约翰·巴罗在《我看乾隆盛世》中说："不管是在舟山还是在溯白河而上去京城的三天里，没有看到任何人民丰衣足食、农村富饶繁荣的证明。……除了村庄周围，难得有树，且形状丑陋。房屋通常都是泥墙平房，茅草盖顶。偶尔有一幢独立的小楼，但是绝无一幢像绅士的府第，或者称得上舒适的农舍。……不管是房屋还是河道，都不能跟雷德里夫和瓦平（英国泰晤士河边的两个城镇）相提并论。事实上，触目所及无非是贫困落后的景象。"

安溪县虽然偏僻落后，但古有建祠堂、兴儒学的传堂。笔者在仅仅四天的时间里，就深深地被李光地故居、芹前堂祖宇、吴夲故居等具有祠堂功能的古建所深深震撼。龙通许氏始祖兄弟八人，或文或武，甚或文武一身，表明当地士绅家庭儒雅的家风和宗族祠堂的约束。

李光地早在康熙九年（1670）即中进士，历任内阁学士、直隶巡抚，累官至文渊阁大学士，为官近半个世纪，政绩斐然。著名史学家陈祖武先生称其为"一代创业功臣"。清康熙五十四年（1715），时年74岁的大学士李光地返回故乡（今福建省安溪县湖头镇），看到家乡子孙以及族人的变化，他还是大为震惊，直言李氏子弟"习气甚庞"，"自家子弟及乡党间习染深重"，甚至"匪类窜籍者亦多"。为改变这一现状，李光地亲手订立了一系列"家训"，告诫李氏子孙及族人："夫世无百年全盛之家，人无数十年平夷之运，兴衰激极，存乎其人。"并称："吾生七十年间，所阅乡邦旧家，朝著显籍者多矣，荣华枯陨，曾不须臾，天幸其可徼乎？祖泽其可恃乎？"中国古代流传下来的诸多"家训"，多以道理服人，其中不乏类似李光地这样的谆谆教诲，制订"家训"的人也多以自身经验、阅历和眼光，昭示子孙后代，期盼后人在人生发展上事半而功倍。李光地所制订的一系列"家训""规约"中，除了循循善诱之外，还辅之以国家律法，甚至是以律法为依托。他深刻认识到"凡再实之木，其根必伤，席荫骄矜，衰落立至"，"自今以往，有犯规条，我惟有从公检举，闻于官而与众共弃之，不能徇私庇护"。身居高位而不为子孙族人徇私，严以律法，与今天腐败高官形成巨大的反差。

在今日的安溪县湖头镇，李光地故居几乎是所有参观者的必选，以李光地制订的一系列"家训"为内容的展示牌最为醒目，让游客从中获取关于治学、处世、理政的诸多经验。以教诲为先导，以律法为依托，李光地的"亲爱之言"一代代流传下来，李光地一生践行"欲治其国者，先齐其家；欲齐其家者，先修其身；欲修其身者，先正其心"的儒家思想。在《诫家后文》中，李光地叙述了先辈们创业的艰难，"昔吾祖念次府君，起家艰难，十三岁能脱父冤狱，遂辍学营生以养亲。溪谷林麓之间，颠沛万状，至状岁渐赢"，"乙未、丙申间，家遭大难，陷贼十余口"，"甲寅、乙卯之年，闽乱大作，余既踪迹孤危，亦系家门祸福，耳属于垣，莫可计议"；好不容易迎来家族兴旺、时局安定的日子，"三十年来，颇安且宁，食禄通籍，遂称官家"，"夫先世既以孝友勤劳而兴，则将来也必以乖睽放纵而败。吾生七十年间，所阅乡邦旧家，朝著显籍者多矣，荣华枯陨，曾不须臾"；进而对家族子弟中"侮老犯上，谓之鸱鸮；贪利夺食，谓之虎狼"的违法乱纪行为深深谴责，表示"吾等老成尚在，必不尔容，即祖宗神灵在家，亦必不尔佑。况于不类子弟，又每藉吾影似以犯法理，尔不为吾惜名节，吾岂为尔爱身命。国宪有严，亦必不尔宽也"。

附著在李光地故居的《劝学箴》《惜阴箴》和《诫家后箴》，"箴"作为古代一种以告诫规劝性为主的韵文，本身就是古代家训的一种。含蓄隽永，琅琅上口，便于记忆，警示莘莘学子要惜时勤学，风清气正。在《本族公约》中，李光地同样从祖辈艰难起家、勤俭创业谈起，"吾族聚居于此，十有余世，根衍枝繁，人丁众多"，"凡再实之木，其根必伤，席荫骄矜，衰落立至，况抵扞文法，便有目前显然之祸"；"自今以往，有犯规条，我惟有从公检举闻于官，而与众共弃之，不能徇私庇护"。"此时虽冒刻薄之名所不辞也"。

在《龙通许氏族谱》中，武生许光龙、许光雁誉满乡里，家族后人对尊称土楼公的十六世祖"明哲公"神话有加。有关土楼的传说多如牛毛，笔者从其传说中分析，多为与安溪铁观音茶、土楼创建和保护之艰有关，许氏家人传说铁观音茶种植始于许氏，得益于康元帅的托梦；在土楼建成至解放前，多次土匪打劫也得益于康元帅的保护。康元帅，汉族民间信仰之一，传为东岳大帝属下的十太保之一。康元帅名字不详，父名康衢、母金氏，生于黄河之滨。康元帅慈惠悯生，从不伤害幼小者，照顾孤寡，连虫蚁也怕踩死。时常救助贫病之人，扩及万物，甚至曾经从老鹰口中救下小鸟，鸟衔着"长生草"以报答他，民众都说他"仁圣"，登天之后，天帝就封他为"仁圣元帅"，掌管四方土地神。元帅的造像是左执金斧，右执瓜锤。如今，"儒雅开宗"复制匾被高悬于许光麟开宗并亲手创建的"芹前堂"中堂，原匾被其后人当作文物和圣物而珍藏。显龙宫中，康元帅像重新塑立，传续着铁观音茶的神奇。

祠堂、祖宇、老宅是凝聚家族向心力的重要载体。而流传下来的匾额因文字的重要性，弥补家谱和方志的不足，更是一个家族辉煌历史的见证物，在家族成员之间具有不可估量的精神力量。家是情感的寄托，祠堂寄托了家族的亲和、厚重以及希望。可以说，祠堂包括其中的楹联匾额是家庭文化的纽带和传承载体。随着城市化的发展，小家庭时代的到来，越来越需要家风的规范、家训的警醒、家教的引导、家艺的传承、族规的约束及祠堂的凝聚。推动中华优秀传统文化创造性转化、创新性发展，构筑中国精神、中国价值、中国力量，建设社会主义文化强国，为实现中华民族伟大复兴而努力奋斗，这就是新的文化使命。文化使命即文化责任与担当，是当代中国必须主动作为并力求实现的文化愿景和文化目标。因此，立足于文化自信基础上的新的文化使命，既是继承传统、做好当下、着眼未来的必然要求，更是增强文化自信、赋予文化自信坚固支撑、使文化自信长久保持并充分发挥作用的必然选择。嬗变不离其宗，剥离历史上的尘埃恢复真相，挖掘整理好家庭、家艺、家族、家祠、家谱的内涵和文化，讲好中国每一个家庭、家族、民族的故事，溯本追源，不忘初心，传续中华优秀传统文化，让我们的家族之脉、民族血脉、文化序脉源远流长，实现新时代中华民族伟大复兴的中国梦。"人民有信仰，国家有力量，民族有希望。"文化是一个国家、一个民族的灵魂。深入挖掘中华优秀传统文化蕴含的思想观念、人文精神、道德规范，"满足人民过上美好生活的新期待，必须提供丰富的精神食粮"。

作者简介

曹彦生：北京民俗博物馆馆长、北京东岳庙管理处主任。对文物兴趣广泛，杂项为主，在古钱币、高古瓷和高古玉专项有较深入的研究。参与撰写《长城百科全书》《民国时期商业俗文化》《北京民政志》《漕运文化研究》等书籍；主编《礼与中国文化》《北京东岳庙楹联荟萃》《观瓷》《丝绸之路文物精品展》，监制出版《北京寻五顶》音像片；在国家二级以上学术期刊发表学术论文近20篇。

读 古 匾

王　昊　王克强

古匾如古书，妙处全在读。

读，方能品出古匾的价值与风姿。

小小一方古匾，藏着的却是大大的国学。这里有仪礼、教化、功名、仕途、文采、书法、家国……

读懂这些，古匾才会活起来，传下去。

一　家国记忆

修堂建屋是家族大事，竣工后，都要立匾，既为装饰新居，更为纪事铭志。

"风高彦伯"和"广文第"就是这样两块宅第匾。

"风高彦伯"匾（见图1），上款："文林郎知湖南衡州府安仁县事加三级纪录五次军功记大功一次周廷瑾为"；下款："友文年学兄乔梓荣建　嘉庆八年岁次癸亥季冬月谷旦"。风高彦伯，大意是风仪高超的才学之士，乔梓指代父子，这是友文父子建完新居后，友文的同学周廷瑾题匾致贺。

"广文第"匾（见图2）上款："文华殿大学士兵部尚书兼督察院两广总督部堂瑞　奏为"；下款："同治十二年仲秋月谷旦分发儒学廪贡生黄玉清立"。广文，是明清时对县级教育官员的一个别称，这是黄玉清被任命为县里的儒学教谕（或训导）后，两广总督瑞麟为其宅第题匾勉励。

图1　"风高彦伯"匾

图2　"广文第"匾

这两块匾现藏于辽宁海城国强展览馆。

它们曾经分别悬挂在湖南和广东的某个宅院里，百多年以后，却在遥远的辽东并肩，多少云烟，几多流年，尽在匾间。

一块块古匾，就像时间长河里的一片片风帆，串起了一个个家族的故事，这些故事汇聚一起，就勾勒出悠长的家国记忆。

"正大光明""万世师表""天下第一关"这些名匾的背后都有大事件、大背景，是古匾里的宏大叙事。更多的匾额挂在民间宅院、寻常巷陌，是古匾里的涓滴细流，记录着一人一事、一家一族、一乡一闾的故事。

"贡元"是科举告捷踌躇满志的得意；"蓝田种玉"是收获美好姻缘的甜蜜；"荻教延厘"是对一个贤母教子有成的钦敬；"德寿兼隆"是对一个老人年高望重的褒赞……

一代一代的人在一方土地上降生、成长和悄然死亡，只有那些刻在木板上的文字为后人们讲述一个又一个或欢笑、或凄婉、或明朗、或晦涩的故事，让人不断回味。这就是古匾的记忆遗产价值。它们从时间深处走来，拂去历史的烟尘，浮现出磅礴的笔锋、凝练的文采、精湛的工艺，带着汉文化举世无双、雍容大气的美感，正在惊艳世界。

二　诗礼传家

道光己丑年（1829）冬月，胡达尊在家里立上了一块匾："乡饮大宾"（见图3）。乡饮大宾，出自《礼记》。乡饮酒礼是古代一种庆祝丰收、尊老敬老的宴乐活动，由当地官吏和推选出的德高望重的乡贤长者主持，这些被推举的乡贤就是乡饮宾，细分还有乡饮大宾、乡饮介宾等。能够在这样一个古老重要的嘉礼上担任宾介，代表了对一个人德行与声望的巨大肯定，因此，胡达尊激动过后，立匾铭志。

图3　"乡饮大宾"匾

礼，这个汉文化里极具分量的文字，就这样被一块块古匾隆隆托出。礼，有一些已经逝去，有一些仍在继续。从某种意义上来说，匾，就是礼，匾额文化，就是一种礼文化。

《左传》里说：国之大事，在祀与戎。这句话中的"祀与戎"，有关学者认为，是指属于礼制范畴的祀礼和军礼，而不是指祭祀和战争。礼，曾经被置于如此高度，是否令今人咋舌？

《周礼》《仪礼》《礼记》，合称三礼，名列儒家十三经，是读书人必学、必考的经典，也是无论黎民百姓还是王公贵族必尊、必行的圭臬。

礼部，南北朝北周始设。隋唐为六部之一，历代相沿。清代礼部总的执掌是管理国家祀典、庆典、军礼、丧礼，接待外宾，管理学校和主持科举等事，一礼一教，专设一个国家枢纽机关为之，可见礼、教之重。

由此可知，礼，是法、规之外的另一种约束，看似散漫，实更雄浑！同时，这些与家庭身份相符的、遍布厅堂内外的匾额又是那个时代的特殊名片。树立在自家的正门口如一面面辉煌的旗帜，在风里招展，那是家族获得的一个又一个最为隆重的表彰。

辽宁海城国强展览馆藏有一块独特的古匾,权且叫它"六叠家匾"(见图4)档案匾吧。这块匾来自湖南。它是将"筠班一鹗""绛县遗风""德音孔昭""乐善永年""誉著上国""名登少府"六块匾整理刻制到一块匾上,立匾人分别是职员刘光类、饮宾刘光颚、饮宾刘明校、饮宾刘学礼、议叙九品刘明抡、职员刘盛锦,时间从乾隆丁酉年(1777)到同治七年(1868),这是一个刘姓家族将近100年间的匾额档案,同时也是一个家族对100年来的荣光的记录。刻此匾,是希望延续辉煌,还是担心难以为继?其间意味可谓深长。

一块匾额高挂,几代诗礼传家。

图4 "六叠家匾"

三 贞节贤孝

她静静地挂在墙上。在周围一片匾额间,她的外观并不醒目,大小适中,匾式普通,漆饰凋落后,露出木头本色。但很多人走到她面前,却会立刻停住。

匾文题着四个大字:"从容就义"。行楷,笔势朴拙厚劲,阴刻,刀工粗豪,入板较深,这四个字嵌在板上,感觉有点挤,有点压。从容就义,让人下意识地想到,这块匾是立给哪个革命烈士吧?去看款,匾额上款竟是一段小短文:恭颂大壶范李母宫孺人女节 孺人方在闺时 闻聘之李公卒于异乡学中 默为悼叹 遂于卧室六日不食而死 蒙旨旌为义女 乡党书是额以义之。下款为咸丰九年十月谷旦 乡眷全顿首。

该匾的大意是:姓宫的女子被许聘给李家,未过门,却听到李姓男子死在异乡学堂中,该女在自己闺房内绝食六天而死。官方闻知,旌表她为大义女子,乡党立此匾以弘扬其义举。

短文中的大壶范,是对女子的敬称,孺人,一般是给七品及以下官员的母亲或妻室的封号。此时,该女许嫁的李公尚在求学也许还未封官,因此这可能是一个追赠的封号。

清楚了，这是在咸丰九年（1859），一个女子为了一个待嫁的亡夫——也许她根本不认识的男人殉情绝食，然后有了这块匾。如此"从容就义"。

这里是洛阳匾额博物馆，这一区域的主题是：贞节贤孝。匾中的主角都是女子。这是一些怎样的女子呢？

再比如"三四完人"。上款：敕授文林郎湖北德安府云梦县姻愚弟吕锡麟暨母侄赵安等12人全为大壶范程母赵太孺人三周；下款：道光二十年正月十四吉旦。"三四"指三从四德。三从，出于《仪礼·丧服·子夏传》："妇人有三从之义，无专用之道。故未嫁从父，既嫁从夫，夫死从子"；四德，最早见于《周礼·天宫·九嫔》，通常是指妇德、妇言、妇容、妇功。从款识可知，在道光二十年（1840）正月，程家赵氏在死后三年（款识中的"三周"即指此意，这是一种为故去的人过冥寿的习俗）被旌表为三从四德的典范：三四完人。彼时，正是鸦片战争爆发前夜，林则徐正在虎门与英国人艰苦周旋，而湖北德安府的知县吕锡麟，却立了这样一块匾。

还有"姑媳同操"。上款：敕授文林郎江南直隶州通州如皋县正堂清汉为节孝妇李江妻郭氏暨子有成妻□王氏立；下款：嘉庆六年吉月谷旦。公婆郭氏与儿媳王氏为死去的爷俩，守节不嫁。

还有"节操冰霜"（见图5）。上款：奉直大夫知湖南长沙府茶陵州正堂加五级纪录五次 归升基 为曾母叶大君立；下款：乾隆三拾五年季秋月谷旦。

图5 "节操冰霜"匾

……都如此惨苦，匾中女子就没有过得好一些的么？

找找看。这块是"熊丸课成"。上款：特授文林郎知归德府永诚县事加五级纪录十次巫少日为赵琳妻贺氏立；下款：嘉庆十一年八月上浣谷旦。熊丸，为贤母教子典故，出《新唐书·柳仲郢传》："子仲郢，字谕蒙。母韩，即皋女也，善训子，故仲郢幼嗜学，尝和熊胆丸，使夜咀咽以助勤。"教子有成，贺氏可堪欣慰吧？但是，一般来讲，只有年少守寡，终生不嫁，独自育子有成，才可称贤母，男人若在，那是"子不教，父之过"的事，轮不到女人。

至此可知，这些被称为贞烈贤孝旌表立匾的女性，一概是丈夫早殁，或随之殉情，或孤苦一生，所谓"艰难苦节谓之贞，慷慨捐生谓之烈"。所以，要写一部中国古代女性苦难史，这些贞烈节孝匾额，大可以作为插页甚至封面。

以贞烈为名，束缚凌虐女性，不只见于中国，但是，真正把这件事做到登峰造极、骇人听闻的是中国古代男性。

他们此举，十分无耻、无力。

他们无耻。纵观中国历史，对女性的各种约束多如虱蝇，而且逐渐形成典籍，作者有正统大儒刘向（《列女传》）、吕坤（《闺范》）等，还有名门淑媛班昭（《女诫》）、宋若莘与宋若昭姐妹（《女论语》）等。这些堂皇的典籍，堆砌成冰冷坚硬的石墙，摧折了无数如花的生命。与此相对的是，几无对男性的道德要求，谁能找出一本《男诫》来？在匾上，女性偶然幸运地跟男人搭车庆寿，也要署上元配、嫡配、德配、贤配、淑配……只不过是正室和侧室的称谓，竟动用了如此美妙的字眼，也许行为越无耻，就越需要美妙的字眼来粉饰吧！

他们无力。鲁迅先生于1918年7月，在他的文章《我之节烈观》里犀利指出："国民将到被征服的地位，守节盛了。"风雨飘摇的腐朽国度，男人们无力对抗其他族群的男人，所以只能要求自己的女人做节妇做烈女。被学界公认的是，在强汉和盛唐，对妇女的束缚最少，女性地位最高。在文弱的宋代，对女性的束缚益烈，至明清推向极端，在民国已然严重变态。"盛世无刁民，衰世多烈女"，这一国势和女性地位的演变脉络相当清晰。时至今日，那些落后之邦的女性地位不也是令人唏嘘么？

四　闱中春秋

光绪十五年（1889）一个秋日，桂花盛开，这是乡试（秋闱）出榜的日子，秀才袁玉麟守在家中，望眼欲穿，手心出汗，心脏急跳，过度的焦灼和紧张遮蔽了他的感官，耳中听不到声音，鼻中闻不到桂花的香气！终于等到号军来报喜，中了，秀才袁玉麟变成举人袁玉麟！他感觉平凡的自己瞬间高大起来，一条宽广仕途向自己豁然敞开。这年冬天，一块"亚魁"匾（见图6）立在了家中。上款：钦命大主考二品顶戴都察院左副都御史稽察左翼宗学沈源深三品衔记名道府翰林院编修国史馆提调陆继辉；下款：光绪十五年岁次己丑冬月谷旦中式第十五名举人袁玉麟立。

图6 "亚魁"匾

这样的故事在1300年里循环上演。袁玉麟们是幸运的极少数，他们中式了，立匾了，走上了仕途。然而绝大多数是失意的，他们是多么渴望也能拥有这样一块匾。这块匾就像一扇冰冷坚固的大门，将登科者和落第者隔在了两重天。

科举，千年以来曾经带给华夏的荣光与哀愁，至今依然言之不尽。所幸，还有一块块科举匾额，让我们得以揣摩它的幽深，体会它的滋味。

由于存世有一定规模，加之有识之士的鼎力集藏和保护，科举匾额已成为匾额界所公认的一个重要而清晰的分支，为研究科举文化提供了直观、全面的佐证。

有的匾额字句朴实，如"举人""进士"等，考的是啥题的是啥。有的就拐弯抹角的浮夸，比如，有一块匾题的是"乡进士"，中的是进士么？非也！就是举人。与此类似的还有"岁进士""贡元"（见图7）"文魁"等。

图7 "贡元"匾

匾额上的科举真是一个五彩斑斓的浮世绘，它像一个场景盛大情节雷同的系列剧，将十年寒窗的坚韧、一朝得手的意满，肤浅的炫耀与惊世的才华杂糅在一起，形成一个巨大的秀场。

科举，始于隋开皇年间，止于清光绪三十一年。现在，论及它的利弊，比较公认的说法大致如下：利，即给全民以上升的机会，寒门子弟通过科举可以青云直上，而豪门后代也别想越过科举觅得高官重位，这样就可以保证较为公平的选拔到官员；弊，即全民全国赌一试，造成社会心态的严重失衡和无数的人生及家庭悲剧，加剧了社会一元化选择，而且考试内容陈旧单调，存在考用脱节的毛病，影响了工业化和现代化进程。

除了文科取士，清代继承了明代的相关政策，同时重视武科举。海城国强展览馆收藏的一块匾文"武魁"的匾额（见图8）于咸丰元年改变了许捷元的人生：通过三场考试——第一场试射马步箭，第二场试技勇，第三场考兵法——许公子乡试第四十一名，成为武举人。同时由地方最高行政长官授予"学历证书"，说明政府对武科举还是非常重视的。与文科举不同，武科举在古代选取军事人才时并非始终占据主要地位，武科举出身的军官也不如文科举官员那样受到重用。各朝名将出身武举的确实寥寥无几，但是称谓往往与文科举相同，只是在秀才、举人等称谓前加上武字，即为武秀才、武举人等。

图8 "武魁"匾

列举科举成功者和不成功者的名单，可以看出这种制度的利弊共存。成功者，唐宋八大家除苏洵外的七人——韩愈、柳宗元、苏轼、苏辙、王安石、曾巩、欧阳修均为进士出身；还有文天祥、林则徐等。不成功的一方却也同样群星璀璨，有李白、杜甫、顾炎武、黄宗羲、吴承恩、蒲松龄，等等。

还有晚清的一对登科和落第的绝配——曾国藩和洪秀全。洪秀全屡试不中，最后掀起滔天巨浪；长洪秀全3岁的曾国藩却幸运地艰苦过关，高中进士，仕途也较平坦，两人最终上演了巅峰对决。八卦一下，假如两个人的科举经历互换结果，他们的人生和作为是否也将改变，从而历史也被改写？

块块科举匾额，写尽闱中冷暖。

五　仕途迢递

乾隆十四年（1749）三月，汪执桓受人所托，为曾家谢氏老太太七十一岁寿辰题匾，他略加思索，在匾式上题上四个大字："冰操婺焕"（见图9）。然后又在右侧上款题上：赐进士出身中宪大夫钦命刑部主事兼主政加三级纪录五次汪执桓为。

图9　"冰操婺焕"匾

这个题款很具代表性：赐进士出身，写明汪执桓是出身科举正途的殿试二甲进士；他的官阶是中宪大夫，正四品；现任职务是刑部主事兼主政；加三级纪录五次来自议叙制度，就是对官员考核后进行褒奖，说明为官政绩不错。

这简直就是汪执桓的一份迷你简历。在长2米、宽0.8米的匾面上，不厌其烦地对题匾人的身份进行详细铺陈，应是匾额独具的落款特点。其他形式如书法、字画的落款一般不会如此繁复，至多写上作者的字、号、某某岁叟而已。

之所以如此落款，是匾额所独具的宣扬旌表教化的功用所致。

立匾是一件大事，匾是否立得住，立得让人信服，在于谁来题这块匾！

纵观存世古匾的题匾人，一个群体的身影浮现出来：官员。是他们的功名品级所形成的强大气场定住了这块匾，是他们的顶戴花翎所发出的扎眼光芒装饰了这块匾。

是的，无论是何人、谁家所立，真正的立匾推手都是他们，他们在匾上留下耀世的才华，在匾后闪动深沉的目光，文字仿佛有声，仔细聆听，也许还听得到他们的低语和叹息。

宦海、仕途，实在是两个极其形象的用词。宦海，说官场的广和深；仕途，说官路的长和远。

中国古代的官称就会令人眼花缭乱，经过历代更迭、延续，官名总数达到一万以上，顶戴、爵号等内容对应叠加，十分庞杂。

按清代职官制度，文、武各有十八官阶，对应品级自正一品、从一品到正九品、从九品。文官散阶是光禄大夫、荣禄大夫、资政大夫、通奉大夫、通议大夫、中议大夫、中宪大夫、朝议大夫、奉政大夫、奉直大夫、承德郎、儒林郎、文林郎、征仕郎、修职郎、修职佐郎、登仕郎、登仕佐郎；武官是建威将军、振威将军、武显将军、武功将军、武义都尉、武翼都尉、昭武都尉、宣武都尉、武德骑尉、武德佐骑尉、武略骑尉、武略佐骑尉、武信骑尉、武信佐骑尉、奋武校尉、奋武佐校尉、修武校尉、修武佐校尉。

想一想，真是让人望而生畏，一个人要有何等健壮的体魄、何等强韧的精神、何等持久的运气，才能走完这长长的十八阶！

由此，我们也不禁感叹和错愕，是何种力量，两千年来，让人们争先恐后、前仆后继踏上这条坎坷的长路？

是信仰，对官本位的信仰。所谓万业皆下品，唯有做官高。

在普天之下莫非王土的时代，皇帝要维持世代相传的家天下，核心就是治人，治人就需要诸多帮手，这些帮手就是大小官吏。找帮手，硬标准就是能干和听话。怎样才能吸引到这样的人呢？就是形成官本位，让做官成为唯一具有尊严感和存在感的职业。此外，别无他业与官业抗衡，即便你学富五车，即便你富可敌国，没当上官，你也什么都不是。如此，才能形成飞蛾扑火、趋之若鹜的仕途大观。

光绪二十二年（1896）冬月，赖汝常立了一块匾，匾名"敕命"（见图10），上款：钦命江西承宣布政使司 福为；下款：候选巡政厅赖汝常 奉旨貤赠 父 履中登仕佐郎 母 李氏九品孺人 光绪二十二年丙申岁仲冬月中瀚立。

图10 "敕命"匾

貤赠，貤为延伸之意。封、赠，是给与官员直系亲属的一种褒奖制度。登仕佐郎为清代从九品文职散阶，孺人为对正七品及以下官员母亲或妻室的封号。

赠，给死去的人为赠，就是说这块匾是赖汝常给已经故去的父母请到了一个最低官职的封号，使父母生前为民，死后终为官，是告慰先人，还是自我炫耀？对官位的推崇何其强烈。

更有胜者"栖凤堂"匾（见图11），上款：赐进士第翰林院检讨读清书两次武英殿行走奉命遣祭湖广泰岳恩赐内貂蟒袍并礼部加升刑部浙江都察院副都御史奉旨敕授光禄寺正卿带印钦差提督学院玖华为。你看，这里不但有明确的科举出身、复杂的职位迁转，还有读清书、祭泰岳、赐貂袍、带印钦差等外人看来莫名其妙，坊中之人却无比看重足资炫耀的官场细节，浓厚而怪诞的官味儿透出古匾弥漫不散。

图11 "栖凤堂"匾

两千年来，芸芸众生敬官、畏官、爱当官的情结，深入骨髓，融进血液。官员群体里，既有顶天立地为民请命的清流，也有猥琐鄙陋中饱私囊的浊帮，令人感到有意思的是，他们中的很多人都留下题匾，比如林则徐、纪晓岚、和珅等，这些匾额对古代职官文化之研究、对今日之镜鉴，都弥足珍贵。

匾额上的仕途宦海，留给后人无尽的思索。那些应该炫耀或如今看来无需炫耀的浮世绘都在匾额的方寸间铺展开来。

六　铸句凝典

乾隆十六年（1751）一个冬日，为鼓励贡生吴晋峰，福建承宣布政使司布政使顾济美挥毫题写了四个大字："词峰倚剑"。不久，这块"词峰倚剑"匾挂在了吴晋峰的家中。想必，吴晋峰面对这方匾额会时时激动不已，而又倍感压力。苏州才子顾济美题的这四个字可谓气势高昂而又妙到豪巅。吴晋峰的名字中有一个"峰"字，顾济美巧妙地将之嵌进匾名："词峰"。"倚剑"见于多首古诗中，如"倚剑登高台，悠悠送春目"（李白《古风五十九首其五十四》）、几处吹笳明月夜，何人倚剑白云天"（李益《过五原胡儿饮马泉》）等。词峰倚剑，高昂意境，盎然而生！可以想见，贡生吴晋峰面对此匾，怎能不发愤图强，写好文章，练就如剑词锋呢！

匾名，将汉语的用典和炼句推到了极致。

从字数来讲，匾名中，堂号匾多为三字，其他匾名多为四字，偶见两字或三字。也许，古文的节奏，以四字为节拍最常见吧。

这些匾名或引用、化用经典，或即景练字、铸句，文采风华处，华章木刻间。

《四书五经》等国学典籍中的珠玑散布匾间。如，"谷我士女"出自《诗经》，大意是养育我的万千子民，用于祈祷丰收，一般是挂在社神庙里；"用宏兹贲"出自《尚书》，大意是以此来恢弘我们的家族大业，用于新建家祠或宗祠等。"庆延四豆"出自《礼记》，豆是盛食之器，乡饮酒礼时，七十岁的长者可享四豆，用于祝寿；等等。

纪晓岚曾题写过一块"渤水蜚英"匾。这是为吴姓家族而题，其家十多个人先后科举成功。此吴姓家族郡望是渤海郡。纪晓岚用"渤水"代渤海，"蜚英"喻人才辈出，四个字化实为虚，仿佛看到，一片浩淼的水面上，花瓣片片飘飞，意境何等之美，表意何等妥帖！大才子纪昀的惊世文采，可见一斑。

匾名，就像国学百宝箱上面的一颗颗珍珠，耀眼的光芒吸引后来者急切探索的目光，也许，读懂了一个匾名，就掌握了一篇经典，从这个意义上说，一块块古匾，就像开启国学宝库的一把把钥匙，延续了中华文脉。

七　大书匾榜

"草书千字，不敌楷书十字；楷书千字，不敌大书一字。"这是明代书论家费瀛在他的《大书长语》里写下的一句极富感情色彩的断语，此话准确还是偏颇，自是见仁见智。但是，从这句话里，我们一定会感到大书的特别。

匾榜大字，即为大书重要的一种。而且，相比摩崖、坊表、碑刻等金石大字，匾额存世更多，书家也更多，并且相对易于拓印，因此，依靠匾榜，将大书一脉延续乃至发扬广大，正在成为书法界和匾额界的共识。

匾额在明代已达到极盛。"堂不设匾，犹人无面目，故题署匾额曰颜其堂云"，费瀛把彼时设匾盛况说得清清楚楚，不知后来者把匾额说成是建筑物的装饰等是从何而来？

颜其堂是件难事。

首先要根据匾额在堂上的位置和大小确定匾书的整体布局，横匾、竖匾各有写法。因为匾将来是要挂起来的，就要预测出挂出后的视觉效果。这就考验题匾人的功力和经验。字的大小安排、笔划肥瘦都要事先谋划完成，所谓意在笔先。

一匾高悬于堂，展示的是主人的风骨和志趣。所以一般来说，匾书要求明白晓畅，字体多为楷体、行楷、隶书，看重神气，绵密匀称，庄重温雅，一气呵成，匾气盛而感家气盛。

匾书宜用正锋，少用偏锋。费瀛提出正心一说，即心正则笔正。他讲了一个较为极端的例子："正德中，江右李士实以大书名，然用偏锋法，予眼已知其脉理不正，后以宁庶人败，所书扁署刊落殆尽。"匾书，竟然透出了运势。

关于大书技巧，有重八法、忌八病之说。八法是侧、勒、努、趯、策、掠、啄、磔；八病是牛头、鼠尾、蜂腰、鹤膝、折木、柴担、竹节、棱角。

大书很难，很多大书法家留下过传世神品，但也留下过被人争议的作品。"宋米芾谓欧阳询道林之寺四字寒俭无精神，柳公权国清寺三字大小不相称，薛稷慧普寺普字如人握两拳申臂而立。数公皆以书名家，不能无议焉，署书信难哉，信难哉！"费瀛发出如此感叹。

与现今书法主要作为艺术品不同，古匾大书在明清时发挥出极强的实用价值。一匾高悬，书法映入眼帘，文意印入脑海，令人久久不忘，宣扬和教化作用可谓无处不在，力量巨大。是否可以这样认为，阳春白雪只有融入人间烟火，才能生机焕发？

正是：化典撷经铸锦言，陈漆老木刻流年；金戈铁马平天下，万代儒风荡匾间。

主要参考文献

（明）费瀛：《大书长语》。

陈茂同：《中国历代职官沿革史》、《中国历代选官制度》、《中国历代官事十论》，昆仑出版社 2013 年版。

《洛阳匾额》第 1 卷，朝华出版社 2002 年版。

《洛阳匾额》第 2 卷，河南美术出版社 2003 年版。

《洛阳匾额》第 4 卷，三秦出版社 2009 年版。

杨芳编著：《古匾集萃》，海峡出版发行集团福建美术出版社 2012 年版。

作者简介

王昊：供职于辽宁省鞍山市汤岗子新区。有多部担任撰稿及编导的电视专题片获得省、市级新闻及广电专业奖项。近十年来，潜心于古匾的研究、解读、写作，立志将古匾这一国学精粹，以更加精准、更易于接受的方式进行宣传和推广，不断扩大古匾文化的影响力。

王克强：现担任电视台记者、编导工作，有多部纪录片作品获得国家、省级奖项。2007年建立国强展览馆，主要陈列展览两类收藏，一是东北琉璃官窑皇瓦窑，另一类是清代民国时期的匾额。沉迷于古匾的收藏、研究、解读，希望以展览和传拓的方式让中华匾额文化传播得更广。

从匾额收藏市场现状谈辨伪

宣繁秋

匾额是中华民族传统文化的优秀产物，历史源远流长，自秦汉迄明清乃至近代，一直延续、继承、发展，至今仍广泛流传。

历史上官方与民间的盛事，多以匾额记述和宣扬，如建筑物的落成、功臣风范的表彰、店铺开张等，常举行隆重的仪式悬匾。清朝历代皇帝即位，都要在孔庙大成殿悬匾额以述志。因此，许多匾额都有其辉煌的背景，是当时社会历史和时尚的集中反映。

匾额的文字大多出自哲人书家之手，精练凝重，寓意深邃，具有强烈的艺术感染力，给人以深刻的启迪。褒扬风范的令人肃然起敬，催人奋进；祝愿洪福昌盛的使人感到前程远大，希望无限；阐述主旨要义的使人一目了然，切中肯綮；揭示哲理的启人大彻大悟，目澄心灵；写景状物的或韵味清新，或巍然壮观；言志抒情的让人感同身受，浮想联翩。匾文仅寥寥数字但比诗词、警句更概括、更凝练，从这个意义上说，它是中国文学语言中最醇厚、最璀璨的精粹。

但近几年来随着古建兴起、装点厅堂，匾额收藏市场迅速升温，价格飙升。特别是名人名匾罕见难得，匾额造假充斥市场，鱼目混珠，牟取暴利。为此我们每年都会抽出一段时间，行程数千公里对皖南、江西、福建、广东、湖南等古董专业村庄、制作现场进行调研，走访了收藏匾额的名家大户。所阅匾额数千方，涉及宋元至近代。作伪楹联匾额涉及人物如纪晓岚、慈禧、林则徐、曹振镛、曹文埴、于右任、左宗棠、孙中山、白崇禧、胡宗南、蒋经国等名人，应有尽有，只有你想不到，没有他做不出的。其造假水平极高，以假乱真，可谓有过之而无不及，手段升级，防不胜防，赝品匾额按质论价，稍不留神没准就上当，考的是你的眼力、阅历和历史社会常识的综合鉴别力。所以笔者以收藏者的角度建议，不要被美妙的故事和精彩的作秀所忽悠，掏钱之前最好请业内诚信的藏友鉴定一下，免得悬于厅堂误导他人。

依据我们从20世纪80年代初开始收藏的近千方匾额的经历和目前市场作伪动态分析，赝品匾额主要特征表述如下，以飨同好。

其一，老匾改制、补款、填色，大字为原匾原字，起首落款为后补名人、大家。书法和笔势风马牛不相及，乍看貌似，细品形异。

其二，以老门板加老匾框、老匾铁件组合而成。拼凑组合，如旧杉木、旧榉木等，新刻名人铭款做旧，冒充明清匾额。

其三，断章取义，锯头留尾；脱胎换骨，东拼西凑。同类组合、牵强附会出一方匾，时代气息不符。

其四，老底漆灰原件配以破旧匾框。阴刻名人名款，油漆金粉浮在表面。如董其昌、李鸿章题匾等。

其五，将仿制匾放入烘箱经过高温烘烤，油漆裂纹。有烤糊痕迹，酷似老匾。

其六，采用当代特种化工仿古油漆，仿旧工艺。新模仿的名匾楹联，做工粗糙伪劣，交代不清，缺乏老气神韵。

其七，仿匾所用沥粉金漆金色泛白、轻浮不实，而老匾却深沉稳重、颜色厚重。

真匾辨别特征如下。

其一，字体：运笔流畅，气神灵动，没有顿感。落款、题跋、主题风格一致。

其二，颜色：色彩自然丰富，底纹颜色暗沉，使用矿物质和植物颜料，光泽温润柔美。与现代化工颜料不同，有历史沧桑感。

其三，皮壳：表面有皲裂的皮壳包浆、明显的斑驳痕迹。

其四，落款：运笔一气呵成，人物和历史时间相一致。

其五，工艺：手工制作，采用榫卯结构，挂麻披灰，髹漆工艺，有的匾额有螺钿装饰工艺。

其六，官匾：一般在匾额的中正上方会有官印或地方省印，俗称"额印"（如段祺瑞题"勐农笃祜"、许世英题"华堂萱庆"）。

其七，目前市场出现伪造匾额种类主要以官匾（名人）、收藏匾、品茗匾、禅室匾、园林匾为主，因为这类匾额市场需求量较大。

下面来看几个真假匾额对照。

真匾有如下几块。

第一，段祺瑞题匾"劻农笃祜"（年代：民国）（见图1）。

图1 "劻农笃祜"匾

"劻农笃祜"，此匾是中华民国十四年十一月由民国代理总统段祺瑞所写，赠送给希幹先生的寿匾。匾长200厘米，宽66厘米。板面上层层叠叠披麻、油漆，做工考究，边框采用锦地纹为底，四边中间各雕有吉祥寓意的戏曲人物图案，给人感觉古雅、庄重、大方。匾额左侧直书"中华民国十四年十一月段祺瑞"正楷小字，右侧有"希幹先生寿言"。正中上方钤朱文首印"中华民国临时执政印"，匾中的大字、小字均为金色阳刻，匾整体朱漆金字，以示尊崇。

民国十四年即1925年，匾额题字时间刚好是段祺瑞被张作霖、冯玉祥、卢永祥等推举为"中华民国临时执政"事业如日中天的时候，能在此时得到段祺瑞亲笔题写的匾额，一定是其非常尊敬之人。

"劻农笃祜"，"劻"为高尚美好之意；"农"通"醲"，为浓郁而美好；"笃"为真诚、厚道、纯一品行之意；"祜"则为福之意。《论语·泰伯》云："君子笃于亲，则民兴于仁。"将"劻农笃祜"合起来分析，是在赞扬希幹先生品德高尚，是对希幹先生的美好祝福。段祺瑞的一生，可以说是戎马一生，存世的匾额少之又少，能藏得此匾，实为难能可贵。

第二，朴庵题"素位"匾（年代：明末清初）（见图2）。

此匾为书房匾，匾长80厘米、宽40厘米。题匾人朴庵原名冒辟疆，明末四公子之一，江苏如皋人，与当时名噪一时的秦淮八艳之一董小宛是夫妻。冒家在江苏如皋是人才辈出的大户人家，在当地很有名气。

图 2 "素位"匾

  板面采用螺钿装饰，整体版面不着一丝雕饰，尽显素雅之风（螺钿工艺原属于镶嵌工艺一部分，主要原料是蚌壳。一般多把蚌壳切磨成薄片、细丝，或切碎成大小不同颗粒，用种种不同技术，镶嵌于铜木漆器物上）。匾额左侧有朴庵的落款，并附带行书小字，因年代久远，已模糊难辨。匾额正中横写"素位"两个大字行书。匾中的大字、小字均为阴刻漆灰。儒学在中国存在几千年，对中国的政治、经济等各个方面有巨大的潜在影响。自从汉朝董仲舒"罢黜百家、独尊儒术"后，儒家学说就作为皇家的正统思想，历经两千年，至今仍为中国人所尊崇。匾中"素位"两字，即是儒家思想的精髓，原句"素位而行，不尤不怨"，意思是根据自己平日的地位和实际情况，不要好高骛远，也不要怨天尤人。

  第三，孙家鼐题匾"宝婺星辉"（年代：清代）（见图3）。

图 3 "宝婺星辉"匾

  此匾"宝婺星辉"由清朝大臣孙家鼐所题写，是送给他的朋友汪世培之妻沈氏七十大寿的寿匾，此匾长195厘米、宽81厘米，立粉金漆。孙家鼐

(1827—1909)是安徽寿县人,咸丰九年状元,光绪皇帝的老师,曾在戊戌维新时期与谭嗣同一起奏请光绪皇帝创办了京师大学堂(今北京大学);官至都察院左都御史、工部尚书兼顺天府尹、礼部尚书、太子傅。慈禧太后非常信任他,曾在西逃时一直带着孙家鼐。寿县百姓称寿县为"孙半城",因当时孙家鼐家世显赫,寿县有一半都为孙家的。

匾额台头:"钦点翰林院修撰大学士管理学部事务大臣孙家鼐　为"。下款"汪世培之妻沈氏七秩(秩:十年)荣寿。大清光绪三十四年冬月谷旦(谷旦:吉利日子)立"。楷书"宝婺星辉"四字骨力内涵,风姿洒脱。该匾制作精美,寓意丰富。通篇饰以重重吉祥图案,其祥云寓意着"福从天降、洪福齐天";其蝙蝠、圆寿寓意着"五福捧寿、福寿双全";其石榴、柿子、桃子、橘子,分别寓意着"多子多福、事事如意、长命百岁、福善吉庆";其四艺雅集琴、棋、书、画,象征着"国泰民安、文运昌盛、康宁幸福"。此寿匾华贵典雅,是极具文化、历史价值的珍品。"宝婺"之"婺",即星宿中的婺女星,二十八宿之一。孙家鼐为晚清名臣,中国新式教育的先驱,而此匾工艺精湛,光彩照人,有着较高的历史和艺术价值。

第四,许世英题匾"华堂萱庆"(年代:民国)(见图4)。

图4　"华堂萱庆"匾

"华堂萱庆",长195厘米、宽82厘米,是由当时安徽省省长许世英先生为"汪府祝老孺人八旬寿诞"所题写寿匾。"萱",代表女性的一种兰草,萱草也有母亲花之称。匾额落款时间为"中华民国十一年"即1922年。1921年9月,许世英出任安徽省省长。1924年11月被免职,段祺瑞任命他为筹委会秘书长。不久,被任命为内阁总理。许世英是安徽东至县人,历经晚清、北洋、民国三个时期,宦海浮游60余年,成为中国近代政坛上一位著名历史人物,也为安徽黄山的旅游资源开发做出了很大贡献。

假匾有如下几块。

图 5 为新仿胡汉民匾额"藏宝阁"及局部落款。采用老料，以现代化工油漆仿制的名人匾。

图 5　新仿胡汉民匾额

图 6 为新仿制纪晓岚匾额及局部落款。利用老匾后刻阳字仿名人匾。

图 6　仿制纪晓岚匾额

图 7 为新仿"昭萱嘉封"匾。

图 7　新仿"昭宣嘉封"及局部落款

图 8 属于老木新做,边框与木料均为老木头,该匾的底板为另一块老木(可能为隔板或门板),墨色与油漆均为新漆并做旧处理,字体搭配别扭且刀法生疏。

疑点一:"慎思堂"三个字的墨色是新的,且为化工颜料做旧,真正的老匾都是采用矿物颜料。上款与下款的小字部分也是红色与黑色化工颜料的做旧表现,尤其是黑色与红色颜料混用时做旧效果明显,且颜色显得很脏。

疑点二:该匾油漆感浓重,做旧时产生的皮壳颜色太均匀并成粉末状,非常易脱落。真正的老匾皮壳颜色斑驳且丰富,皮壳质地坚硬不会出现粉末状的情况。底板上有皮壳脱落处,均暴露出后面的新木。

疑点三:很多字的雕刻违反常理,刀工生疏、幼稚。"思"字中间的四个方块,雕法生硬且没有雕刻坡度。"慎""堂"字的笔锋处,都是随意雕刻,不符合书法常理。

疑点四:"堂""慎"的局部有雕错改动的痕迹,漆面没有覆盖字的痕迹,字的雕刻整体品相差。

疑点五:整个匾额书法搭配不协调,且不符合书法特点,上下款部分尤其别扭。

图8 "慎思堂"伪造匾额特征

作者简介

宣繁秋:中国博物馆学会会员、安徽省博物馆学会会员、丝绸之路沿线博物馆友好联盟副主席、安徽省源泉徽文化民俗博物馆馆长。1981年起开始关注、收集、保护、研究徽文化,2003年政府批准创办安徽省首家民办博物馆。其始终秉承"传承历史,回报社会,倡导人类文明"的建馆理念,经过30多年的收藏,藏品达3万多件。2016年,他所创办的博物馆被国家文物局授予"全国优秀非国有博物馆"称号。

"亚元"匾额浅析

文爱群

"亚元"匾额为洛阳民俗博物馆馆藏文物,其上款为:"钦差大臣太子太保东阁大学士都察院右都御史恪靖伯轻车都尉陕甘总督督办新疆军务左为",下款为:"光绪元年甘肃省乙亥恩科并补丁卯正科武乡试中式武举第二名张景川立"。匾长1.62米、宽0.84米,2000年征集于洛阳市孟津县。此匾系时任陕甘总督左宗棠为光绪元年(1875)甘肃省武乡试考中第二名的武举张景川所题(见图1)。乡试武举第二名张景川史料记载不详。

图1 左宗棠题书匾额"亚元"

关于此匾额，梁淑群先生在赏析文章中写道："匾额'亚元'的题跋，'结体峭拔，行笔爽利'，'亚元'二字'书写流利，笔力雄健'"，字里行间充分展现左宗棠敢做敢为、凛然正气的人格。

此匾看似与普通科举匾额没有差别，但通过史料梳理及题跋文字所包含的内在信息，我们可看出两方面内涵：陕甘分闱及恩科武乡试。以下笔者就题跋所涉及的这两方面逐一分析。

一　陕甘分闱

说到"亚元"匾额题跋中所提及的"光绪元年甘肃省乡试"，就不得不提"陕甘分闱"。光绪元年，甘肃省自建贡院考场，首次作为独立的行省举行了乡试。陕西和甘肃两省分开举行乡试在科举史上被称为"陕甘分闱"。

康熙六年（1667），陕甘分省。分省后甘肃辖区包括现在甘肃的全境、青海东部，及宁夏自治区的大部分地区。清代自康熙五十一年实行了分省取士制度，分省便伴随着分闱。所以在雍正元年（1723）湖北、湖南分闱，学界称为"两湖分闱"。第二次是乾隆元年（1736），江苏、安徽分闱。最后一次就是陕西和甘肃分闱。其中"陕甘分闱"在清代科举史上具有很大的影响。

为什么把两省分别举行考试称为分闱呢，这要从举行科举考试的考场称谓来说。

我们知道，科举考试分为地方的乡试，以及在京师进行的会试和殿试。所以各地方行省多在省城东南建立贡院，作为乡试的考场，大门正中悬挂"贡院"二字大匾。在科举时代这些贡院考场也被称作"闱"，所以乡试也称为"乡闱"，两省分开考试就称为分闱。

从历史资料来看，历史上举行考试的贡院即闱场都是随着行省制度的变化而不停变化的。如元代乡试在行省举行，共17处闱场（贡院）。明代从洪武三年到洪武十七年从12处增加到14处。到嘉靖十六年（1537）云南和贵州分闱后，明末各科增加到15处闱场（贡院），清代闱场（贡院）也是从少到多，从顺治二年（1645）的6处到顺治十七年（1660）增加到15处；随着雍正二年（1724）湖广分闱，湖南与湖北分设闱场（贡院），到光绪元年（1875）甘肃从陕西分闱，全国增加到17处闱场（贡院）。分省越多，闱场（贡院）就越多。

按照惯例，清光绪前，甘肃和陕西两省士子均去设在西安的陕西闱场参加乡试。甘肃省没有单独设贡院举行乡试的资格，在光绪元年之前就不可能出现"甘肃省乡试"的提法。只有在陕西和甘肃分省后，分别设立"贡院"、分别举行乡试的情形下，才有可能出现"甘肃省乡试"的匾额文字。

光绪元年甘肃省的首次乡试是陕西和甘肃正式分省后第一次以甘肃省的名字举行的乡试。

"陕甘分闱"过程比较曲折复杂。从康熙六年（1667）完成陕甘分省，断续有官员提出分闱，但是由于种种原因都没有得到历代统治者的首肯。目前有明确记载的提出"陕甘分闱"的有乾隆二年（1737），兰州巡抚许容以陕甘幅员辽阔为由并请量增中额。乾隆朱批："此历来定例，遵行已久，何须哓哓纷更为哉"，未予批准。① 乾隆四年，川陕总督鄂弥达又奏，要求比照湖南、湖北，酌额分闱，乾隆帝朱批："此事尚可缓图。"② 乾隆十二年十一月，陕西学政胡中藻再次奏请陕甘分闱，乾隆帝也断然否决。乾隆帝几次否定陕甘分闱，主要是因为乾隆朝严格控制进士中额人数，以解决雍正统治时期遗留的进士取额太高、仕途已显壅滞的弊端。直到同治五年（1866），左宗棠临危受命，出任陕甘总督，积极上折，陈述利害，才终于得到批准，历经乾隆、嘉庆、道光、咸丰、同治，陕甘分闱终于成为现实。这除了左宗棠的地位、影响和积极努力起了重大作用外，也和当时西北地区复杂的民族关系及严峻的内外形势有关。"实行分闱取士，不但可以进一步笼络陕甘士子群体，也可以提高陕甘社会对于清王朝的向心力，以便增强清政府的控制力，稳固其摇摇欲坠的统治。"③

光绪元年（1875）秋，在新建成的甘肃贡院里进行了陕甘分闱后的第一次乡试，与试者3000人。左宗棠以监临身份入闱，在至公堂监察考试。

陕甘分闱最直接的影响在于对甘肃省社会教育的发展具有重大的意义。

首先是解决了甘肃士子赴陕应试路途遥远、盘缠高昂的困难，为许多读书人提供了乡试的机会，激发了甘肃士子向学的热情，振兴了甘肃文教，提高了边疆地区社会教化作用，促进了甘肃社会安定与发展。左宗棠"奏请分闱，添学政，益广文教，而皋兰人文蔚起，卓然为诸县冠"④。

其次，分闱往往伴随着乡试配额的增加，有利于拓宽仕路，招揽更多的人才。科举时代的乡试开始就实行各省配额制，乡试各省录取名额都有定数，大致按各省文风之优劣、人口之多寡、丁赋之轻重而定。额定的多少以大省、中省、小省来定。陕西为中省，配额有限，陕甘合闱时陕西、甘肃共取62名举人，但绝大多数录取的是陕西士子，甘肃士子只占1/10。分闱后，左宗棠奏请

---

① 中国第一历史档案馆藏宫中朱批奏折，档号04—01—38—0058—001。
② 《清高宗实录》卷103，乾隆四年十月癸卯。
③ 杨军民、程宽宏：《陕甘分闱首倡者略考》，《边疆经济与文化》2014年第12期。
④ （光绪）《重修皋兰县志》，杨昌浚序。

甘肃取 40 名，朝廷批准 30 名，这人数已经超出了分闱前的几倍。光绪二年（1876），左宗棠奏准再加 10 名。自此每科乡试，甘肃可考取 40 名举人。其中还有专属少数民族的配额 1 名，这样每科至少能录取 1 名回族举人。

分闱后，"兰山书院肄业的多至四五百人"[①]。中举定额的扩大，为文化发展储备了人才，为后来甘肃文化、教育、经济的发展奠定了一定的基础。

最后，陕甘分闱清晰明了地反映了左宗棠文教治理边疆的策略。

甘肃自古就是多民族聚居地，再加上长期的战乱，造成甘肃地区"民俗陵夷，泯棼日盛，不但劫杀争夺，视为故常。动辄啸聚多人，恣为不法。而民间伦纪不明，礼教久斁，干名犯义之案，诛不胜诛"[②]。在这种社会环境下，左宗棠知道治边单凭武力，难收长治久安之效，必须有文教怀柔相助，所以制定以儒家教化来恢复和重建社会秩序的文治策略。他力倡陕甘分闱，正是实行文治策略的第一步。

二　恩科武乡试

"亚元"匾额题跋中的"光绪元年乙亥恩科"，主要是为庆贺光绪皇帝登基所开科考，历史上称为登极恩科。

光绪元年甘肃省乙亥恩科并补丁卯正科，主要是因为同治丁卯年政局动荡，当时既有捻军起义，又有慈禧太后与大臣争权夺利之战，所以科举考试不能正常举行而后延。因此到光绪元年登基时举行的恩科武乡试，就与同治年的丁卯正科武乡试合并开科，恩科并补正科同时解决了恩科、正科乡试时间出现冲突的现象。

恩科首开于宋代，宋代"恩科"包括"特奏名"和特赐第。是科举常科取士之外的一种补充。"特奏名"起因于宋太祖看见大量科场贡士到京师赴省试，屡试屡败，潦倒场屋，临时开恩，赐予这些举子本科（进士科、诸科）出身，这是特奏名的缘起。但是，这次恩科仅仅是特例。真正成熟运作成为科举制度要到宋真宗咸平二年（999 年）。主要是当时对于"特奏名"的资格、考试、等第与恩遇都有了规制。但是宋代的恩科是有一定条件限制的。这些条件包括是否通过解试、曾经省试或殿试，累计举数（赴省市的举数）以及相关年龄的规定。当然，这些条件并非一成不变，各朝各代有小的变化，

[①] 秦翰才：《左文襄公在西北》，商务印书馆 1945 年版。
[②] 左宗棠：《奏请甘肃分闱疏》。

只是万变不离其宗。如治平二年的"特奏名"资格就是经殿试进士五举、诸科六举，经省试进士六举、诸科七举，今不合格，而年龄五十以上者，可特与奏名。说明特奏名不是以成绩高低来论，而是以参加科举的次数和年龄来判定。特奏名被称恩科、恩榜，是与按正常科举途径出身的"正奏名"相对。遇到新皇帝登基，"特奏名"会享受登极恩例，新皇帝首次殿试，往往会降低标准全部通过而且待遇优厚。

武科"特奏名"开始于南宋。南宋绍兴十二年（1142）增加武科"特奏名"，史料有记载"上御射殿放武举正奏名陈鹗等五人，特奏名潘璋等二人"。[1]

恩科第二种形式是特赐第，是皇帝一种选士特权。"特赐第"制度主要针对在朝高级官僚或权贵的子弟以及门客，在此不再赘述。

为表示皇恩浩荡，朝廷对这类考生的录取率很高，一般皆能得中，故称"恩科"。所以有时会出现在常规的状元之外另有恩科状元的情况，我们时常看到的科举匾额有"特奏名及第"或"恩科及第"就是对这种恩科中举形式的体现。元代科举制度时断时续，更无恩科。明代沿用宋代恩科制度，不过开科不多。

到了清朝后，继续沿用前朝的科举制度。除重大情况（如战乱、贡院变故）之外，一般严格遵行每三年一开科的制度程式。但是恩科制度有了一定的变化，即皇帝遇到大寿、登基等重大事件时，为表示皇恩浩荡，开始在正科考试之外再另外增加科举考试的次数。这种加科举行的科举考试相对正科而言也被称为"恩科"，这时恩科惠及的对象不再有条件的限制，而是全体学子。

清代恩科又因开科原因的不同分别称为"万寿恩科""登极恩科"。[2]

登极恩科首开雍正皇帝。雍正帝在即位之初，就谕礼部、工部、国子监："朕即位之始，即开恩科，诚以科目一途，实关用人取士之要。"[3] 这表明雍正帝对恩科的重视，而另一条资料佐证了雍正元年开恩科的事实。在《高宗纯皇帝实录》的上谕中说："国家大典，首重抡才，我朝培养多年，人文日盛，是以皇考御极之初，于三年大比之外，特开乡会恩科，广罗俊乂，所以鼓舞而振兴之者至为周备。今朕瓒承统序，照雍正元年特开恩科之例，举行兹典。"[4] 此上谕指明雍正元年癸卯恩科是雍正皇帝御极而开，而且说明雍正帝举行登基恩科乡

---

[1] 佚名：《宋史全文续资治通鉴》，载赵铁寒主编《宋史资料萃编》第二辑，（台北）文海出版社1969年版。
[2] 宗韵、程小丽：《清代恩科乡试述略》。
[3] 《清世宗宪皇帝实录》卷二十七，中华书局影印版，2012年。
[4] 《清高宗纯皇帝实录》卷三。

试，是为鼓舞振兴士林。

登极恩科形式比较固定，史料记载比较清楚，乾隆、道光、咸丰、同治、光绪几位皇帝登基都举行了恩科，以彰皇恩。

"亚元"匾额中提及的光绪元年恩科就是为庆贺光绪皇帝登基所举行的武乡试。"亚元"匾额所记录的光绪元年乙亥恩科武乡试史料有比较翔实的记载。光绪元年乙亥御极恩科乡试上谕，"为政以得人为首务……今朕缵承大统，宜遵成式，嘉惠士林。着于光绪元年举行乡试恩科，二年举行会试恩科，以副朕作育贤才至意"。① 此次恩科充分表达光绪皇帝招贤纳士的意愿。

清代历史上的首次万寿恩科，是在1712年康熙应允十五省举人及贡、监生员代表李长庚等人的呈请，诏令在其六十寿辰之际也即康熙五十二年（1713），特恩加开万寿乡科、万寿会科，更请永为定例，以后每遇十年，皇上万寿正诞即加一科，以彰太平盛典。

乾隆在位期间，继承了前代的万寿恩科，但是进行了变通。乾隆十七年，其母亲六十寿辰，特开乡、会恩科。万寿恩科由皇帝寿辰拓展到皇太后寿辰。后来乾隆五十岁寿辰举行一次恩科，到了嘉庆皇帝五十岁寿辰也开万寿恩科。咸丰十年，为庆贺咸丰皇帝三十寿辰举行恩科乡、会试。万寿恩科的寿辰由最初的七十岁递减到三十岁，举行万寿恩科的年龄越来越小，说明大清日趋衰微的国势。同治、光绪两朝因为皇帝寿命短，没有举行万寿恩科。但是光绪帝大婚却制定临时恩科广额。李林在论述临时恩科广额时提道："皇帝登基、大婚、万寿等特开恩科，广额一次"，② 并列举光绪十五年光绪帝大婚对各省具体广额规定。当然这并非常制。

清代恩科举行的次数较前代有增多的趋势，清代共举行了113科乡试、112科会试。其中恩科乡、会试各有26科。有清一代，有将近1/4的科举乡、会试均冠以"恩科"之名。清代恩科次数之滥，不仅仅是皇帝逢喜事普天同庆，更是统治者笼络鼓舞士子、粉饰太平的重要手段。

武乡试反映了清代对武举的重视。清代基本沿袭明代末期的武举制度，通常每三年举行一次，每科录取人数也有定额，但是常科以外，还时常增设"恩科"，这类恩科、恩额都由皇帝直接掌握。清代在武举科目中大量增加恩科的分量，与统治者的重视程度有密切联系。首先是满族崇武观念根深蒂固，其次是建立大清国后，内外战事连绵不断，武官战将的需求也使朝廷不得不重视武科，

---

① 《清德宗景皇帝实录》卷三。
② 李林：《清代武科乡试中额及武举人群体结构试探》，《史林》2016年第6期。

以求选举更多的武备人才。

武乡试在清代科举史上占有重要地位。清代初建，顺治皇帝即位，颁诏天下，明确提出武科考试照常进行，史料记载顺治元年（1644），"拟定子、午、卯、酉年为武乡试年份，武乡试始于1645年，三年一科，遇有国家庆典还举行恩科武乡试，如新皇帝登基，皇帝、太后大寿之时"。①

康熙朝的武乡试被提上日程更是经过武生们积极呼吁才得以实现。康熙五十一年，在康熙六十大寿之际，通过士子奏请，礼部复议，要求举行恩科乡、会试。康熙五十二年癸巳（1713）恩科乡、会试为庆祝康熙皇帝六旬万寿而开，是清代万寿恩科之始。② 武生们一看皇上准文生所奏请，于是也联名呼吁，巡抚呈请，兵部议覆，提出开万寿武科乡、会试的诉求。我们通过兵部议覆可以看到，武乡、会试从此成为定试："兹康熙五十二年恭遇皇上六旬大庆，各省文生已邀旷典，准予二月乡试、八月会试。今武生亦应一视同仁。准予五十二年四月乡试、十月会试，使文武同沾圣寿之弘恩，齐祝万年之盛事……嗣后每遇十年皇上万寿正诞，亦照文场之例，即加武乡、会一科，庶旷典攸昭而人才益励矣。"③ 皇上允奏，从此清代万寿武乡、会试议定。

清代比较前朝更加重视武乡试，所以武乡试资格比较严格。各级武科考试者需要身家清白，凡娼、优、隶卒、衙役及其子孙不得与考，家奴、"贱民"也有条件限制才能应考。武乡试不仅有身份限制而且还有年龄限制，武生年龄六十不准入场应武乡试。清代应考武科乡试生源类别比较繁多，有武生员、绿营武职、兵丁、文生员、文武监生、八旗子弟、恩袭世职者。各类考生应试，具体的规定又各不相同。其中各省武生员是武乡试应试者的主要来源。文生员应考武科乡试，是康熙朝新开之例，到了乾隆七年因为弊病丛生而被废止。清代武乡试生源的扩大，也使军队中科举出身的武官数量不断增多，同时民间习武者对武举考试趋之若鹜。清代的后期，武举的社会地位下落、武科考生的质量不如前期。到光绪年间，八国联军入侵中国，清政府也看到武举制度培养的军事人才在近代战争中无用武之地，在光绪二十七年废止武举制度。清代武乡试自顺治二年开科，到光绪二十七年废止，共运行了250年。虽然外因是终结于外寇的洋枪利炮，但实质上是武举制度已经不能适应现实社会的需要，走到了历史的尽头。

---

① （清）图海：《大清世祖章（顺治）皇帝实录》，华文书局1964年版。
② 宗韵：《清代恩科的确立及其成因——以〈万寿盛典初集〉为中心》。
③ 《万寿盛典初集》卷三十三（恩赉六）。

作者简介

　　文爱群：北京民俗博物馆副研究馆员。曾参与各级各类课题的调研与撰写工作，包括北京民俗博物馆承担的"老北京商业民俗保护"课题中的"木工行业习俗"调研课题、《北京东岳庙楹联匾额注释》课题、"高碑店村落习俗"调研课题、"高碑店艺术村落"调研课题、《幡鼓齐动十三档老北京的花会》调研课题、《老北京传统节日文化》调研课题。发表论文有《县级博物馆的发展前景》《博物馆与社区的实践探索》《北顶娘娘庙探析》《春日融融说踏青》《全球化趋势下博物馆与文化企业资源整合的探索》。

林则徐所题儒学匾额"魁星阁"解析

王锦思　鲸鱼岛

匾额是中华民族独创且独有的文化艺术形式，是儒家思想的浓缩，也是中国传统文化的集中体现。其融辞赋诗文、书法篆刻、建筑艺术为一体，集字、印、雕、色之大成，成为中华文化园中的一朵奇葩，具有珍贵的历史价值、学术价值、文物价值和艺术价值。匾额通常悬挂于建筑上作装饰之用，反映建筑物名称和性质，表达人们义理、情感，体现匾主的荣誉和地位，是古代建筑的点睛之作。

一　林则徐题匾额"魁星阁"

笔者于湖北武汉一处古玩市场收藏一块林则徐所题儒学匾额"魁星阁"，现将其历史背景与林则徐的经历结合在一起进行解析，以供参考。

"魁星阁"题写于道光二十年（1840），长170厘米，宽45厘米，樟木材质，紫红色，边缘是花纹图案，上款"钦差大臣总督两广等处地方事务提督军务兼理巡抚林则徐（印章林则徐）（印章少穆）为"，下款"道光二十年岁次庚子仲秋月吉旦岁贡生谢天才立"。

岁月无情，大清的风雨、民国的动荡、新中国的各种运动，将匾额"魁星阁"洗刷得红漆脱落，斑驳嶙峋，纤毫毕现，古旧十足。

林则徐，字少穆，清乾隆五十年（1785）生于福建侯官（今闽侯）。自幼聪明勤奋，饱读诗文，博学多才；少时喜好思辨求索，处事镇定沉稳，关心时政国事，胸中满怀励精图治、报效国家的鸿鹄之志。13 岁涉足考场，以独特见解和锐利文风赢得考官赞许，先后考取秀才、举人、进士，嘉庆十六年（1811），林则徐殿试高中，任朝廷翰林院编修，时年 26 岁。林则徐在数十年的宦海生涯中，曾担任过乡试主考官、翰林编修、水利督办等中低职位，也曾担任过湖广总督、陕甘总督、云贵总督、钦差大臣等高官要职；曾拥有过"虎门销烟""江浙治水"的辉煌功绩和无尚荣耀，也曾经历过奸臣陷害、贬职充军的多舛命运和坎坷人生。

1839 年，林则徐虎门销烟。1840 年 6 月，鸦片战争爆发，林则徐被革职查办。就在这个时候，"魁星阁"刻制完成，全新问世。按照时间推理，林则徐题写匾额的时候应该在刻制之前，大致就在 1839 年和 1840 年上半年之间。

可惜的是，林则徐具体在哪儿，为哪里的魁星阁题写的"魁星阁"很难考证，按照林则徐从政时间和牌匾诞生时间推理，应该是在广东，为广东某地的魁星阁题写的。由于当时几乎各县都有孔庙和魁星阁，也无从知道是哪个地方的魁星阁有幸获得林则徐的垂青，获得他的墨宝和匾额。

不过，上海文庙有关于林则徐的记载，可惜还不是魁星阁。上海文庙大成殿正面重檐之间，悬挂清世宗雍正皇帝题"大成殿"三字竖匾。屋脊正中镶"海滨邹鲁"四字砖刻，为时任江苏巡抚的林则徐所题。魁星阁位于文庙东南隅，清雍正八年（1730）始建，原供奉奎星，没说是否有匾额，更没有说是谁题写的。

二　魁星的含义

魁，首领，领头人。《吕氏春秋》载：不疾学而能为魁士，名人者，未之有也。明代冯梦龙《山歌·撇青》："容貌娇姿奴夺魁，同郎有意只无媒。"

据古书载，奎星是天上二十八宿之一，被尊为主宰文章兴衰的神。奎星是北斗星中离斗柄最远的一颗，即第一星，为文曲星。奎星共有 16 颗星，组合起来的外形像鬼，一脚向后跷起，形如"魁"字的大弯钩；一手捧斗，象征"魁"字中的小斗字；一手执笔如点状，以示点中了中举的士子，这就是传说的"魁星点斗"。最初在汉代《孝经援神契》纬书中有"奎主文章"之说；东汉宋均注："奎星屈曲相钩，似文字之划。"后世把"魁星"演化成天上文官之首，为主宰文运与文章兴衰之神，他那支笔专门用来点取科举士子的名字，一旦点中，文运、官运就会与之俱来。

孔子被比作"魁星"，魁星阁，也叫奎星阁、魁星楼。曲阜孔庙的魁星阁名奎文阁，专门收藏历代帝王御赐的各种书籍和墨迹。古代，全国各地都有孔庙，有孔庙必有魁星阁，即使没有孔庙也可能建立魁星阁。城镇最高建筑大都是魁星阁，比如湖南省辰溪县、江苏南京奎星阁。魁星阁和魁星楼供参与科举考试的士子们参拜，以"净心修身、克己复礼"这一儒家训学名言和教学原则为人处事，望"魁星点斗，金榜题名"。

东南方是太阳升起的地方，古人认为主文运，所以中国古城的东南角一般都建有魁星楼或魁星阁。吉林省民俗学会理事长施立学分析，"巽"是八卦中的一卦，代表风，亦指东南方，属于"巽地"，也叫"巽维""巽方"。

古代读书人信奉一种叫"魁星爷"的神，迷信会主宰考运；读书人在家中供奉"魁星爷"的塑像或画像，便能得到他的庇佑而考运亨通，高中状元。"魁星爷"或许和钟馗有关，钟馗是中国古代传说中的故事人物，据宋朝著名科学家沈括《梦溪笔谈》载：相传唐明皇于病时梦见一大鬼捉一小鬼啖（食）之。上问之，自称名钟馗，生前曾应武举未中，死后决心消灭天下妖孽。有学者指出，钟馗并不是科举功名的主宰，只是个冒牌的"魁星"。

三　林则徐和魁星阁的关系

清嘉庆二十一年（1816），林则徐任江西副主考官，推行考试新制，整肃考场风纪，提高考卷质量，为江西选拔了不少优秀人才。嘉庆提任林则徐为云南省乡试主考官。1819年，林则徐经湘黔边城、贵州镇远，这里是"滇楚锁钥""湘黔咽喉""西南一大都会"，更犹如一幅清丽淡雅的水墨画。

一座五墩七孔大石桥中央伫立一栋三重檐楼宇，林则徐邂逅了楼额高悬的"魁星阁"横匾，楼柱挂竖联一副："扫尽五溪烟，汉使浮槎撑斗出；劈开重夷路，缅人骑象过桥来。"据说，这块"魁星阁"匾额为明朝丞相刘伯温所题。

以前贵州没出过状元，盼望心切的人们找到风水先生问：哪里能出状元？风水先生在贵州转了一圈，称镇远能出贵州第一个状元，但得建座桥。于是人们建造了祝圣石桥。桥建成后连续两年没出状元，人们又去找那位风水先生，问为何还没出状元。风水先生说需在桥中央建造"魁星楼"。人们就在桥中央建造了十七米高三层三檐八角尖顶的楼阁。日后贵州果然有状元夏铜鹤等出现，皆得益于此魁星阁的映照，于是"魁星楼"也称"状元楼"。

林则徐仔细品味，决心更加严肃考纪，为国家选拔"魁星"，也就是栋梁之材。他决心为大清社稷，再次成为"魁星"。

林则徐的至理名言至今还有其现实意义和思想价值："海纳百川有容乃大；

壁立千仞无欲则刚"；"有容乃大千秋几？无欲则刚百世师"；"比武守疆驱虎豹，论文说理寓诗词"；"为官首要心身正，盖世功勋有口碑"。正因如此，他才能虎门销烟，挽江山于既倒，拯黎民于水火。

岁月变迁，世事无常，笔者收藏的魁星阁匾额，虽不知道属于哪个魁星阁，但林则徐"苟利国家生死以，岂因祸福避趋之"的宏伟抱负和重视教育的崇高精神永垂青史。

1996年6月7日，中科院北京天文台陈建生院士发现了一颗小行星，在火星与木星之间，沿椭圆轨道以4.11年的周期绕太阳运动。林则徐的禁毒和治水业绩，得到了国际社会的公认，2000年9月20日，在林则徐诞辰215周年之际，这颗小行星被命名为"林则徐星"。"林则徐星"和"魁星"相映生辉，争光宇宙。

作者简介

王锦思：民间收藏家，北京"锦标堂"堂主。独立系列著作有《发现抗战》《图说抗联》《发现东北》《日本行中国更行》《中国反日活动家的证言》（日文版）。

鳇鱼岛：民间收藏家、历史文化学者，因为家乡位于德惠鳇鱼岛，自取笔名鳇鱼岛，协助王锦思进行文化研究。

在韩国悦赏汉字匾额

梁欣立

朝鲜半岛与中国东北连接，受中国汉文化影响深刻的朝鲜文化，其主要内容是汉字的应用和宗教的传播。汉字传入朝鲜有很久的历史，应用汉字就是认识字形、解读其意及用毛笔书写出来，使用汉字的若干年使朝鲜文明进步发展，与中国、日本等邻国相处交流，汉字的学习研究是无止境的，直到15世纪李氏朝鲜世宗国王遣人完成《训民正音》，创造朝鲜拼音文，很容易让普通百姓掌握使用，贵族也用上了本民族的文字，并与汉字和日文有所区别。但近千年的汉字文化在韩国的影响，沉淀了社会的认知感和崇敬感，韩国所到之处总能见到建筑门额的正中悬挂着汉字匾额，匾额的标识作用让人们不用翻译就知道建筑的用途。工整的汉字显示了书法功力，多变的字体反映了汉字的深邃内涵，使得中国人在异国旅游时倍感亲切。韩国的大多匾额是以前历史遗留下来的古物，也有继承汉字匾额的现代匾；当今，韩国能书写榜书匾额的书法家也屈指可数。

首尔景福宫的宫廷匾

首尔是韩国首都，城市里很多古建筑、钟鼓亭等，其重点建筑都悬挂有汉字匾额，用匾额显示建筑的古老尊贵，凸显建筑的功能与地位。首尔市中心"光化门"广场，是国家级中心广场，周围是国家重要机关部门和美国大使馆，广场上有创造朝鲜文字的世宗大王的铜像、李舜臣将军的铜像；北端是景福宫南正门重檐城楼，悬挂汉字"光化门"匾额（见图1），其广场也用"光化门"的名称。

图1　景福宫南正门"光化门"

"光化门"广场东南的大街旁有一座四方攒尖顶古建筑碑亭，碑亭建筑的立柱、斗拱、彩枋、檐椽、扣瓦、滴水、檐脊等明显有中国北方建筑的特点，四方亭周围三道铁栅栏，中间是一方石碑，不知碑文何内容，亭南面檐下悬挂"纪念碑殿"金字匾（见图2），边框彩绘，匾额下款："光武六年（1902）壬寅九月日"，其中的"壬寅"就是中国的干支纪年法。亭前是一座精美石刻的石拱券门，石拱门顶刻有"万岁门"三个字。古碑亭建筑在周围现代化高楼大厦中显得很另类。

景福宫是首尔市最著名的古建筑群，是过去国王生活朝政的地方，相当于中国北京的故宫。景福宫1395年创建于朝鲜王朝，李成桂在此地建造第一处正宫，原有200栋房屋，1952年毁于战火。修复后，前宫建筑布局是坐北朝南，左右对称，主要大殿的东西两侧都设有配殿，前部是皇帝朝政大殿，后部是起居寝宫。外跨院后宫是妃子居住院落，后院是山水亭台的花园。宫中主要建筑都悬挂汉字大匾额，景福宫南为正门，建筑三个门洞楼台式重檐城门，朝南檐下悬挂"光化门"匾额，有韩国国家标志之说。进入宫门有上朝理政的"康宁殿"（见图3）和"勤政殿"，大殿十一开间，进深三间，东西配殿也挂汉字匾额。皇帝皇后居住在"慈庆殿"和"交泰殿"，宫中大殿的部分窗户可折叠反转上翻横挂在檐下，这种窗户形式较少见。后宫有"乾清宫""长安堂""秋水芙

图2 "纪念碑殿"匾

蓉楼"和"集王斋"等,"乾清宫"(见图4)建筑虽显简朴,但匾额中三个字,字体浑厚,富有个性,匾额延续了中国匾额方式,白地黑字,加盖红色印章,题书写人名。"长安堂"建筑折角形,屋内地面高出屋外一米多,这是因为朝鲜人进屋就席地的习俗,屋内防潮湿,冬季取暖,而特把屋内地面抬高。"长安堂"(见图5)一处建筑有两块匾额:"长安堂"和"秋水芙蓉楼",两匾上的汉字黑白相反,"长安堂"是白地黑字,"秋水芙蓉楼"是黑地白字,其原因和用意不详。景福宫城北门,一城门洞单檐城台建筑,瓦檐下悬挂黑地白字"神武门"匾额(见图6),匾额的边框内容主要是装饰,红地彩绘,画有双剑、双环、双棱、太极、蝙蝠等图案。整座景福宫中悬挂匾额建筑有几十处,而匾额边框都是彩绘图案,没见到木刻浮雕花纹边框,也没有石膏或树脂压模花纹边框,就连皇宫也是彩绘花边。景福宫北的神武门外,正对着就是韩国最高政府机关"青瓦台",背衬着一座青山。

图3 康宁殿 　　　　　　　　　　　图4 乾清宫

图5　长安堂建筑

图6　"神武门"匾

水原华城与华城行宫的古匾

水原市在首尔市以南大约20公里，原是一座古代城池，城的形状因地势呈不规则鸭梨形，古水原华城保留下来的有部分城墙五座城门（苍龙门、华虹门、长安门、华西门、八达门）、水门、操练场、练武台、城墙炮台、空心墩碉楼、弩台等建筑，城外山旁还有一座华城行宫。原城内驻防军队营房、将军住房以及百姓的老民居房屋已不存在，今日恢复部分古迹作为旅游景点，其余被各类现代化楼房和道路所代替。

作为旅游开放的原军队驻防地水原华城，城内缓坡的操场草坪北侧坡上设立一座指挥用"练武台",练武台由大条石码砌长方基台,基台上五开间25根红立柱支撑青瓦庑殿顶式建筑,当年将军就站在台上检阅军士们列队练兵,建筑瓦檐下五开间,正中一间上悬挂着汉字匾额"练武台"。匾额黑地白色繁体字,字体洗练挺拔,四周边框用蓝地金色描绘出云纹图案。这一匾额的悬挂说明了建筑功能之所用。

水原华城的五座城门之一,位于城池东北部的东城门,是一座带瓮城的城门楼,城门挂着"苍龙门"大匾额(见图7)。此门1795年5月8日奠基开工,同年10月17日完工,是年相当于中国清乾隆六十年。历史上城门楼被战争破坏,到1976年得以重新修复。苍龙门的"苍龙"也就是青龙,在风水地理上有左青龙右白虎的说法,其意味着东方。城门由一座城楼与半月状的瓮城组成,特别之处,瓮城墙圆弧形一侧是豁口,半敞开式,这在中国瓮城中很少见,城门洞顶部绘制一条大青龙图案,瓮城内左侧的石壁上有记录担任城门工程的人和负责人名字的工事实名牌。城楼檐下悬挂一方白地黑字"苍龙门"匾额,匾是两块近两米长的大木板拼接制作,"苍龙门"三个字是木刻浮雕形式,四边彩绘花纹边框。匾额虽是后补做的,但悬挂在城楼之上仍显古朴沧桑。其他的四座城门也悬挂着同样规格的大匾额。

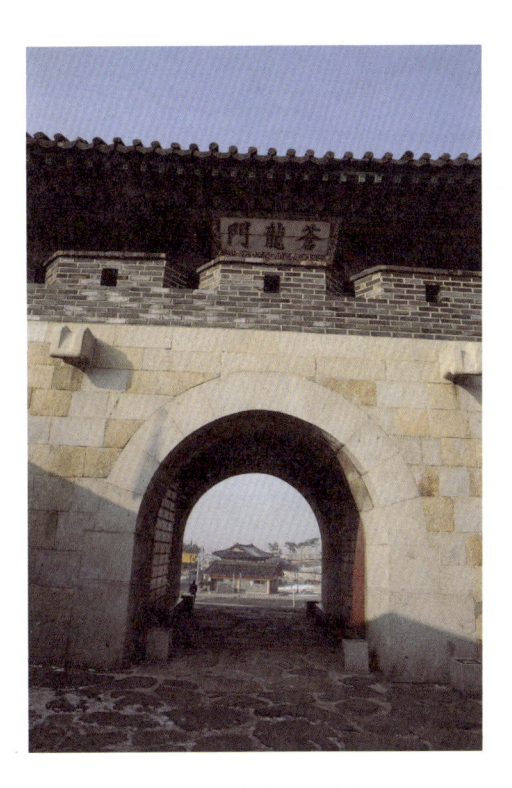

图7 水源华城"苍龙门"

华城行宫位于水原华城中心偏西的位置，八达山东侧山脚下。起因是皇帝想在此养老，所以建造规模宏大的四进院三路的行宫。1789年水原郡百姓从华山脚下迁到八达山东侧，建设水原华城，同时建华城行宫。在日本帝国主义占领时期华城行宫被故意破坏。1996年开始进行了复原工程，2002年1月一期工程将原华城行宫内576间房屋复原了482间，行宫的大门、院门、殿堂前都悬挂有匾额。"华城行宫"题字在大门旁墙上。华城行宫的大门是两层楼阁城门建筑，一层三开间，左右进出门，中间设屏风墙绘太极图，楼二层左右摆鼓挂钟，中间悬挂"新丰楼"匾（见图8）。大门前是操练场，每天上午武士们持刀舞枪，行操摔跤，力图保持韩国历史风貌。走进"新丰楼"大门是行宫的中路，二进门左翊门，三进门中阳门，挂黑地白字篆书体"中阳门"匾。再往里是正殿"景龙宫"和"奉寿堂"，奉寿堂是行宫的正殿，悬挂"奉寿堂"匾额。正殿后是富有建筑变化的寝殿，正中挂"维与宅"匾，殿西侧向前延伸一阁楼建筑挂"拱宸楼"匾，据说是皇帝皇后接见下属的地方。驻宫警卫部队的正房挂"南军营"匾，宫院各门挂有"左翊门""福内堂""延晖门""得中亭""书吏厅"等匾额。总之，华城行宫挂汉字匾额的地方有二十几处，可见汉字的影响广泛而历史悠久，懂汉字的参观者一目了然知晓院落或殿堂的功用。

图8　水源华城行宫大门

奉寿堂（见图9）是华城行宫的七开间正殿，前有游廊，按朝鲜族规矩在廊下脱鞋进屋，正祖皇帝当年出征时在此筹划战略，点兵部将。1795年闰二月，正祖皇帝在华城行宫为母亲举办了花甲寿筵，进行了各种演出和祝寿仪式，当时借"祈祷万年之寿"寓意，取"奉寿堂"为堂号，命令官员曹允亨书写"奉寿堂"三个字，制作成黑地白字彩色花边的大匾额悬挂在中门门额之上。"奉寿堂"匾额非常大，匾长4米左右，与中间殿堂一样宽，匾高有1米多，挂在檐下占大殿前高度的2/5，具有一定的韩国特色。

图9　奉寿堂

分布在韩国各地的匾额

釜山市是韩国第二大城市。在市区一座山上有处休闲公园，进入公园的显著地方树立石碑，其碑文是汉字"龙头山公园"。釜山龙头山公园主要景点有如下几处：中间位置是民族英雄"忠武公李舜臣"的铜像、四方攒尖顶钟亭；山顶有四层八角塔、观光台和电视转播观光塔。四方攒尖顶钟亭，亭由16根红柱支撑着4条檐脊青瓦攒尖顶，檐椽檩枋彩绘，亭中间挂一口大钟，亭南檐下悬挂一方现代"钟阁"匾额（见图10），"钟阁"二字为金色，字体浑厚，衬底为蓝色刻树年轮纹，加三方印章图，四边暗红色素框。在韩国各地有很多钟亭或鼓亭，每座亭必挂匾额，每逢重要仪式都要击鼓敲钟，祈祷和平、幸福。

济州岛是韩国最大的岛屿，岛的东端是在大海中喷发而形成的环状火山岩，海拔180米的"成山日出峰"。在岛中部是海拔1950米的汉拿山。岛的东端有

图10　龙头山公园钟亭现代匾

处佛教寺庙，称东岩寺（见图11），寺院内有许多方汉字石碑，正殿五开间，殿前的六根明柱挂汉字楹联，中间大门门额悬挂黑地金字"大雄殿"匾额，字体庄重大气。在中国寺庙的正殿一般称"大雄宝殿"，这点叫法有所不同。

图11　济州岛东岩寺

韩国的匾额形式与中国的匾额大体一致，木板材制作面，背后开竖燕尾槽加木带，使用各种汉字书写，木雕刻出字轮廓，用颜色把字和衬底分开，四周为边框，但匾额上的色彩和装饰边框有韩国独特描绘方式和制作手法，大体分为古代建筑殿堂匾额、钟鼓亭匾额、现代建筑装饰匾额。笔者对韩国历史文化了解甚浅，不能深入分析，欣赏韩国匾额是一种文化的沟通，根据个人的品味可圈可点。

作者简介

梁欣立：现任北京史地民俗学会副会长兼秘书长、北京茅以升科技教育基金会中国古桥研究与保护委员会委员、史地民俗研究员。2004年开始研究北京历史文化，2007年出版《北京古桥》和《北京古狮》；2009年出版《北京古墙》；2014年出版《北京清真寺调查记》；2015年出版《北京古戏楼》。

后　　记

时值韩国拟启动以匾额为题向联合国申报世界文化遗产程序之际，2016年11月10日，北京民俗博物馆和北京励志堂科举匾额博物馆承办了"中国匾额保护与文化传承活动"。会议邀请相关专家、学者、收藏家，共同表达对中华传统文化保护与传承的担当与感慨。这是全国匾额界的盛会，是对匾联集藏、保护、研究、传承的文化自觉。

匾额文化是中华民族的文化遗产，是中国文化的重要载体，传承和保护匾额文化是中华儿女的历史责任。《中国匾额保护与文化传承》论文集怀着抢救保护中国匾联文化的使命感孕育而生。该论文集内容极为丰富，从"门楣上的家国，梁柱间之文脉"到"论中国园林匾额的文化美学价值"再到"南北匾额的地域性及艺术风格特征"，本书从匾额保护综述、园林古建中的匾额楹联、匾额收藏赏析三方面阐释匾联文化的内涵寓意。该论文集的作者包括文化学者、高级编辑、大学教授、园林专家、国办博物馆研究人员、民办博物馆收藏者、在读博士等，作者们的许多思考和建议必将促进中国匾联文化的保护与传承。将该书呈奉给广大读者，正是对传统文化保护与传承的最好诠释。

在论文集付梓之际，首先要感谢各位作者的辛勤付出；其次要感谢北京市朝阳区文化委员会、北京市朝阳区文学艺术界联合会领导的大力支持；最后对北京市文物局、北京市文学艺术界联合会、北京市社会科学院历史研究所的指导和出版社的努力工作一并致谢。

北京民俗博物馆东岳书院
2017.12.01